Elisabeth Herrmann
Zartbittertod

Foto: © Boris Breuer

DIE AUTORIN

Elisabeth Herrmann, geboren 1959 in Marburg/Lahn, ist eine der aufregendsten Thrillerautorinnen unserer Zeit. Zum Schreiben kam sie neben ihrer Tätigkeit als Journalistin erst über Umwege – und hatte dann sofort durchschlagenden Erfolg mit ihrem Thriller »Das Kindermädchen«, der von der Jury der KrimiWelt-Bestenliste als bester deutschsprachiger Krimi 2005 ausgezeichnet wurde. Seitdem macht Elisabeth Herrmann Furore mit ihren Thrillern und Romanen. 2012 erhielt sie den Deutschen Krimipreis für »Die Zeugin der Toten«. Sowohl »Das Kindermädchen« und »Die Zeugin der Toten« als auch ihr Thriller »Schattengrund« wurden vom ZDF verfilmt. »Zartbittertod« ist ihr fünfter Thriller für jugendliche Leser.

Von Elisabeth Herrmann sind bei cbj außerdem erschienen:
Lilienblut (30762)
Seifenblasen küsst man nicht (30867)
Schattengrund (30917)
Seefeuer (31063)
Die Mühle (31192)

ELISABETH HERRMANN

ZART BITTER TOD

Thriller

Dieses Buch ist auch als E-Book erhältlich.

Für Shirin

Unterrichtsmaterialien zu diesem Buch sind erhältlich unter:
www.schullektuere.de

Verlagsgruppe Random House FSC® N001967

1. Auflage 2020
Erstmals als cbt Taschenbuch März 2020

Umschlaggestaltung: semper smile, München
Umschlagmotiv: © Shutterstock
(Neirfy; Husjak; kelvn; Sattra; Tim UR; Bjoern Wylezich)
kk · Herstellung: LW
Satz: KompetenzCenter, Mönchengladbach
Druck: GGP Media GmbH, Pößneck
ISBN 978-3-570-31324-4
Printed in Germany

www.cbj-verlag.de

Personen und Handlung dieses Buches sind frei erfunden. Allerdings orientieren sich die geschichtlichen Bezüge an wahren Begebenheiten. Deshalb habe ich mich dazu entschieden, bei historischen Briefen und Textauszügen die vor über hundert Jahren übliche Sprache zu wählen. Nur dort, wo es unumgänglich notwendig war, habe ich Bezeichnungen verwendet, die heute glücklicherweise aus unserem Sprachgebrauch verschwunden sind. Dies erschien mir aus Gründen der Glaubwürdigkeit die beste Lösung. Die betreffenden Passagen sind im Buch in anderer Schrift gesetzt und besonders hervorgehoben. Sie geben in keiner Weise meine Meinung oder Auffassung wieder.

Elisabeth Herrmann, 2018

Die Vergangenheit ist niemals tot,
sie ist nicht einmal vergangen.

William Faulkner

Bremerhaven, 21. Januar 1904

Endlich hieß es Leinen los! Mit vollen Kapellen ging es durch die Stadt. Hunderte, Tausende standen am Kai und jubelten und warfen ihre Mützen hoch. Für den Kaiser! Für die Freiheit! Für Südwest! So geht es gen Afrika, in fremdes, unbekanntes Land. Stolz pflügt sich das Schiff durch die Wellen, stolz schwillt unsere Brust. Einjähriger beim Seebataillon! Da sah ich die Augen von manchem deutschen Mädel beim Abschied blitzen, und kaum verschwand die Küste in der Ferne, so stimmte schon der Erste mit trauriger Stimme an: Nach der Heimat möcht ich wieder … Drei Wochen geht die Reise mit dem Kanonenboot Habicht. In Swakopmund werden wir sie alle treffen: Soldaten, Matrosen, Schutztruppler und Reservisten. Gemeinsam stellen wir uns dem Feind entgegen und werden ihn hart in die Schranken weisen. In Treue fest – Südwest!

I.

Ein altes, verblichenes Foto. So groß wie eine Postkarte. Die Gesichter der beiden Männer waren kaum noch zu erkennen, die Zeit hatte fast alle markanten Züge gelöscht. Doch die Haltung war eindeutig: Der eine groß, stolz und selbstbewusst, der andere fast noch ein Junge, schmal, schüchtern, beide in knöchellangen weißen Kitteln. Zwischen ihnen stand, riesig und dunkel glänzend, ein Nashorn. Mia trat näher, streckte die Hand nach dem Rahmen aus und ließ sie wieder sinken. Sollte sie? Sollte sie nicht?

»Du kannst es ruhig nehmen.« Mias Mutter Helene sah kurz von der Kasse hoch. Gerade hatte sie die Ladentür zu der kleinen Chocolaterie abgeschlossen und die Jalousien an den Schaufenstern heruntergelassen, um die Auslage vor der Abendsonne zu schützen. »Der links ist Gottlob Herder und rechts dein Urgroßvater Jakob Arnholt.«

»Ich weiß.« Mia kannte die Namen. Sie wusste sogar, wo

das Foto aufgenommen worden war: in Lüneburg, kurz vor dem Ersten Weltkrieg. Dort hatte Jakob eine Lehre als Zuckerbäcker gemacht, und zwar bei Herder, dem Gründer einer der größten deutschen Schokoladenfabriken. Herder war der Selbstbewusste. Jakob der Schmale, Schüchterne.

»Ein Nashorn aus Schokolade. In Lebensgröße. Wow.« Mia betrachtete das längst vergangene Meisterwerk und seine beiden Erschaffer, festgehalten von einem »Photographen« vor über hundert Jahren. Es hing an der Wand, seit Mia denken konnte. Als Kind hatte sie sich ausgemalt, wie es wäre, auf dem Rücken dieses Tieres zu sitzen und ein winziges Stück von seinem Ohr abzuknabbern. Jetzt war sie erwachsen – auch wenn ihre Eltern nicht mit ziemlich unwitzigen Kommentaren sparten, sobald Mia das erwähnte. Aber mit neunzehn war man doch erwachsen? Und wenn sie Glück hatte und eine richtig gute Familiengeschichte recherchieren konnte, wäre sie demnächst sogar Studentin an der renommierten Hamburger Journalistenschule …

Die Aufnahmeprüfung war ein harter Brocken. *Erzählen Sie uns die Geschichte eines Familienfotos und erläutern Sie die einzelnen Rechercheschritte.* Mia war davon überzeugt, dass nicht viele Bewerber mit einem lebensgroßen Schokoladennashorn aufwarten konnten. Es musste mindestens zwei Zentner gewogen haben und wirkte ziemlich … na ja, nicht unbedingt gefährlich. Aber trotzdem eindrucksvoll. Schon allein die Maße! Der höchste Punkt am Rücken überragte sogar noch Gottlob Herder. Und Jakob sah geradezu winzig dagegen aus. Wenn so ein Hammer-Teil keine Extrapunkte gab, was dann?

»Für welches Jubiläum haben sie das noch mal gemacht?«

Helene Arnholt zuckte mit den Schultern. Bei der Abrechnung durfte man sie nicht stören. Oft genug prüfte sie noch ein zweites und drittes Mal, immer mit der kleinen Falte zwischen den Augenbrauen, die Mia so gut kannte. Harte Zeiten, sagte sie manchmal, wenn die Kasse beim besten Willen nicht das hergab, was man für Strom, Heizung, Kühlung und die Produktion ausgeben musste.

An diesem Abend waren die Zeiten wohl besonders bitter. Mia bemerkte aus den Augenwinkeln, dass nur ein paar Scheine in die kleine Reißverschlussmappe wanderten. Wie lange würden die Arnholts noch durchhalten? Wie lange würden sie mit ihren kleinen Kunstwerken aus Schokolade, Nougat, Pistanzienganache und Marzipan bestehen können gegen die Discounter und deren Massenware, die für ein paar Cent den Markt überschwemmten?

»Warum nimmst du nicht das andere? Ich könnte dir jede Menge darüber erzählen.«

Mias Mutter wies auf eine weitere Fotografie. Sie war größer und farbig, wenn auch leicht verblichen. Darauf zu sehen: das Haus in der kleinen Straße zwischen Marktplatz und dem steilen Aufstieg zum Meißner Dom, auf der Fassade die fast schon abgeblätterten Buchstaben: *Mohrenbäckerei*. Davor, gerade wie Zinnsoldaten, ihre Eltern: Alex mit Vokuhila – zum Brüllen! Und Helene mit Pferdeschwanz und Schulterpolstern, die sie wie eine Rugbyspielerin aussehen ließen. Neunzigerjahre!

Helene kam hinter dem Tresen hervor und stellte sich vor das Bild, um es genauer zu betrachten. »Mein Gott, wie jung wir waren. Kaum älter als du heute! Und wie das hier ausgesehen hat nach der Wende und was wir alles reinstecken mussten. Das war nicht einfach, mit unseren Schokocroissants gegen die Schrippen anzukommen. Und jetzt … na ja. Vielleicht sollten wir doch so eine Stehbackstube mit Automatenkaffee und aufgetauten Tiefkühltorten aus dem Laden machen.« Sie wandte sich ab.

»Bloß nicht!« Mia liebte die Chocolaterie. Den herben Duft nach Kakao, der einen empfing, wenn man das kleine Geschäft betrat, die Kuchen und Torten und die dicke, heiße Schokolade, die in dem kleinen Nebenraum serviert wurde. Glitzernde Bonbons in bunten Gläsern, Petits Fours, riesige handgegossene Tafeln mit geheimnisvollen Ingredienzien. Aber am meisten liebte sie es, wenn sie am Samstag oder auch mal unter der Woche im Laden aushalf und neugierigen Kunden eine Praline zum Probieren gab. Erst dieses stirnrunzelnde Nachdenken – könnte mir ein Crème-brûlée-Cappuccinotrüffel oder dieses, wie noch mal?, Macha-Marzipan schmecken? Der erste vorsichtige kleine Biss und dann … Dieses glückliche Leuchten, das ihr entgegenstrahlte und am besten noch von »Packen Sie mir bitte 200 Gramm davon ein!« getoppt wurde.

»Das wäre so was von unter eurer Würde. Außerdem könnt ihr das weder den Touristen noch den Meißenern antun.«

Helene Arnholt seufzte. Und Mia wusste, warum: Sie war hier geboren, sie fühlte sich in der hübschen Stadt an der Elbe zu Hause. Aber ihre Eltern hatte der lange Rechtsstreit zermürbt, den es um die Rückübertragung des alten Hauses gegeben hatte. Sie waren aus dem Ruhrgebiet zurückgekommen, wohin es die Familie in den Kriegswirren verschlagen hatte. Auf der Flucht war das Meiste verloren gegangen, weshalb Mia nicht allzu viel über die Arnholts in Sachsen wusste. Nur, dass es ziemliche Diskussionen gegeben hatte, als Helene bei der Hochzeit ihren Namen behalten hatte. Das war für die Achtzigerjahre fast schon revolutionär gewesen (aber wieder verständlich, wenn man wusste, dass Mias Vater sonst der Familie den seltenen, aber nur bedingt poetischen Namen *Rübchen* vermacht hätte …).

Und es war nach der Rückkehr nicht einfach für ihre Eltern gewesen, Fuß zu fassen. Mia respektierte und bewunderte die Leistung, mit der erst das Haus und dann das Geschäft wiederbelebt worden war. Aber ob sie mit dieser Geschichte einen der begehrten Studienplätze ergattern konnte? Dann doch lieber ein Nashorn aus Schokolade und der unbekannte, fremde Jakob, der vor langer Zeit bei den berühmten Herders in Lüneburg in die Lehre gegangen war. Sie könnte die Arbeitsbedingungen der damaligen Zeit recherchieren. Und gleichzeitig etwas darüber herausfinden, wie der kleine Jakob nach Deutschland gekommen war und warum die beiden ausgerechnet ein Nashorn nachgebildet hatten. Die Idee gefiel ihr immer besser.

Mia nahm das Foto ab. Es steckte hinter Glas in einem Holzrahmen, auf der Rückseite festgehalten von einem verklebten Pappdeckel. Vorsichtig pustete sie den Staub ab.

»Gottlob Herder und Jakob Arnholt«, sagte sie leise, als ob sie mit den beiden Männern reden würde. »Der Meister und sein Lehrling. – Mutsch, darf ich es rausholen? Vielleicht steht ja das Datum auf der Rückseite oder irgendein Hinweis darauf, für wen dieses Nashorn gedacht war.«

Helene verstaute die kleine Mappe in der Schublade unter der Kasse und schloss die ab. »Klar. Unser Wappentier.« Sie versuchte ein Lächeln. »Ich hab tatsächlich mal dran gedacht, es als so eine Art Wahrzeichen zu nehmen. Aber dann hielt ich es im Zusammenhang mit Schokolade für ebenso kontraproduktiv wie den alten Namen. Mohrenbäckerei. Geht gar nicht. Nimm ein Messer.«

Mia legte den Bilderrahmen mit der Rückseite nach oben auf der Ladentheke ab und huschte hinüber in die Küche. Auf der Marmorplatte kühlte gerade ihre neueste Schokoladenkreation aus: Rainbow Princess. Sie gab allen ihren Erfindungen Namen. Manche schafften es tatsächlich in den Verkaufstresen, aber nicht alle wurden ein Renner. Die Sache mit dem Roquefort an Zartbitter nagte immer noch an ihr. Sie hätte einen anderen Käse nehmen müssen und dazu Schokolade mit 99 % Kakaoanteil. So viele entsetzte Gesichter hatte sie selten gesehen und ihr Werk war noch am selben Abend auf nicht ganz geklärte Weise aus der Kühltheke verschwunden … Aber ohne Experimentierfreude ging nichts in diesem Beruf.

Mit dem Messer in der Hand blieb sie einen Moment stehen und sah sich in der Küche um. Ein paar Jahre hatte sie tatsächlich geglaubt, hier läge ihre Zukunft. Doch dann hatte ihr älterer Bruder das Heft an sich gerissen und immer wieder gesagt, wie er »den Laden ordentlich in Schwung« bringen würde. Und dass Mias Kreationen ja ein »nettes Hobby« wären, sie aber bitte nicht auch noch die letzten

Kunden vertreiben sollte. Und Einhorn ginge immer. Die Fabelwesen waren überall, und obwohl Mia wusste, dass der Hype den Sommer wahrscheinlich kaum überleben würde, war sie »konventioneller« geworden.

Allerdings nicht weniger fantasievoll. Die Regenbogenprinzessin (und warum eigentlich kein Prinz?) hatte gute Chancen. Weiße Schokolade, die in sanften Wirbeln von Blassrosa bis Tiefrot verlief ... Rote Beete und Johannisbeersirup gaben die Farbe und einen sanften, süß-säuerlichen Geschmack. Dazwischen gepuffter Reis, um alles etwas leichter zu machen. Mia brach ein kleines Stück von der Probetafel ab und kostete. Es schmeckte ... himmlisch. Vielleicht sollte sie sich doch dazu entscheiden, eine Konditorlehre zu machen. Aber das Geschäft würde ihr älterer Bruder übernehmen und noch eine Chocolaterie würde Meißen nicht verkraften. Also zurück zu dem Foto und dieser einzigartigen Geschichte, die man aus ihrem Schlaf in den hintersten, schummrigsten Ecken der Familienhistorie aufwecken musste.

Sie kehrte zurück. Helene ließ mittlerweile die Jalousien an der Tür herunter.

»Er war schwarz, nicht wahr?«

»Jakob? Eher mokka, würde ich sagen, wenn das nicht politisch inkorrekt ist. Er war der Sohn von meinem Urgroßvater Karl, der Ende des neunzehnten Jahrhunderts in die Kolonien gegangen ist und eine Einheimische geheiratet hat«, antwortete ihre Mutter. »Ihr Sohn Jakob hat dann Marie, eine waschechte strohblonde Dresdnerin, zur Frau genommen. Es muss irgendwo noch ein Foto von den beiden geben.

Ich glaube, auf dem Dachboden. Wir haben es immer noch nicht geschafft, uns mal darum zu kümmern.«

Nichts an ihnen, weder bei der Mutter noch der Tochter, erinnerte an ihr afrikanisches Erbe. Vielleicht Mias krause braune Haare. Aber die konnte sie genauso gut von ihrem Vater haben. Und der kam aus einem kleinen Dorf nahe der Nordsee. Nur drei Generationen hatten Jakobs afrikanische Herkunft fast vergessen lassen. Trotzdem war es immer ein *running gag* in der Familie gewesen, dass eines Tages bestimmt einmal ein schwarzes Baby in der Wiege liegen würde …

Mia sah das fast verschwundene Gesicht auf dem Foto an, die steife, beinahe ängstliche Haltung des Jungen im weißen Kittel neben seinem strengen Lehrherrn und Meister, und für einen Moment zog sich ihr Herz zusammen. Wie alt Jakob gewesen sein mochte? Fast noch ein Kind. Keine zehn Jahre alt, geboren in den *Kolonien*, wie ihre Großeltern das noch genannt hatten … Kein *running gag*. Ein kleiner Mensch in einem fremden, kalten Land, der viel zu früh gestorben war.

Mia ritzte das Papier ein und begann vorsichtig, es von der Unterlage zu lösen. Sie wollte das Foto auf keinen Fall beschädigen.

»Das erste sächsische *mixed couple*?«, fragte sie. »Ich muss wirklich mal in die Archive. Nicht nur wegen der Bewerbung. Ich meine, ein afrikanischer Junge in Sachsen zur Kaiserzeit und in der Weimarer Republik, das ist schon was Besonderes.«

»Da wird es nicht viel geben.« Helene war fertig und kam näher, um über Mias Schulter zu spähen. »Das wenige liegt alles in der Hausmappe. Ein paar Zeitungsartikel zu den Firmenjubiläen und dann seine Todesanzeige. Meine Mutter hat sie noch gehütet wie einen Schatz, deshalb ist das auch so ziemlich das Einzige, was ich genau über Jakob weiß. Eine Blutvergiftung, die zu spät behandelt wurde. Ich glaube, Ende der Zwanzigerjahre. Ich habe lange darüber nachgedacht, ob ich das als Glück ansehen soll …«

Mia zog das Deckblatt ab. Es war mürbe und hatte eine undefinierbare altrosa Farbe. Darunter kam die Rückseite des Fotos zum Vorschein. Ihr Herz klopfte schneller: Sie war beschrieben.

»Ist das Sütterlin?«

»Keine Ahnung.«

Das Foto war aus stabilem Karton und die Schrift auf der Rückseite erschien ebenso ordentlich wie unleserlich. Immerhin: Mia konnte das Datum entziffern.

»Neunzehnter Mai neunzehnhundertdreizehn. Für … Jakob Arnholt. Nicht? Das ist doch sein Name?«

Helene nickte. »Definitiv. Für Jakob Arnholt in me-mo-moribundi?«

»In memoriam. In memoriam – was? Ich kann's nicht lesen.« Mia versuchte, den nächsten Wörtern irgendeinen Sinn abzuringen. »Hochzeit. Das könnte tatsächlich Hochzeit heißen! Victoria? Sieg?«

Helene schüttelte erst den Kopf und nahm ihr dann mit einem triumphierenden Lächeln die Aufnahme ab. »Victoria Luise! Aber natürlich! Es ist ein Name!«

»Gottlob, Jakob und Victoria Luise? Hieß das Nashorn so?«

»Das Nashorn? Nein! Victoria Luise ist, genauer gesagt war, die Tochter des letzten deutschen Kaisers. Das war kein Jubiläum. Dieses Nashorn aus Schokolade wurde für ihre Hochzeit hergestellt! Natürlich! Hätte mich auch gewundert, wenn die Herders nicht auch noch Hoflieferanten gewesen wären.«

Mias Augen begannen zu funkeln. »Eine kaiserliche Hochzeit? Und mein Urgroßvater hat dazu dieses Monstrum beigesteuert? Da muss es doch noch Unterlagen geben! Listen, Einladungskarten, vielleicht ein paar verruckelte alte Filmaufnahmen. Mai neunzehnhundertdreizehn, ein zentnerschweres Nashorn aus Schokolade, aus Lüneburg nach Berlin verschickt und das vielleicht bei dreißig Grad im Schatten ... Ich hab's! Meine Story. Sie werden niederknien in Hamburg!«

Helene reichte Mia mit einem leichten Zögern das Foto zurück. Sie wusste, dass die Journalistenkarriere ihrer Tochter nur zweite Wahl war. Immerhin: Es gab einen Plan nach dem Abitur. Wenn auch nicht den, den Mia sich, seit sie ein kleines Mädchen war, vorgestellt hatte. Manchmal hatte sie das Gefühl, ihrer Mutter wäre es lieber, wenn nicht der Karrierist in der Familie, sondern die Träumerin den Laden übernehmen würde ... »Wo willst du denn anfangen?«

»In Berlin. Im Deutschen Historischen Museum. Und im Filmmuseum. Und überall, wo es noch Archive zur Kaiserzeit gibt. Vielleicht existiert ja ein Dankschreiben von Ihrer Kaiserlichen Hoheit.« Sie kicherte und fühlte sich ganz berauscht von den Abenteuern und Entdeckungen, die auf sie warten würden auf der Suche nach den letzten Zeugen von Jakobs Reise mit dem Nashorn. Vielleicht hatte er den

Triumphzug begleiten dürfen? Irgendwo musste es doch noch Zeitzeugnisse von diesem Meisterwerk geben. »Und dann natürlich bei den Herders. Hattest du mal zu denen Kontakt?«

»Zu den Multimillionären mit ihren Tausenden von Filialen?«

»Ich kann ja mal anrufen. Bestimmt haben die ein Archiv. So große Firmen heben eine Menge auf. Vielleicht gibt es noch alte Rechnungen und …«, Mia betrachtete wieder die verblichene Aufnahme, »… noch mehr Fotos. Dieses Nashorn ist der Hammer. Wahrscheinlich hat die Zeitung damals darüber berichtet. Ganz Lüneburg muss ja aus dem Häuschen gewesen sein. Vielleicht gab es eine Ausstellung! Und die Leute durften einmal daran vorbeigehen und sich vorstellen, dass dieses Ungeheuer die kaiserliche Tafel schmücken würde. Vielleicht haben sie ja auch noch Giraffen gemacht? Oder Papageien? Einen Elefanten?«

Sie spürte, wie das Jagdfieber in ihr erwachte. Vielleicht war das ja ihr Beruf! Pralinen machen ging nicht, aber Geschichten erzählen? Versunkene Schätze heben. Menschen aus dem Vergessen holen. Jakob Arnholt, ihr Urgroßvater, im Jahre 1913 Zuckerbäckerlehrling bei den Herders in Lüneburg, dann in Meißen gelandet, wo er geheiratet und eine, ihre Familie gegründet hatte. Und dann war er mit gerade mal Mitte, Ende zwanzig verstorben! Aber bevor er von allen vergessen wurde, konnte sie daran erinnern, dass er etwas Großartiges erschaffen hatte.

»Ich will dich ja nicht enttäuschen«, kam es von Helene.

»Wieso?« Mia sah überrascht hoch. Sie sah sich schon staubbedeckt durch Archive kriechen und kleine Jubiläumsnashörner aus Schokolade gießen. Irgendein Jahrestag ließ sich doch bestimmt aus dem Hut zaubern.

Helene legte den Arm um die Schultern ihrer Tochter und zog sie liebevoll mit sich in Richtung Hintertür, die zu einer engen Treppe in den ersten Stock führte. Dort befand sich die Wohnung über dem Laden. »Ich fürchte«, sagte sie, »es ist bisher noch niemandem gelungen, wirklich Einblick in die Familien- und Firmengeschichte der Herders zu bekommen. Eine verschlossene Auster ist nichts gegen diese Leute. Überlege es dir – ich glaube kaum, dass du bei denen weiterkommst.«

Jandrik kam zum Abendessen. Mias zweiter Bruder, ein schlaksiger strohblonder Surfertyp, bei dem offenbar Uroma Maries Erbe voll zur Geltung kam. Er war zwei Jahre älter und hatte nach seiner Lehre als Zerspanungsmechaniker seine Liebe zu Oldtimern entdeckt und in einer Spezialwerkstatt in Dresden angeheuert. Deshalb war er mit einem 280er SL Pagode aufgetaucht, einem schwarzen, etwas zerbeulten Mercedes, den er seinem Vater mit einem Stolz präsentierte, als hätte er das Teil persönlich gebaut.

Mia und Helene ließen die beiden draußen im Hof fachsimpeln und bereiteten das Abendessen vor. Mias älterer Bruder, Matthias, blieb übers Wochenende immer häufiger in Berlin. Er arbeitete als Pâtissier in einem Fünf-Sterne-Hotel am Pariser Platz direkt gegenüber vom Brandenburger Tor. Wenn er es doch mal nach Meißen schaffte, brachte er manchmal seine eigenen Kreationen mit. Gefällige, hübsche Patisserie. Im Moment war eine Art feste, glänzende Wasserglasur der allerletzte Schrei. Die Schokoladentörtchen und

Himbeerwölkchen sahen aus wie frisch lackiert. Ob das den Meißenern und den Touristen gefallen würde? Bestimmt.

»Wann hat Jakob noch mal die Mohrenbäckerei in Meißen aufgemacht?« Mia wusch den Salat und stopfte ihn dann in die Schleuder.

»Neunzehnhundertzweiundzwanzig.« Helene stand am Fenster zum Hof und zupfte Kräuter, die sie in Balkonkästen zog. »Und er war wohl sehr erfolgreich. Sonst hätte er auch nicht ein paar Jahre später, kurz vor seinem Tod, das Haus gekauft.«

»Und ...« Mia wusste nicht, wie sie es ausdrücken sollte. »Ich meine, er war schwarz. Wenn auch nur zur Hälfte. Wie war das mit den Nazis?«

»Ich glaube, Jakob war das, was sie damals einen Kolonialmigranten nannten. Meine Oma Marie, seine Frau, wird nach seinem Tod sehr gelitten haben und vorher wahrscheinlich auch schon. Sie hat nie viel darüber erzählt. Mein Vater ebenfalls nicht. Er ist ja als Kind mit ihr nach Holland gegangen und hat dort den Krieg überlebt. Irgendwie muss es Marie gelungen sein, seine Hautfarbe im Stammbuch zu verheimlichen. Wir haben ja noch Fotos von ihm. Man hätte deinen Opa durchaus auch für einen Südeuropäer halten können.«

»Ich kann mich kaum noch an ihn erinnern. Wie schade. Meine Großeltern hätten mir bestimmt eine Menge erzählen können.«

»Dieser blöde Autounfall ...« Helene strich sich hastig über die Augen. »Jedenfalls, dein Opa fand ein nettes Mädchen, deine Oma Dietlinde. Und dann kamen meine Geschwister und ich, und irgendwann Alex«, das war Mias Vater, »und dann ihr.« Die Hände voller Basilikum, Petersilie und Koriander, kam Helene zu ihrer Tochter zurück. »Wir hätten das alles aufschreiben sollen, ich weiß. Aber ich glaube, meine Eltern wollten, dass Jakob auch in der Erinnerung als jemand behandelt wird, der nicht die Außenseiterrolle wie einen Stempel mit sich herumträgt. Er ist eines viel zu frühen, aber natürlichen Todes gestorben, und als ich jung war, hat man unerfreuliche Dinge noch gerne unter den Teppich gekehrt. Für mich und meine Geschwister war Jakob, unser Großvater, den wir nie kennengelernt haben, einfach der Opa.«

Mia nahm ihrer Mutter die Kräuter ab und spülte sie unter fließendem Wasser ab. »Ich bin froh, dass es so ist«, sagte sie. »Dass er einfach Jakob geblieben ist und kein Freak oder irgendein totgeschwiegener Fehltritt oder, was das Schlimmste wäre, jemand, der die Nazizeit nicht überlebt hat. Trotzdem ist es schade, dass so wenig von ihm geblieben ist.«

Ihre Mutter nickte und fuhr ihr liebevoll über die Locken. »Immerhin du. Und ich. Und mein Vater. Das zwanzigste Jahrhundert ist das der Verluste. Und das einundzwanzigste … Ich frage mich manchmal, was eure Generation eines Tages über uns denken wird. Wenn ich mich umschaue in der Welt …«

Mia drückte ihrer Mutter einen schnellen Kuss auf die Wange. »Lass gut sein. Ich würde sagen, ihr habt euch bemüht. Immerhin, das Haus ist ja noch da.«

»Ja. Aber nach welchen Kämpfen und wer weiß für wie lange noch.«

Helene wandte sich ab, um den Tisch zu decken. Es war einer dieser Momente, in denen Mia sich gar nicht mehr so erwachsen fühlte. In denen sie die Zeit zurückwünschte, als die Erwachsenen alles gerichtet hatten und sich jede Geschichte zum Guten wandte. Aber in denen sie auch ahnte, dass sich die Uhr nicht zurückdrehen ließ und irgendwann, eines fernen Tages, der Stab in ihrer Hand und der ihrer Brüder läge.

»Ich mach das mit Jakob«, sagte sie. »Mein Entschluss steht fest.«

»Gut. Ich suche dir Herders Nummer raus.«

Jandrik pickte die letzte Bratwurst vom Teller, bevor Mia auch nur die Gabel ausgestreckt hatte.

»He!«

»Es ist noch Salat da. Ist sowieso besser für deine Linie. Hast du zugenommen?«

Mia tauchte die Finger in ihr Wasserglas und schickte Jandrik ein paar Tropfen über den Tisch. »Muss ich mir diese Frechheiten noch lange gefallen lassen oder wann gehen wir runter in den Hof und tragen das wie Männer aus?« Und an ihren Vater gewandt, fragte sie: »Ab wann ist er groß genug für eine Tracht Prügel?«

Wer zwei ältere Brüder hatte, wusste, wie man sich durchsetzte.

»Schon gut.« Jandrik teilte die Wurst und lud eine Hälfte auf ihrem Teller ab. »Gewalt zieht bei mir nicht. Schenk mir dein zahnloses Lächeln.«

Mia zog eine Grimasse. Ihre Zähne waren makellos – sein

Witz war ein Überbleibsel aus der Zeit, in der sie auf Bäume geklettert und Skateboard wie eine Wilde gefahren war. Das war nicht ohne Blessuren abgegangen. Sie drehte sich zu ihrer Mutter. »Hast du die Nummer?«

»Ich hol sie.« Helene stand auf.

Mias Vater Alex griff zum Wasserkrug und schenkte sich nach. »Und?«, fragte er. »Ist die Entscheidung gefallen?«

Mia nickte mit vollem Mund. »Jakob«, nuschelte sie. »Und das Nashorn. Mutsch hat gesagt, es gibt noch was auf dem Dachboden.«

»Einen Koffer, ja. Wir haben ihn bei den Renovierungsarbeiten gefunden. Er liegt immer noch oben. Schande über mein Haupt. Aber es ist nichts drin außer Mäusedreck und ziemlich verrottetem Zeug. Kleider wahrscheinlich und stockfleckige Papiere.«

»Aber die könnten doch interessant sein! Wenn sie noch von Jakob selbst stammen? Kann ich nachsehen?«

Der Dachboden sollte einmal ausgebaut werden, aber im Moment waren andere Dinge wichtiger. Deshalb hatte Alex die Arbeiten gestoppt und verboten, ohne Aufsicht dort oben herumzuturnen.

»Ich komme mit.« Jandrik war fertig. Er stand auf und trug sein Geschirr zur Spülmaschine, Mia machte es ihm nach.

»Ich auch«, sagte Alex. »Ich wollte sowieso mal nach den Mausefallen sehen.«

Zusammen gingen sie in den Flur, und Alex holte die Ausziehleiter herunter, mit deren Hilfe man auf den Dachboden klettern konnte. Helene folgte ihnen.

»Passt auf!«, rief sie, aber da war Mia, die als Letzte die steilen Stufen erklommen hatte, auch schon oben.

Schummriges Halbdunkel erwartete sie. Obwohl es draußen noch nicht dunkel war, drang nur wenig Licht durch die kleinen, staubverkrusteten Luken. Der Boden war mit Brettern bedeckt und in der Mitte des Raumes führte ein schmaler Kamin nach oben.

Alex musterte ihn mit einem resignierten Blick. »Es hat sich schon wieder ein Ziegelstein gelöst.« Das *Corpus Delicti* lag zerbrochen vor seinen Füßen. »Da müssen wir ran, bevor der Winter kommt.«

Mia ging zur Schrägseite, die zur Straße lag. Dort, wo das Dach auf der Hausmauer ruhte, war die Schräge so niedrig, dass man nur gebückt stehen konnte. Mehrere Zementsäcke lehnten aneinander, daneben erspähte Mia einen Stapel Dachziegel und jede Menge Holzlatten. »Wo?«, fragte sie. »Wo ist der Koffer?«

»Moment.« Alex kam zu ihr, gefolgt von Jandrik. Ihr Vater deutete in einen schmalen Spalt hinter dem Holz. »Das muss hier schon ewig liegen. Ein Glück, dass sie ihn nicht eingemauert hat, sonst hätten wir ihn nie gefunden.«

Sie. Marie, Jakobs Witwe und Mias Urgroßmutter. Tatsächlich wäre niemand auf die Idee gekommen, hinter diesen Brettern etwas zu suchen.

Alex zwängte seinen Arm in den Spalt zwischen Holz und Wand, er zog und ächzte und beförderte schließlich einen kleinen, abgeschabten Koffer hervor. Das Leder war brüchig, und als er versuchte, den Koffer abzuwischen, stieg eine Wolke Staub empor. »Ich habe ihn erst mal hiergelassen, weil es wirklich nur verrottetes Zeug ist und er dahinten wenigstens vom Taubendreck verschont geblieben ist. Wegschmeißen wollte ich ihn aber auch nicht. Ich hoffe, er ist keine Enttäuschung für dich!«

Mia wollte ihn sofort öffnen, aber Alex trug ihn zur Leiter.

»Lass uns das unten machen. Hier oben sieht man gleich die Hand nicht mehr vor Augen.«

Helene hatte den Tisch in der Küche abgedeckt und vorsorglich auch die Decke entfernt. Alex legte den Koffer ab. Alle vier standen einen Augenblick um dieses Relikt aus längst vergangener Zeit herum. Fast schon eine Schweigeminute, dachte Mia.

»Wollen wir?«

Helene nickte ihr zu. Die Schnappschlösser waren zwar verrostet, sprangen aber sofort auf. Langsam hob sie den Deckel. Zum Vorschein kam …

»Was ist das denn?«, schrie Mia entsetzt.

Aus dem Koffer stieg ein durchdringender Geruch. Er musste aus einem Haufen Lumpen kommen, zumindest sah es auf den ersten Blick danach aus, auf dem verstreut Dutzende kleine schwarze Kügelchen lagen.

»Mäuse.« Helene beugte sich mit gerümpfter Nase über den Inhalt. »Holt mir mal die gelben Spülhandschuhe.«

Mia eilte zur Spüle und brachte die Teile, damit Helene sie sich überstreifte.

»Und einen Müllsack!«

Den besorgte Jandrik. Nachdem das Plastik neben dem Koffer ausgebreitet lag, griff Helene mit spitzen Fingern nach dem Stoff und hob ihn so vorsichtig wie möglich heraus. Die kleinen Kügelchen rieselten ab, zum Vorschein kam ein angefressenes, durchlöchertes …

»Hemd. Das ist eindeutig ein Leinenhemd.« Helene hielt es hoch. Fleckig, zerknittert und offenbar Heimstatt für Generationen von Mäusen, die dort ungestört gehaust hatten.

»Kann man«, Mia hustete, »kann man das waschen?«

»Du meinst, ob *du* das waschen kannst, unten im Hof?« Jandrik rümpfte die Nase. »Und dich anschließend dazu.«

»Es ist alt. Und es hat Jakob gehört, oder?«

Mit einem leisen Seufzer legte Helene das Ding auf dem Müllsack ab. Alle beugten sich wieder über den Koffer.

»Was ist *das* denn?« Jandriks Stimme schraubte sich noch eine halbe Oktave höher.

Mia überwand sich und griff auch ohne Handschuhe nach etwas, das entfernt aussah wie verknotete Lederschnüre. »Eine Art … Schmuck?« In die Schnüre waren Perlen und Glimmersteinchen eingewebt. Metall, Glas, Keramik. Alles blind vor Schmutz und Erosion. Das Leder war brüchig, und Mia hob das seltsame Gewirk so vorsichtig aus dem Koffer, als könne es jederzeit reißen. »Eine doppel-, nein, eine dreireihige Kette. Meine Güte … Das ist aus Afrika, nicht wahr?«

»Vermutlich«, sagte Helene leise. »Das wird das Einzige sein, was er aus seiner Heimat mitgebracht hat.«

»Ob das wertvoll ist?«, fragte Jandrik. »Für ein Museum oder so.«

Helene schüttelte den Kopf. »Wohl kaum. Schon gar nicht in diesem Zustand.«

Vorsichtig legte Mia den Fund auf das Hemd. »Da ist

noch was drin. Papier. Nein, ein Brief. Und … ein paar Postkarten.«

Die Mäuse hatten durchaus versucht, sich den Brief einzuverleiben, aber nach ein paar Ecken musste er ihnen doch nicht geschmeckt haben. Vorsichtig holte Mia zwei Seiten aus dem Umschlag.

»Alles Sütterlin«, seufzte sie, als sie die Schrift sah, die so fremd wirkte wie Hieroglyphen.

»Zeig her.« Alex nahm ihr eine Postkarte ab. Auf der Vorderseite war ein Dampfer auf hoher See zu sehen, links davon Pfahlbauten und hölzerne Kräne. Die Karte sah aus wie nachträglich koloriert. Zumindest die Beschriftung war in Druckbuchstaben. »Deutsch-Südwestafrika. Ostafrika-Dampfer auf der Reede, Swakopmund.«

»Namibia.« Mia nahm ihm vorsichtig die Postkarte ab und drehte sie um. »Das Datum kann ich noch lesen, vierter August neunzehnhundertvier. Aber dann … *Mutter?* Kann das Mutter heißen?«

Helene beugte sich über ihre Schulter und versuchte, die alte Schrift zu entziffern. »*Mutter …* Tut mir leid. Das müssen wir jemandem zeigen, der das noch lesen kann. Aber die Karten sind von Karl, deinem Ururgroßvater. Und sie sind hierher nach Meißen gegangen. Ich würde sagen, das ist alte Feldpost. Was ist mit dem Brief?«

»Es steht nur Jakob darauf. Keine Marke, kein Stempel, keine Adresse.«

Das Papier war eng beschrieben in einer klaren, aber winzigen Handschrift, als ob ein halber Roman auf dieses eine DIN-A-5-Blatt passen musste. »Aussichtslos«, seufzte Mia enttäuscht. »Ich glaube, das hier könnte *Mein lieber kleiner Jakob* heißen, aber mehr ist nicht drin. Was machen wir damit? Gibt es Schriftsachverständige oder Übersetzer für so was?«

Alex presste die Lippen aufeinander. »Wenn es eine alte Druckschrift wäre, die könnte ich lesen. Fraktur heißt sie, glaube ich. Das kriegt jeder hin. Aber Sütterlin und dann noch so klein und kaum leserlich ... Das müsste jemand sehen, der sich damit auskennt. Wir könnten mal in der Kirche fragen oder im Seniorenheim.«

»Nein«, sagte Helene scharf. »Ich will das nicht.«

Mia war erstaunt über den Ton in der Stimme ihrer Mutter. »Weil es Jakobs Privatsachen sind?«

»Weil es immer noch Leute hier gibt, die es unserer Familie nicht leicht gemacht haben.«

Mia sah zu Jandrik. Der hob kaum merklich die Schultern.

»Ich möchte das nicht.«

»Was?«

»Dass diese Dinge an die Öffentlichkeit kommen. In einer Zeitung erscheinen oder irgendwie publiziert werden.«

»Es ist eine Aufnahmeprüfung, Mutsch. Nichts davon wird irgendwo veröffentlicht.«

»Trotzdem. Das ist Privatsache. Das sind vielleicht die letzten Worte, die Karl im Krieg vor seinem Tod geschrieben hat. Was, wenn sie irgendwann in einer Ausstellung landen und jeder sie liest?«

Mia steckte das Papier vorsichtig zurück in den Umschlag. Es war klar, dass die Postkarten und der Brief von zwei verschiedenen Personen stammten. Die Schriften, so unleserlich sie auch für moderne Augen waren, unterschieden sich voneinander. »Das wird nicht geschehen, ich verspreche es dir. Ich will nur herausfinden, wie Jakob aus Afrika nach Deutschland kam und es ihm gelungen ist, so ein Wunderwerk wie das Nashorn zu erschaffen. Vielleicht steht es da drin.«

»Herder hat ihn nach Deutschland gebracht«, sagte ihre Mutter. »Jakob war Waise und Herder hat sich nach Karls Tod um ihn gekümmert. Er hat ihn ausgebildet und Jakob ist dann weitergezogen und hier gelandet. Der Rest ist bekannt.«

»Ja«, sagte Mia langsam, obwohl das nicht stimmte. Kaum etwas war bekannt. Warum war ihre Mutter auf einmal so seltsam? »Aber wieso war Jakob Waise? Was ist mit seiner Mutter passiert? Woher kam er? Und wie ist es ihm hier ergangen?«

Jandrik schnaubte. »Du glaubst, dass ausgerechnet die Herders dir das erzählen? Erstens lebt keiner mehr, der das wüsste. Und zweitens ... Deutsch-Südwestafrika war eine Kolonie. Über dieses Kapitel der Geschichte schweigt des Sängers Höflichkeit. Und da denkst du, ein Fabrikant, der den Grundstein seines Vermögens mit der Versklavung fremder Völker gelegt hat, steht dir Rede und Antwort?«

»Nur wer nicht fragt, kriegt keine Antwort.«

»Träumerin.«

Im Koffer befand sich nur noch Staub. Wieder spürte Mia, wie etwas in ihrem Herzen zu ziehen begann. Ein zerlöchertes Hemd, ein paar mürbe Lederschnüre, ein bisschen angeknabbertes Papier. Das Hemd musste dem Jungen bis an die Knöchel gereicht haben.

»Und das Nashorn wird mir dabei helfen«, sagte sie. »Ich habe vollstes Vertrauen in fünfhundert Kilo Schokolade aus der Kaiserzeit. Niemand wird dem widerstehen. Auf diesem Pferd werde ich einreiten in die Bastion der Herders!«

»Was?«, fragten ihre Eltern gleichzeitig und mussten lachen. Das passierte ihnen immer wieder, auch noch nach fast fünfundzwanzig Jahren Ehe.

Mia grinste. »Mein trojanisches Nashorn. Ich werde die Herders bei ihrer Eitelkeit packen. Sie werden gar nicht merken, was sie mir alles verraten, während ich sie nach ihrem Meisterwerk befrage und in ihre Archive steige.«

Kopfschüttelnd nahm Helene das Hemd und trug es hinüber zur Spüle. »Ich werde sehen, was ich damit machen kann. Aber wahrscheinlich löst es sich selbst im Schonwaschgang auf.«

»Und die Kette?«

Helene streifte die Handschuhe ab und holte einen wiederverschließbaren Plastikbeutel aus dem Schrank unter der Spüle. »Tu sie hier rein. Vielleicht kann dir jemand aus einem Völkerkundemuseum mehr dazu sagen.«

»Und die Briefe?«

Helene reichte ihr eine zweite Tüte. Vorsichtig verstaute Mia die Fundstücke in den Beuteln. Die Postkarte mit dem Dampfer lag obenauf. *Mutter …* Ein Gruß aus einer anderen Zeit, einer anderen Welt. Es musste eine Fahrt in den Tod gewesen sein. Neunzehnhundertvier. Irgendwo ganz hinten in einer weit abgelegenen Ecke ihres Gedächtnisses rührte sich etwas.

»Die Telefonnummer?«, fragte sie.

Helene ging in den Flur. Obwohl sie mittlerweile alle fast nur noch mit dem Handy telefonierten, befand sich dort ein Festnetzanschluss. Daneben, wie ein Relikt aus vorsintflutlicher Zeit: ein altes, in abgegriffenes Leder gebundenes Notizbuch. Zu Mias größtem Erstaunen blätterte ihre Mutter darin herum und kam dann mit einer aufgeschlagenen Seite zu ihr zurück.

Mia las: »Willi.« So lautete der Name neben einer mehrfach durchgestrichenen und durch eine neue ersetzten Nummer. »Wer zum Teufel ist Willi?«

»Wilhelm Herder. Ich weiß gar nicht, ob er noch lebt. Er müsste schon über neunzig Jahre alt sein.«

Plötzlich war es still in der Küche. Alle sahen Helene an und warteten auf eine Erklärung.

Schließlich fragte Alex: »Du … kennst Wilhelm Herder?«

»Kennen ist zu viel gesagt. Er hat sich alle Jahre wieder mal gemeldet und wollte sich mit mir treffen, aber ich habe es abgeblockt.«

»Warum?«, fragte Mia entgeistert. Da kannte ihre Mutter einen hochbetagten Millionär, der vielleicht auch noch auf irgendeine Weise etwas mit Jakob zu tun gehabt hatte, und … verschwieg es?

»Ich wollte nichts mit ihm zu tun haben.«

»Warum?«, fragte jetzt auch Jandrik.

Helene klappte das Buch zu und reichte es Mia. Die ließ es fast fallen, so verdutzt war sie immer noch. »Weil ich es meinem Vater versprechen musste. Er wollte keinen Kontakt zu den Herders. Ich weiß auch nicht, was ihn dazu getrieben hat, aber es klang in meinen Ohren ernst. Wir können ihn leider nicht mehr fragen.« Mias Großeltern waren ja gestorben, als sie noch ein kleines Kind gewesen war. »Glaubt mir, ich habe es ein paar Mal versucht und nichts aus ihm herausbekommen. Und schließlich: Warum hätte ich mich denn an Herder wenden sollen?«

»Na ja«, brummte Alex und rieb sich das Kinn. Das machte er immer, wenn er einen unangenehmen Gedanken in sich wälzte. »Vielleicht ein Darlehen?«

»Niemals.« Das Wort schoss aus Helenes Mund. »Wir haben nichts, aber auch gar nichts mit den Herders zu tun.«

»Dafür hast du aber im Lauf der Jahre ziemlich viele Telefonnummern gesammelt.«

»Weil er immer wieder angerufen und mich darum gebeten hat, sie zu notieren! Er war alt, schon seit jeher war er in meinen Augen alt gewesen. Also hab ich die Nummern aufgeschrieben. Na und?«

»Warum?«

Mias und Jandriks Augen flitzten zwischen ihren Eltern hin und her. Es war selten … Ach was! Es kam so gut wie nie vor, dass die beiden Geheimnisse voreinander hatten.

»Weil … Weil ich ein junges Mädchen war und er mir leidgetan hat. Weder mein Vater noch meine Mutter wollten mit ihm reden. Wahrscheinlich haben sie jedes Mal aufgelegt, wenn er angerufen hat. Also hat er es so lange probiert, bis er mich an der Strippe hatte. Er war immer sehr nett zu mir. Aber meine Eltern hatten verboten, mit ihm zu reden. Ich stand zwischen Baum und Borke. Also habe ich ihm wenigstens den Gefallen getan und die Nummern notiert. Das letzte Mal ist zwanzig Jahre her. Und jetzt könnte es ja tatsächlich sein, dass wir sie mal brauchen. Für Mias Recherche. Wo also ist das Problem?«

»Vielleicht, dass du all die Jahre nie etwas davon erzählt hast?«

»Ich fasse es nicht!« Wieder erschien die kleine Falte zwischen Helenes Augenbrauen. Mia wollte den Mund öffnen und etwas Beruhigendes von sich geben, da spürte sie Jandriks Hand auf ihrem Arm.

»Willst du mir etwa vorwerfen, ich hätte dich mit einem Neunzigjährigen hintergangen?«

»Einem neunzigjährigen Multimillionär«, knurrte Alex ärgerlich. Aber tief auf dem Grund seiner Augen glitzerte es. Er nahm Helene auf den Arm – und die merkte es nicht.

»Du glaubst doch nicht etwa … Du kannst doch nicht im Ernst …« Und da fiel endlich auch bei Helene der Groschen. Sie boxte Alex in die Seite, der klappte theatralisch zusammen.

»Eine Furie!«, rief er. »Rettet mich vor dieser materialistischen Furie!«

»Rettet mich eigentlich einer vor diesem Mann?«

Sie nahmen sich in die Arme.

Mia verdrehte die Augen und wandte sich ab. »Ich geh mal telefonieren«, sagte sie.

Sofort waren ihre Eltern wieder ernst.

»Warte«, sagte Helene. »Es ist nur eine Telefonnummer. Die Herders … Vergiss nicht! Wir haben sie über Jahre hinweg vor den Kopf gestoßen.«

»Aus gutem Grund offenbar«, warf Jandrik ein.

»Keine Sorge. Mehr als auflegen kann er ja nicht. Dann

bleibt mir immer noch eine offizielle Rechercheanfrage über die Pressestelle.«

Sie ging in den Flur und schloss die Tür hinter sich. Das Telefonbuch wog mit einem Mal zehn Kilo. Es war kurz nach sieben. Offenbar hatte *Willi* ihrer Mutter eine Privatnummer gegeben. Sie könnte es jetzt versuchen. Oder morgen. Oder am Montag.

Jetzt.

Mia setzte sich auf die Telefonbank, die kein Mensch mehr für diesen Zweck benutzte, sondern nur noch als Ablage für ausgelesene Zeitungen, Alex' Baskenmütze, den Schuhlöffel und andere nutzlose, nicht vermisste Dinge, die einfach nur im Weg herumlagen und von Mia erst mal abgeräumt wurden. Dann griff sie nach dem Telefon. Ihr Blick ging zur Küchentür, hinter der es verdächtig still war. Sie wählte die Nummer und sogar das Tuten im Hörer klang altmodisch. Die ersten beiden Male klopfte ihr Herz wie rasend. Beim dritten Klingeln beruhigte es sich. Beim vierten sackte es vor Enttäuschung eine Etage tiefer Richtung Magengrube. Beim fünften klickte es und eine heisere Stimme meldete sich.

»Ja, hallo?«

Mia hätte um ein Haar den Hörer fallen lassen. Sie wusste nicht, warum sie auf einmal so nervös war. »Spreche … Spreche ich mit Wilhelm Herder?«

Stille. Dann: »Wer ist da?« Es klang misstrauisch und ablehnend.

»Mia Arnholt. Aus Meißen. Ich bin die Tochter von Helene. Also, ähm, Helene Arnholt.«

Keine Antwort.

»Hallo? Sind Sie noch dran?«

Nichts. Es rauschte zwar noch, aber der Mann am anderen Ende schien nicht mehr zu existieren.

»Hallo?«

»Mia?« Es klang wie ein Flüstern. »Helenes Tochter?«

»Sind Sie Wilhelm Herder?«

Ein tiefes Seufzen. »Ja. Oh ja, das bin ich. Und ich habe so lange auf diesen Anruf gewartet.«

2.

Nie wurde es still in dem großen Haus. Mal knackte irgendwo das verzogene Holz einer Stiege, dann wieder schrie draußen ein Nachtvogel. Früher hatten ihn diese Geräusche gestört. Doch seit Wilhelm Herders Ohren langsam aber sicher ihren Dienst einstellten, vermisste er sie. Er lauschte. Aber entweder schliefen die Vögel und das Haus auch, oder er war auf dem besten Weg, völlig taub zu werden.

Mit einem leisen Seufzen setzte er den Füllfederhalter wieder an und schrieb die letzten Worte. *Im Vollbesitz meiner körperlichen und geistigen Kräfte, Lüneburg, den …*

Na, das mit den körperlichen Kräften war heillos übertrieben. Er hoffte, dass sein Notar sie in Relation zu seinem Alter setzte: 93 Jahre. Fast ein Jahrhundertleben …

Er legte den Füller ab und lehnte sich zurück. Das Holz des alten Stuhls knarrte leise. Das konnte er hören, also war es tatsächlich sehr still um ihn herum geworden. Er liebte die späte Stunde. Alles schlief, die Welt da draußen schloss die Augen. Niemanden interessierte es, ob er um Mitternacht oder um vier Uhr morgens das Licht löschte. Keiner störte ihn. Er war mit sich allein, umgeben von Büchern und Erinnerungen.

Immer öfter glitten dann seine Gedanken zurück in frühere Zeiten. Zeiten, in denen das Haus und die Fabrik noch eine Einheit gewesen waren und die Eingangstür offen gestanden hatte für Mitarbeiter und Freunde. Die Abendgesellschaften waren groß und glanzvoll gewesen, und oft war er als kleiner Junge durch den Kellergang hinübergelaufen in die Manufaktur und hatte staunend vor den großen Maschinen gestanden, die ohrenbetäubend laut arbeiteten. Oder er hatte in die Kupferkessel mit dem brodelnden Zucker gelinst, bis der Meister ihn vertrieb. Da war das wuchtige Dreiwalzwerk, mit dem Zucker, Milchpulver und Kakao vermahlen wurden. Oder der Conchensaal, wo tagelang die dicke, glänzende Schokoladenmasse unter einer Granitwalze veredelt wurde. Rudolph Lindt hatte den Längsreiber erfunden, mit dem sie stundenlang bewegt wurde – dunkel, träge fließend und so betörend duftend, dass er bis heute den Geruch von Kakao weniger mit fremden, exotischen Ländern verband, sondern vielmehr mit der alten Halle. Der Nougat wurde mit dem Melangeur verarbeitet. Die Fondantmaschine machte aus Zucker eine halbelastische Masse, die anschließend in Förmchen gedrückt wurde. Kleine Osterhasen, Weihnachtsengel oder … Ja, sogar ein Nashorn war darunter gewesen.

Irgendwo standen die Aluminiumformen noch herum. Warum verwendete man sie nicht wieder? Die Leute liebten das. In Berlin arbeitete ein Konditor bis heute mit den Originalen aus den Zwanzigerjahren. Kleine Mäuse aus Schaumzucker mit schwarzen Knopfaugen, die noch mit Handarbeit aufgetupft wurden … Aseli hieß die Firma, er erinnerte sich an eine Messe in Breslau, wo er an der Hand des Vaters durch die Hallen gegangen war und sich sofort in diese Mäuse verliebt hatte (am liebsten hätte er ihnen allen die Schwänze abgebissen und die Äuglein weggeknuspert). Aber die Herders arbeiteten nicht mit Schaumzucker, sondern mit Schokolade. Der Pralinensaal – ein Paradies! Die Frauen hatten ihn rundgefüttert mit Walnussmarzipan und Nougat-Ganache und Buttersahnetrüffeln und Katzenzungen. Als seine Mutter dahintergekommen war, dass auch die eine oder andere Weinbrandbohne darunter gewesen war, hatte es ein Donnerwetter gegeben!

Noch heute konnte er das Lachen und Schwatzen der Frauen hören, die in Schürzen und mit Hauben auf dem Kopf garnierten, verzierten, die köstlichsten Pralinen mit Schokolade überzogen. Einen Raum weiter wurden sie in die Schachteln mit dem berühmten Herder-Schriftzug gepackt. »Rosengruß« hieß eine dieser Bonbonnieren. »Orchidee«, »Liebeslied«, »Wiener Walzer«.

Schokolade war in seiner Jugend eine frivole Verführung gewesen. In einer Zeit, in der die Sinnlichkeit am Knöchel endete, hatte der Gedanke an zart schmelzende, auf der Zunge zergehende Pralinen durchaus etwas Zweideutiges gehabt. Vor allem wenn die Pralinenschachtel von einem schneidigen jungen Mann überreicht wurde, wie er einer gewesen war …

Und dann waren die Braunhemden gekommen. Die Fackelzüge. Die Aufmärsche. Alles wurde zertreten von ihren Stiefeln, und ein Mädchen, das er sehr geliebt hatte, verschwand und kam nie wieder. Dieser entsetzliche Krieg! Das Leid. Die Schuld. Die Bomben. Die Bomben! Seltsamerweise hatten sie das Werk verschont. Ob die Tommies gewusst hatten, dass die Herders in ihrer altmodischen kleinen Fabrik nur Kanonenkugeln aus Schokolade herstellten? Dann der Untergang. Die Not. Es gab schon lange keine Rohstoffe mehr. Erbsenmehl, Braumalz und Haferflocken, dazu gehärtetes Pflanzenfett, mach mal einer Schokolade aus diesen Zutaten! Erst 1949 kam wieder Rohkakao in Bremen an und wurde unter allen Schokoladenherstellern aufgeteilt. Von da an ging's bergauf. Noch bis in die Achtzigerjahre hatten sie dort produziert. Dann, auf einmal, war Schluss damit.

Da hatte sein Sohn das Zepter übernommen. Aus der alten Halle aus Glas, Eisen und Ziegelstein hatte er ein Gästehaus gemacht und die Herder-Werke produzierten am Rande der Stadt in einer modernen Fabrik. In der Garage standen vier Autos, dazu noch irgendwo zwei Oldtimer. Es gab ein Ferienhaus in der Schweiz und moderne Kunst im Esszimmer, die seine Schwiegertochter Gabi in Basel oder Miami auf irgendwelchen Kunstmessen aufgeschwatzt bekam. Wann hatte das angefangen, dass der Reichtum eine so große Rolle in der Familie spielte? Mit Wolfgang, das musste er widerwillig zugeben. In den Achtzigerjahren war das gewesen, als Wilhelm gemerkt hatte, dass er langsam den Anschluss verlor an das, was sich Globalisierung, Arbeitsmarktprozesse und Kosten-Nutzen-Optimierung nannte. Der Firma war es gut gegangen, den Mitarbeitern auch. Herder-Schokolade galt etwas. Man verschenkte die großen Pralinenschachteln zu besonderen Anlässen, und an den Läden in Lüneburg, Hannover und Hamburg drückten sich die Steppkes die Nasen platt, wenn sie zu Weihnachten und Ostern die Schaufenster mit den Meisterwerken aus der Fabrikation dekorierten. Mit Wolfgang aber hatte eine Veränderung begonnen. Die Herders hatte sie reich gemacht. Immer noch ein paar Cent mehr für den Sack Kakao herauspressen. Immer höhere Produktionsleistungen. Dann die billigeren Zutaten, die nicht ganz so teuren Nüsse und Öle.

»Wir müssen weg von diesem Manufaktur-Image«, hatte Wolfgang erklärt. »So kommen wir nicht in die Discounter rein!«

Discounter ... Noch so ein Wort, das Wilhelm fremd geblieben war. Er hatte begriffen, dass die Leute kein Geld für Qualität mehr ausgeben wollten. Dass es ihnen auf Masse ankam und Wolfgang lieferte sie ihnen. Eine Tafel Schokolade für 29 Pfennige. Als Wilhelm sie zum ersten Mal probierte, hätte er sie um ein Haar wieder ausgespuckt. Um auf den gleichen Gewinn zu kommen, mussten sie nun das Fünffache verkaufen. Und siehe da – es gelang!

»Es ist der Preis, Papa. Die Leute schauen nur auf den Preis. Es ist ihnen egal, wo die Rohstoffe herkommen.«

Und ihm, ja, ihm war es irgendwann auch egal gewesen. Seine liebe Reinhild wurde krank. Immer kränker, immer schmaler wurde sie. Ihre letzten gemeinsamen Jahre wollte er nicht mit den Umstrukturierungen der Firma belasten. Wolfgang machte es doch gut, oder? Die kleinen Läden verschwanden, die Fabrikhalle hinter dem Haus wurde geräumt. Das neue Werk entstand. Die Produktion lief wie geschmiert. Und dann kamen die Skandale. Kinderarbeit auf den Plantagen. Verseuchtes Milchpulver aus China. Krebserregendes Mineralöl in den Verpackungen. Wolfgang gelang es immer irgendwie, sich herauszuwinden. Aber als man ihm mit dem Vanille-Betrug auf die Schliche kam – künstliche statt natürliche –, verlor er den Prozess. Weitere folgten. Geschmack und Duft kamen nicht mehr von den verarbeiteten Produkten, sondern von Firmen, die Aromastoffe herstellten. Da hatte Wilhelm seine Reinhild schon lange begraben und sich völlig zurückgezogen.

Immerhin – seit ein paar Jahren war die Sehnsucht nach dem Echten, Unverfälschten wieder erwacht. Wolfgang eröffnete die »Herder Manufactur«-Läden: Geschäfte, in denen das Personal altmodische Schürzen trug und die Kunststoffregale auf Holz getrimmt worden waren. Verkauft wurde im Großen und Ganzen dasselbe Sortiment: Schokolade, Gebäck, Pralinen aus der Massenproduktion. Dafür aber einzeln angeboten und in knisternde Papiertüten oder Kartons verpackt. Augenwischerei, hatte Wilhelm gedacht, als er vor Jahren zum letzten Mal in Bremen eines der Geschäfte von außen betrachtet hatte. Warum geben die Leute dafür nun mehr Geld aus? Weil ihnen die Illusion von etwas Handgemachtem verkauft wird? Er war die Fußgängerzone hinuntergelaufen, die er kaum noch wiedererkannt hatte, und hatte sich in eines dieser neuen Cafés gesetzt, die so gemütlich waren wie das Nagelbrett eines Fakirs. In seinem Kakao ertrank ein Berg Sprühsahne, verunziert mit zäher, künstlicher

Karamellsoße. Wilhelm hatte den Becher stehen gelassen. Das war keine heiße Schokolade. Das war … Chemie, Stickstoff, Zucker. Eine blassrosa, kränklich aussehende Brühe. Warum kauften die Leute so etwas? Kannten sie denn nicht mehr den Geschmack des Echten?

Er schreckte auf. Was war das? Er lauschte. Nichts. Sein Besucher war schon lange gegangen, die Haustür war abgeschlossen. Langsam sank er wieder zurück. Wenn man den Gedanken einmal freien Lauf ließ … Die beiden Kartons standen auf dem Tisch. Ihr Inhalt war seit einem halben Jahrhundert nicht mehr durchgesehen worden. Ein Glück, dass er sie aufgehoben hatte. Oben, auf dem Dachboden, in der Kiste, die außer ihm niemand mehr öffnete. Irgendwo musste es sein, das alte Tagebuch, das plötzlich so wichtig geworden war. Aber wo? In der ersten Kiste lag es nicht. Nur ein paar herausgerissene Seiten, in denen es um die Kriegsgräuel in Südwestafrika ging und die diese Pfeife von Historiker wohlweislich nicht verwendet hatte. Er hob den Deckel des zweiten Kartons an. Obenauf lagen uralte Schwarz-Weißaufnahmen. Gleich die erste zeigte Gottlob auf einem Zebra. Das Tier war gesattelt wie ein Pferd und setzte gerade zum Sprung an. Den Barren hielten … Wilhelm kniff die Augen zusammen. Wer war dieser kleine schwarze Junge auf dem Foto? Doch nicht etwa Jakob? Er legte das Foto zurück. Das Verlangen, noch einmal in die Vergangenheit hineinzutauchen, war übermächtig. Doch erst musste er das Wichtigste erledigen.

Er rieb sich über die Augen und nahm das Blatt hoch. *Testament* stand über dem kurzen Text. Er las ihn noch einmal durch, unterschrieb, faltete das Papier dann zusammen und steckte es in einen Umschlag. Gerade wollte er den Namen des Notars daraufschreiben, als er innehielt.

Wolfgang bekäme einen Tobsuchtsanfall, wenn er das lesen würde. Bataillone von Anwälten würden aufmarschieren und ihre Geschütze in Stellung bringen, um diesen letzten Willen zu pulverisieren. Und hatte Jürgensen, der alte Gefährte, seine Geschäfte und die Kanzlei nicht auch schon längst an die Nachfolger weitergegeben? Das Alter, es brachte alles durcheinander, löste alles auf – Beziehungen, Freundschaften, Loyalitäten. Jürgensen, zehn Jahre *jünger*, also auch schon über achtzig, Jürgensen würde dem alten Freund nicht mehr helfen können, wenn es hart auf hart kam. Was tun? Um es hieb- und stichfest zu machen, könnte er zwei Zeugen rufen. Wer kam dafür in Betracht? Sein Sohn und seine Schwiegertochter. Die würden sich bedanken, wenn sie mitbekämen, was er mit diesem Testament vorhatte. Den Jungen, seinen Enkel, wollte er raushalten. Der hatte doch nur Flausen im Kopf. Mit zwanzig durfte man das. Nein, Zeugen waren nicht nötig, solange er, Wilhelm, jetzt alles genau richtig machte.

Er setzte erneut an – und hielt wieder inne. Das Geräusch kam von oben. Es war so leise, dass er erst glaubte, er hätte sich verhört. Doch dann kam es wieder. Ein leises, wiederholtes Knarren.

Manchmal, wenn alles so still um ihn herum war wie in dieser Nacht, funktionierten seine Ohren noch. Halbwegs. Es war in Wirklichkeit ein ziemlich lautes Knarren, und er erinnerte sich sogar noch daran, wie es geklungen hatte: als ob zwei Baumstämme im Wald aneinanderrieben. Wahrscheinlich dachte derjenige, der sich dort oben herumtrieb, dass Wilhelm sowieso taub war oder schon längst schlief. Seltsam. Seit Jahren war niemand mehr auf dem Dachboden gewesen. Nur Carolina, die er gebeten hatte, die Kartons zu holen. Und jetzt war es mitten in der Nacht …

Er schrieb einen anderen Namen und eine andere Adresse auf den Umschlag. Dann zog er eines dieser famosen gelben Papierchen ab, die von alleine hafteten und sich auch problemlos wieder abziehen ließen. Darauf schrieb er: »Per Einschreiben. Dringend!«

Carolina, die Haushälterin, die morgens in sein Zimmer kam, das Bett machte und den Staub wischte, würde den Brief zur Post bringen. Er vertraute ihr, weil ihre Familie seit Generationen im Dienst der Herders stand und diese Zeit mehr verband als Tarifverträge. Er erhob sich und ging mit vorsichtigen, tastenden Schritten zu seinem Schrank. Im oberen Fach lag das Portemonnaie. Ein Zwanzig-Euro-Schein. Er fühlte sich glatt und künstlich an, gar nicht so wie das Papiergeld, das er kannte. Schöne neue Zeit … Bald würde es wohl gar nichts Bares mehr geben, wenn man den Propheten der Abendnachrichten glauben durfte. Aber hatte er eigentlich so viel ausgegeben diesen Monat? Dabei war sein Enkel erst vor ein paar Tagen für ihn auf der Bank gewesen. Er würde Gabi bitten müssen, für ihn Geld abzuheben, und sie würde wieder mit ihrer hohen Stimme fragen, wofür er denn so viel bräuchte, er hätte doch alles, sie täten doch alles, wofür das alles … Carolina hingegen schwieg wie ein Grab. Im Laufe der Jahre war zu dem Vertrauen noch etwas zwischen ihnen beiden entstanden, dem gebrechlichen Alten und der Haushälterin, was man vielleicht mit freundschaftlicher Komplizenschaft beschreiben könnte. Mal eine gute Flasche Wein, mal eine Zigarre (am offenen Fenster natürlich, denn seine Schwiegertochter hatte die Angewohnheit, ohne zu klopfen einzutreten, die Arme in die Hüfte zu stemmen wie Witwe Bolte und mit gerümpfter Nase zu fragen: Wurrrrde hierrr gerrrauchttt?). Wilhelm holte den Schein heraus, den er als Portoauslage für ein Einschreiben ebenfalls an den Brief heften wollte, faltete ihn auf seine Art – einmal längs, einmal quer – und fuhr zusammen: Oben war etwas heruntergefallen und rollte über den Boden.

Langsam legte er das Portemonnaie zurück. Den Schein steckte er in die Tasche seines Morgenmantels. Er wusste, was dort rollte. Schließlich kannte er den Dachboden. Er war da oben aufgewachsen, an diesem verstaubten, geheimnisvollen Ort, an dem die Geister der Vergangenheit in Truhen gesperrt waren und ihre Seufzer durch die Ritzen wehten. Wie oft hatte er sich dort versteckt! Es war verboten gewesen hinaufzugehen, aber seit wann kam man einem Jungen mit Verboten bei? Da waren Schätze und Dämonen, Fabelwesen und Kobolde, Schlangenhäute und Totems, Masken und Giftpfeile, und so vieles, was einem in einer Mischung aus Faszination und Grauen eine Gänsehaut den Rücken hinunterschickte.

Was für eine seltsame Nacht! Die Vergangenheit stieg aus dem Vergessen, aus Buchdeckeln und Gräbern, aus Schubladen und, ja, auch aus dem Telefon, und sie schien auf einmal zum Greifen nah. Das musste mit dem Anruf zusammenhängen. Mia Arnholt, das Mädchen aus Meißen. Jakobs Urenkelin. Jakob … In seinen Augen war er riesig gewesen, riesig und schwarz. Und er, Wilhelm, ein kleiner Junge, der gar nicht mitbekommen hatte, was da geschah und warum dieser Mann auf einmal im Haus war und so wütend mit seinem Vater redete. Erst viel später hatte Wilhelm herausgefunden, worum es gegangen war. Da war sein Vater schon lange tot und Wilhelm hatte die Geschäfte übernommen und durch die schweren Zeiten bringen müssen. Das hatte es nicht gegeben, damals. »Aufarbeitung.« Sie hatten noch nicht einmal einen Begriff dafür gehabt. Entschuldigung vielleicht? Er hatte es versucht, viel zu spät. Und natürlich war ihm eisige Ablehnung entgegengeschlagen.

Es war sein wunder Punkt. Und vielleicht hatte ihn deshalb Mias Anruf so aufgewühlt. Er wollte sich abwenden und zum Schreibtisch zurückgehen, da knarrte es wieder. Direkt über ihm.

Das war in Afrika. So hatte er den Teil des Dachbodens immer genannt, weil die Museen seiner Kindheit eigene Säle für die Kontinente gehabt hatten mit riesigen Schildern: Afrika, Asien, Amerika … Jemand stöberte in Afrika herum. Weder Wolfgang noch Gabi oder sein Enkel Will hatten jemals Interesse dafür gezeigt. Der Dachboden war »ein Fall für die Müllabfuhr«. Ein paar Stücke waren im Bremer Überseemuseum gelandet – Wilhelm erinnerte sich mit Grausen, welche das gewesen waren. Der Rest war wertloser, mottenzerfressener Plunder.

Und trotzdem schlich jemand dort oben herum. Etwas in Wilhelm riet ihm, Hilfe zu holen. Doch das ging gegen seine

Ehre. Afrika gehörte ihm. Und er musste es verteidigen. Seine Kinder würden nicht verstehen, was da oben verborgen lag und beschützt werden musste. Und Will … Eine Sekunde dachte er an seinen Enkel. Will würde sofort mit ihm kommen, aber der Junge war wahrscheinlich noch gar nicht zurück von seinen nächtlichen Touren. Außerdem hatte er ein Zimmer im Erdgeschoss und Wilhelm war sich über das Schwinden seiner Kräfte durchaus im Klaren. Hinauf zum Dachboden würde es noch gehen. Aber hinunter zu Will und dann wieder hinauf … Nein, er musste selbst nachsehen und den Eindringling stellen oder vertreiben. Wahrscheinlich war es ein verzweifelter Einbrecher, der dort oben Schätze vermutete und sich nun in steigender Enttäuschung durch die staubigen Relikte wühlte. Ein Griff zum Spazierstock, der an der Wand lehnte, und schon fühlte Wilhelm sich bewaffnet. Langsam drückte er die Klinke hinunter und öffnete die Tür.

Der lange Flur lag da wie ausgestorben. In der Ecke verbreitete eine heruntergedimmte Stehlampe trübes Licht. Wilhelm tastete sich vorwärts, eine Hand an der Wand, die andere am Stock, und verfluchte den rutschigen Läufer, den Gabi hier oben hatte auslegen lassen. Wollte sie, dass er sich das Genick brach? Er war nie richtig warm mit seiner Schwiegertochter geworden. X-mal hatte er sie gebeten, den Teppich zu entfernen. Aber ab einem gewissen Alter schien es, dass die anderen einen weder sahen noch hörten. Er wünschte sich, dass das auch für den Einbrecher gelten möge. Denn als er die schmale Treppe zum Dachboden erreicht hatte, war er sich seiner Sache nicht mehr so sicher. Weit entfernt von einer Furcht einflößenden und Respekt gebietenden Gestalt, schleppte er sich die steilen Stufen hoch. Bis auf den Überraschungsmoment hatte er nichts, womit er den Eindringling vertreiben konnte. Da. Wieder ein Geräusch! Es klang, als ob ein Pappkarton mit bloßen Händen zerrissen würde. Da war aber jemand ziemlich in Eile und ganz schön auf der Suche.

Wilhelm erreichte den kleinen Absatz vor der Dachbodentür und blieb einen Moment stehen, um zu verschnaufen und das Stechen in seinem Knie unter Kontrolle zu bringen. Die Tür stand einen Spalt offen. Eigentlich war hier oben immer abgeschlossen. Doch seine Augen waren zu schlecht, als dass er erkennen konnte, ob das Schloss aufgebrochen oder konventionell geöffnet worden war.

Jemand stolperte, riss etwas Scheppherndes um und stieß einen wütend geflüsterten Fluch aus. Wilhelm öffnete die Tür. Ihn empfing eine plötzliche, unheilvolle Stille.

Er begriff, dass er mitten im Fluchtweg stand. Wenn er den Einbrecher vertreiben wollte, durfte er sich ihm nicht in den Weg stellen. Tock tock tock. Der Stock klopfte auf den Boden, als er den Raum betrat. Seine Hand zitterte auf dem Weg zum Lichtschalter. Das Drehen des Knebels brauchte mehr Kraft, als er gedacht hatte. Klack. Blingblingbling. Zwei Leuchtstoffröhren sprangen an, hoch oben und weit weg, irgendwann in den Sechzigern installiert. Licht blendete, Schatten warfen sich auf ihn. Er lehnte sich an die Wand und spürte, wie sein Herz jagte. Jetzt bloß keinen Infarkt, dachte er. Einbrecher leisten selten Erste Hilfe. Und bis ihn hier einer finden würde …

Es blieb still. Der Unbekannte musste schockgefroren sein. Damit hast du nicht gerechnet, Kerlchen, dachte Wilhelm grimmig. Hinten links hast du dich versteckt. Zwischen Indien und Amazonas, in Afrika. Da werde ich dich jetzt raustreiben. Tock tock tock. Wilhelm machte sich auf den Weg. Den Stock ließ er vor sich wie ein Blinder über den Boden gleiten. Er sah das Zebra, es schien ihn anzugrinsen. Die vielen Regale mit den Krügen und den Schachteln. Die Landkarten, die Körbe voller vertrockneter Pflanzen, die zu Staub zerbröselten. Brokat- und Samtstoffe, deren Farben ihn einst mit ihrer Leuchtkraft begeistert hatten, verblichen waren sie und dienten den Mäusen als Lager. Und stand da nicht, kurz vorm Amazonas, Kurt in der Ecke? Kurt, der Maskenmann? Lauter alte Bekannte. Da. Ein Schatten flitzte hinter einem Regal entlang.

»Stehen bleiben!«, schrie Wilhelm und wusste, dass dies ein absurder Wunsch war. »Ich habe die Polizei informiert!«

Wo war der Kerl hin? Wilhelm drehte sich um. Ein metallisches Geräusch drang an seine Ohren. Wie verrostete Räder. Irgendetwas bewegte sich und es war kein Mensch. Ihm wurde bewusst, wie tollkühn er gewesen war, den Einbrecher zu bedrohen. Er sollte schleunigst zurück zur Treppe. Er lief los, und das eiserne Kreischen verfolgte ihn, schraubte sich in seinen Kopf, kam näher und näher. Er wagte nicht, sich umzusehen. Die Schatten wirbelten durcheinander, und einer davon erhob sich, wurde größer und größer und ähnelte keinem Menschen mehr …

Mit einem Schrei stürzte Wilhelm ins Treppenhaus und schlug die Tür hinter sich zu. Schwer atmend blieb er stehen. Jetzt nur noch ein paar Stufen und rein in sein Zimmer. Da stand das Telefon, mit dem er die Polizei rufen würde.

Etwas neben ihm bewegte sich. Es war die Türklinke. Und sie wurde langsam, Millimeter für Millimeter, nach unten gedrückt.

3.

Helene brachte Mia zum Bahnhof. Es war kurz nach acht am Montagmorgen. Die Fahrt nach Lüneburg würde gut sechs Stunden dauern und Mia wollte innerhalb der Geschäftszeiten ankommen. Wenn es gar nicht laufen sollte mit den Herders, konnte sie immer noch den letzten Zug zurück nehmen, der um halb sieben abfuhr.

»Hast du wirklich genug Geld dabei?«

»Ja, Mutsch.«

»Du sollst nicht am Bahnhof schlafen. Das will ich nicht.«

»Ja-haaa.« Mia kramte nach ihrer Bahncard. Einen schrecklichen Moment lang befürchtete sie, sie vergessen zu haben, dabei steckte sie nur im Seitenfach ihrer Umhängetasche.

»Nimm dir ein anständiges Hotel. Keine Absteige!«

»Mutsch?«

Ihre Mutter hielt an der Ampel und sah sie kurz an.

»Ich bin neunzehn. Okay? Volljährig.«

»Volljährig heißt nicht erwachsen.« Helene gab Gas.

Das ganze Wochenende lang hatten sie immer wieder über das seltsame Telefonat zwischen Mia und Wilhelm gesprochen. Sie sollte alles mitbringen, was von Jakob geblieben war, und er hätte eine große Überraschung für sie. Welche das sein konnte, danach hatte Mia nicht gefragt und sich hinterher ziemlich darüber geärgert.

»Vielleicht ein Schokohase?«, sinnierte Jandrik und erntete postwendend eine Kopfnuss von Mia. »Autsch! Ist jetzt mal Schluss mit der Gewalt gegen Männer hier? Wenn mir jemand eine Überraschung verspricht, will ich wissen, worum es geht. Bevor ich quer durch die Republik reise.«

Die Fahrt ging über Dresden und Berlin und dann Richtung Hamburg/Schwerin. Mia war noch nie in ihrem Leben in Lüneburg gewesen. Im Internet hatte sie Bilder gesehen von einer wunderschönen Altstadt mit uralten Gildehäusern aus Backstein. Lüneburg hatte dem Hansebund angehört. Auch das war ihr neu. Die Stadt verdankte ihren Reichtum dem Salz, nicht der Schokolade. Zumindest in früheren Zeiten. Doch sie würde kaum Gelegenheit haben, sich umzusehen. Mia bedauerte das sehr. Aber Wilhelms Stimme klang noch in ihren Ohren: gebrochen, fast heiser vom Alter, aber voller Vorfreude.

»Gibt es noch etwas von Jakob? Erinnerungen etwa?«, hatte er gefragt.

Und Mia, die nicht wusste, wie sie auf diese Freundlichkeit reagieren sollte, hatte sich einfach für die Wahrheit entschieden. »Wir haben noch einen Koffer von ihm. Aber viel ist nicht übrig geblieben. Meine Mutter versucht, ein Hemd zu retten. Sonst gibt es noch einen Brief und zwei Karten, die wir aber nicht lesen können, und etwas Geflochtenes, das sich schon beim bloßen Ansehen auflöst.«

»Bringen Sie es mit. Bringen Sie alles mit!«

Irgendwie war das eine Recherche in die falsche Richtung. Schließlich wollte Mia Licht in die Vergangenheit bringen. Im Moment sah es aber eher danach aus, dass sie Wilhelm helfen würde.

»Kann ich denn in Ihr Archiv? Bei uns im Laden hängt ein Foto, auf dem Jakob Arnholt zu sehen ist, gemeinsam mit einem Gottlob Herder.«

»Das war mein Vater«, kam die Stimme am anderen Ende der Leitung leise zurück.

Mia wollte etwas Nettes sagen, aber Wilhelms Feststellung hatte seltsam traurig geklungen. So blieb sie lieber bei einem »Aha.« Und dann: »Eigentlich geht es um ein Nashorn aus Schokolade. Aus dem Jahr 1913, aus Ihrer Manufaktur. Gottlob und Jakob haben es zusammen gemacht. Darüber würde ich gerne mehr erfahren. Haben Sie denn darüber noch Aufzeichnungen?«

Der alte Mann schien einen Moment nachzudenken. Als er wieder sprach, hörte er sich gefasst und beinahe optimistisch an. »Aber sicher. Es gibt sogar eine Ausstellung in Bremen. Oder ist die schon wieder geschlossen? Ich weiß es nicht. Mein Vater hat die schönsten Schokoladenfiguren der Welt gefertigt. Auf jeden Fall wird noch etwas zu finden sein. Ich zeige es Ihnen, keine Sorge. Sie werden alles erfahren, liebe Mia. Alles.«

Das hatte so … bedeutsam geklungen.

Mia war gerührt und gleichzeitig neugierig. »Wann kann ich denn vorbeikommen?«

»Am Montag? Das würde sehr gut passen.«

Und atemlos, fast hastig, hatte sie zugesagt.

Dann hätte sie zumindest den Anfang ihrer Recherche im Kasten. Eventuell müsste sie noch nach Bremen, um diese Ausstellung aufzuspüren. Sie rechnete mit einer Übernachtung in Lüneburg und eventuell noch einer zweiten, aber das würde sich vor Ort entscheiden. Alex hatte ihr am Morgen noch heimlich einen Fünfzig-Euro-Schein zugesteckt. »Für alle Fälle und sag Helene nichts davon.« Geld war so knapp geworden …

Der Tau der Nacht kühlte die Luft. Im Laufe des Tages war schönes, frühsommerliches Wetter angesagt. Mia hatte deshalb nur eine leichte Jacke mit, die sie jetzt zu ihren anderen Sachen in die Umhängetasche stopfte. Helene hatte Jakobs Hemd gewaschen und gebügelt. Die Stockflecken waren geblieben, die Löcher auch. Aber wenigstens roch es nicht mehr so unangenehm.

Der Bahnhof tauchte auf, Pendler hasteten über die Straße, um die Züge nach Dresden oder Leipzig zu erwischen. Berlin war weit weg, aber als Mia auf den Bahnsteig kam, war sie froh, eine Reservierung zu haben. Offenbar reiste halb Sachsen montagmorgens in die Hauptstadt. Helene hatte den Wagen im absoluten Halteverbot abgestellt und sah nun nervös auf ihre Armbanduhr.

»Geh schon, Mutsch.«

»Ich muss den Laden pünktlich aufmachen.«

»Weiß ich doch.«

Sie nahmen sich in die Arme. Helene gab ihr einen Kuss auf die Wange.

»Mutsch?«

»Ja?«

»Warum hast du nie mit den Herders gesprochen?«

Ihre Mutter, schon in Gedanken bei ihrem Auto, dem Strafzettel und einer geschlossenen Ladentür, an die wütende Kunden klopften, sah sie einen Moment verwirrt an.

»Ist etwas vorgefallen?«, fragte Mia.

»Vorgefallen?«

»Zwischen uns und den Herders.«

»Ich hab dir doch gesagt, ich weiß es nicht.«

Mia sah ihre Mutter abwartend an. Die schaute noch mal auf die Uhr, gab ihrer Tochter einen weiteren Kuss und trat zwei Schritte zurück.

»Ich kann auch Wilhelm Herder danach fragen. Aber es wäre mir lieber …« Mia brach ab.

Helene bekam die steile Falte zwischen den Augen. »Hör zu, ich habe jetzt leider keine Zeit, um mit dir darüber zu reden. Außerdem war ich ein Kind, als ich davon erfahren habe. Ich konnte es lange Zeit gar nicht richtig einordnen.«

»Was?«

Helene presste die Lippen aufeinander.

»Was, Mutsch? Ich würde es wirklich gerne wissen, bevor ich mit Wilhelm rede. Nicht, dass ich dort in irgendein offenes Messer laufe.«

Ihre Mutter nickte. Nervös griff sie an das Lederarmband ihrer Uhr, das ein wenig zu weit war, und drehte es einmal um sich selbst. Ein sicheres Zeichen, dass sie sich nicht wohl in ihrer Haut fühlte. »Ein Zerwürfnis eben.«

»Aber jedes Zerwürfnis hat doch einen Grund!«

Eine scheppernde Stimme verkündete über die Lautsprecheranlage das Eintreffen des Zuges.

»Lass es gut sein, ja? Kümmere dich um das Nashorn. Das ist wichtig. Nicht irgendwelche Streitereien. Ich möchte nicht, dass die in deinem Artikel eine Rolle spielen. Ich glaube, ich hatte mich klar ausgedrückt.«

»Ja«, antwortete Mia und stieg ein.

Es bedrückte sie noch eine ganze Weile während der Fahrt, dass dieses Gespräch den Abschied von Helene überschattet hatte. Doch schon beim Umsteigen im Berliner Hauptbahnhof waren alle Grübeleien vergessen. Die lauten Ansagen, die vielen Menschen, das gewaltige gläserne Gebäude – alles zusammen vermittelte den Eindruck von rastloser Großstadt und Aufbruch zu fernen Ufern. In Hannover war Mia schon ziemlich aufgeregt. Und als der Zug endlich in Lüneburg hielt, stieg ihre Nervosität gleich noch einmal an.

Zu ihrer Enttäuschung hatte sie wirklich keine Zeit, die Altstadt zu besuchen. Die Herders wohnten im Grünen Weg, das hatte Wilhelm ihr gesagt. Und der lag irgendwo am Stadtrand. Nachdem sie endlich den richtigen Bus erwischt hatte, konzentrierte Mia sich auf ihre Fragen, die sie in einem kleinen Notizbuch zusammengefasst hatte.

Wie wurde so ein Nashorn hergestellt?

Aus welchen Kolonien kamen damals die Rohstoffe?

Warum hatte Gottlob Herder ausgerechnet einen kleinen Jungen aus Deutsch-Südwestafrika mitgebracht?

Über Jakobs Eltern war kaum etwas bekannt. Karl Arnholt und eine Einheimische, deren Namen keiner mehr kannte. Karl fiel in einem Krieg in Afrika, sein kleiner Sohn kam mit Gottlob Herder nach Deutschland. Merkwürdig, dass das nie ein Thema gewesen war. Könnte das der Grund für das Zerwürfnis gewesen sein? Sie würde Wilhelm auf jeden Fall danach fragen. Er hatte nett geklungen. Hocherfreut und aufgeregt. Sie stellte sich einen zierlichen, weißhaarigen Mann in einem Lehnstuhl vor, der geduldig und ehrlich alle Fragen beantworten würde.

Wohin wurde das Nashorn geliefert?

Wer hatte es schließlich aufgegessen?

Gab es noch mehr exotische Tiere, die Gottlob und Jakob hergestellt hatten?

Wie musste man sich einen Tag in einer Schokoladenfabrik vorstellen?

»Grüner Weg!« Der Busfahrer drehte sich suchend um. »Eine junge Dame wollte hier raus!«

»Ich!«

Mia raffte ihre Sachen zusammen und verließ den Bus, der sofort weiterfuhr. Sie stand in einer Kastanienallee mit grünem Mittelstreifen. Die Fahrbahnen waren mit Kopfsteinpflaster belegt, weshalb der Bus ziemlich holperte, bevor er hinter der nächsten Ecke verschwand. Vögel zwitscherten. Es roch nach frisch gemähtem Gras und Lindenblüten. Die Häuser lagen verborgen hinter Zäunen und hohen Hecken. Was Mia von ihnen sehen konnte, wirkte alt und nobel. Giebel, Türme, Erker, manche Fassaden waren aus Backstein, andere wurden von Fachwerk getragen.

Die Grundstücke waren riesig. Der Grüne Weg zog sich. Die Hausnummer siebzehn lag schätzungsweise einen Kilometer von der Bushaltestelle entfernt. Fast ländlich wirkte die Straße hier. Mia fand die Klingel an einem kunstvoll gearbeiteten Steintor. W. H. stand da nur. Kombiniere: Wilhelm Herder, dachte sie und grinste. Ihr Herz klopfte. Sie klingelte und wartete. Ein Auto kam um die Ecke, hinter der der Bus abgebogen war. Sie klingelte noch einmal. Nichts rührte sich. Das Auto hielt auf das Tor zu, Mia ging einen Schritt zur Seite. Jetzt bemerkte sie das Kameraauge über ihr. Langsam und leise öffneten sich die zwei schmiedeeisernen Torflügel. Das Auto schob sich an ihr vorbei, und Mia wollte ihm folgen, blieb dann aber entsetzt stehen. Es war schwarz, mit Palmenzweigen auf den hinteren Fenstern, und es war … ein Leichenwagen.

Mia lief hinter dem Auto her. Es fuhr einen breiten Weg hinauf, der in einer Zufahrt vor dem Haus endete. Das Gebäude selbst war riesig und wunderschön. Über und über mit Efeu bewachsen und von blühenden Sträuchern und Büschen umgeben. Hier und da blätterte die weiße Farbe ab und die hübschen Jugendstilfenster hätten auch einen neuen Anstrich vertragen können. Aber genau das machte es einladend. Wäre es perfekt renoviert gewesen, hätte es wohl ziemlich protzig ausgesehen.

Aus dem Wagen stiegen zwei Männer in schwarzen Anzügen. Jeder der beiden setzte sich einen Zylinder auf und streifte sich weiße Handschuhe über. Die Haustür wurde geöffnet. Eine Frau mittleren Alters ließ die beiden hinein. Mia rannte die letzten Meter.

»Hallo?«

Die Frau hatte die Tür schon beinahe geschlossen. Jetzt wartete sie, bis Mia den Eingang erreicht hatte.

»Ich bin Mia Arnholt. Ich habe einen Termin mit Wilhelm Herder. Ich hoffe …«, ihr Blick huschte über den dunklen Wagen, »… ich komme nicht ungelegen.«

Die Frau, vom Alter her schätzte Mia sie auf Mitte bis Ende vierzig, hatte ein liebes, rundes Gesicht. Erstes Grau durchzog die kurzgeschnittenen braunen Haare. Ihre Augen waren vom Weinen geschwollen und gerötet. Sie trug eine Schürze und bequeme Arbeitsschuhe. Keine Millionärin, das erkannte Mia auf den ersten Blick.

»Es tut mir leid«, flüsterte sie. »Sie kommen zu spät. Herr Herder ist gestern gestorben.«

»Oh mein Gott.« Mia ließ ihre Umhängetasche auf den Boden fallen. Der Schock fühlte sich an, als wäre sie durch eine Eisdecke in einen dunklen See gefallen. »Das … Das ist nicht möglich. Wir haben doch noch …«

Die Frau hatte Mias Tasche so schnell aufgehoben, als wäre sie ihr selbst heruntergefallen. »Kommen Sie herein. Ich mache Ihnen einen Tee. Dann werde ich sehen, ob ich die Familie stören kann. Wir sind in tiefer Trauer.«

Mia nickte und folgte ihr. Die Eingangshalle lag im Halbdunkel, die kleinen runden Fenster waren von Efeu verschattet und ließen nur ein stark gestreutes Licht hinein. Ein schachbrettartig gemusterter Steinfußboden, rechter Hand ein riesiger, kalter Kamin. Dahinter zwei kleinere Türen. Die breite Treppe, gebaut für spektakuläre Auf- und Abtritte, führte hinauf zu einer Galerie, von der mehrere Zimmer abgingen. Die Frau wandte sich nach links, wo ein kleiner, gemütlicher Salon offenbar dazu eingerichtet worden war, Besucher zu empfangen, und schenkte Mia ein entschuldigendes Lächeln.

»Ich bin Carolina. Warten Sie bitte, ich werde Ihren Besuch gleich melden. Wie war Ihr Name?«

»Mia. Mia Arnholt. Ich hatte am Samstagabend noch mit Herrn Herder telefoniert.«

»Samstagabend? Dann waren Sie vielleicht die Letzte, die mit ihm gesprochen hat.«

»Was ist denn passiert?«

Die Augen der Frau füllten sich mit Tränen. Sie musste den alten Mann sehr gemocht haben. »Er ist gefallen. Nachts. Auf der Treppe. Wahrscheinlich ist er auf dem Läufer oben ausgerutscht. So oft hat er gesagt … Ach, es bringt ihn auch nicht zurück.«

Mia legte ihre Hand auf Carolinas Arm. Die Geste schien die Frau erst recht aus der Fassung zu bringen, denn sie schluchzte auf und suchte in der Tasche ihrer Schürze nach einem Tuch.

»Mein Beileid«, sagte Mia und zog die Hand zurück. »Das ist ja furchtbar! Ich hatte mich so auf das Treffen gefreut.«

»Mia Arnholt?« Carolina putzte sich hastig die Nase und steckte das Tuch wieder weg. »Aus Meißen?«

»Ja.«

Die Hausangestellte wollte etwas sagen, aber dann überlegte sie es sich anders. »Ich mache Ihnen einen Tee. Warten Sie bitte.«

Von irgendwo aus dem Haus, wahrscheinlich oben auf der

Galerie, kam ein Ruf. »Carolina? Carolina!« Es war ein Mann und die Stimme klang ungeduldig. Carolina lief hinaus. Mia blieb allein zurück.

Wilhelm war tot. Das konnte doch nicht wahr sein! Nach so langer Zeit nahm endlich jemand von den Arnholts wieder Kontakt auf und dann war es zu spät. *Ich habe so lange auf diesen Anruf gewartet.* Wie froh er gewesen war, wie ungeduldig, sie zu sehen! Vielleicht hatte genau diese Ungeduld zu dem Unfall geführt?

Mia schlug die Hand vor den Mund. Sie ging zum Fenster und riss es auf, lehnte sich hinaus und versuchte, die Tränen zurückzuhalten, aber es gelang ihr nicht. Sie stürzten einfach hervor und eine tiefe, überwältigende Trauer stieg wie eine Welle in ihr hoch. Am schlimmsten war, dass dieses Gefühl sich nicht entscheiden konnte: War es wirklich die Verzweiflung über den Tod eines Mannes, den sie kaum kannte? Oder die Frustration über die verpasste Gelegenheit, einen letzten Zeitzeugen zu interviewen? Sie kam sich schäbig vor, auch nur daran zu denken. Doch wegschieben ließ sich der Gedanke auch nicht. Sie brauchte ein paar Minuten, bis sie sich wieder in der Gewalt hatte. Leider war sie nicht so perfekt organisiert wie Carolina. Also wischte sie sich das Gesicht mit den Händen ab und hoffte, dass es irgendwo im Erdgeschoss eine Toilette gab, in der sie sich einigermaßen herrichten konnte, bevor sie den Herders unter die Augen trat.

Die Tür stand noch halb offen. Mia ging hinaus in die Halle. Niemand war zu sehen. Sie wollte rufen, aber dann fiel ihr gerade noch rechtzeitig ein, was da oben wohl geschah: der Abschied der Familie, bevor die Bestatter Wilhelm Herders sterbliche Überreste in den Sarg legen und ihn aus dem Haus bringen würden. Unmöglich, jetzt mit einem »Hallo!« hineinzuplatzen. Sie sah sich um. Schräg gegenüber, hinter der breiten Treppe, befand sich eine der kleinen Türen. Sie war gerade auf halbem Weg durch die Halle, als von oben Stimmen zu hören waren. Die Bestatter kamen mit dem Sarg, gefolgt von der Familie. Mia wäre am liebsten im Erdboden versunken, aber so blieb ihr nichts anderes übrig, als mit gesenktem Haupt stehen zu bleiben und zu warten, bis die Prozession an ihr vorüber war. Ein älteres Ehepaar, beide in Schwarz gekleidet, Carolina, dahinter ein Mann in Arbeitskleidung, der aussah wie ein Gärtner, und …

»Wer sind Sie denn?«

Mia sah hoch. Vor ihr stand ein junger Mann, den sie in jeder anderen Situation mit »geiler Typ« beschrieben hätte. Sofern er über einen anderen Gesichtsausdruck als den verfügte, mit dem er sie gerade musterte. Auch er trug einen schwarzen Anzug, der aber in einem starken Kontrast zu seinem sonstigen Äußeren stand: braungebrannt, die Haare durcheinander, als ob er gerade aufgestanden wäre, lässige Haltung.

»Liefern Sie die Blumen? Dann würde ich Sie bitten, den Lieferanteneingang zu benutzen.«

Mia öffnete den Mund und schloss ihn wieder.

Carolina wurde aufmerksam und gesellte sich zu ihnen. »Frau Arnholt aus Meißen«, flüsterte sie, weil das Ehepaar an der Tür ärgerlich zu ihnen hinübersah. »Entschuldigen Sie bitte, dass ich sie nicht angemeldet habe.«

»Schon gut. Danke.«

Wenigstens mit seinen Dienstboten ging er höflich um.

Mia öffnete wieder den Mund, aber dieses Mal kam er ihr zuvor. »Und was wollen Sie?«

»Ich hatte …« Ihr Blick flog zur Tür. Sie konnte den Sarg sehen – schwere, dunkle Eiche oder so etwas in der Art, reich beschnitzt und mit einer Samtdecke belegt. Gerade schoben ihn die beiden Bestatter durch die Ladeluke in den Wagen. Sie schluckte. »… einen Termin. Mit Herrn Herder. Senior.«

Er war einen Kopf größer als sie. Die Ähnlichkeit mit seinem Vater war unverkennbar, auch wenn seine Züge irgendwie schärfer konturiert waren. Blaue Augen, eine gerade, etwas zu breite Nase, kräftiges Kinn. Sportlich offenbar, denn trotz der seriösen Trauerkleidung sah er so aus, als ob er jeden Tag vor dem Frühstück drei Bären erlegte oder einen halben Wald zu Feuerholz zerhackte.

»Sie soll oben warten«, sagte er zu Carolina und ging hinaus zu seinen Eltern. Der Mann, der mit an Sicherheit grenzender Wahrscheinlichkeit sein Vater und somit … Wolfgang? War das sein Name? … Wolfgang Herder war, hatte mit den Bestattern noch Einzelheiten zu klären. Seine Frau stand auf der Eingangsstufe und machte ihrem Sohn Platz, hatte aber selbst wohl keine Lust, sich dazuzugesellen.

»Kommen Sie, bitte.« Carolina ging die breite Treppe voran.

Ein Ruf draußen vor der Tür, ein Scheppern, als ob ein Blumentopf auf dem Boden zerschellte – die Bestatter mussten irgendwo dagegengekommen sein.

»Carolina!«

Wolfgangs Stimme, herrisch, ungeduldig. Die Hausangestellte drehte sich hastig um. »Zweite Tür links, bitte. Im Salon.«

Sie eilte nach unten, Mia erreichte die Galerie und wandte sich nach links. Die zweite Tür stand offen und sie betrat … Wilhelms Zimmer.

Es konnte nur Wilhelms Zimmer sein. Ein Salon sah anders aus. Dies hier war ein Mittelding aus Studierstube, Bibliothek, Museum und Kuriositätenkabinett. Ein riesiger, abgelaufener Perserteppich lag auf dem dunklen Eichenboden. Die Regale gingen bis zur Decke und waren millimetergenau eingepasst. In ihnen standen Hunderte von Büchern, dazu aller möglicher Kram wie ausgestopfte Murmeltiere, ein Fernrohr, gläserne Briefbeschwerer, uralte Gerätschaften wie Zirkel, Rechenschieber und Winkelmesser. Eine Druckgussform aus Aluminium: ein kleines Nashorn! Mia stand davor und spürte wieder, wie die Trauer ihr die Kehle zudrückte.

Das Bett war ordentlich gemacht. Die Hausschuhe standen davor, als ob ihr Besitzer gleich durch die Tür kommen und hineinschlüpfen würde. Die wenige freie Fläche an den Wänden war zugehängt mit Bildern. Die Pyramiden im Abendlicht, eine Großwildjagd, irgendetwas Alpenländisches. Ein paar ebenholzfarbene Masken, wahrscheinlich aus Afrika. Dicke dunkelgrüne Samtvorhänge ließen nur durch einen Spalt etwas Licht ins Zimmer fallen, sodass das dunkle Holz der Möbel geheimnisvoll glänzte und das Zimmer die Aura einer Zeitkapsel verströmte, versiegelt vor vielen Jahrzehnten, als Wilhelm ein junger Mann gewesen war. Alles wirkte wie zufällig zusammengewürfelt, aber genau das machte den Charme aus, denn es passte zueinander.

Auf dem Schreibtisch standen zwei Kartons, einer davon war geöffnet. Neugierig trat Mia näher. Fotos und alte Unterlagen. Das oberste zeigte … einen Mann auf einem Zebra. Er trug eine Uniform, das Gesicht wirkte verbissen. Der Barren wurde offenbar von zwei Kindern gehalten, nur eines konnte man aus dem Winkel des Fotografen sehen. Es war ein schwarzer Junge. Konnte das Jakob sein? Sie streckte die Hand nach dem Foto aus.

»Was machen Sie hier?« Erschrocken fuhr Mia herum. Der Typ, der sie vorhin für eine Blumenlieferantin gehalten hatte, kam mit kaum verhohlener Abscheu in Wilhelms Zimmer. »Schnüffeln Sie herum?«

»Ich sollte hier warten.«

»Ganz bestimmt nicht. Meine Eltern möchten Sie sprechen. Bitte folgen Sie mir jetzt.«

Sie ging erhobenen Hauptes an ihm vorbei zurück in den Flur.

Er folgte ihr und schloss dann die Tür ebenso umständlich wie deutlich. »Dieser Teil des Hauses ist privat.«

»Es war bestimmt nicht meine Absicht …«

»Gute Absichten haben die Welt zugrunde gerichtet.« Er wartete nicht auf ihre Antwort und ihr fiel auf diese Frechheit auch keine ein. »Oscar Wilde. Falls Ihnen der Name etwas sagt. Hier entlang, bitte.«

Aha, ein Angeber sind wir also auch noch. Mia spürte, wie die Trauer in ihr in Ärger umschlug. Ein alter Mann hatte als letzte Tat in seinem Leben nach Dingen gesucht, die ihr, Mia, helfen konnten. Und da kam dieser Schnösel, beleidigte sie gleich mit dem ersten Satz – wobei es nicht um Blumenmädchen ging, sondern um das abschätzige Wort »Lieferanteneingang« – und unterstellte ihr auch noch *herumzuschnüffeln*. Das ging gar nicht. Glücklicherweise war die Galerie lang genug, dass sie ihren Gesichtsausdruck wieder unter Kontrolle bekam und den Salon, oder wie diese Leute ihr Wohnzimmer nannten, mit einem nichtssagenden Lächeln betrat.

Es war ein großer Raum, viel heller als Wilhelms dunkle Studierstube. Offenbar hatte sich hier die Hausherrin ausgetobt, inspiriert von Wohnmagazinen und Feng-Shui-Ratgebern. Orchideen standen auf den Fensterbänken. Eine gewaltige Couchgarnitur, bezogen mit beigem Samt, umrundete einen offenen Kamin. Die Beistelltische waren aus Acrylglas mit Goldverzierungen. Die Vorhänge aus cremefarbenem Taft wirkten sehr üppig und überall standen Vasen und Keramik herum.

»Meine Eltern, Gabriele und Wolfgang Herder. Das ist Frau Arnholt. Carolina sagte, Sie hätten heute einen Termin bei meinem Großvater gehabt?«

Mia achtete darauf, dass ihr Lächeln auf den Lippen blieb. »Ja. Er wollte mir bei einer Recherche über meine Familie helfen.«

»Ich bin etwas erstaunt.« Wolfgang Herders Tonfall klang gereizt. »Mein Vater war in einem Alter, in dem man nur noch bedingt im Vollbesitz seiner Kräfte ist. Ich bezweifle, dass er noch in der Lage war, Termine mit jungen Damen auszumachen.«

Er musterte Mia von oben bis unten. Für was hielt er sie? Eine Erbschleicherin? Eine … nein, das wollte sie jetzt nicht zu Ende denken. Offenbar hielt er seinen Vater für senil und das war mindestens genauso schlimm.

Mit freundlichem Lächeln, aber kühler Stimme fragte sie: »Darf ich?«

Unter Gabrieles strengem Blick legte sie ihre Umhängetasche auf der Couch ab und holte die Plastiktüten heraus. »Hier. Ein Nashorn aus Schokolade.«

Es war Wolfgang, der einen Schritt auf sie zumachte und ihr das Foto abnahm, das sie in die Runde hielt. Er betrachtete es lange. Ob er Jakob erkannte? Ob irgendjemand in diesem Haus Kenntnis von den Kartons in Wilhelms Zimmer hatte? Das Bild des Zebrareiters ging ihr nicht mehr aus dem Kopf. Der Moment des Sprunges, eingefangen mit einer uralten Kamera, die auch das Gesicht des Jungen festgehalten hatte. Es hatte ängstlich ausgesehen, während der Reiter mit wilhelminischer Strenge und stolzgeschwellter Brust ins Auge der Kamera geblickt hatte. Mia rechnete aus: Wenn Gottlob der Vater von Wilhelm gewesen war, dann stand mit Wolfgang jetzt sein Enkel vor ihr. Und dessen Sohn, der es offenbar liebte, Besuch über den Lieferanteneingang ins Haus zu lassen, war der Urenkel. Eine ähnliche Generationen-Konstellation wie bei ihr zu Hause, nur dass Wolfgang gut zehn Jahre älter als Helene und Alex sein dürfte, während dieser arrogante Typ etwa in ihrem, Mias, Alter war. Mia lächelte auch ihn freundlich an.

Wolfgang Herder, vielleicht Ende fünfzig, war ein kräftiger, aber keinesfalls dicker Mann. Der Anzug saß wie angegossen, die Schuhe glänzten frisch poliert. Sein breitflächiges Gesicht wurde dominiert durch die kräftige Nase – da konnte sein Sohn sich ja schon mal freuen – und durch buschige, fast zusammengewachsene Augenbrauen, die ihm, ob er wollte oder nicht, etwas Grimmiges verliehen. Er drehte das Bild um.

Mia sagte: »*Meinem lieben Jakob,* steht darauf. Den Rest kann ich leider nicht entziffern.«

»In memoriam der Hochzeit unserer verehrten kaiserlichen Hoheit Prinzessin Victoria Luise.«

»Sie können Sütterlin?«

Wolfgang reichte ihr das Foto zurück. Keine Anteilnahme, kein Interesse. »Ein wenig. Warum sind Sie hier, Frau Arnholt?«

»Jakob war mein Urgroßvater.«

»Jakob Arnholt?« Täuschte sie sich oder wurde sie von den Herders noch intensiver gemustert? Ihr Sohn schlenderte zur Couch und setzte sich auf die breite Armlehne. Das gab der Situation zumindest einen leichten Touch ins nicht ganz so Offizielle.

»Wer war dieser Jakob?«, fragte er und sah interessiert auf Mias Plastiktüten.

»Mein Urgroßvater«, wiederholte Mia. »Er hat bei Gottlob Herder eine Lehre als Zuckerbäcker gemacht. Das war noch in der Kaiserzeit, vor dem Ersten Weltkrieg.«

»Konditor«, sagte Frau Herder spitz. »So ist die genaue Berufsbezeichnung. Und was wollen Sie nun wissen?«

»Wie Jakob zu Gottlob Herder kam. Damals, vor über hundert Jahren. Und das alles erzählt rund um die Entstehungsgeschichte dieser Schokoladenskulptur.«

»Frau … Arnholt.« Gabriele Herder tat so, als müsse sie

sich an Mias Namen erinnern. »Dies ist ein Trauerhaus. Es tut uns leid, dass Sie Ihre Reise umsonst angetreten haben, aber Sie werden sicher verstehen, dass wir Ihnen nicht weiterhelfen können.«

»Natürlich. Mein herzliches, aufrichtiges Beileid.«

Die beiden nickten, der Sohn wandte sich ab und sah zum Fenster hinaus.

»Will? Würdest du die junge Dame hinausbegleiten?« Wolfgang streckte ihr die Hand entgegen, die Mia verdutzt drückte. Das war es? Sie sollte wieder gehen?

»Aber … könnte ich nicht vielleicht die Unterlagen durchsehen, die Ihr Vater noch für mich herausgesucht hat?«

Gabriele sah ihren Mann überrascht an. »Er hat nichts herausgesucht. Nicht dass ich wüsste.«

»Aber er wollte, dass ich komme.« Vergiss dein Lächeln nicht, ermahnte sich Mia und goss noch eine Extraportion Honig über die Stimmbänder. »Wir haben vorgestern Abend miteinander telefoniert. Er wollte, dass ich komme.«

»Sie? Hierher?« Gabriele Herder war keine schöne Frau. Aber es war ihr gelungen, eine Art Konservierung ihres Äußeren zu erreichen. Blondierte, halblange Haare, extrem weiß und gesund wirkende kleine Zähne, kaum Falten. Sie trug eine dezente Perlenkette und ein schwarzes Bouclé-Kostüm, das zusammen mit den halbhohen Pumps verdächtig nach Chanel aussah. Aber so genau kannte Mia sich nicht aus. Die Frau roch teuer, sah aus wie aus dem Ei gepellt und verströmte eine Aura eisiger Ablehnung gegen alles, was ihr nicht in den Kram passte. Und dazu gehörte im Moment zweifellos Mia. Ihr Sohn, Will, Will? William? Willy?, stand auf. Er steckte die Hände in die Hosentaschen und blieb abwartend stehen.

Sie versuchte es noch einmal, obwohl mittlerweile klar war, wohin der Hase lief: Alle drei wollten sie loswerden. »Herr Herder bat mich sogar dringend darum. Er müsste mir etwas Wichtiges zeigen. Ich glaube, dass es etwas mit Jakobs Herkunft zu tun hat. Er wollte auch, dass ich alles mitbringe, was wir noch von ihm haben.«

»Ah ja?« Die Perlen klackerten dezent, als Gabriele Herder sich vorbeugte, um den Inhalt der anderen Tüten zu inspizieren. »Dann lassen Sie es doch einfach hier. Dr. Kühn wird sich dann darum kümmern.«

»Lieber nicht.« Wer auch immer dieser Dr. Kühn war – nichts von Jakobs letzten Besitztümern würde sie in diesem Haus lassen.

Wolfgang Herder machte jetzt einen Schritt in Richtung Tür. »Vielen Dank, dass Sie den weiten Weg gemacht haben. Ich bin mir sicher, mein Vater hätte sich gerne mit Ihnen ausgetauscht. Es tut mir leid, dass wir uns nun von Ihnen verabschieden müssen, aber es liegen dringende Dinge an, die erledigt werden müssen.«

»Ja, natürlich.« Mia stopfte alles zurück in ihre Tasche und hängte sie sich über die Schulter. Sie war maßlos enttäuscht. Die ganze Geschichte, mögliche Entdeckungen zu Jakobs Lebensweg und nicht zuletzt die Aufnahmeprüfung – alles war mit Wilhelms plötzlichem Tod infrage gestellt. Die Herders sahen nicht so aus, als ob sie einer Wildfremden Einblick in die Familienannalen geben würden. Nicht jetzt. Und auch nicht in Zukunft. »Wie ist er gestorben?«

»Es war ein Unfall.« Gabriele schloss sich ihrem Mann an und war schon fast wieder draußen. »Will?«

Der brave Sohnemann nickte. »Ich kümmere mich um sie.«

Und damit waren die beiden verschwunden. Mia wandte sich an den Letzten der Herders, der sich noch mit ihr beschäftigte. Wenn auch nur, um ihr den Weg nach draußen zu zeigen. »Ein Unfall?«

»Ja. Carolina hat ihn am Morgen unten in der Halle gefunden. Da war er schon ein paar Stunden tot.«

»Es tut mir so leid.«

»Danke. Haben Sie alles?« Er ging voraus in die Galerie und wartete, bis Mia ihm gefolgt war.

»Kann ich noch einmal in sein Zimmer? Da standen zwei Kartons. Ich bin mir sicher, dass Ihr Großvater die Sachen für mich herausgesucht hat.«

Wolfgang und Gabriele waren schon unten am Fuß der Treppe angekommen und verließen nun gemeinsam das Haus, ohne noch einmal nach oben zu sehen.

»Bitte. Ich bin extra wegen ihm hergekommen. Ich weiß, wie schwer diese Zeit für Sie sein muss. Aber es war sein letzter Wille, dass wir uns sehen.«

Will blieb stehen und sah sie an. Unter seinem forschenden Blick wurde sie unsicher. Glaubte er, dass sie ihn anlog? In so einer Situation?

»Seltsam«, sagte er leise. »Ausgerechnet jetzt. Er hat immer mal wieder von euch gesprochen.«

»Von uns?«

»Den Arnholts. Er hat lange versucht, euch zu finden.

Aber irgendwie ist ihm das wohl nicht gelungen. Wart ihr vom Erdboden verschluckt?«

Mia dachte an das seltsame Verhalten ihrer Mutter, mit dem sie Wilhelms Kontaktversuche abgeblockt hatte. Aber das waren Dinge, die sie nicht mit einem Unbekannten klären würde. Schon gar nicht in diesem Haus, in dem sie nicht willkommen war.

»Das Foto hing in unserem Laden, seit ich denken kann«, antwortete sie stattdessen. »Aber vielleicht haben wir es nie richtig wahrgenommen. Das Nashorn.«

»Ja?«

»Es, nun ja, es zieht ziemlich viel Aufmerksamkeit auf sich. Nicht wahr? Wenn das Foto mal ein Thema bei uns war, dann eher in die Richtung: Wow! Wie kriegt man so ein Teil hin?«

Sie wartete. Will ging zum Geländer der Galerie. Es war aus dunklem Holz genau wie die Wandvertäfelung. Das ganze Haus strahlte Gediegenheit und alten Reichtum aus. Bis auf den *Salon*, setzte sie hinzu. Da hat jemand Geschmack durch Geld ersetzt. Die Haustür stand offen, der Wagen des Bestattungsunternehmens war fort.

»Mit Röhren«, sagte er.

Mia verstand nicht.

»Man baut ein Gerüst aus Röhren, damit nicht alles zusammenkracht. Und dann formt man den Körper. Er ist hohl.«

»Aha.«

»Wie ein Weihnachtsmann. Ich muss in die Firma. Heute kommt eine Wirtschaftsdelegation aus Namibia. Führung, Verhandlungen, sie wollen, dass wir investieren.«

»In Namibia?«

Will ging in Richtung Treppe, Mia folgte ihm.

»Alaska wäre unwahrscheinlich, oder?« Er grinste sie an.

Aber Mia konnte dieses Lächeln nicht erwidern. »Darf ich nicht wenigstens einen kurzen Blick in die Kartons werfen? Es ist wichtig. Ich bereite mich auf die Aufnahmeprüfung für eine Journalistenschule vor. Und dafür soll ich die Geschichte eines Familienfotos recherchieren.«

»Habt ihr kein anderes?«

»Keins, das für unsere Vergangenheit so viel bedeutet.« Sie lauschte diesen Worten nach. Sie stimmten.

Er war schon auf den ersten Stufen. Mia blieb stehen.

Will sah unschlüssig in Richtung Haustür, dann kam er zu ihr. »Okay. Nur gucken. Wenn das alles sich etwas beruhigt hat, kommst du einfach noch mal wieder.«

Er ging voran, bevor Mia sich über das plötzliche Du Gedanken machen konnte. Die Tür zu Wilhelms Zimmer war nun geschlossen. Sein Enkel hob die Hand, als ob er anklopfen wollte, und ließ sie dann sinken. Für einen Moment sah er sehr traurig aus. Wahrscheinlich dachte er daran, dass er nie wieder bei seinem Großvater anklopfen würde. Sie traten ein.

Die Kisten waren weg.

Überrascht sah Mia sich um, ob jemand sie vielleicht in ein Regal gestellt hatte. »Wo sind sie? Sie waren hier auf dem Schreibtisch!«

»Keine Ahnung«, gab Will zurück. »Bist du sicher?«

»Aber ja! Du hast mich doch gesehen!« Sie würde jetzt einfach beim Du bleiben. Viel älter als Mia war er nicht und er hatte damit angefangen.

»Ich hab dich nur am Schreibtisch gesehen und es sah seltsam aus.«

»Seltsam?«, fragte sie und begriff nicht. »Seltsam? Meinst du, ich wollte was klauen? Hast du sie noch alle?« Verzweiflung stieg in ihr hoch. Das konnte doch nicht wahr sein! »Vielleicht hat eure Hausangestellte sie weggeräumt?«

Das Zimmer hätte durchaus eine ordnende Hand vertragen können. Wie seltsam, dass sich offenbar jemand ausgerechnet an diesen beiden Schuhkartons gestört hatte.

Draußen waren Schritte zu hören.

Will ging zurück in die Galerie – es war tatsächlich Carolina. »Waren Sie im Zimmer meines Großvaters?«

Die Haushälterin blieb stehen. Sie trug einen Stapel Handtücher und war wohl auf dem Weg in ein Badezimmer gewesen. »Nein. Warum? Fehlt etwas?« Sie kam näher.

Mia deutete auf den Schreibtisch. »Vor einer Viertelstunde standen hier noch zwei Kartons mit Fotos, Briefen und Unterlagen. Wo könnten sie sein?«

»Kartons?« Carolina trat ein und sah sich um. »Aus Pappe?«

»Ja«, antworteten Will und Mia gleichzeitig.

»Ich habe nichts weggeräumt. Aber ich glaube, ich weiß, was Sie meinen. Alte Sachen?«

»Ja!« Mia war nervös und ungeduldig.

»Einen Moment, bitte.«

Carolina legte den Handtuchstapel vorsichtig auf dem Schreibtisch ab, genau da, wo noch vor Kurzem Wilhelms Kisten gestanden hatten. Dann ging sie zu einem Schrank in der Ecke neben dem Fenster, der Mia zuvor nicht aufgefallen war. Ein Ungetüm aus Wurzelholz mit zwei geschlossenen Fächern.

Carolina öffnete sie. »Seltsam.«

Mia kam näher. Im einen Fach lagen jede Menge alte Unterlagen. Vermutlich Rechnungen, Firmenschreiben, Steuerbescheide, in Haufen übereinandergetürmt. Es sah nachlässig und unordentlich aus, aber nicht ohne System. Das andere Fach war leer. Und wenn man genau hinsah, konnte man an den Staubspuren erkennen, dass dort zwei Kartons gestanden haben mussten.

»Sie sind fort.«

Will entschloss sich endlich, seine abwartende Position aufzugeben und ebenfalls näher zu kommen. »Aber das kann doch nicht sein. Sie sind bestimmt nicht weg. Meine Eltern werden sie vielleicht an sich genommen haben.«

Carolina schloss sorgfältig den Schrank und vermied es, Will ins Gesicht zu sehen. »Wenn Sie meinen …«

»Ich werde sie danach fragen. Außer uns war doch niemand hier oben, oder?«

»Nein«, antwortete Carolina. »Ich habe zumindest niemanden bemerkt. Allerdings stand die Tür die ganze Zeit offen.«

Will stieß ein ärgerliches Schnauben aus. »Es wird ja wohl keiner hereingeschlichen sein, um zwei Schuhkartons mit uralten Unterlagen zu klauen! Dann schon eher so eine Maske.« Er deutete auf das furchteinflößende Kunstwerk aus schwarzem Holz an der Wand. »Aber ein paar alte Fotos und Briefe?«

Carolina ging zum Bett und schaute darunter nach. Auch

Mia beteiligte sich an der Suche, allerdings zurückhaltender, weil sie hier nicht zu Hause war. Sie lupfte die Vorhänge, aber auch auf dem Fensterbrett stand nichts. Von hier oben hatte Wilhelm den Garten sehen können und … »Ist das ein altes Fabrikgebäude?«

Will kam zu ihr. »Ja. Die Manufaktur. Bis in die Achtzigerjahre wurde hier gearbeitet. Dann wurde es zu eng.«

Sie konnte spüren, dass er hinter ihr stand. Als er die Hand hob, um das Fenster zu öffnen, berührte er beinahe ihre Schulter. Sie trat zur Seite und sah sich ratlos um. »Wie schade.«

Carolina nahm die Handtücher wieder auf. »Es tut mir leid. Ich glaube, Herr Herder hat sehr an diesen Unterlagen gehangen. Er hat sie immer mal wieder hervorgeholt und durchgesehen. Einmal …« Sie brach ab und schickte einen unsicheren Blick zu Will.

»Ja?«, fragte Mia.

»Nichts. Entschuldigen Sie bitte, ich muss weitermachen. Das Gästehaus ist noch nicht ganz fertig.«

»Wie viele werden denn erwartet?«, fragte Will.

»Sechs. Auch zum Abendessen. Der Koch kommt am Nachmittag.«

Will seufzte.

»Was ist mit Frau Arnholt?«, fragte Carolina.

Mia sah sich noch einmal um. Wilhelms Zimmer gefiel ihr. Sein Geist atmete noch in jeder Ecke. Der Mann, der hier gelebt hatte, musste ein wissbegieriger, interessierter Mensch gewesen sein, der das Alte und das Schöne geschätzt hatte.

»Was soll mit ihr sein?«

Das klang dermaßen nebensächlich, dass Mia sich fast darüber geärgert hätte, wenn die ganze Situation nicht so traurig und rätselhaft gewesen wäre.

»Ich geh ja schon«, sagte sie beinahe trotzig.

»Lass wenigstens deine Adresse und Telefonnummer da, falls ich noch was finde.«

Mia ging zu Wilhelms Schreibtisch. Ein Füller lag darauf, ein schweres, teures Teil, das aussah, als habe jemand Jahrzehnte damit geschrieben. Sie fischte einen Zettel aus dem Papierkorb – und erstarrte.

»Was ist?«

Will kam näher. Auf dem Papier stand: *Liebe Mia.* Es lagen noch mehr zerknüllte Fetzen im Korb. Mia strich sie glatt. Insgesamt vier Mal hatte Wilhelm angefangen, einen Brief an sie zu schreiben, aber nie war er über die Worte »Liebe Mia, ich« hinausgekommen. Sie schluckte. Es war plötzlich still im Zimmer. Irgendwo tickte leise eine Uhr. Sie spürte eine Hand auf ihrer Schulter, es war die von Carolina.

»Ich verstehe das nicht«, flüsterte Mia.

Will nahm einen der angefangenen Briefe. Büttenpapier, schwere Qualität. Das benutzte man nicht, um jemandem einen kurzen Gruß zu senden.

»Glaubst du mir jetzt?« Sie sah hoch.

Er presste die Lippen zu einem schmalen Strich und warf sein Blatt zurück in den Papierkorb. »Das ist keine Frage von Glauben oder Nichtglauben. Jemand hat die Kisten weggeräumt. Ich nehme an, dass es meine Eltern waren. Die

Sache wird sich aufklären. Wenn mein Großvater wollte, dass du kommst, und die Sachen offenbar auch für ihn wichtig gewesen sind …« Er sah zu Carolina.

»Oh ja«, sagte die Frau. »Er hat immer mal wieder darin herumgestöbert. Ich erinnere mich, dass ihm einmal ein Foto heruntergefallen ist. Es war seltsam … Ein Mann auf einem Zebra …«

»Ja!«, rief Mia. »Das Bild habe ich auch gesehen. Ich glaube, Jakob war ebenfalls mit darauf. Er hat dem Zebrareiter den Barren gehalten.« Einen schweren Balken. Und der Junge hatte Angst gehabt.

Will sah auf seine Uhr. Ein sportliches Modell, nichts Teures. Im Gegensatz zu seinem Vater schien er Anzüge nicht oft zu tragen, denn er zupfte anschließend mit einer unwilligen Bewegung den Ärmel zurück in Position. »Ich weiß nicht, wann ich mich um die Angelegenheit kümmern kann. Aber offenbar war es tatsächlich der letzte Wunsch meines Großvaters, dass du die Sachen bekommst. Es wundert mich, dass sie nicht …«

»Dass sie nicht was?«

»Dass sie nicht bei Dr. Kühn gelandet sind. Aber das klären wir später. Wir sind ziemlich *busy* heute. Dazu kommen die Vorbereitungen für die Trauerfeier. Mein Vorschlag: Carolina macht dir ein Zimmer im Gästehaus fertig. – Haben wir noch Platz?«

»Es wird gehen. Wenn die beiden Damen aus der Delegation ein Doppelzimmer akzeptieren?«

Mia stand auf. Das Blatt hielt sie immer noch in ihren Händen. Sie faltete es sorgfältig zusammen und verstaute es in ihrer Tasche. Sie wusste, dass Will sie dabei beobachtete, aber er sagte nichts dazu.

»Danke«, sagte er stattdessen. »Dann betrachten wir Frau Arnholt ab jetzt als Gast unseres Hauses.«

Mia hängte sich umständlich die Tasche wieder um. Sie war sich nicht sicher, ob seine Eltern das auch so sehen würden. »Das ist aber sehr nett«, murmelte sie. Wenigstens das Geld fürs Hostel würde sie so sparen.

»Sorry, aber ich muss los. Carolina, Sie kümmern sich um alles?«

»Aber natürlich, Herr Herder.«

Und raus war er. Carolina trat neben sie, beide blieben einen Moment lang so stehen.

»Möchten Sie gleich mitkommen?«

Hatte sie eine andere Wahl?

Swakopmund, 19. Februar 1904

Da bin ich nun, in Afrika. Grelle Sonne brennt auf Meer und Dünen. Doch lang verweilen wir nicht in der Stadt, gleich weiter geht es mit der Bahn durch Wüste und Gebirge. Am zweiten Tag schon sind die Wassersäcke leer. Die Felsen dräuen finster und fürchterlich. Nun sehen wir auch, was der Feind angerichtet hat: Farmen und Bahnhäuser sind verwüstet, die Bewohner liegen erschlagen unterm Sande. Dürr und heiß weht der Wind. Ein kurzes Gebet, ein Salutschuss, dann geht es weiter, an einem wilden Heidenvolk vergossenes deutsches Blut zu rächen.

Wohin geht die Reise, Kamerad? – In die Hauptstadt, zur Feste! Und welch ein buntes Leben dort: Schutztruppler in ihrem braunsamtenen Rock, Buren, aber auch Weiber vom Feinde. Die gefallen mir nicht, auch wenn einige jung und nicht unschön sind. Sie waschen die Wäsche der Soldaten und lungern im Hof herum. Mich wundert, warum der Kommandant das duldet. Die mächtigen Kapwagen stehen schon draußen vorm Hof. Mit ihnen werden wir zu Felde ziehen und den Feind in die Wüste jagen. In weitem Bogen werden wir ihn umgehen und ihm den Weg abschneiden, damit er nicht zu den Engländern entfliehe. Wir sind dreihundert Mann. Seesoldaten, Matrosen und Schutztruppler.

Zu meiner Backschaft gehören feine Menschen. Viele Handwerkersöhne, unter ihnen auch zwei Bäcker.

Einer aus Itzehoe, Gustav Noswitz, und einer, der schon vor Jahren aus Sachsen nach Südwest kam. Sein Name ist Karl Arnholt. Er weiß nichts vom Kampfe, und ich muss auf ihn aufpassen, damit er das Gewehr nicht verkehrt herum hält. Er wurde eingezogen zum Heer des Kaisers und hatte wohl eine Backstube in der Hauptstadt. Er sitzt oft bei den schwarzen Treibern der Ochsenkarren und kann auch ihre Sprache. Das klingt, als tanze die Zunge eine Polka im Munde! Ich mahne ihn herzlich, denn der Schwarze ist schwarz, der Wilde ist wild, der Feind ist der Feind. Mag er auch noch so viel grinsen und seine Scherze machen, der Hottentotte muss wissen, wer der Herr ist!
Als Bambuse[1] mag er durch Mahnung und Peitsche seine Arbeit verrichten; doch man hüte sich vor freundschaftlichem Umgang, sonst sitzt eines Nachts das Messer an der Kehle!
Gustav, Karl und ich teilen uns das Kochgeschirr.
Das scheint eine feine Kameradschaft zu werden!

1 In Deutsch-Südwestafrika eingebürgerte Bezeichnung für einen eingeborenen Diener. Ursprünglich wohl von den Briten verwendet (Baboons – Paviane), als Schimpfwort und menschenverachtende Bezeichnung für farbige Menschen.

4.

Ein weitläufiger Park mit sanften, frisch grünen Rasenflächen umarmte das Haus. Das Gelände war um einiges größer, als Mia von der Straße aus gedacht hätte. Dort, wo es endete, standen uralte Bäume und versammelten blühende Büsche wie eine natürliche Mauer um sich herum.

»Das ganze Grundstück wurde im Stil der englischen Landschaftsarchitektur angelegt«, erzählte Carolina. Sie zog einen kleinen Wagen hinter sich her und bestand darauf, das ohne Mias Hilfe zu tun. Darin stapelten sich frische Bettwäsche und Handtücher. Sie kannte sich gut aus und verwies immer wieder auf kleine Besonderheiten am Wegesrand. »Als Gottlob Herder Anfang des zwanzigsten Jahrhunderts aus Südwestafrika zurückkam, soll er gesagt haben, er hätte für den Rest seines Lebens genug Wüste gesehen. Er wollte alles zum Blühen bringen. Seine Frau Sophie, eine geborene Wallmann, hatte sogar ein Gewächshaus. Es stand dort hinten, aber dann, der Krieg ... Jetzt ist dort ein Kräutergarten. Das war meine Idee.«

Sie lächelte bescheiden, doch Mia spürte, wie stolz sie darauf war.

»Borretsch, Minze, Lavendel, Salbei ...«

»Führen Sie öfter Gäste durch das Anwesen?«

»Fast immer. Ich bin schon seit ich denken kann bei den Herders. Das dahinten ist unser Mann für alles.« Der Gärtner, den Mia im Haus gesehen hatte, fuhr gerade mit einem Elektrofahrzeug über den Rasen und winkte ihnen aus der Ferne zu. »Sogar für mich. Wir sind verheiratet.«

»Also ein richtiges Hauswirtschaftsehepaar?«

»Ja. Albrechts Familie macht das schon seit Generationen.« Klang ein Hauch von Wehmut in Carolinas Stimme? Hatte sie sich vielleicht für sich etwas anderes vorgestellt, als reichen Leuten hinterherzuräumen? Nein, Mia musste sich getäuscht haben. Ihre Begleiterin lächelte sie an. »Aber wenn das Gästehaus voll ist, so wie jetzt, kommen ein paar Aushilfen. Und ab und zu sogar ein Koch aus einem der besten Restaurants Lüneburgs. Sind Sie heute Abend mit dabei?«

»Ich glaube nicht.« Mia genoss die paar Minuten an der frischen Luft. Wenn die Herders nichts dagegen hätten, würde sie sich den Park später noch einmal genauer ansehen. »Ich bin doch nur auf Wills Einladung noch hier. Seine Eltern haben andere Dinge um die Ohren.«

Carolinas Lächeln verschwand. »Die Trauerfeier und die Beisetzung. Der Herr Wilhelm wird mir fehlen. So richtig haben wir es noch nicht begriffen, dass er nicht mehr bei uns ist.«

»Wie war er?«

»Wilhelm?«

Sie blieben stehen. Neben dem Weg, abgeschirmt von Blicken durch Goldregen und Heckenrosen, stand eine Steinbank. Auf die hielt Carolina zu und setzte sich. Mia folgte ihr und nahm neben ihr Platz.

»Er war ein guter Mann. Manche sagen, ihm hat die Härte gefehlt, die man in diesem Geschäft braucht. Oft heißt es ja, Eigenschaften überspringen eine Generation. Angeblich war der Firmengründer Gottlob ein harter Knochen und auch das jetzige Familienoberhaupt … Na ja, Wilhelm war anders. Ich glaube, dass er sich mehr als hanseatischer Kaufmann gesehen hat und nicht als …« Sie brach ab. Inzwischen war ihr wohl in den Sinn gekommen, dass sie sich gerade bei einer Wildfremden um Kopf und Kragen redete. Schnell wechselte sie das Thema. »Sie kommen auch aus einer Chocolatiers-Familie?«

Mia nickte. »Angefangen hat alles mit Jakob, der in Meißen eine Bäckerei aufgemacht hat. Keine Ahnung, was ihn ausgerechnet dorthin getrieben hat.«

»Die Wanderjahre vielleicht?«

»Schon möglich. Vielleicht auch die Liebe. Jakob war schwarz. Er kam aus den Kolonien. Das war ganz sicher nicht einfach, aber dann muss er ein nettes Mädchen gefunden haben.«

In das kurze Schweigen mischte sich das Gebrumm von Hummeln, die um die Blüten schwirrten.

»Sie hieß Marie. Jakob hat die Nazizeit nicht mehr erlebt. Aber sie hatten einen Sohn, mit dem ist Marie in die Niederlande gegangen und nach dem Krieg zurück nach Deutschland. Dann kam die Teilung und erst nach dem Fall der Mauer ist meine Familie nach Meißen zurückgekehrt. Deshalb ist auch so viel verloren gegangen.«

Carolinas Hand legte sich kurz auf Mias Arm. »Familiengeschichten ... Was unsere Eltern und Großeltern alles mitgemacht haben! Sie sehen gar nicht aus wie ... Verzeihung.«

»Wie die Urenkelin eines Afrikaners? Das stimmt. Viele wissen es auch nicht. Und die paar, die im Geschäft mal nachgefragt haben, kommen mir dann immer mit Lilly Becker, der Ehefrau von Boris, dem Tenniscrack. Die hätte auch eine schwarze Oma, und dem süßen blonden Jungen würde man es überhaupt nicht mehr ansehen und all so was. Als ob es etwas, ich weiß nicht, Bedauernswertes wäre.«

Carolina stand wieder auf. »Es tut mir leid, ich wollte Sie nicht verletzen.«

»Aber das haben Sie gar nicht! Für mich ist es auch erst seit ein paar Tagen ein Thema.«

Sie drehte sich um. Vom Herrenhaus her näherte sich ein schwarzer Van. Mia half Carolina, den Rollwagen zur Seite zu schieben, dann glitt das Auto an ihnen vorüber. Es hatte Platz für einige Personen, aber mehr als ein paar Silhouetten konnte Mia hinter den dunklen Scheiben nicht erkennen.

»Die Delegation.« Carolina spähte zum Gästehaus. »Albrecht müsste jetzt eigentlich schon da sein. Ein Glück, dass ich alles vorbereitet hatte, denn sie sind nach dem Flug bereits mal kurz in die Zimmer gegangen. Hoffentlich war es so in Ordnung.«

Die letzten paar Hundert Meter beeilten sie sich, während der Wagen schon vor der alten Manufaktur hielt und ein halbes Dutzend Leute ausstieg. Die Männer trugen Anzüge, die Frauen Kostüme. Allen gemeinsam war die Hautfarbe: ein tiefes Ebenholzschwarz. Ein Mann, in dem Mia den Gärtner wiedererkannte, kam gerade aus dem Haus.

»Da ist er ja.«

Albrecht hatte sich umgezogen. Er trug nicht mehr Gummistiefel und grüne Schürze, sondern Jeans und Sweatshirt. Er begrüßte die Gäste und begleitete sie ins Haus.

»Wofür habe ich ihm eigentlich das Jackett hingelegt?«, murmelte Carolina, rang sich aber ein Lächeln ab, als er kurz in ihre Richtung winkte. Dann verschwand sie mit dem Rollwagen hinter einer Tür neben der Rezeption.

Der alten Manufaktur sah man ihre Vergangenheit nur noch von außen an. Backsteinmauern und große Fenster prägten die Fassade. Drinnen herrschte eine kühle Sachlichkeit: weiße Wände, ein glatt geschliffener Betonboden, auf dem moderne Teppiche lagen, in der Ecke eine zur Lounge gruppierte Sitzgruppe. Der Umbau musste eine Menge Geld gekostet haben. Albrecht stand jetzt hinter einem Tresen und teilte die Schlüssel aus.

»Es gab leider eine kleine Änderung«, sagte er gerade. »Wir haben einen weiteren Gast bekommen.«

Mia trat näher. Eine hochgewachsene, schlanke Frau, die ihre schwarzen Locken zu einem Knoten gebändigt hatte, machte ihr Platz und fragte in perfektem Deutsch: »Und was heißt das?«

Sie duftete nach Pfirsich und Magnolie. Nicht nur die perfekt weiße Bluse, auch die gesamte Erscheinung, ihre beiläufig eleganten Bewegungen und das schöne Gesicht verunsicherten Mia. Sie fühlte sich irgendwie deplatziert in der Gegenwart dieser Business-Lady, die doch höchstens ein paar Jahre älter war als sie. Die Gäste sprachen englisch miteinander, ein paar deutsch, versetzt mit Wortfetzen einer fremden, nie gehörten Sprache. Sie wirkten alle international und weltläufig. Nur Mia nicht, in ihren Turnschuhen, den Jeans und dem Sweatshirt.

»Ich wollte die Damen bitten, sich ein Zimmer zu teilen.«

Die Männer hatten schon ihre Schlüssel und verschwanden. Nur zwei junge Frauen aus der Delegation waren übrig geblieben.

Die Größere der beiden, die *Schön*e, scannte Mia von oben bis unten. »Das heißt, wir haben keine Einzelzimmer?«

»Es tut mir schrecklich leid.« Mia streckte den beiden die Hand entgegen. »Ich bin Mia.«

Die Kleinere grinste sie sofort an. »Ich bin Margret«, sagte sie fröhlich. Sie war ebenfalls perfekt angezogen, aber längst nicht so unnahbar wie ihre Kollegin. Mia war ihr rundes Gesicht mit den zwei Grübchen in den Wangen auf Anhieb sympathisch. »Margret Kwatesi. Und das ist Emily Shipanga. Wir kommen aus Windhuk.«

Emily hob die Augenbrauen. Ihr Händedruck war kurz und kräftig.

»Nehmen Sie ebenfalls am Besuchsprogramm teil?«

»Nein. Ich … Ich erforsche etwas. In Bezug auf die Firmengeschichte der Herders.«

»Sehr interessant.« Aus Emilys Mund klang das, als würde

sie gleich einschlafen. »Also dann … Ich würde mich gerne umziehen. Es hilft ja nichts.«

Albrecht schien erleichtert. »Danke, die Damen. Die Formalitäten erledigen wir später. Ich gebe Ihnen schon einmal einen Anmeldezettel mit. Carolina? Kannst du helfen, das Zimmer für unseren Überraschungsgast herzurichten?«

»Das kann ich auch alleine!«, protestierte Mia.

Emily nickte ihr zu. »Wunderbar. Dann kann das Zimmermädchen ja bei uns helfen. Bis gleich.«

Und damit verschwanden die beiden.

»Das Zimmermädchen«, wiederholte Mia verblüfft.

Albrecht zuckte mit den Schultern und gab ihr einen Schlüssel. »Zimmer drei. Alle im ersten Stock. Im Erdgeschoss servieren wir morgen das Frühstück. Möchten Sie zu einer bestimmten Zeit geweckt werden?«

»Nein, danke. Ich habe mein Handy dabei.«

Albrecht nickte. Er sah aus wie jemand, der durch Zufall aus dem Pferdestall in eine Champagnerparty gestolpert war und sehr gerne wieder zurück an seine Arbeit wollte.

»Wir machen das schon«, verabschiedete sie sich von ihm.

»Getränke stehen im Kühlschrank, dort hinter der Couch. Essen Sie heute Abend auch mit den Herders?«

»Nein«, antwortete sie, schon halb auf dem Weg zur Treppe, die auf der anderen Seite hinauf in den ersten Stock führte. »Ich bestelle mir eine Pizza.«

Damit wäre das wohl hoffentlich auch geklärt. Ein Sternekoch. Eine Wirtschaftsdelegation. Die Herders. Am besten noch in einem *Speisezimmer*. Brr. Mia wusste nicht, ob es wirklich eine so gute Idee gewesen war, Wills Einladung anzunehmen. Emily lag in der Disziplin Zicken sowieso um Meilen vorne. Und sie fand es sichtlich überhaupt nicht prickelnd, mit Margret ein Zimmer teilen zu müssen. Wegen ihr, Mia. Sie beschloss, den Leuten einfach aus dem Weg zu gehen. So schwierig konnte das ja wohl nicht sein. Zwei Minuten wartete sie noch, bis sie sicher sein konnte, dass jeder sein Zimmer gefunden hatte, dann ging sie nach oben.

Die Tür von Zimmer drei stand offen. Gelächter perlte heraus auf den Flur, dazu Hip-Hop in einer Sprache, die Mia noch nie gehört hatte. Margret twerkte durch den Raum, und das im Kostüm und High Heels. Emily schüttete sich aus vor Lachen. Erst als sie Mia in der Tür stehen sah, klappte sie den Laptop zu, aus dem diese Musik gekommen war.

Margret vollführte noch ein paar Hüftschwünge und warf sich dann kichernd aufs Bett. »Das ist *Kwaito*«, erklärte sie. »Kennst du nicht, oder?«

Emily verstaute den Laptop in einem kleinen Kabinenroller. »Du kannst dein Hemd verwetten, dass sie noch nie was von *Gazza* gehört hat.«

Mia kam näher. »Stimmt. Was ist das?«

»Das«, prustete Margret, »ist der größte *Kwaito*-Star Afrikas. *Gazza*. So sexy. Ich bin verrückt nach ihm.«

Emily verdrehte die Augen und zog dann Margret vom Bett herunter. »Komm schon, du musst raus hier. Die Dame will dein Zimmer.«

»Was war das für eine Sprache?«

»Bantu. Ich muss noch meine Sachen aus dem Bad holen.«

»Das hat doch Zeit«, sagte Mia.

»Für dich vielleicht.« Emily stopfte alles, was von Margret noch herumlag, in den Koffer. Der ging natürlich nicht mehr zu. »Wir haben noch was vor heute.«

»Ich weiß. Du gehörst zur Wirtschaftsdelegation?«

»Wer hat dir denn den Mist erzählt?« Emily setzte sich auf den Koffer. »Kannst du den Reißverschluss zumachen?«

Mia versuchte es, aber es war nicht einfach.

»Ich bin Agraringenieurin. Bewässerungssysteme. Willst du vielleicht noch was wissen?«

Was zum Teufel hatte sie dieser Schnepfe getan? Margret sang im Bad noch ein paar Takte des Liedes und kam dann, bepackt mit Shampoo und Kosmetiktasche, zu ihnen.

»Das ist immer so«, seufzte sie. »Ich packe ganz normal, und sobald ich den Koffer das nächste Mal öffne, hat sich der Inhalt verdoppelt.«

Mia ratschte den Reißverschluss zu. Hoffentlich hielt er, zumindest bis zu Emilys Zimmer. »Sorry noch mal wegen der Unannehmlichkeiten. Aber wir können uns das Zimmer auch teilen!«

Margret war witzig und sympathisch. Emily hingegen stand sogar von einem Koffer auf, als würde sie von ihrem Thron steigen. »Du kommst zu mir«, sagte sie in einem Ton, der keinen Widerspruch duldete.

Gemeinsam rollten sie den Koffer durch die Tür. Margret ließ erst die Shampooflasche und dann ihren Beutel fallen, aber irgendwann schafften sie es und waren draußen im Flur.

»Bis heute Abend!«, rief Margret Mia noch zu und zwinkerte. Sie verschwanden drei Türen weiter.

Mia ließ sich aufs Bett fallen. Als Carolina klopfte, schickte sie sie mit einem freundlichen, aber bestimmten Dank weg. Die Hauswirtschafterin hatte genug zu tun. Nur den kleinen Stapel mit Handtüchern nahm Mia an.

Das Zimmer war hübsch und zweckmäßig. Ein Flachbildfernseher in der Ecke, weiße Wände mit Einbauschränken, ein schmaler Schreibtisch, ein Stuhl davor, mit demselben Stoff bezogen, der auch für die Vorhänge und den Bettüberwurf verwendet worden war. Es duftete dezent nach Zitronengras. Mia fragte sich, was vor dem Umbau hier oben seinen Platz gehabt hatte. Die Verwaltung?

Ein Glück, dass sie für eine Übernachtung gepackt hatte. Sie holte ihren Notizblock hervor und wollte aufschreiben, was sie bis jetzt in Erfahrung gebracht hatte, doch das Blatt blieb leer. Nichts, gar nichts hatte ihre Reise bis jetzt ergeben. Mit einem resignierten Seufzer schrieb sie den Satz: *Gottlob Herder liebte es, auf Zebras zu reiten.*

Später ging Mia nach unten, um sich etwas zu trinken zu holen. Keiner da. Wo war der Kühlschrank noch mal? In der Lounge-Ecke, hatte Albrecht gesagt. Dort standen, hinter einer gläsernen Tür aufgereiht, Softdrinks. Mit einer Flasche Mineralwasser wollte sie sich gerade auf den Rückweg machen, als sie auf dem Couchtisch einige große Bücher entdeckte. *Schokolade – süße Verführung* und Ähnliches. Sie öffnete die Flasche, trank einen Schluck. Wie lange sollte sie hier eigentlich bleiben? Will war *ziemlich busy* heute, und das hieß wohl: Sie hatte frei und musste warten, bis der Herr sich bequemte, ihr seine weiteren Pläne mitzuteilen. Lustlos blätterte sie durch den Bildband. Das Übliche: von der Kakaobohne bis zur Schokolade. Hübsche Bilder, ein Rezeptteil im Anhang. Sie legte das Buch zurück auf den Stapel, der geriet ins Rutschen, und mit einem lauten Krach landete alles auf dem Betonboden. War ja klar. Alles, was sie in die Hand nahm …

Sie sammelte die Folianten wieder ein und stutzte. Ein dünneres, in biegsamen Karton gebundenes Buch hatte sich aufgeschlagen, und auf genau dieser Seite war ein Foto zu sehen: ein Mann auf einem Zebra. Es war vergrößert. Den kleinen Jakob hatte man herausgeschnitten. Hastig sah sie auf den Einband: *Hundert Jahre Herder – eine Familienchronik. Ausstellungskatalog.* Ein Blick aufs Datum sagte ihr, dass die Schau schon vor Jahren zu sehen gewesen war. Herausgeber: Dr. Gerald Kühn.

Dr. Kühn … Die Herders hatten ihn erwähnt. An ihn sollte Mia Jakobs Hinterlassenschaften übergeben. *Never ever.* Nachdem alle Bücher wieder ordentlich auf dem Couchtisch lagen, schnappte sie sich den Katalog und die Wasserflasche und verzog sich damit in den Park. Die Sonne schien, und sie hatte nicht vor, auf dem Zimmer zu versauern. Aber schon nach einer Viertelstunde war sie mit dem Bändchen durch. Statt einer Familienchronik war es eher eine Werbebroschüre: Gottlob Herder (mit Schnauzer und strengem Blick, eine Zigarre in der Hand, daneben sein ihm angetrautes Weib Sophie mit hochgetürmten Haaren und gewaltigem Vorbau) hatte die Firma 1906 gegründet, nachdem er seine Laufbahn als Soldat wegen einer Kriegsverletzung beendet hatte. Mit Schwung und Schmackes (»Gottlob Herder hatte eine glückliche Hand, was Geschäfte betraf…«) beschickte er Lüneburg sowie weitere Städte im Umkreis mit der berühmten »Herder'schen Kanonenkugel«, einer Zartbitterhülle, gefüllt mit Marzipan und Nougat (»nur Königsberger Marzipan war Gottlob Herder gut genug …«), die nach dem verlorenen Ersten Weltkrieg flugs in »Münchhausenkugel« umgetauft wurde. Über die Zeit des Nationalsozialismus deckte der angebliche Historiker den Mantel des Schweigens (»Rohstoffe wurden knapp, in Zeiten des Mangels wurden Schokolade und Zigaretten zur Währung …«), danach dauerte es nicht mehr lange, bis das Wirtschaftswunder auch die Herder'sche Manufaktur erreichte. Da hatte schon längst Gottlobs Sohn Wilhelm die Geschäfte übernommen (»ein tatkräftiger Mann, der der Verantwortung für die Mitarbeiter stets den Vorrang vor Geschäftsinteressen gab …«) – nicht gerade ein Super-Kapitalist, las Mia zwischen den Zeilen. Und dann landete alles in den Achtzigerjahren in den goldenen Händen von Wilhelms Sohn Wolfgang. Der nahm Kredite auf, schloss die Läden und die Manufaktur und ging in die Massenproduktion. Lediglich ein Geschäft im Herzen Lüneburgs wurde als »Stammhaus« erhalten. Dort sprudelten Schokoladenbrunnen, dort stand eine Kanone aus Schokolade, dort tat Herder so, als gäbe es noch die putzige Manufaktur und alles würde in zärtlicher Liebe und hingebungsvoller Handarbeit hergestellt, während er schon längst für die Discounter produzierte (was natürlich nicht erwähnt wurde, aber in der Branche allseits bekannt war).

Nach der Wende wanderte ein Großteil der Produktion nach Tschechien. Erst in den letzten Jahren hatte wohl ein Umdenken begonnen. Herder besann sich mehr auf Tradition, was aber eher Verpackung war, denn nach Fair Trade und umweltverträglichem Anbau der Kakaopflanzen suchte Mia vergeblich.

Erst auf der letzten Seite des Büchleins fand Mia den Hinweis, dass die Ausstellung keinesfalls in einem Museum, sondern »in der Werkshalle der ehemaligen Manufaktur« zu sehen gewesen war. Also im heutigen Frühstücksraum. Wahrscheinlich vor dem Umbau zum Gästehaus.

Über Jakob erfuhr sie – nichts. Er war nicht existent. Sogar das Foto mit dem Zebra half nicht weiter (»In seiner Zeit als Soldat war Gottlob Herder in Deutsch-Südwestafrika stationiert«). Wie hatte diese Familie einen Wissenschaftler dazu gebracht, so viel unter den Teppich zu kehren? Sie haben gezahlt, gab Mia sich selbst die Antwort.

Mit einem herzhaften Gähnen schlug sie das Heft zu und machte sich auf den Weg zurück in ihre Unterkunft. Mit dem Bus würde sie eine halbe Stunde bis in die Innenstadt brauchen. Dort könnte sie etwas essen und sich Gedanken über Plan B machen. Von dem gab es noch nicht viel, nur die Überschrift: Such dir ein anderes Thema.

Oder vielleicht fand sie in den Museen und Archiven noch etwas? Aber nach so langer Zeit? Also doch die Nachwende-Anfänge ihrer Eltern in Meißen? Ihr fielen schon beim Gedanken daran die Augen zu. Den Prüfern an der Journalistenschule würde es ähnlich gehen.

Sie war gerade auf dem Weg durch die Lobby hinauf zu ihrem Zimmer, als jemand »Mia?« rief.

Will saß in einem der Sessel. Mit einem lockeren Klaps wies er auf den Platz neben sich.

Mia blieb lieber stehen. »Ja?«, fragte sie abwartend.

»Kannst du mir deine Handynummer geben?« Noch bevor sie einen passenden Spruch auf Lager hatte, fuhr er fort: »Dann müsste ich nämlich nicht eine halbe Stunde auf dich warten, sondern könnte dir gleich mitteilen, dass ich die Kartons gefunden habe.«

»Wo?« Erst jetzt bemerkte sie die Sporttasche, die er neben der Couch abgestellt hatte.

»Im Müll.«

»Was?« Sie plumpste neben ihn und wollte nach der Tasche greifen.

Aber Will war schneller. Er legte die Hand darauf – Mia zuckte zurück. »Sorry, das ist unser Eigentum.«

»Jemand wollte es wegschmeißen! Damit ist es herrenlos, oder?«

»Falsch. Unser Müll gehört uns.«

Er grinste sie an. Ihr fiel auf, dass er ein paar Sommersprossen hatte – von Mutter Natur äußerst strategisch mitten auf seiner hübschen Nase platziert. Und dass er sie von einer Sekunde zur anderen ziemlich wütend machen konnte.

Jetzt zum Beispiel. »Ich möchte mir erst einmal ansehen, worum es sich handelt.«

»Erzähl keinen Quatsch«, konterte Mia. »Das hast du doch schon. Und? Sind die wirklich interessanten Sachen bereits verschwunden?«

Das Grinsen erlosch. Offenbar konnte sie ihm ebenfalls von jetzt auf gleich die Laune verderben. »Ich frage lieber nicht, was du damit meinst.«

»Von mir aus.« Sie warf den Ausstellungskatalog auf den

Couchtisch. »Es ist sowieso unwichtig. Das, was in den Kartons noch übrig ist, wird ähnlich unparteiisch sein wie dieses … wie soll ich sagen, bezahlte Jubelpamphlet? Hundert Jahre Herder … Ich würde sagen, es sind insgesamt höchstens zehn. Über den wirklich interessanten Rest erfährt man nämlich nichts.«

Er beugte sich vor und legte die Unterarme auf den Knien ab. Die Anzugjacke samt Krawatte waren verschwunden, das weiße Hemd trug er hochgekrempelt und am Kragen offen. Er sah gut aus. Verdammt gut. Vor allem, wenn diese entzückende Sommersprossennase sich nun in kaum verhaltenem Ärger blähte. »Und das wäre?«

Mia zuckte mit den Schultern. »Zum Beispiel, wie die Herders durch die Nazizeit kamen. Oder, früher angesetzt, warum Gottlob als Soldat in die Kolonien ging und urplötzlich hier in Lüneburg eine Fabrik aus dem Boden stampfen konnte.«

»Vielleicht mit Fleiß? Vielleicht mit seiner Hände Arbeit?«

»Und der von Jakob Arnholt, meinem Urgroßvater.«

Seine Augen – auch hübsch, nicht von schlechten Eltern, vermutlich vom Vater geerbt, während die Mutter eher für Mund und Ohren zuständig gewesen sein musste – verengten sich. »Ich weiß nicht, was du hier konstruieren willst. Irgendeine Herr-und-Sklave-Geschichte? Dann bist du bei uns falsch.«

Er nahm die Tasche und stand auf. Mia wurde bewusst, dass sie sich in einer ungünstigen Position befand. Nicht nur, weil sie gerade ein paar heftige Anschuldigungen von sich gegeben hatte. Will schaute jetzt auch auf sie herab, und das mit einem Blick, den Mia zuletzt bei ihrem Vater gesehen hatte. Da war es um einen Marder im Motor ihres Wagens gegangen. »Ich wollte dir das Zeug dalassen. Aber mich überzeugt *deine* unparteiische Herangehensweise nicht.«

Mia sprang auf und folgte ihm durch die Halle. »Die hatte Dr. Kühn bei dieser seltsamen Ausstellung auch nicht. Hör zu, ich will nur etwas über Jakob erfahren. Ist etwas in diesen Kartons, das mir weiterhilft?«

Er war an der Tür. »Ja. Aber ich weiß nicht, ob es in deinen Händen nicht auf einmal zu einem Bumerang wird.«

Mia nahm allen Mut zusammen und stellte sich ihm in den Weg. »Dann erst recht. Wovor hast du Angst?«

»Angst?«, fragte er verblüfft. Noch wagte er nicht, sie zur Seite zu schieben.

Mia wies auf die Tasche. »Du glaubst, es geht um deine Familie. Aber in Wirklichkeit geht es um meine. Ich habe ein Recht darauf zu erfahren, was mit Jakob geschehen ist.«

»Was mit ihm geschehen ist? Du glaubst, ihm wurde etwas angetan? Von uns? Bist du völlig verrückt geworden? Lass mich durch.«

Mia trat zur Seite. »Wenn etwas zum Bumerang werden könnte, dann muss ich es wissen.«

Er sah ihr in die Augen. Es war ein seltsamer Blick, den Mia nicht deuten konnte. Gereiztheit stand darin, Ungeduld, vielleicht auch Enttäuschung. »Und wenn du es bist, die ihn wirft?«

»Ich?« Mia verstand nicht.

»Heute um neunzehn Uhr Empfang, anschließend Dinner. Zieh dir was Anständiges an.«

Damit ging er hinaus. Mia wartete, bis er verschwunden war, dann rannte sie hinauf in ihr Zimmer, warf sich aufs Bett und boxte vor Wut in ihr Kissen – und wusste noch nicht mal, was genau sie so aufgebracht hatte.

5.

»Kühn. Bitte hinterlassen Sie den Grund Ihres Anrufes und Ihre Rückrufnummer nach dem Pfeifton.«

Die Stimme klang tief und Vertrauen erweckend. Wahrscheinlich so, wie Lieschen Müller sich einen hochdekorierten Geschichtswissenschaftler vorstellte. Ihr erster Impuls war aufzulegen. Sie hatte Kühns Nummer aus dem Internet, wo er mit »Kuraturen, Expertisen, professionellen Genealogien und Familienchroniken« warb. Mia vermutete, dass Kühn sich damit ein lukratives Standbein aufgebaut hatte, während seine Universitätskarriere sich offenbar nicht in die wünschenswerte Richtung entwickelt hatte.

»Mein Name ist Mia Arnholt«, flötete sie in ihr Handy. Da sie Kühn nicht mit den Kartons kommen konnte, die Will ihr erst unter die Nase gehalten und dann direkt davor weggeschnappt hatte, verlegte sie sich lieber auf das, was den Mann vielleicht reizen konnte: Jakobs Nachlass. »Mein

Urgroßvater hat in der Kaiserzeit für die Herders gearbeitet. Es gibt einige Hinterlassenschaften, zum Beispiel Briefe in Sütterlin, die ich nicht entziffern kann. Sie haben doch damals die Ausstellung in der alten Werkhalle zusammengestellt. Deshalb dachte ich, dass vom wissenschaftlichen Aspekt her diese Dinge eventuell …«

Ein knackender Ton. Jemand nahm ab.

»Ja bitte? Kühn am Apparat.«

Hatte er etwa neben dem Telefon gestanden?

»Mia Arnholt. Bitte entschuldigen Sie die Störung. Ich bin in Lüneburg und würde Ihnen gerne etwas zeigen.«

Und da Sie der Einzige sind, der wirklich einen Einblick in die Familiengeschichte der Herders bekommen hat – wahrscheinlich nur um zu entscheiden, was man der Öffentlichkeit vorenthält –, werde ich auf diese Weise vielleicht die Informationen bekommen, die ich suche. Was ich natürlich niemals laut sagen würde.

»Und das wäre?«

»Ich habe aus dem Nachlass meines Urgroßvaters einige Schriften und ein paar Sachen, die ich Ihnen gerne zeigen möchte. Vielleicht können Sie mir mehr dazu sagen.«

»Können Sie die Artefakte etwas näher beschreiben?«

»Die was?«

»Die *Sachen*«, kam es ungeduldig zurück.

»Ach so, ja. Ein Leinenhemd und eine Halskette, offenbar aus Lederschnüren mit Glasperlen und Steinen. Und dann ein Brief und Postkarten, die ich nicht entziffern kann.«

Schweigen. Einen Moment lang glaubte Mia, die Verbindung wäre unterbrochen.

Doch dann hörte sie wieder die tiefe Stimme. »Ich bin mir nicht sicher, ob ich der richtige Ansprechpartner bin. Die Ausstellung, die Sie angesprochen haben, liegt schon einige Zeit zurück. Dennoch …«

»Jahre«, half Mia seiner Erinnerung auf die Sprünge.

»Ja. Mein Gott, wie die Zeit vergeht … Wie hieß Ihr Urgroßvater?«

»Jakob Arnholt. Er war … Er war schwarz.«

Schweigen im Walde. War Kühn noch am Apparat?

Dann: »Sie haben Glück. Einer meiner Termine wurde verschoben. Ich würde mir Ihre *Sachen* gerne näher ansehen. Sie sind in Lüneburg?«

»Ja. Noch bis morgen.« Den letzten Zug konnte sie knicken.

»Wie wäre es jetzt gleich?«

»Jetzt?« Mia sah auf ihre Armbanduhr. Halb fünf. »Ich bin im Gästehaus der Herders. Wie lange brauche ich denn zu Ihnen?«

Unten wurde die Tür geöffnet. Stimmen drangen durch das Foyer nach oben. Wahrscheinlich kehrte gerade die Delegation zurück.

»Keine Viertelstunde. Nehmen Sie den Bus Richtung Bahnhof, Sie finden mich in der Glockengasse.«

Am Bahnhof gab es mit Sicherheit auch etwas zu essen. Sie hatte nicht vor, die Einladung zum *Dinner* anzunehmen. Will hatte sie ausgesprochen wie eine Beleidigung. Eigentlich sollte sie ihre Sachen packen und auch das Gästehaus verlassen. Sie würde sich ein Hostel oder ein billiges Hotel suchen.

»Vielen Dank«, sagte sie. »Ich bin schon unterwegs.«

Sie schnappte ihre Tasche und sah sich noch einmal um. Schade für Carolina, die sich so viel Mühe gegeben hatte. Mia hätte sich gerne von ihr verabschiedet. Die Hauswirtschafterin war der einzige Mensch, der sie hier willkommen geheißen hatte.

Und Wilhelm, dachte sie. Wie furchtbar, dass er ausgerechnet jetzt gestorben war. Sie war sicher, er hätte ihr alles erzählt, was ihm von Jakob noch in Erinnerung geblieben war. Sie öffnete die Tür und wäre beinahe in Margret hineingerannt.

»Hi!«

Emily verschwand gerade in ihrem Zimmer. Zwei Männer tauchten auf und grüßten auf Englisch.

»Du bist noch nicht umgezogen?«

»Ich hab noch was vor.«

Margret nickte. »Auf den Smalltalk vor dem Essen kann auch ich gut verzichten. Aber heute spät am Abend kommt … Tom.« Sie verdrehte die Augen, als spräche sie von Tom Hiddleston persönlich.

»Tom?«, fragte Mia und zog die Tür hinter ihrem Rücken zu.

»Emilys Freund. Er ist der Wahnsinn. Er arbeitet für eine NGO, eine Nichtregierungsorganisation, die die Wasserwirtschaft revolutionieren wird.«

»Das ist großartig.« Mia musste sich beeilen. Kühn hatte nicht so geklungen, als ob er ihr viel mehr als die Viertelstunde Wegzeit zugestehen würde. Und namibischer Wasserbau hatte bisher nicht zu ihren tief verborgenen Leidenschaften gehört.

»Er *ist* großartig! Er ist der Einzige, der Herrn Herder vielleicht überzeugen kann zu investieren. Kannst du nicht einfach – knipsen?«

»Kneifen«, korrigierte Mia mit einem hastigen Lächeln. »Außerdem habe ich nichts anzuziehen.«

Margret grinste. »Kein Problem. Komm mit!«

Und schon hatte sie Mia am Arm gepackt und in Emilys Zimmer gezogen. Glücklicherweise rauschte gerade die Dusche im Badezimmer, sodass Mia sich nicht rechtfertigen musste, warum sie unangemeldet in diesem Zimmer auftauchte.

Margret ging zielstrebig zum Schrank und öffnete ihn. »Hier. Das müsste dir passen.«

Sie zog ein Kleid heraus, das jede Vorstellungskraft überstieg. Zumindest, was Mia sich zutraute anzuziehen. Es war schwarz-weiß gestreift. Das war aber noch nicht alles. Es hatte Puffärmel, ein eng anliegendes Mieder, und der Rock war in gefühlte tausend Falten gelegt und bodenlang.

»Es … Es ist überwältigend«, stammelte Mia. »Aber ich kann das nicht annehmen.«

Das Teil sah aus wie ein Kostüm in einem kroatischen Western.

»Aber natürlich!«

Margret wollte es ihr anhalten, aber Mia wich zurück, als ob das Kleid ein Eigenleben entwickeln und sich über sie werfen könnte.

»Es ist unsere namibische Tracht. Normalerweise tragen wir noch Hüte dazu, aber die hätten nicht mehr in die Koffer gepasst.«

»Ich kann doch nicht… Was ziehst du denn an?«

»Mein Business-Kostüm. Schlicht und praktisch.«

Wunderbar. Und sie sollte, herausgeputzt wie eine schlechte Vom-Winde-verweht-Karikatur, in der Herder'schen Villa auftauchen?

Die Badezimmertür wurde geöffnet. Emily kam heraus, ein Handtuch um den Modelkörper gewickelt. Mit einem Blick erfasste sie die Situation und begann, in ihrer Muttersprache auf Margret einzureden. Der Tonfall verriet einiges: Er klang nach »Hast du noch alle Tassen im Schrank?«

Mia lächelte Margret entschuldigend zu und wollte den Rückzug antreten. Aber sie hatte die Rechnung ohne das Mädchen gemacht, das sein Kleid nun über den Arm wickelte und Mia entgegenhielt.

»Du erzählst Unsinn. Warum kann eine Europäerin keine namibische Tracht tragen?«

»Weil sie uns nicht versteht.« Emily riss wütend die andere Tür des Schrankes auf und begann, darin herumzuwühlen. »Weil sie es nicht tragen kann. Nicht mit Anmut und Würde.«

»Sorry«, sagte Mia. »Ich wollte sowieso gerade gehen.« Sie musste sich von dieser Schnepfe nicht auch noch beleidigen lassen.

»Probier es doch wenigstens einmal an.«

»Hast du mir nicht zugehört?«, kam es aus dem Schrank. »Sie wird aussehen wie eine Vogelscheuche. Und dir ist es zu klein. Ich frage mich, warum du es überhaupt mitgenommen hast. Niemand in Deutschland interessiert sich für Folklore.«

»Folklore?«, rief Margret wütend. »Du willst ja nur nicht, dass dir irgendjemand heute Abend die Show stiehlt.«

»Ach Schätzchen.« Emily tauchte wieder auf. Der Blick, den sie Mia schenkte, schrammte haarscharf an einer Beleidigung vorbei. »Doch nicht mit diesem Kleid.«

Margret verdrehte die Augen. »Komm runter, ja?« Und zu Mia sagte sie: »Probier es wenigstens mal an. Es ist auf jeden Fall besser als das, was du gerade trägst.«

»Dazu gehört auch nicht viel«, kam es genauso leise aus dem Schrank, dass es klang, als hätte Emily zu sich selbst gesprochen.

Trotzdem hatte Mia alles gehört. Sie nahm das Kleid und schenkte seiner Besitzerin ein warmes Lächeln. »Ich danke dir. Ich glaube nicht, dass ich es anziehen werde, aber es ist immer gut, eine Option zu haben.«

»Das sehe ich auch so.« Margret flüsterte. »Sie ist sonst nicht so. Aber dieser Besuch ist wichtig und es läuft irgendwie nicht.«

»Ach ja?«, gab Mia ebenso leise zurück. »Vielleicht sollte sie ihren Ton ändern.«

Emily tauchte hinter der Schranktür auf, und ihr Gesichtsausdruck verhieß, dass auch sie alles gehört hatte. »Wie denn? So mehr in die Bittstellerrichtung? Stimmt ja: Ich hatte ganz vergessen, dass wir Afrikaner in Europa sind.«

»Man kann sich auch was einreden«, entgegnete Mia. Noch eine Sekunde länger in diesem Raum und sie würde mit dem Kleid eine neue Mordmethode entwickeln. »Wir sehen uns.«

Sie lief in ihr Zimmer, warf das ausladende Kostüm aufs Bett und verließ, so schnell sie konnte, das Haus.

Vor der Villa parkte der Lieferwagen eines Caterers. Die Haustür stand sperrangelweit offen, weit und breit war niemand zu sehen. Sie fand, dass sie sich wenigstens ganz kurz verabschieden sollte, aber auch in der Eingangshalle war niemand zu sehen. Nach der warmen Abendluft draußen im Garten fröstelte Mia.

»Hallo?«

Von irgendwoher kamen Geräusche – Stimmen, Klirren, ein Ruf, der zu einem Fluch wurde. Sie sollte nicht hier sein. Trotzdem durchquerte sie die Halle bis zum anderen Ende, wo sich, verborgen durch die Treppe, zwei kleinere Türen befanden. Eine stand einen Spalt breit offen. Die Rufe waren verstummt, jetzt erklang die Stimme von Gabriele Herder, die gerade einen leichten Touch ins Hysterische bekam.

»Wir hatten die Menüfolge bis ins Detail besprochen. Und jetzt kommen Sie mir damit, dass es keinen Spargel gibt?«

»Nur grünen, Frau Herder. Die Saison ist vorbei. Es tut mir leid.« Tiefer Bass, nur schwer unterdrückter Ärger.

»Ich zahle Ihnen eine Unsumme für dieses Essen. Da darf ich doch erwarten, das zu bekommen, was ich bestellt habe!«

»Die Preisdifferenz wird selbstverständlich in Abzug gebracht. Aber es ist nun mal so, dass Spargel nur zu einer bestimmten Zeit …«

»Dann hätten Sie mich darauf hinweisen müssen. Unfassbar.«

Schnelle Schritte. Hastig trat Mia den Rückzug an, aber Frau Herder würde sie sehen, und sie wollte nicht wirken wie auf der Flucht. Also stoppte sie und wartete, bis die Dame des Hauses das Erdgeschoss erreichte und überrascht stehen blieb.

»Mia!« Der Ausruf hätte ebenso Entsetzen wie freudige Überraschung sein können. »Was machen Sie denn hier? Ich sage Ihnen«, sie kam auf sie zu, ein nervöses Lächeln im Gesicht, »nur Ärger mit dem Küchenpersonal. Wie gefällt Ihnen unser Gästehaus? Will hat uns ja alle ein wenig überrumpelt mit seiner Einladung.«

»Gut. Sehr gut. Ich muss nur leider …«

Gabriele Herder legte ihren Arm um Mias Schulter und dirigierte Mia sanft ins Empfangszimmer. Es war eher ein Abführen, und Mia nutzte die erste Gelegenheit, sich daraus zu befreien, indem sie ihre Umhängetasche über den Kopf zog.

»Setzen Sie sich, bitte. Ich bin froh, dass wir ein paar Minuten für uns haben. Nachher beim Abendessen ist alles immer so offiziell. Sie haben die Delegation schon kennengelernt?«

Mia setzte sich auf die Kante eines Sessels, bereit, sofort wieder aufzustehen. Draußen versank die Sonne gerade hinter den dichten Baumkronen, und ein diffuses Licht kroch in den Raum, der das dunkle Holz zum Schimmern brachte. Sie fühlte sich wie in einer Höhle, deren Ausgang versperrt worden war.

»Ja. Nette Leute«, sagte sie. »Frau Herder, es tut mir leid. Ich habe eigentlich gar keine Zeit.«

»Sie müssen sich noch umziehen, ich weiß. Der Dresscode heute ist *casual elegant*. Sie wissen doch, was ein Dresscode ist?«

»Ja«, antwortete Mia höflich.

Die Frau nahm ihr gegenüber Platz. »Nun, nicht alle von Wills bisherigen Freundinnen kannten sich mit diesen Dingen aus.«

Zeit, hellhörig zu werden. Was war das für ein merkwürdiges Gespräch?

»Frau Herder, auch wenn es Sie überraschen mag, ich bin nicht wegen Will hier.«

»Ich weiß, ich weiß!« Kleines, gekünsteltes Lachen. »Aber nun hat der Wirbelwind des Schicksals Sie über unsere Türschwelle geweht und ich sehe es als ein gutes Omen.«

Der Wirbelwind des Schicksals … Trank sie? Nahm sie Drogen?

»Was genau wollen Sie von uns?«

»Nichts«, erwiderte Mia wahrheitsgemäß. Was sie wissen wollte, würde sie von Dr. Kühn erfahren.

»Könnte ich denn noch einmal einen Blick auf die Sachen werfen, die Sie meinem Schwiegervater zeigen wollten?«

Irgendetwas in Frau Herders Blick ließ Mias Hand instinktiv zum Verschluss ihrer Tasche gleiten. »Ich muss leider los. Später vielleicht.«

Frau Herder stand auf. Ihre Perlenkette klackerte. »Falls Sie vorhaben, mit Dr. Kühn zu sprechen: Er ist Historiker, kein Völkerkundler. Wenn Sie mir …«

»Zu dem wollte ich gerade.«

Jetzt erschien die erste echte Regung in ihrem Gesicht: Verblüffung. »Zu Dr. Kühn?«

»Ja. Und ich bin schon spät dran. Es könnte also sein, dass ich nicht zu Ihrem Abendessen erscheine.«

Mia wandte sich zum Gehen, Frau Herder folgte ihr.

Vor der immer noch offenen Eingangstür stand ein Mann, der mit Mütze und Schürze unzweifelhaft als Koch zu erkennen war. Er rauchte hastig eine Zigarette. Als er Frau Herder sah, ließ er sie fallen und drückte sie mit dem Schuh aus. Dann ging er zu dem Lieferwagen.

Mia wollte sich zu Wills Mutter umdrehen, um sich zu verabschieden, da spürte sie schon deren Hand auf ihrem Arm.

»Seien Sie vorsichtig.« Die Frau zog sie so nah an sich heran, dass Mia ihr schweres Parfum riechen konnte. »Zeigen Sie nicht jedem Wildfremden, was Sie haben. Bei manchen Leuten …« Sie sah sich um, als ob sie befürchten würde, dass jemand hinter den Hortensienbüschen auf der Lauer lag. »… könnte das Begehrlichkeiten wecken.«

Vorsichtig, um nicht unhöflich zu wirken, löste Mia sich aus dem Griff. »Ein geflicktes Hemd, ein halb zerfallenes Lederhalsband und ein paar Postkarten?«

»Unser Safe steht Ihnen jederzeit zur Verfügung. Mehr wollte ich auch gar nicht sagen. Sie sind Wills Gast. Also, fühlen Sie sich wie zu Hause.«

Und mit einem rätselhaften Lächeln drehte sich die Hausherrin um und ging zurück in ihre Villa.

Die Altstadt von Lüneburg zeigte sich an diesem frühen Abend von ihrer schönsten Seite. Das letzte Sonnenlicht vergoldete die Giebel der uralten Häuser, die liebevoll restauriert rund um den Marktplatz standen. Kleine Geschäfte und Cafés verlockten zum Eintreten. Die Menschen schlenderten durch die Fußgängerzone, ein Eis in der Hand, oder sie saßen draußen vor den Restaurants und beobachteten das Treiben.

Jede Tür, jeder Giebel, jede Verzierung an den uralten Backsteinhäusern begeisterte Mia. Die Jahreszahlen an den Fassaden erzählten vom Mittelalter. Auch Gotik und Renaissance hatten ihre Spuren hinterlassen. Hier ein vergoldeter Löwe, dort eine filigrane Steindekoration – die Vergangenheit der Hansestadt war an jeder Ecke spürbar.

Wenn man den Glockenhof und das Glockenhaus erreicht hatte, war die Glockengasse leicht zu finden. Eine schmale Straße etwas abseits der Haupteinkaufsmeile. Gerald Kühn wohnte in einem (wie konnte es anders sein?) Backsteinbau, der allerdings nicht ganz nach Mittelalter aussah. G. K. stand auf dem Klingelschild.

Mia drückte auf den Knopf, und zwei Sekunden später sprang das Schloss auf – hatte er etwa neben dem Türöffner auf sie gewartet? Er wohnte im dritten Stock und stand bereits auf der Fußmatte, als sie die Etage erreichte.

»Dr. Kühn?«

Ein mittelgroßer Mann, vielleicht Ende fünfzig, Anfang sechzig. Leicht vornübergebeugt stand er da und wartete, bis sie die letzten Stufen hinaufgestiegen war. Dünne mittelblonde Haare lagen quer über der beginnenden Glatze. Darunter ein weiches Gesicht mit kleinen Hängebäckchen, allerdings mit einem schmalen Mund und einer knubbeligen Nase. Die Augen standen etwas vor, sodass er dadurch eine frappante Ähnlichkeit mit einem Frosch bekam. Der Händedruck war ähnlich: schlapp und feucht. Mia hätte sich am liebsten sofort irgendwo abgewischt, ließ es dann aber aus reiner Höflichkeit bleiben.

»Treten Sie ein, Frau Arnholt.«

In der Wohnung roch es schwer und dumpf. Kühn öffnete wohl nicht sehr oft die Fenster. Der Flur war eng und dunkel, die Decke niedrig. Sie folgte dem Mann, der Pantoffeln trug und damit tatsächlich froschähnliche, patschende Geräusche auf dem Linoleum produzierte. Er führte sie in eine Art Wohn- und Arbeitszimmer. Windschiefe Bücherregale reichten bis zur Decke, fast jeder freie Platz war mit Papieren, Zeitungen und Zeitschriften belegt.

»Ich komme leider nicht oft zum Aufräumen«, entschuldigte er sich, als er ihren Blick bemerkte. Die Behausung eines Akademikers hatte sie sich anders vorgestellt.

»Kein Problem. Wo darf ich mich denn setzen?«

»Hier. Einen Moment, ich räume das nur mal schnell weg.«

Mit einem Handstreich befreite er die Couch von dem herumliegenden Altpapier und legte alles auf einen Stapel vor dem Fenster, der einen Augenblick gefährlich ins Wanken geriet. Mia begann sich zu fragen, ob dieser Mann der Richtige für ihr Anliegen war.

»Möchten Sie etwas trinken? Ein Glas Wasser vielleicht? Einen Tee?«

»Nein, danke«, sagte sie schnell. Zwei Tassen standen vergessen auf einer … Was zum Teufel war das? Eine zur Ablage umfunktionierte Blumenbank? Die dunklen Ablagerungen im Inneren der Tassen rieten ihr, hier nichts zu sich zu nehmen und am besten so wenig wie möglich anzufassen.

»Nun denn.« Er setzte sich neben sie, ohne sich im Geringsten darüber Gedanken zu machen, ob das passend war oder nicht.

Mia nutzte den Moment, in dem sie in ihrer Tasche nach

Jakobs Sachen suchte, um eine Winzigkeit von ihm abzurücken.

»Dann zeigen Sie doch mal, was Sie haben.«

»Es ist nicht viel.« Sie reichte ihm die beiden Plastiktüten mit dem Halsband und den Schriftstücken. »Das hier und ein Leinenhemd. Und dieses Foto. Vielleicht können Sie mir etwas mehr dazu sagen?«

Kühn nahm alles sorgfältig entgegen. Es gefiel ihr, wie behutsam er mit den Sachen umging. Als Erstes nahm er sich das Hemd vor.

»War Ihr Vorfahre Soldat?«

»Nicht dass ich wüsste. Er kam noch als Kind nach Deutschland.«

»Wie?«

»Genau das frage ich mich auch.«

Kühn breitete das Kleidungsstück aus und fuhr zart über die Nähte. Dann wendete er es und legte es schließlich wieder zusammen, bevor er es Mia zurückreichte.

»Dies ist mit an Sicherheit grenzender Wahrscheinlichkeit das Hemd eines deutschen Soldaten der sogenannten Schutztruppe. Ein seltsames Wort, aber Bismarck nannte die Kolonien ja auch Schutzgebiete. Deutsch-Südwestafrika, würde ich meinen. In welchem Verhältnis stand Ihr Urgroßvater zur Familie Herder?«

Er nahm das Nashorn-Foto. Weil er sich intensiv mit Gottlobs Werdegang und Aufstieg beschäftigt hatte, musste Mia nicht erklären, wer auf dem Foto Jakob war.

»Er kam als Junge mit vielleicht sechs Jahren zusammen mit Herder nach Deutschland.«

»Ein Pfandsklave also.«

»Ein was?«

»Ein Bambuse, so nannten sie damals die Diener der weißen Herren.«

Mia presste die Lippen zusammen. Was war das denn für ein Wort? Das klang ja schrecklich!

Kühn musterte sie mit einem durchaus interessierten Blick. Als ob er abschätzen wollte, wie viel er ihr noch zumuten konnte. »War Jakob Herero?«

»Was ist das?«

Kühn runzelte die Stirn. Mia fühlte sich immer unbehaglicher. Jakob, ein Sklave? Und was um Himmels willen hieß Herero?

»Ein Volksstamm in Namibia. Sie haben tatsächlich noch nie etwas davon gehört?«

»Von was?«, flüsterte sie. Ihr Blick glitt zu dem Nashorn-Foto, zu den verblichenen Zügen des mageren schwarzen Jungen.

»Dass die Deutschen neunzehnhundertvier in einem fürchterlichen Massaker fast das gesamte Herero-Volk vernichtet haben?«

Sie spürte, dass Kühn sie missbilligend ansah. Die Kolonialzeit hatten ihre Lehrer tatsächlich kaum gestreift. Sie wusste beschämend wenig darüber.

»Und Sie denken, Sie glauben … dass Jakob ein Herero war? Der das überlebt hat?«

Kühn griff nach der Plastiktüte mit der Halskette. »Gehörte das ihm?«

Mia nickte.

»Ich kann das hier nicht genau untersuchen, aber mir scheint, dass dieses Stück aus Leder und zum Teil aus Metallperlen, Keramik, Stein und Glas gefertigt ist. Die meisten der Materialien haben die Herero von den Ovambo bekommen, wohingegen das Glas …« Er beugte sich über die Tüte und betrachtete den Inhalt genauer.

»Ja?«

Abrupt kam er wieder hoch. »Meine Brille. Ich habe sie leider verlegt. Die Glasperlen zeugen von europäischen Einflüssen, also Kontakt zu Händlern und Missionaren. Die anderen Einflechtungen sind unklarer Provenienz.«

»Von wem hätte er sie bekommen können? Ein Kind?«

»Von seiner Mutter natürlich«, sagte Kühn. »Solche Arbeiten erledigte in einem Hirtenvolk immer die Frau. Jetzt müsste ich mal einen Blick auf die Karten und den Brief werfen. Darf ich?«

Mia, immer noch schockiert, nickte stumm.

Kühn holte den stockfleckigen, angeknabberten Briefumschlag heraus und entnahm ihm sorgfältig ein Blatt. »Herrgott! Meine Brille!«

Mia zuckte zusammen. Kühn konnte ja richtig temperamentvoll werden! »Neunzehnhundertvier«, sagte sie ihm vor. Ein paar Worte hatten sie in Meißen ja entziffern können. »Juni, glaube ich. *Mein lieber kleiner Jakob* steht da.«

»Soso.« Der Wissenschaftler hielt sich das Blatt erst direkt vor die Nase, dann auf Armlänge entfernt. »Ich kann das nicht lesen.«

»Aber … Sie haben doch gesagt, Sütterlin wäre kein Problem?«

Er seufzte. »Meine Augen, Kindchen. Ich muss hier wirklich mal wieder Ordnung machen. Dafür brauche ich eine Leselupe. Wo ist die bloß? Viel kann ich Ihnen also nicht sagen.«

»Verstehe. Ich kann auch ein anderes Mal wiederkommen.«

Das würde sie ganz sicher nicht tun. Mit Kühn stimmte etwas nicht. Seine Lebensumstände konnte man nur mit größtem Wohlwollen als chaotisch beschreiben. Jetzt holte er auch noch die Postkarten heraus und musterte die Marken mit zusammengekniffenen Augen. Ohne den Froschblick sah er aus wie ein verwirrter Physiker, der seine eigenen Formeln nicht mehr lesen konnte.

»Zwei Mark, Swakopmund«, murmelte er. »Gibt es eine Geburtsurkunde Ihres Urgroßvaters?«

»Nein, nicht dass ich wüsste. Aber vielleicht finde ich etwas auf den Meldebehörden oder im Kirchenbuch. Er hat in Meißen geheiratet.«

»In Meißen.« Kühn verstaute alles wieder in den Plastikbeutel. »Dann sollten Sie hoffen, dass von den Kirchenbüchern noch etwas übrig geblieben ist.«

»Sie meinen den Zweiten Weltkrieg, oder?« Mia war erleichtert, dass sie wenigstens ein paar Eckdaten der Geschichte im Kopf hatte. »Ich dachte, Ihnen wäre vielleicht, als Sie die Ausstellung damals gemacht haben, etwas über Jakob in die Hände gefallen.«

»Wissen Sie Genaueres über seine Eltern?«

»Nur, dass sein Vater Karl Arnholt hieß. Von der Mutter ist nichts bekannt.«

Kühn lehnte sich zurück. Das zarte Gestell des Sofas quietschte. »Es ist ja nicht zu übersehen, dass der kleine Jakob dort auf dem Foto wohl eine afrikanische Mutter hatte. Ich denke, dass diese Hinterlassenschaften von ihr kommen.«

»Die Schriftstücke und das Halsband?«

»Sind die Schreiben auf Deutsch?«

Mia nickte.

»Dann wird sie auf eine Missionsschule gegangen und christlich erzogen worden sein. Es war damals keine Seltenheit, dass die Schutztruppen-Männer eine Einheimische geheiratet haben.«

»Obwohl sie …«, Mia schluckte, »obwohl sie die Herero dann getötet haben?«

»Nun, Liebe und Krieg sind zwei entgegengesetzte Pole, möchte man meinen. Später wurden diese Ehen auch noch für ungültig erklärt. Aber bleiben wir einen Moment bei Karl, seinem kleinen Sohn Jakob und der unbekannten Frau. Ist Ihnen etwas über den Verbleib Karl Arnolts bekannt? Warum kam er nicht mit seinem Sohn zurück nach Deutschland?«

Ein Blick zu Mia, die die Schultern hob. Keine Ahnung.

»Ich könnte mir nur einen Grund denken. Er ist im Krieg gegen die Herero neunzehnhundertvier gefallen. Seine Frau hat das Massaker überlebt, aber sie sah für ihren Sohn keine Zukunft in diesem armen, vergewaltigten Land. Also gab sie den kleinen Jakob in die Hände von Gottlob Herder. Vielleicht ein Kamerad aus Kriegstagen? Sie gibt ihm noch das Halsband mit und schreibt ihm eine Art Geleitbrief, doch dann scheint der Kontakt abzureißen. Seltsam.« Er lehnte sich zurück. »Wahrscheinlich ist sie gestorben.«

Mia sammelte die uralten Papiere wieder ein. »Wo könnte ich mehr erfahren?«

»Vielleicht aus diesem Schreiben. Oder Sie reisen nach Namibia und machen sich dort kundig.«

»Könnten Sie … Könnten Sie so eine Art Übersetzung erstellen, Dr. Kühn?«

»Sicher. Wie steht es mit der Bezahlung?«

Etwas in Mia fiel zusammen. So wie ein Luftballon, der zusammenschnurrte. Natürlich: Für alle anderen war Jakob ein Unbekannter. Niemand, zu dem man eine persönliche Beziehung hatte. Ein wissenschaftliches Forschungsobjekt, höchstens. Ein Nichts im Haus der Herders, eine Fußnote der Geschichte. Ein *Pfandsklave.* »Ich … Ich habe nicht viel.«

Kühn faltete die Hände und ließ die Daumen kreisen. Etwas glitzerte in seinen Froschaugen. Begehrlichkeit? Interesse? »Ich mache Ihnen einen Vorschlag. Lassen Sie die Sachen da, ich werde mich darum kümmern. Und zur Belohnung geben Sie mir einen kleinen Stein aus dem Halsband.« Seine Hand fuhr über das Plastik. Es knisterte leise. »Und nennen Sie mich nicht Dr. Kühn. Den Doktortitel musste ich abgeben.«

»Warum?«, fragte Mia.

»Das ist eine lange Geschichte. Also, wie sagt ihr jungen Leute? Deal?«

Einen Glasstein … Wahrscheinlich war die Hälfte sowieso schon verloren gegangen. Das Gewirk war brüchig, und in den Ecken der Plastiktüte lagen bereits mehrere kleine Metallperlen, die sich gelöst hatten.

»Ich weiß nicht … Darf ich darüber nachdenken?«

»Selbstverständlich. Aber lassen Sie mich die Briefe kopieren. Selbst wenn wir uns nicht einigen, würden Sie der Wissenschaft damit einen Dienst erweisen.«

Mia nickte. Kühn stand auf, nahm den Plastikbeutel und arbeitete sich durch die engen Gänge, die Möbel und Bücherstapel freigelassen hatten, zu einem Nebenraum durch. Wenig später hörte sie das Geräusch eines arbeitenden Druckers. Mia ging zum Fenster, um es wenigstens einen Spalt breit zu öffnen. Fehler. Der schiefe Stapel geriet ins Rutschen, und als Mia ihn in letzter Sekunde wieder aufrichtete, knirschte es unter ihren Füßen.

Verdammt! Sie war auf einen Fotorahmen getreten, der auf dem Boden lag. Mia ging in die Knie und versuchte, die Scherben einzusammeln, immer bedroht, von herabstürzenden Folianten erschlagen zu werden. Ihr Blick fiel auf das Bild: Kühn, wesentlich jünger, noch im Vollbesitz seiner Haare, und eine Frau mit dicker Brille, die zu ihm aufsah. Ihr Lächeln wirkte müde.

»Was machen Sie da?« Kühns Stimme kam wütend von irgendwoher. »Schnüffeln Sie herum?«

Er tauchte wieder auf, die Kopien und Jakobs Brief in den Händen. Mia kroch hinter der Couch hervor und hielt ihm die Scherben und das Foto entgegen. »Es tut mir leid. Das lag auf dem Boden und ich bin aus Versehen draufgetreten.«

Aus Kühns Mund kam etwas, das sich verdächtig nach »Trampel« anhörte. »Legen Sie es ins Regal. Hier.« Er reichte ihr die Originale zurück und legte die Kopien sehr sorgfältig auf seinem überladenen Schreibtisch ab. »Passen Sie das nächste Mal besser auf.«

Mia packte alles zurück in ihre Umhängetasche. »Ist das Ihre Frau?«

Sein Gesicht wurde rot. Im ersten Moment sah er aus, als ob er in Verlegenheit gebracht worden wäre. Aber es war Wut. »Das geht Sie gar nichts an! Wie kommen Sie dazu, herumzuschnüffeln und impertinente Fragen zu stellen!«

»Es tut mir leid! Ich wollte Ihnen nicht zu nahe treten.«

»Aber das tun Sie! Es geht Sie nichts an, verstanden?«

Seine plötzliche Verwandlung erschreckte sie. Irgendetwas musste mit seiner Frau sein, denn in dieser Wohnung konnte kein zweiter Mensch leben. Vielleicht befand sich ihr mumifizierter Körper in einem Sarkophag aus Büchern und Altpapier mitten in diesem Zimmer …

Kühn fuhr sich übers Haupt und brachte dabei sein Haar-Arrangement in Unordnung. Die wenigen verbliebenen Flusen türmten sich nun kreuz und quer übereinander. Er war nicht direkt Angst einflößend, aber etwas Unheimliches ging von ihm aus. Er schob sie unsanft zur Seite und ließ sich aufs Sofa fallen. »Es ist schon gut«, keuchte er. Langsam nahmen seine Wangen wieder die normale Blässe an. »Das ist … Das war Annette, meine Frau. Sie ist gestorben. Verzeihen Sie.«

Jetzt war es an Mia, rot zu werden. Sie wollte etwas sagen, aber ihr fehlten die Worte. Dieser seltsame kleine Froschmann schien immer noch sehr um seine Frau zu trauern. Wie kam sie dazu, in seinem Schmerz herumzustochern?

»Ich gehe dann mal«, brachte sie schließlich heraus. »Rufen Sie mich an, wenn Sie etwas gefunden haben.« Sie schrieb ihre Telefonnummer auf den Rand der obersten Kopie.

Kühn achtete gar nicht auf sie. Er sah zum Regal, dorthin, wo Mia das Foto, gegen die Bücherrücken gelehnt, hingestellt hatte. Den Weg hinaus fand sie, ohne etwas umzuwerfen oder auf etwas zu treten, was nicht ganz einfach war. Sie schloss die Wohnungstür hinter sich etwas lauter als gewöhnlich, damit er auch wusste, dass sie gegangen war.

Tief atmete sie die frische Luft auf der Straße ein. Es kam ihr vor, als wäre sie Jahre unter Tage gewesen und würde nun zum ersten Mal wieder aus ihrer Gruft hinaus ins Freie kommen. Ein rätselhafter Mann. Seine Frau hatte er verloren, seinen Doktortitel und offenbar auch die lukrativen Aufträge, die er einst an Land gezogen hatte. Einen Stein aus Jakobs Halsband … Wenn es ihn glücklich machte? Sie bedauerte, ihm nicht gleich eine Zusage gegeben zu haben. Er würde ihr weiterhelfen, da war sie sich sicher. Sein wissenschaftliches Interesse flackerte mit kleiner Flamme immer noch in ihm und Jakobs Sachen schienen es angefacht zu haben.

Sie lief Richtung Marktplatz. Die Geschäfte hatten schon zu, und sie merkte, dass sie Hunger hatte. Das Gespräch mit Kühn hatte ihr neuen Mut gegeben. Er würde etwas herausfinden. Dieser eine Brief schien der Schlüssel zu Jakobs Schicksal zu sein. Vielleicht sollte sie doch noch ein paar Tage in der Stadt bleiben?

6.

Der Abend erhob sich und ein Duft von Lindenblüten schwebte über den Wiesen. Fackeln erleuchteten die Auffahrt zum Haus. Hinter den weit geöffneten Fenstern brannte Licht. Stimmen und das leise Klirren von Gläsern vermischte sich mit dem Gezwitscher von Singdrossel und Nachtigall. Die Zeit schien stillzustehen. So musste es auch schon vor hundert Jahren ausgesehen haben, wenn der wohlhabende Fabrikant Gottlob Herder eine Abendgesellschaft ausgerichtet hatte. Vermutlich hatten Kutschen vor der Auffahrt gestanden, dort, wo nun ein paar Autos geparkt waren. Lüneburger Kennzeichen. Wahrscheinlich die Honoratioren der Stadt, die der Delegation ihre Aufwartung machten.

Mias Herz klopfte. Am liebsten hätte sie auf dem Absatz kehrtgemacht und wäre zurück ins Gästehaus gelaufen. Sie konnte nicht mehr unterscheiden, ob ihre Idee genial oder größenwahnsinnig war. Es fühlte sich falsch an. Aber dann dachte sie an das, was Kühn ihr erzählt hatte, raffte die Röcke und ging die Auffahrt hoch.

Und ausgerechnet jetzt kam Will heraus. Musste das sein? Hätte er nicht noch drinbleiben können bei den anderen, damit die Überraschung perfekt gewesen wäre? Er trug ein Wasserglas in der Hand und hatte wohl nur vorgehabt, ein paar Minuten allein zu sein. Er schlenderte einige wenige Schritte über die Auffahrt, die vor dem Eingang wie eine Terrasse angelegt war. Dann blieb er stehen.

Erst erkannte er sie nicht. Ein Lufthauch brachte das Licht der Fackeln zum Tanzen. Was er sah, war eine Gestalt wie aus einem anderen Jahrhundert, einer anderen Welt, die aus dem Schatten des Parks langsam auf ihn zukam und schließlich stehen blieb.

»Mia?«

Die Röcke waren zu lang. Das Kleid passte zwar im Großen und Ganzen, aber der Saum schleifte entweder über den Boden oder sie trat darauf.

»Ja?«, antwortete sie ärgerlich und griff mit beiden Händen in den Stoff, um nicht darüber zu stolpern.

»Was um alles in der Welt hast du da an?«

»Ein Kleid.«

»Das sehe ich.«

»Warum fragst du dann?«

Sah sie so schrecklich aus? Der Spiegel in ihrem Zimmer war nicht groß genug gewesen. Sie hatte sich nur zur Hälfte betrachten können, aber die Puffärmel und das eng anliegende Oberteil waren niedlich. Oder doch wenigstens nicht so furchtbar, dass Wills Blick gerechtfertigt wäre.

»Das ist ein Abendessen. Kein Kostümball.«

»Du selbst hast mich gebeten, mich an den Dresscode zu halten.«

Sie wollte an ihm vorbei, aber Will stellte sich ihr in den Weg. »Willst du uns provozieren?«

»Bist du verrückt? Margret hat es mir angeboten. In Namibia wird das zu festlichen Anlässen getragen. Also warum nicht?«

»Wir sind aber nicht in Namibia.«

»Stell dir vor: Das weiß ich. Ich würde jetzt gerne eintreten. Oder hast du was dagegen? Schließlich habe ich eine ausgesprochen freundliche Einladung zu diesem *Dinner* von dir erhalten.«

Er musterte sie noch einmal von oben bis unten, trat einen Schritt zur Seite und sagte kühl: »Und sie war Wort für Wort auch so gemeint.«

Mia hob die Röcke und rauschte an ihm vorbei, wobei sie fast über die Eingangsschwelle gestolpert wäre.

»Soll ich dich tragen?«, tönte es hinter ihrem Rücken. Es klang, als ob Will sich auch noch heimlich halb tot über sie lachte.

»Nein danke«, erwiderte sie spitz.

Die Stimmen kamen aus dem Empfangssalon, dessen Türen weit geöffnet waren. Gut zwanzig Leute standen dort und unterhielten sich angeregt miteinander. Zumindest so lange, bis Emily sich umdrehte und mitten im Satz abbrach, als sie Mia sah. Es war, als würde jemand eine Decke über die Geräuschkulisse legen. Die Gespräche erstarben, und wer nicht wusste, warum, drehte sich um und sah – Mia. In einem bodenlangen, schwarz-weiß gestreiften Kleid mit aufgebauschtem Rock.

»Guten Abend.«

Stille. Gabriele Herder stellte ihr Weinglas auf dem Kamin ab. Ihr Mann, gerade noch im Gespräch mit einem Gast, hielt die Luft an. Die Männer der Namibia-Delegation aber lächelten sie an.

Und nun stürmte auch Margret aus einer Ecke direkt auf Mia zu. »Du siehst großartig aus! Emily, was sagst du?«

»Ich bin sprachlos.« Damit rauschte sie an Mia vorbei hinaus zu Will, der immer noch in der Eingangshalle stand und wahrscheinlich abwartete, wie Mias Verkleidung aufgenommen wurde.

Frau Herder löste sich von Glas und Kamin und kam auf sie zu. »Meine Damen und Herren, darf ich Ihnen einen weiteren Hausgast vorstellen? Mia Arnholt. Die junge Dame kommt aus Meißen, ist Vertreterin einer Traditions-Chocolaterie und unserem Haus seit Generationen verbunden.«

Das war heillos übertrieben. Aber da die Gespräche wieder anfingen und alle ihr aufmunternd zulächelten, war zumindest diese Klippe umschifft. Mia hielt sich an Margret, die sie nun offiziell der Delegation und den anderen Gästen vorstellte. Der Leiter der Gruppe war ein älterer Herr mit weißen Haaren, den Margret als Rudolf Mwedihanga vorstellte – ein Name, den Mia innerlich mehrfach wiederholen musste, um ihn zu behalten.

»Rudolf?«, fragte sie interessiert.

Der Mann lächelte. Er sah ein bisschen aus wie Morgan Freeman und hatte deshalb bei Mia sofort einen Stein im

Brett. »Bei uns tragen viele noch deutsche Namen. Eine alte Sitte. Das Kleid steht Ihnen ganz wunderbar.«

»Vielen Dank.« Mia spürte, dass ihre Anspannung sich langsam löste. Bis auf Emily schien niemand von den Gästen daran Anstoß zu nehmen, dass sie sich mit fremden Federn schmückte. Nur Herr und Frau Herder steckten gerade die Köpfe zusammen und tuschelten.

Will kam zurück, Arm in Arm mit Emily. Die junge Frau sah umwerfend aus: Ihr einziger Schmuck zum Kostüm waren riesige goldene Kreolen. Alles an ihr war Anmut und Grazie und ihr Lachen perlte durch den Raum wie der Gesang eines unbekannten, exotischen Vogels. Beide steuerten zu einem Tisch, auf dem Gläser mit Sekt und Wasser standen. Mia konnte gerade noch erkennen, dass sie miteinander anstießen, dann versperrte ihr ein Ehepaar aus Lüneburg die Sicht, das mit Im- und Export von Rohstoffen zu Wohlstand gekommen war, Renneroth hieß und sich die Tracht ausführlich erklären ließ.

»Wir tragen das zu Hause zu festlichen Anlässen.« Margret strich über den Stoff des Rockes. »Die Kleider erinnern an unsere Vorfahren, die um die Jahrhundertwende den Stil der europäischen Kolonialherren kopiert haben.«

»Sie trugen westliche Kleidung?«, fragte Frau Renneroth, eine dralle, fröhliche Endvierzigerin. Ihr Mann, blass, hager, unerfreuter Mund und stechender Blick, wandte sich schon wieder zu anderen Gästegruppen, wo es vielleicht um weniger modische Themen ging.

Margret nickte. »Ursprünglich die abgelegten Klamotten der Weißen. Aber dann entwickelte sich eine eigene, sehr farbenfrohe Version. Normalerweise tragen wir noch einen Hut dazu, der rechts und links zwei Stoffhörner hat. Das erinnert an unsere Tradition als Rinderzüchter.«

Die abgelegten Klamotten der Weißen … Wahrscheinlich hatte auch Jakob das Hemd geschenkt bekommen. Von seinem Vater? Eine letzte Erinnerung an den unbekannten Karl Arnholt? Oder von Gottlob Herder, der sich, aus welchen Gründen auch immer, um Jakob »gekümmert« hatte?

»Es ist jedenfalls wunderschön«, sagte Mia, die sich langsam an das Kleid gewöhnte. Der Rock schwang und raschelte bei jeder Bewegung, die Puffärmel betonten ihre schmalen Schultern. Natürlich wirkte sie wie ein Paradiesvogel und genau das hatte sie ja auch gewollt. Die Herders ein bisschen schocken. Dass Will nun einen großen Bogen um sie machte, war dabei allerdings nicht einkalkuliert gewesen.

»Etwas speziell«, sagte Frau Renneroth. »Aber wirklich sehr außergewöhnlich. Und nur für junge Mädchen mit der entsprechenden Figur.«

»Aber nein!« Margret strahlte. »Bei uns tragen das alle Frauen. Alte, junge, große, kleine, dicke, dünne, und sie sehen fantastisch darin aus. Ihnen würde das auch sehr gut stehen!«

Herr Renneroth warf instinktiv einen Blick auf den beachtlichen Vorbau seiner Frau, als würde er in diesem Fall das Schlimmste befürchten.

»Kommen Sie doch einfach mal nach Namibia«, fuhr Margret fort. »Sie sind jederzeit herzlich willkommen. Und ich mache Ihnen gerne einen Termin bei unserer Schneiderin, die Ihnen eine wunderschöne Tracht nähen wird!«

Frau Renneroth öffnete schon den Mund, um etwas Nettes zu sagen. Da kehrte Frau Herder zum Kamin zurück und nahm ein kleines Glöckchen. Kaum ertönte das Klingeln, brachen alle Gespräche ab.

»Wenn ich Sie nun ins Speisezimmer bitten darf?«

Die Gesellschaft verließ das Zimmer. Mia hörte Emilys Lachen und Wills Stimme. Sie wartete, bis beides verklungen war.

Der Abend verlief zunächst angeregt und friedlich. Obwohl der Verlust des weißen Spargels immer noch in Gabriele Herders Kopf herumspuken musste, nahm sie huldvoll die Komplimente für ein Menü entgegen, das ohne ihr Zutun im Keller entstanden war. Mias Tischherr zur Linken war Rudolf Mwedihanga, zur Rechten saß ein Vertreter des Lüneburger Lions-, Rotary- oder Opus-Dei-Clubs, genau hatte Mia das nicht verstanden. Aber er hatte Geld und war wichtig, zumindest ließ sein Benehmen auf beides schließen. Wolfgang Herder bauchpinselte ihn jedenfalls zur Genüge, und da Mia sich weder für Geld noch Wichtigkeit interessierte, ließ er sie glücklicherweise links liegen. Ihr gegenüber saßen die Renneroths, dazwischen hatte Frau Herder ausgerechnet Emily platziert. Mit einer gewissen Genugtuung konnte Mia beobachten, wie schwer es der jungen Frau aus Windhuk fiel, die neugierigen, aber auch naiven Fragen der Lüneburger High Society zu beantworten.

»Wie kamen Sie zu diesem Kleid?«, fragte Rudolf nach dem Hauptgang, bei dem sich keiner über den grünen Beilagenspargel beschwert hatte.

»Margret hat es mir geliehen.«

»Haben Sie denn eine Beziehung zu unserem Land? Waren Sie schon einmal dort?«

»Ja und nein. Mein Urgroßvater stammt aus Namibia.«

»Tatsächlich? Ein Weißer?«

»Nein. Er … Er war …« Emily, die ihr gegenübersaß, unterbrach einen Vortrag über die klimatischen Bedingungen Namibias, um den Frau Renneroth mit Sicherheit nicht gebeten hatte, und sah zu ihnen. »Ich bin erst am Anfang. Es kann sein, dass er …«

Etwas im Blick der jungen Frau verunsicherte sie. Alle anderen am Tisch waren miteinander im Gespräch, niemand achtete auf sie. Bis auf Emily.

»Ich glaube, er war der Sohn meines Vorfahren Karl Arnholt und einer jungen Eingeborenen.«

Emilys Gabel fiel auf den Teller. Es klirrte. Für einen Moment sahen alle zu ihr, aber dann wandten sie sich wieder ihren eigenen Unterhaltungen zu.

»Eine Eingeborene«, wiederholte sie spitz. »So kann man es auch nennen.«

Rudolf machte eine Handbewegung, die so etwas wie »sachte, sachte« bedeuten konnte. Er griff nach dem Brotkorb, den Carolina gerade brachte, bot ihn erst Frau Herder zu seiner Linken an und dann Mia.

»Wie erstaunlich. Erzählen Sie mir mehr.«

»Oh ja«, mischte sich Gabriele Herder betont eifrig ein.

»Ich habe Herrn Kühn besucht, der hier von allen geschätzt wird. Ein Historiker aus Lüneburg. Er sieht sich ein paar von Jakobs Sachen an, die ich mitgebracht habe«, antwortete Mia und nahm sich noch schnell ein Stück Brot, bevor zum Dessert abgeräumt wurde. Die Portionen waren sehr übersichtlich gewesen. Am Tisch war durch das Abräumen eine kleine Gesprächspause entstanden. Dadurch bekam Mia beim Weiterreden das Gefühl, alle würden ihr zuhören.

Rudolf nickte ihr freundlich zu.

»Jakob hat vor über hundert Jahren ein wunderbares Nashorn aus Schokolade gemacht«, fuhr Mia fort. »Hier in Lüneburg, als die Herders noch eine Manufaktur hatten. Mehr weiß ich noch nicht. Aber es gibt Briefe und weitere Dinge aus seinem Besitz, die vielleicht Aufschluss darüber geben könnten, auf welchem Weg mein Urgroßvater hergekommen sein könnte. Herr Kühn wird mir vielleicht bald mehr verraten können.«

»Wie aufregend!« Frau Renneroth beugte sich über Emilys Teller zu ihrem Gatten. »Eine Liebesgeschichte in den Kolonien!«

Emily bekam einen Hustenanfall. Herr Renneroth reichte ihr mit starrer Miene eine Serviette.

»Und das Ergebnis dieser Romanze war Ihr Urgroßvater? Sie sehen aber gar nicht aus wie ein … wie eine …« Frau Renneroth brach ab, weil ihr die politisch korrekten Worte fehlten.

»Ähm ja.« Mia merkte, wie ihre Wangen heiß wurden. Der ganze Tisch schien sich nun auf ihre Familiengeschichte zu stürzen. »Es ist ja auch vier Generationen her.«

»Wie interessant!« Wieder fiel Frau Renneroths Busen beinahe in Emilys Teller. »Hubert, das wäre doch etwas für deinen nächsten Vortrag bei den Rotariern!«

Huberts stechender Blick hätte mittlere Raubtiere erdolchen können. Guckte er eigentlich immer so? »Wann kam Ihr Vorfahre nach Lüneburg?«, fragte er.

»Ich weiß es nicht genau. Neunzehnhundertvier oder fünf, glaube ich.«

Emily presste die Lippen zusammen. Sie hasste dieses Thema – so viel war klar. Und Mia gleich mit.

»Dann muss er ja recht wohlhabend gewesen sein. Womit ist er zu Geld gekommen? Handel? Diamanten? Waffen? Für einen Herero äußerst ungewöhnlich.«

»Er war arm.«

»Selbstverständlich. Kein Kolonialmigrant konnte sich eine Passage nach Europa leisten.«

»Er kam mit Gottlob Herder.«

»Auch der hatte, nach allem, was wir wissen, einen Igel in der Tasche. Nichts für ungut, Wolfgang.« Renneroth prostete Wills Vater zu, der sichtlich nach einer passenden Antwort rang. Plötzlich schien es, als ob das Gespräch an diesem Tisch sich in Dornengestrüpp verwandelt hätte, durch das man sich mit größter Vorsicht bewegen musste. »Ob Kühn allerdings die richtige Adresse ist, um Ihnen weiterzuhelfen, wage ich zu bezweifeln.«

Frau Herder fühlte sich nun bemüßigt, eine Lanze zu brechen. »Er ist immerhin einer der namhaftesten Historiker.«

»War«, konterte Renneroth. »Wie dem auch sei, ich wünsche Ihnen viel Glück für Ihre Recherche. Passen Sie auf, dass Sie auch alles wiederbekommen.«

Nun war es an Mia, beunruhigt zu sein. »Wie meinen Sie das?«

»Sie haben ihm doch hoffentlich keine Werte überlassen?«

Carolina begann, den Tisch abzuräumen. Das gab Mia etwas Zeit, den Schock zu verdauen. »Ich weiß nicht, ob Jakobs Sachen einen Wert haben. Für unsere Familie ganz sicher.«

Renneroth reichte Carolina seinen Teller. »Sicher.«

Damit war das Gespräch für ihn beendet.

Emily lehnte sich zurück und faltete die Serviette zusammen. Aus irgendeinem Grund freute es Mia, dass Emily und Will ziemlich weit auseinander saßen. Er hatte seinen Platz am Ende der Tafel, zwischen dem Rotary-Lions-Opus-Dei-Typen und einem ernsten, an den Schläfen ergrauten Herrn aus der Delegation. Die Art, wie er dem Mann jetzt wieder zuhörte, der offenbar gerade etwas über Namibias Landwirtschaft erzählte, gefiel ihr. Aufmerksam, mit knappen Zwischenfragen, die den Redefluss nicht unterbrachen, sondern ehrliches Interesse zeigten. Genau in diesem Moment schaute er sie an.

»Dennoch eine interessante Frage«, sagte Rudolf.

Sie fühlte sich von Will ertappt und wich seinem Blick aus. »Was?« Sie hatte den Faden verloren. »Also, ja, wahrscheinlich kam Jakob mit dem Schiff nach Lüneburg. Oder?«

Wenn Rudolf den verkappten Blickwechsel bemerkt hatte, so ließ er sich nichts anmerken. Sein Lächeln vertiefte sich. »Ich würde sagen, das letzte Mal, als es jemandem gelungen ist, übers Wasser zu laufen, ist gut zweitausend Jahre her.«

Sie griff nach ihrem Wasserglas. »Stimmt. So verwegen bin ich nicht, in Bezug auf Jakob an Wunder zu glauben. Eher das Gegenteil.«

»Und das wäre?«

Mia senkte die Stimme. Emily tat zwar so, als ob Frau Renneroths Rezept von *echt deutschem Streuselkuchen* das Interessanteste der Welt wäre, aber ihre Ohren kamen Mia vor wie zwei Satellitenschüsseln, bereit zum Empfang.

»Ich weiß nicht, was genau passiert ist. Aber er war noch ein Kind. Sieben oder acht Jahre alt. Er war …«

Sie brach ab. Gehörte das hierher? Die Zeiten von Sklaverei und Kolonialismus waren lange vorüber. An diesem Tisch saßen Menschen, die nichts mehr damit zu tun hatten. Es ging um Wasserbau und Fortschritt, um Investitionen und eine Zukunft. Da passten die alten Geschichten nicht. Sie hatte das Gespräch darauf gebracht und jetzt hätte sie gerne die Kurve zu einem unverfänglicheren Thema gekriegt.

»Er war Halbwaise, höchstwahrscheinlich. Ich bin gespannt, was ich noch erfahren werde.«

»Oh ja.« Rudolf nahm sein Weinglas. Mia, die bei Wasser geblieben war, stieß mit ihm an. »Halten Sie mich bitte auf dem Laufenden.«

»Das mache ich. Haben Sie vielleicht eine Idee, warum man einem kleinen Jungen eine Halskette mit auf den Weg nach Deutschland gibt?«

»Eine Halskette?«

Mia wollte ihr Handy herausholen, um ein Foto zu zeigen. Dann fiel ihr ein, dass sie es in ihrer Tasche gelassen hatte. Und die lag im Gästehaus. Hatte sie eigentlich die Tür abgeschlossen?

»Aus Leder«, erklärte sie. »Mehrere geflochtene Schnüre, in die Steine, Metall- und Glasperlen eingeflochten sind.«

»Ein *kidani*?«

Die imaginären Satellitenschüsseln auf der anderen Seite des Tisches schwenkten definitiv in ihre Richtung.

»Heißt das so? Jedenfalls hatte Jakob diese Kette aufgehoben. Und das Hemd eines Soldaten.«

»Der Sohn eines Soldaten und einer Herero.« Emilys Stimme von der anderen Seite des Tisches klang glasklar zu Mia hinüber. »Hieß sie Corinthia? Und er? War es der Soldat Karl Arnholt?«

Fast wäre Mia das Glas aus der Hand gerutscht. »Was weißt du denn darüber?«

Emily beugte sich vor. »Erst habe ich gedacht, ich hätte mich verhört. Oder es wäre nur eine Namensgleichheit gewesen. Mia Arnholt. Woher kommt dein Vorname?«

»Meine Großmutter mütterlicherseits ...«

»Bullshit. Er geht zurück auf Corinthia Emilia, eine getaufte Herero, Tochter von Kriegern, die die Deutschen in der Wüste haben verrecken lassen!«

Es war so still, als hätte Emily einen ganzen Kronleuchter herabstürzen lassen. Ihr war es egal. »Sie war schwanger, als der Völkermord passierte. Der Vater ihres Kindes, ein Infanterist der sogenannten kaiserlichen Schutztruppen«, sie spuckte die letzten beiden Worte beinahe aus, »hat sich aus dem Staub gemacht. Ein Deserteur und Verräter. Das Kind, bei dessen Geburt Corinthia starb, war *meine* Vorfahrin. Es gibt nur eine Familie Arnholt in Namibia. Und das sind wir. Ihr seid allerhöchstens die Nachfahren eines fahnenflüchtigen Verräters.«

Es war, als wäre die Zeit in einem Glastropfen eingefroren.

Nur das Echo von Emilys letzten Worten klang noch nach. Zumindest so lange, bis Gabriele Herder glaubte, es wäre ausgerechnet an ihr, die Situation zu retten.

»Ist noch Spargel da?«

Alle begannen, sich zur Anrichte umzudrehen oder in die Schüsseln zu schauen. Nur Mia saß immer noch da wie betäubt. Wie konnte das sein? Jakob war definitiv Karls Sohn. Und wenn es stimmte, was Emily gerade gesagt hatte, dann wusste sie jetzt endlich auch den Namen von Jakobs Mutter: Corinthia. Eine getaufte Herero. Vielleicht hatte Corinthia den Sohn und die Ehe mit einem Deutschen zu ihrem eigenen Schutz später verschwiegen. Das könnte erklären, warum Emily gerade aus allen Wolken gefallen war. Mia wusste so wenig über diese Zeit. Emily spürte das. Der Blick, mit dem sie Mia musterte, war eisig.

Die Unterhaltungen rings um sie her setzten wieder ein. Mit leiser Stimme sagte Mia: »Ich denke, das wird sich aufklären. Deshalb bin ich ja hier.«

»Aufklären. Nach über hundert Jahren. Macht ihr das mit Absicht? Du weißt doch genau, dass die Herero erst vor Kurzem eine Klage gegen die Bundesregierung aufsetzen konnten. So lange hat es gedauert, bis ihr den Völkermord anerkannt habt.«

Auch Emily hatte die Stimme gesenkt und begleitete ihre Worte mit einem kühlen Lächeln. Kein Thema für eine nette Abendgesellschaft im Haus eines Industriellen, dessen Firma genau in dieser Zeit gegründet worden war.

»Das tut mir sehr leid. Ich wusste bis vor Kurzem noch nicht einmal, dass mein Urgroßvater Jakob aus Namibia kam.« Ihre Unwissenheit beschämte Mia. »Uns ist jedenfalls nicht bekannt, dass er noch Geschwister gehabt hätte.«

»Uns auch nicht«, zischte es ihr entgegen. »Aber umso besser. Dann wissen wir ja, an wen wir uns wegen einer Entschädigung wenden können.«

»Emily«, begann Rudolf, doch die junge Frau sah mit zornblitzenden Augen nur zu Mia.

»Du glaubst, du kannst unsere Kleider tragen und unseren Namen? Da hast du dich geirrt.«

»Aber Jakob …«

»Du musst da was verwechseln. Ich weiß nicht, wer Jakob ist. Und glaube mir: Im Gegensatz zu euch legen wir viel Wert auf die Geschichte unserer Vorfahren. Vielleicht war er ein Dieb. Ein Nichtsnutz. Wir kennen seinen Namen nicht. Also hat es ihn auch nicht gegeben.«

Damit stand sie auf und verließ den Raum. Mia sah auf ihre Hände, die sie im Schoß liegen hatte. Wer an diesem Tisch war Zeuge dieser seltsamen Auseinandersetzung geworden? Rudolf berührte sachte ihren Unterarm.

»Ich kenne ihre Familie«, sagte er. »Es stimmt, was sie sagt. Ihre Vorfahrin hieß Corinthia Emily Arnholt und sie starb 1905 in einem Konzentrationslager bei Rehoboth.« Mia zuckte zusammen. »Aber sie konnte noch ein Mädchen zur Welt bringen, das war Emilys Urgroßmutter.«

»Ich glaube es nicht«, flüsterte Mia. Sie fühlte, wie Rudolfs Blick auf ihr ruhte, als ob sie jetzt eine Erklärung abgeben müsste für Emilys Verhalten. Oder es auch noch entschuldigen sollte. »Wir sind miteinander verwandt?«

Sie, Mia Arnholt aus Meißen, ein etwas blasses Mädchen

aus einer sächsischen Chocolatiers-Familie, war mit der Herero Emily Shipanga aus Windhuk verwandt.

Es war Will, der eine halbe Stunde später zu ihr nach draußen kam. Die Gesellschaft war nach dem Essen hinauf in den Salon gegangen. Emily hatte sich wieder gefangen und Mia den Rest des Abends ignoriert, als wäre sie Luft. Vielleicht genierte sie sich auch für den Aufstand, den sie gemacht hatte. Man breitete seine Verwandtschaftsverhältnisse nicht am Tisch vor wildfremden Leuten aus. Schon gar nicht, wenn man diese plötzlich aufgetauchte Groß-Groß-Groß- oder Wasauchimmer-Cousine nicht ausstehen konnte. Darüber hatte Emily schließlich niemanden im Unklaren gelassen.

»Hier bist du. Warum kommst du nicht mit nach oben?«

Mia war eigentlich schon auf dem Weg ins Gästehaus gewesen. Will erwischte sie auf halber Treppe. Sie drehte sich zu ihm um. »Keine Lust.«

»Komm schon. Emily ist in Ordnung. Die regt sich wieder ab.«

Aha. Hatte sie Will also auch um den Finger gewickelt. »Ich bin müde. Es war ein langer Tag für mich.«

Er hatte beide Hände hinter dem Rücken. Mit einem entschuldigenden Lächeln kam er nun mit ihnen nach vorne – in jeder ein Glas Wein. »Dann vielleicht einen Gute-Nacht-Drink? Im Stehen? Ich will dich nicht aufhalten.«

Misstrauisch stieg sie zwei Stufen hoch, er kam ihr zwei entgegen und reichte ihr ein Glas. Der leise Ton, mit dem sie miteinander anstießen, klang wie ein Friedensglöckchen. Er setzte sich und machte eine einladende Geste in Mias

Richtung. Die raffte ihre Röcke und ließ sich neben ihn plumpsen.

»Vermissen sie dich nicht da oben?«

»Nein. Zumindest jetzt noch nicht. Später vielleicht, wenn mein Vater den Alkoholkonsum meiner Mutter nicht mehr ganz im Griff hat. Aber dann sind die Gäste meistens schon gegangen.«

Er trank einen Schluck, Mia machte es ihm nach. Es war ein frischer, leichter Weißwein. Eigentlich trank sie keinen Alkohol, und Will hatte die Gläser wohl auch nur als Geste des guten Willens mitgebracht, denn er stellte seines rasch neben sich ab.

»Das ist doch kein Zufall«, sagte er.

»Was?«

»Du kommst genau zu dem Zeitpunkt hierher, an dem wir Besuch aus Namibia bekommen. Und dann stellt sich auch noch heraus, dass du über zehn Ecken mit einem unserer Gäste verwandt bist.«

»Und dein Großvater Wilhelm, der das alles vielleicht erklären könnte, ist tot«, setzte Mia leise hinzu.

Sie sah, dass ein Schatten über Wills Gesicht glitt. »Ja, auch das.«

»Er wollte, dass ich komme. Er sagte, es wäre dringend und wie froh er wäre, endlich etwas von den Arnholts zu hören. Er hat immer wieder versucht, Kontakt zu uns aufzunehmen. Wusstest du das?«

»Nein.«

»Ihm lag etwas auf der Seele. Er wollte reinen Tisch machen.«

Sie schwiegen einen Moment. Aus dem geöffneten Fenster im ersten Stock drangen Stimmen und Gelächter.

»Und der Auslöser für alles«, fuhr sie fort, obwohl sie sich fragte, warum sie vor Will Rechenschaft ablegen sollte, »war reiner Zufall. In Hamburg beginnt im Herbst das neue Semester an der Journalistenschule. Dafür wollte ich mich bewerben, mit Jakobs Foto.«

Er sah sie an. Glaubte er ihr etwa nicht? Dann sollte er sich lieber an Emily halten. All diese Merkwürdigkeiten konnten durchaus auch auf deren Mist gewachsen sein.

»Was ist? Warum schaust du mich so an?«

»Ich wundere mich nur.«

»Worüber?«

»Dass du Journalistin werden willst. Ich dachte, du kommst aus einer Chocolatiers-Familie.«

»Ja. Und? Glaubst du, Schokolade machen wird vererbt? Dass es ein Pralinen-Gen gibt oder was? Wenn es dich beruhigt: Mein älterer Bruder wird das Geschäft übernehmen. Vielleicht. Und wenn nicht, wird die Welt auch nicht ärmer.«

Sie hatte sich diesen Satz schon vor langer Zeit zurechtgelegt, als klar war, dass Matthias das Geschäft übernehmen würde. Trotzdem tat er weh. Vor allem, als Will widersprach.

»Das stimmt nicht«, sagte er leise. »Sie wird ärmer. Betriebe wie eure, die gibt es doch kaum noch. Schau dir an, wohin wir es gebracht haben.«

Mia starrte auf den Park, der immer noch von den Fackeln erleuchtet wurde. »Nun ja. Gutshaus, mehrere Hektar englischer Landschaftspark, dazu Filialen landauf landab, Millionenumsatz, stimmt. Die Herders haben es im Vergleich zu uns ganz schön versemmelt, wenn ich es mir recht überlege.«

Er schüttelte lächelnd den Kopf und sah dabei zu Boden, als ob er ihr seine Belustigung nicht zeigen wollte. »Das meine ich nicht. Ihr wisst noch, was ihr am Ende des Tages getan habt. Ich soll das Ganze hier mal übernehmen. Was bitte hat eine Fabrik noch mit Schokolade zu tun?«

»Sie wird darin hergestellt? Sorry, aber wenn ich dich so höre, ist das Jammern auf hohem Niveau. Ich weiß nicht, ob du eine Ahnung davon hast, was es bedeutet, ständig an der Pleite vorbeizuschrammen. Wir werden wahrscheinlich dichtmachen. Aber vorher noch geht es mit vollem Speed in Richtung Finanzcrash. Versteh mich nicht falsch. Ich liebe meine Eltern. Ich liebe den Laden, das Haus, die Stadt, in der ich aufgewachsen bin. Aber es ist in diesen Zeiten verdammt schwer, gegen euch zu bestehen.«

»Also wirfst du die Flinte ins Korn?«

»Was? Nein! Ich wünsche mir nur, dass wir alle einen Platz haben.«

»Ich wünsche mir eine Schokoladenfabrik ohne Akkord und Billigprodukte, dafür mit Rohstoffen, von denen Erzeuger leben können, die keine Pestizide verwenden, den Boden achten und dafür faire Preise auf dem Weltmarkt bekommen.«

»Dann wären wir ja ein Bomben-Team«, rutschte es ihr heraus, noch bevor sie nachdenken konnte. Im selben Moment hätte sie den Satz am liebsten wieder eingefangen, aber das ging nicht mehr.

»Stimmt«, gab er nach kurzem Nachdenken zurück. »Zwei Erben, die endlich machen, was sie wollen.«

Mia sah hoch. Oben am Fenster stand Wills Mutter, ebenfalls mit einem Weinglas in der Hand. Als sie die beiden unten auf der Treppe sitzen sah, prostete sie ihnen zu. Was diese Frau jetzt wohl dachte?

»Deine Mutter.«

Will hob den Kopf, nickte der Frau am Fenster kurz zu und zuckte dann mit den Schultern. »Ich werde gleich mal nach ihr sehen. Du willst wirklich nicht wieder mit reinkommen?«

»Nein.«

»Hör zu, was ich heute zu dir gesagt habe …«

»Schon gut.«

»Ich dachte, vielleicht können wir zusammen versuchen, etwas Licht in Jakobs Geschichte zu bringen.«

Erst dachte Mia, sie hätte sich verhört. Seit wann war Will auf ihrer Seite? Aber dann fiel ihr ein, dass er wahrscheinlich etwas ganz anderes im Sinn hatte: Es ging nicht mehr um ihre eigenen, unwichtigen Interessen. Jetzt standen Wirtschaftsbeziehungen auf dem Spiel. So viel Raffinesse hätte sie ihm nicht zugetraut. »Ich weiß nicht«, antwortete sie reserviert.

Er stand auf und reichte ihr die Hand, um ihr aufzuhelfen. Reflexartig griff Mia zu und hätte am liebsten sofort wieder losgelassen: Es war, als hätte sie ein kleiner, elektrischer Schlag erwischt.

»Ich bring dich noch rüber.«

»Nicht nötig.«

Sie riss sich fast los aus seinem Griff, wollte die Stufen hinunterlaufen, verhedderte sich im Saum der Röcke, verlor das Gleichgewicht, ruderte mit den Armen, dachte noch:

Neeeiiiinnn! Ausgerechnet vor seinen Augen! Da hatte er sie schon gepackt. Sie spürte seine Hände, die sie festhielten, und für den Bruchteil einer Sekunde waren sich ihre Gesichter so nah, dass sie seinen Atem auf ihrer Haut spüren konnte. In seinen Augen stand etwas, dem Überraschung am nächsten kam.

»Mia …« Seine Stimme klang heiser.

Sie schob ihn von sich weg.

»Danke, ich schaff das schon alleine.«

Damit eilte sie die Treppe hinunter. Sie weigerte sich, noch einmal zurückzuschauen. Sie wusste genau, dass er darauf wartete, aber den Gefallen würde sie ihm nicht tun. Ihr war auch klar, dass sie aussehen musste wie Scarlett O'Hara, als sie mit weit schwingenden Röcken davoneilte und er sich wahrscheinlich schon wieder vor Lachen ausschüttete über ihren Anblick.

Atemlos erreichte sie das Gästehaus und ihr Zimmer. Sie riss sich das Kleid vom Leib, knüllte es zusammen und warf es in die Ecke. Dann, nach ein paar Minuten, die sie damit verbracht hatte, sich im Badezimmer kaltes Wasser ins Gesicht zu schaufeln und sich im Spiegel mit »Mia, du Torfnase« zu beschimpfen, kam sie zur Besinnung. Hatte sie wirklich geglaubt, Will wäre ihr Verbündeter? Und was war das gewesen, in diesem kurzen Augenblick, in dem sie sich so nahe gekommen waren? Anziehungskraft? Lächerlich! Wenn sie eines über die Herders gelernt hatte, dann das: Sie verfolgten ausschließlich ihre eigenen Interessen. Im Moment war das wohl, den Ball mit ihrer Kolonialvergangenheit flach zu halten.

Sie kehrte in ihr Zimmer zurück und hob das Kleid auf. Das hatte das gute Stück nicht verdient. Sie hängte es auf einen Bügel und brachte es hinüber in Emilys und Margrets Zimmer. Einen Moment lang war sie versucht, sich dort umzusehen, aber dann ließ sie es bleiben. *Wir sollen verwandt sein?! Im Leben nicht.* Mia öffnete die Balkontür und hängte das Kleid an einem Außenthermometer auf, das sich geradezu anbot. Der Stoff sah zerknittert aus, und sie hoffte, die Nachtluft würde wenigstens die gröbsten Falten ausbügeln.

Morgen würde sie zu Kühn fahren und die Briefe zurückholen. Und nie wieder einen Fuß in dieses Haus setzen. Sie ging in ihr Zimmer und ließ sich aufs Bett fallen. Dann holte sie den Zettel heraus, den sie in Wilhelms Papierkorb gefunden hatte, und strich ihn sorgfältig glatt. *Liebe Mia …* Was um Himmels willen hatte er ihr sagen wollen?

Es war sowieso erledigt. Die Recherche Jakob war gescheitert. Als sie das Licht löschte und sich schlaflos von einer Seite auf die andere warf, wusste sie aber nicht mehr ganz genau, warum. Wegen Will? Oder Emily, der sie am liebsten nie mehr wieder begegnet wäre?

7.

Gerald Kühn fluchte. Wo zum Teufel war seine Brille geblieben? In diesem Chaos konnte doch kein Mensch arbeiten! Und das Licht war auch viel zu trübe. Oder waren es seine Augen, die langsam nachließen? Er zog die Schreibtischlampe näher heran – ein Stapel Papiere segelte auf die Erde. Aber die waren egal. Unwichtig. Was er hier vor sich liegen hatte, war vielleicht der Mosaikstein, der ihm all die Jahre gefehlt hatte. Welchem gütigen Hauch des Schicksals hatte er es zu verdanken, der ausgerechnet Mia Arnholt über seine Türschwelle gefegt hatte? Und dann noch mit diesem ungehobenen Schatz? Die Lupe. Irgendwo musste doch die Lupe sein.

Er stand auf, immer noch eine der Kopien in der Hand, und bahnte sich einen Weg hinüber zu dem Möbelstück, das vor Jahren vielleicht noch mit der Bezeichnung »Wohnzimmerschrank« durchgekommen wäre. Als Annette noch gelebt hatte, war diese Höhle ein Zuhause gewesen. Wie oft war sie ihm mit einem Lächeln durch die Haare gefahren und hatte dabei »Du Chaotiker« gemurmelt. »Die Lupe? Die ist dort, wo du sie zum letzten Mal hingelegt hast!«

Fast war ihm, als würde er wieder ihre Stimme hören. Sie fehlte, immer und überall. Nach ihrem Tod schien es ihm, als wäre er wie Dornröschen in eine Art Lähmung verfallen, nur dass die Bücherstapel die Rosenranken ersetzten. Sie kletterten höher und höher, nahmen immer mehr Platz ein, und statt ihm eine Stütze und Hilfe zu sein, nahmen sie ihm Licht und Luft zum Leben. Immer dunkler war es um ihn geworden. Und dann hatte auf einmal dieses Mädchen vor der Tür gestanden, und mit ihr war es so, als hätte ein Sonnenstrahl diese finstere Bude erhellt.

Er musste den Brief lesen, jetzt, unbedingt! Zum ersten Mal seit langer Zeit war wieder Interesse in ihm erwacht. Mehr noch: Gefährliche, verlockende Gedanken huschten um ihn herum wie Fledermäuse. Du könntest dir wieder einen Namen machen in der Welt der Wissenschaft. Du musst deinen guten Ruf nicht mehr verkaufen für verlogene Ausstellungen und gefälschte Expertisen. Hast du nicht deshalb schon mit einem Bein im Gefängnis gestanden? Es ist deine Chance, zurückzukehren auf die Bühne der Lebenden, der Wahrgenommenen!

»Wo ist die verdammte Lupe?« Er riss die Schranktüren auf. Auch hier: Papiere, Bücher, Zeitschriften, Broschüren. Wütend zerrte er alles heraus. Das Durcheinander war hoffnungslos, da würden zwei Handbreit Altpapier mehr auf dem Boden auch nichts mehr ausmachen. Die Schubladen. Ja!

Er erinnerte sich genau: Dort lag das Opernglas, das Annette immer dabeigehabt hatte, wenn sie ins Theater gegangen waren. Ein alter Fotoapparat – war noch ein Film darin? Und wenn ja, welche Bilder wohl auf dem Zelluloid verewigt worden waren? Er hielt das schwere Ding in den Händen und vergaß für einen Moment, warum er eigentlich vor dem Schrank stand. Es war ihr letzter Ausflug gewesen … an den See, und sie war schon so schwach gewesen. Aber ihre Augen hatten geleuchtet, als er sie zu einer Bank ans Ufer getragen und sie vorsichtig abgesetzt hatte.

»Sieh nur. Die Stare sammeln sich schon!«

Und er war ihrem Blick gefolgt, der hinauf in den Himmel gegangen war, dem Schwarm hinterher, der sich ausbreitete und immer weiter stieg ins Blaue …

Sie hatte nie erfahren, woher er das Geld für die letzte Operation bekommen hatte. Expertisen für Fälschungen, dafür hatte er seinen guten Namen teuer verkauft. Und auch den Prozess und den Verlust seines Titels, die Bewährungsstrafe und die Schande, all das hatte sie nicht mehr erlebt. Gott sei Dank. Er schämte sich nicht dafür, was er getan hatte. Aber er wäre im Erdboden versunken, wenn sie es gewusst hätte.

Und da lag sie ja, die Lupe. Er fuhr sich, fassungslos über seine Vergesslichkeit, durch die Haare – und da war auch seine Brille! Auf dem Kopf! Glücklich über den Fund dieser Schätze, bahnte er sich seinen Weg zurück ins Arbeitszimmer an den Schreibtisch.

So. Jetzt konnte er die Sache endlich untersuchen. Ein paar Postkarten, versandt an die Arnholts in Dresden, von einem gewissen Karl. Kühn überflog die Zeilen – er würde sich später intensiver um den Inhalt kümmern. Mit großer Befriedigung stellte er fest, dass seine erste Annahme richtig gewesen war: Karl Arnholt war in den Krieg gezogen, in die Kolonie Deutsch-Südwestafrika. Die Postkarten waren zum Teil zensiert. Also hatte er Dinge geschrieben, die den Kriegsführern nicht gefallen hätten. Und dann dieser Brief. Eine Seite fehlte, aber es war schon nach den ersten Zeilen ersichtlich, dass es sich hier um die Zeilen einer Mutter handelte, die ihren kleinen Sohn in die Fremde geschickt hatte und versuchte, diesen unfassbaren Schritt zu erklären.

> *… Doch meine Liebe wird mich überdauern, so wie die Tränen der Sterne, und sollen dich an deine Heimat und deine Familie erinnern. So gab ich dich in Gottlobs Hände, der mir versprach und schwur, dass es dir an nichts fehlen werde und er dafür sorge, dass du deinen Weg machen wirst in der kalten Heimat deines Vaters …*

Sein Herz begann zu jagen. Damals, als er die Ausstellung der Herders kuratiert hatte, musste er ganz im Sinne seiner Auftraggeber das eine oder andere Detail der Familien- und Firmengeschichte unter den Tisch fallen lassen. Eigentlich alles, was ihm Wilhelm, der Senior, erzählt hatte. Wie gerne wäre er den Hinweisen des alten Mannes nachgegangen! Aber das Geld war von Wolfgang gekommen, dessen Sohn. Und der hatte sich alles verbeten, was auch nur im Entferntesten mit den Details der Kaiserzeit zu tun gehabt hatte.

Diese Scharte könnte er nun auswetzen. Er hätte dem alten Herrn helfen sollen, statt ihn zu belügen …

… aber dann hätte ich Annettes Operation nicht bezahlen können!

Er rieb sich über die Augen. Manchmal dachte er daran, wie es wohl wäre, wenn sie beide sich da oben wiedersähen, falls es so etwas überhaupt gab und falls er daran glauben könnte. Ob sie ihm diese Lüge verzeihen würde? Jetzt mach ich es wieder gut, dachte er. Endlich sind die letzten Teile des Puzzles aufgetaucht!

Er nahm das Blatt hoch, griff nach der Lupe und begann, eine Zeile nach der anderen zu entziffern. Nach wenigen Sätzen hörte er auf. Da fehlte etwas. Ganz eindeutig! Das erste Blatt! Er wiederholte die wenigen Sätze laut, denn ihm schien, als würde er ein Vermächtnis, ein Testament in den Händen halten, von dem einfach mal die Hälfte fehlte.

Kühn ließ das Blatt sinken. Er versuchte, sich an das zu erinnern, was Wilhelm ihm damals erzählt hatte. Zehn Jahre war das her und Wilhelm Herder hatte schon eisgraue Haare und den gebeugten Rücken des Alters gehabt. Eines Nachmittags war er zu ihm in das Zimmer gekommen, in dem Kühn in der Villa arbeitete und die Ausstellung zum Firmenjubiläum vorbereitete. Er hatte erzählt, dass auf dem Dachboden noch Sachen eines Kindes lagen, das vor hundert Jahren aus den Kolonien nach Lüneburg gebracht worden war. Worum es einmal einen sehr heftigen Streit gegeben hatte. Aus dem Kind war ein junger Mann geworden, schwarz wie die Nacht!, hatte Wilhelm erzählt, er hatte damals doch noch nie einen Farbigen gesehen! Selbst noch ein Kind, konnte er sich nicht mehr daran erinnern, warum Jakob und Gottlob sich so in den Haaren gelegen hatten. Aber er glaubte, dass es etwas mit den Dingen zu tun gehabt hatte, die der kleine Jakob mit aus Afrika nach Deutschland gebracht hatte.

Zwei Kisten hatte er ihm gegeben, in ihnen lag die ganze unrühmliche Vergangenheit Gottlob Herders. Aber auch sie konnten keinen Aufschluss darüber geben, was der kaisertreue Deutsche dem kleinen Jungen vorenthalten haben könnte. Gestohlen, hatte Wilhelm gemurmelt. Ich glaube, er hat ihm etwas gestohlen. Vielleicht finden wir etwas bei diesen afrikanischen Sachen auf dem Dachboden. Kühn erinnerte sich noch genau an den Moment. Es war, als säße er unsichtbar auf einer Bühne und könnte sich selbst dabei zusehen, wie er sich und den alten Mann verriet. Denn jetzt öffnete sich die Tür und Wolfgang kam dazu. Herrisch und ungehalten hatte er wohl mitbekommen, was sein Vater ihm, Kühn, damals noch ein anerkannter Wissenschaftler, gerade erzählt hatte.

»Ich darf Sie doch daran erinnern, wer Sie für Ihre Arbeit bezahlt?«

»Es geht hier nicht um Geld«, hatte Wilhelm seinem Sohn entgegengehalten. »Es geht um eine alte Schuld, die wir irgendwann einmal bezahlen müssen. Wir haben uns an einem Land und einem Kind versündigt.«

»Wir?«, hatte Wolfgang geschnaubt. »Wann und wo haben wir uns versündigt? Du redest von Dingen, die sich im Kaiserreich zugetragen haben! Falls du es noch nicht mitbekommen hast – das gibt es nicht mehr. Es ist Geschichte. Vorbei, vergangen. Wir haben nichts damit zu tun.«

Da hatte Wilhelm den Arm gehoben und in die Runde

gezeigt wie ein Fremdenführer, der auf ein besonders schönes Detail eines Bauwerks hinweisen will. »Und all das hier ist vom Himmel gefallen?«

»All das hier«, hatte Wolfgang gezischt, »haben wir durch Härte und Fleiß erhalten.«

»Aber nicht das Fundament, auf dem dieses Haus steht.«

Vater und Sohn hatten sich angestarrt wie zwei Feinde. Kühn hatte alles so deutlich vor Augen: Wie er schweigend dasaß, den Kopf zwischen die Schultern gezogen, als ob er sich, den Zeugen dieser Auseinandersetzung, unsichtbar machen wollte. Wilhelm, schon damals auf seinen Stock gestützt und trotzdem aufrecht stehend und seinem Sohn die Stirn bietend, und schließlich Wolfgang: knallhart, eiskalt. Für einen Augenblick zog Kühn den Vergleich zwischen Gottlob und ihm: Großvater und Enkel. Die ähnelten sich oft am meisten.

Als Wolfgang sich zu ihm umdrehte, wäre er um ein Haar zusammengezuckt. »Herr Dr. Kühn, ich erwarte, dass die Ausstellung zu unserem hundertjährigen Bestehen keine Aufarbeitung fremder Geschichte wird, sondern sich ausschließlich mit positiven Aspekten beschäftigt.«

»Eine gekaufte Jubelschau also?« Das war Wilhelms Stimme.

Kühn wagte nicht, den Kopf zu heben.

»Nun? Ich habe gehört, Sie brauchen Geld. Es ist Ihre Entscheidung. Arbeitslose Historiker gibt es genug. Wenn Sie zur Tür rausgehen, warten dort schon zwei Dutzend, die sich um den Auftrag prügeln.«

Und als Kühn nickte, hatte er etwas in sich gespürt. Eine

Art Windhauch, vergleichbar mit dem Luftzug, wenn eine Tür sich schließt. Und dies war der Moment gewesen, in dem er kein anerkannter Wissenschaftler mehr war. Er hatte sich verkauft, und den Abscheu in Wilhelms faltenzerfurchtem Gesicht, als er dem alten Mann die Kisten zurückgab, den würde er nie vergessen.

Ach, Annette ... Ich würde es immer wieder tun für dich.

Er nahm kurz die Brille ab, rieb sich über die Augen. Fort mit den trüben Gedanken. Er hatte wieder etwas zu tun. Und vielleicht könnte er seine Scharte von damals wieder auswetzen. Wenn es schon dem kleinen Jakob nicht mehr half, wenn es schon Annette nicht geholfen hatte, vielleicht konnte diese Mia etwas mit der Wahrheit anfangen. Es war höchste Zeit, dass auch die Herders sich daran erinnern sollten. Wenigstens das.

Mit frischem Mut machte er sich wieder an die Arbeit. Den wichtigsten Hinweis konnte die erste Seite dieses Briefes geben. Doch wo war sie? Kühn blätterte alle Kopien noch einmal durch, aber sie blieb verschwunden. Er griff zum Telefon und wählte Mias Nummer – glücklicherweise hatte das Mädchen daran gedacht, sie auf eines der Blätter zu schreiben und nicht auf einen Zettel, den er in diesem heillosen Durcheinander nie mehr wiedergefunden hätte.

Nach dem vierten Klingeln sprang ihr Anrufbeantworter an. Er wartete die Ansage ab und sagte dann: »Guten Abend, oder besser gesagt, gute Nacht. Hier ist Gerald Kühn. Ich glaube, ich habe etwas gefunden, was durchaus von Interesse sein könnte. Ich vermisse in Ihren Unterlagen eine Seite des Briefes. Haben Sie mir auch alles gegeben, was sich in Ihrem

Besitz befand? Wenn nicht, gäbe es noch die Möglichkeit, eventuell einmal auf dem Dachboden der Herders nachzusehen. Dort soll sich eine sogenannte afrikanische Abteilung befinden. In Ihrem eigenen Interesse wäre die Sache …«

Es klingelte. Kühn fuhr vor Schreck zusammen. Kurz vor Mitternacht – in den letzten Jahren hatte er kaum noch Besuch bekommen. Wer sollte um diese Zeit also vor seiner Tür stehen? Es musste ein ungeduldiger Mensch sein, denn wieder schellte die Glocke, lange, ausdauernd, als ob Kühn damit aus dem Schlaf geweckt werden sollte. Was um Himmels willen konnte zu dieser nachtschlafenden Zeit so wichtig sein?

»Also … ja. Wäre die Sache von hoher Dringlichkeit. Rufen Sie mich bitte zurück.«

Er legte auf.

»Ja! Ja! Ich komme ja schon!«

Er bahnte sich einen Weg in den Flur, legte die Kopie irgendwo ab und drückte auf den Summer. Unten stemmte sich jemand gegen die Tür, dann hörte er, wie hastige Schritte die Stufen hinaufkamen. Erster Stock, zweiter Stock … Kühn trat ins Treppenhaus, um seinen späten Besucher besser zu erkennen. Erst da stellte er fest, dass er seine Schuhe nicht anhatte. Er ging zurück und bückte sich nach seinen Pantoffeln. Gerade als er wieder hochkam, stand eine dunkle Gestalt vor ihm.

»Das … Das ist ja eine Überraschung!«, stammelte er.

Grootfontain, im Juni 1904

In wilden Fieberträumen seh ich die Heimat: Meine Eltern, die Geschwister, mein liebes Lüneburg. Zu essen gibt es nur noch eine Handvoll Reis und ein wenig schlechtes Wasser. Wie fröhlich wir aufbrachen und wie zermürbt und zerschunden wir nach diesen Monaten sind! Die Sonne glüht trocken und heiß. Überall, wo wir Wasser vermuten, war der Feind schon vor uns da. Immer weiter, immer tiefer geht es in die glühende Hitze. Mehrere Angriffe haben uns schwer getroffen. Es sind einsame Gräber am Rande des Pads, über denen wir ein letztes Salut schießen. Die Schwarzen, die wir erwischen, begraben wir nicht.

Immer öfter die Frage: Wann kommt der Krieg? Das letzte, große Gefecht? Vier Wochen schon sind wir nicht aus den Kleidern gekommen, sie hängen in Fetzen und Lumpen von unseren Gliedern. Mein Pferd musste ich gestern erschießen, jetzt geht es zu Fuß weiter in kaputten Schuhen. Fast jede Nacht kleine Gefechte. Komme ich von der Patrouille zurück, ist die erste Frage: Wie viele? Heute Nacht hat es die von Posten vier erwischt, drei Kameraden, starr und tot. So viel deutsches Blut qualvoll in diesem dürren, heißen Land vergossen. Nachts an den Kochfeuern erzählen die Älteren, dies wäre der Befreiungskampf der Wilden.

Spricht der eine: »Kinder, wie sollte es anders kommen? Sie waren Viehzüchter und Besitzer, und wir

waren dabei, sie zu landlosen Arbeitern zu machen. Da empörten sie sich. Sie taten dasselbe, was Norddeutschland 1813 tat.« Wild gehen die Worte hin und her. Sie seien nicht unsere Brüder, sondern unsere Knechte, die wir streng behandeln müssen.[2]

Karl, der sächsische Bäcker, meint, das ginge nicht nebeneinander. Das Christianisieren und Missionieren und heiße Bruderliebe zu verkünden, und dann die Kolonialherren, die entrechten, rauben und das Volk zu Knechten machen. Als er dies sagte, wurde es ganz still am Kochloch, und die alten Landwehrmänner und Frachtfahrer spuckten ins Feuer und standen auf.

Ich sagte: »Karl, es ist nicht gut, sich mit dem Feind zu verbrüdern. Du bist jung und hast dein Leben noch vor dir. Such dir ein deutsches Mädel! Dem kannst du Treue schwören, aber nicht den Hottentotten.«

Da sah ich, wie es arbeitete in ihm und er mir etwas sagen wollte. Liegt er doch nachts unter seiner Decke und schreibt eifrig, sagt aber nicht, wem er diese Zeilen widmet. Einmal konnte ich lesen: Liebste Corinthia! So hat er wohl ein Mädel daheim in Sachsen, oder es wird eine kommen, die die lange Reise nicht scheut. Er trägt auch einen schmalen Ring am Finger, doch er weicht jeder Frage nach einer Liebsten aus. Vielleicht war es

---

2 Hervorgehobene Passage ist ein Zitat aus: Gustav Frenssen: Peter Moors Fahrt nach Südwest. Grote'sche Verlagsbuchhandlung, 1906. Erläuterungen zu dem Buch im Nachtrag.

das, was ihm auf der Zunge lag? Mir sein übervolles Herz anzuvertrauen?

Aber dann kam unser Leutnant vorbei. Er glaubte, wir wären voller Ärger und Kleinmut, weil wir den Feind nicht stellen konnten in seiner angestammten Heimat, und er sagte: »Seid munter! Wir werden ein Gefecht haben und die Kerle nach Westen zu der Hauptabteilung in den Rachen werfen. Und im Juli sind wir wieder zu Hause.«

Da lag so mancher in der kalten, sternenklaren Nacht und dachte wohl: Ach wenn es schon Juli wäre.[3]

---

3 Zitat aus: Gustav Frenssen: Peter Moors Fahrt nach Südwest. Grote'sche Verlagsbuchhandlung, 1906.

8.

Am nächsten Morgen wurde Mia von Stimmen, Geschirrklappern und dem unwiderstehlichen Duft von frisch gebrühtem Kaffee geweckt. Sie sprang mit knurrendem Magen unter die Dusche und packte dann, die Haare noch feucht, ihre verbliebenen Siebensachen zusammen.

Ein Blick auf ihr Handy sagte ihr, dass Kühn in der Nacht angerufen hatte. Auch egal, sie würde sowieso noch kurz bei ihm vorbeifahren und sich für seine – erfolg- und ergebnislose – Hilfe bedanken. Bevor sie ihre Sachen in die Umhängetasche stopfte, checkte sie noch einmal, ob alles da war: der Brief und die Postkarten, das Hemd und das *kidani*. Jetzt, wo diese Kette einen Namen hatte, erschien sie Mia noch kostbarer. Am liebsten hätte sie sie aus dem Plastikbeutel herausgeholt und noch einmal in Ruhe betrachtet. Aber sie war in Eile und sie wollte das brüchige Gewirk nicht noch einmal strapazieren.

»Good morning!«

Mia fuhr herum.

In der Tür stand Margret. »Sorry, ich hätte klopfen sollen. Das macht man hier doch so, nicht wahr?«

Mia lächelte. »Kein Problem. Ich bin sowieso schon auf dem Sprung. Ich muss noch mal nach Lüneburg, bevor ich mich auf den Heimweg mache.«

»Wie schade.« Margret wirkte ehrlich betrübt. »Heute wird ein anstrengender Tag. Wir verhandeln mit den Investoren und Herder ist … na ja, nicht einfach.«

»Um was geht es eigentlich?«

»Um ein ökologisches Bewässerungssystem am Orange River. Das kann Tom dir am besten erklären. Er ist gestern Abend noch ganz spät aus London angekommen. Emilys Freund«, setzte sie vielsagend hinzu, als ob Mia vergessen haben könnte, um wen es sich handelte.

»Ich hätte nicht gedacht, dass sie tatsächlich jemanden näher als auf Armlänge an sich heranlässt.« Mia sah sich um. Alles eingepackt, das Bett gemacht, die Handtücher ordentlich aufgehängt, damit Carolina so wenig Arbeit wie möglich hatte. Ob sie ihr noch einen Zehn-Euro-Schein hinlegen sollte? Ihre Eltern hatten ihr das beigebracht. Vergiss nie die guten Geister, die im Hintergrund arbeiten! Aber irgendwie fühlte sie sich nicht wohl bei dem Gedanken, der Hauswirtschafterin ein Trinkgeld zu geben. Zumal ihre Freundlichkeit offen und aufrichtig gewesen war und keinesfalls auf irgendeinen Vorteil bedacht.

Margret ging einen Schritt zur Seite, um Mia in den Flur zu lassen. »Sie ist sogar sehr beliebt. Nur ein bisschen eigen, wenn es um ihre Identität geht. Als echte Herero geht es ja wohl auch nicht anders.«

Wie hatte Margret den letzten Satz gemeint? War das eine Spitze gegen sie, Mia?

Aber das runde Gesicht der jungen Frau strahlte sie ohne Argwohn und Hinterlist an. »Frühstück?«

»Frühstück«, antwortete Mia.

Auch wenn Margret sie nicht vorgewarnt hätte – Toms Anwesenheit blieb niemandem verborgen. Emilys Lachen hatte sich noch eine Oktave höher geschraubt und sie schnurrte in einer Tour *»Darling, do you want more coffee?«* oder »Die Croissants musst du probieren!« Und zwischendurch etwas in Bantu.

Tom war ein hochgewachsener, breitschultriger Mann, Typ Rucksacktourist. Er trug beigefarbene Shorts, Trekkingsandalen und ein kurzärmeliges Hemd. Im Gegensatz zu allen anderen in der Delegation wäre seine Hautfarbe weiß gewesen, wenn er sich nicht gerade einen zünftigen Sonnenbrand zugezogen hätte.

Carolina stand hinter einem Tisch und füllte die Kaffeetassen nach. Sie begrüßte Mia, die noch im Eingang stand, mit einem herzlichen »Guten Morgen«. Der Raum war die ehemalige Fertigungshalle der Manufaktur. In den Ecken standen noch uralte, auf Hochglanz gewienerte Maschinen: ein Melangeur, der Fondantkessel und eine der berühmten, von Karl Hamann in Berlin erfundenen Borkenreiber. Die hohen Fenster waren durch eiserne Sprossen geteilt, durch die helles Licht auf die sandgestrahlten Ziegelwände und den blanken Steinfußboden fielen. An der Längsseite war ein kleines Buffet aufgebaut, von dem sich jeder bedienen konnte. Es duftete nach Rührei mit krossem Speck. Mia lief das Wasser im Mund zusammen.

»Setzen Sie sich, wohin Sie möchten.« Carolina kam mit Besteck, Serviette und Teller um den Tisch herum.

Emily wurde auf Mia aufmerksam, sagte aber keinen Ton. Dafür wurde sie von Tom bemerkt. Er schob seine Freundin zärtlich von sich weg, stand auf und kam zu Mia.

»Hi. Ich bin Tom Zimmermann. Du bist eine Verwandte von Emily?« Er reichte ihr die Hand und drückte sie kurz und kräftig.

Mia nickte. Sie war gespannt, welche Schauergeschichte ihre entfernte Cousine Tom aufgetischt hatte. »Sieht so aus«, murmelte sie mit einem kurzen Blick auf Emily, die nun auch zu ihnen kam.

»Das ist ja unglaublich.« Tom zog sich einen freien Stuhl heran und setzte sich. Sein Deutsch hatte einen Tick Niederländisch in der Klangfarbe. Das wurde ja immer noch in Südafrika gesprochen. »Ihr hattet noch nie Kontakt zueinander?«

»Nein. Wie auch? Ich war noch nie in Namibia. Ich wusste auch nichts über meinen Urgroßvater. Nur, dass er hier in Lüneburg ein Schokoladennashorn für eine kaiserliche Hochzeit gemacht hat. Da habe ich angesetzt. Und dann …«

Sie sah zu Emily, die sich auf Toms andere Seite gesetzt hatte. Carolina brachte einen Becher mit Kaffee.

»Danke«, sagte Mia und lächelte die Hauswirtschafterin an, die sich wieder zurück ans Buffet begab und die Platte mit dem Rührei begutachtete.

»Dann platzt du in unsere Delegation und eine der Teilnehmerinnen ist Emily Shipanga. Wahnsinn.«

Er zog seine Freundin kurz an sich, die das gar nicht so wahnsinnig fand. Wenigstens hatte sie einmal über den Schock geschlafen und sich danach wohl entschieden, nicht gleich bei Mias Anblick wieder die Krallen auszufahren. Aber Freude über den unerwarteten Verwandtschaftszuwachs sah anders aus.

»Du heißt sogar noch so, nicht wahr?«, fragte Mia.

»Emily Arnholt Shipanga«, gab Emily widerwillig zu. »So steht es in meinem Pass. Aber ich gehe aus gutem Grund mit diesem Namen nicht hausieren.«

»Vielleicht solltet ihr mal die Adressen und Telefonnummern austauschen?«

»Klar«, murmelten beide und meinten genau das Gegenteil.

Tom sah zu Emily. »Also dann ist deine Urgroßmutter auch ihre Urgroßmutter? Hab ich das richtig verstanden?«

»Setz noch ein Ur davor und du hast es erfasst«, erwiderte Emily trocken. »Sie hieß Corinthia Emilia und hatte mal was mit einem deutschen Soldaten. Mia glaubt, dass das Produkt dieser Liebelei ein gewisser Jakob Arnholt gewesen wäre.«

Mia hatte eine scharfe Antwort auf der Zunge, aber Tom schien ein wahrer Segen für jede Art von schwierigen diplomatischen Verhandlungen zu sein.

»Wenn er tatsächlich Jakob Arnholt hieß, dann war es mehr als eine Liebelei.«

»Er hieß so.« Mia angelte nach dem Brotkorb und holte sich ein Croissant heraus, das sie in zwei Hälften brach. Eine davon schob sie sich gleich in den Mund. »Depfinitiepf«, brachte sie heraus.

»Und du sagst, deine Ur-Urgroßmutter Corinthia hat ein Mädchen zur Welt gebracht, bei dessen Geburt sie gestorben ist? Oder kurz danach? Wessen Kind?«

Emily sah zu Boden. In ihr arbeitete es. »Im Kirchenbuch steht Karl Arnholt. Gestorben neunzehnhundertvier im Krieg gegen die Herero.« Sie sah hoch und Mia direkt in die Augen. »In dem Krieg, dem fast mein ganzes Volk zum Opfer fiel.«

Mia holte scharf Luft.

Tom hob beschwichtigend die Hände. »Okay, okay. Wir alle kennen uns ein bisschen mit der Kolonialgeschichte aus, oder?«

Mia schwieg, aber Emily nickte widerwillig.

»Also hatten Karl und Corinthia zwei Kinder, Jakob und …?«

»Catherine.«

Mia verschluckte sich fast. »Katharina! So heißen mehrere Frauen in unserer Familie! Katharina oder Emilie. Meine Mutter heißt Katharina mit zweitem Namen. Und ich heiße übrigens auch Emilia. Mia ist nur eine Abkürzung, weil …«

Den Rest behielt sie lieber für sich. Emily klang cool. Aber Emilia? Sie hatte nicht so heißen wollen, weil ihr der Name altmodisch und viel zu brav vorgekommen war. Deshalb hatte sie sich für die Abkürzung entschieden. Wenn sie das jetzt erklärte, würde Emily das ganz sicher wieder in den falschen Hals bekommen.

Doch zu Mias größter Überraschung kam eine ganz

andere Antwort: »Bei uns ist das auch so. Emily oder Catherine. Das sind unsere Namen. Und die Jungen heißen Carl oder Jacob.« Sie sprach die Namen englisch aus, aber das war egal.

Beide, die junge Frau aus Meißen und die Ingenieurin aus Namibia, hatten gemeinsame Wurzeln. Langsam schien auch Emily zu dämmern, dass Mia die Letzte war, der sie dafür die Schuld geben konnte.

»Und«, begann Mia zaghaft, direkt an Emily gewandt, »habt ihr denn wirklich nie etwas von Jakob gehört?«

»Nein. Corinthias kleine Tochter kam unmittelbar nach der Geburt in ein Waisenhaus. Der Vater war ja tot, und es war schwer, etwas über ihre Mutter herauszufinden. Das letzte Lebenszeichen kam aus einem Konzentrationslager in der Nähe von Rehoboth. In diese Lager haben die Deutschen nach dem Völkermord die letzten Überlebenden gesteckt.«

Mia biss sich auf die Lippen. Langsam verstand sie, warum Emily zornig war.

»Sie hatte der Kleinen noch den Namen Catherine gegeben und sie dann den Missionaren überlassen. Das Kind war getauft, deshalb stand es unter einem gewissen Schutz.«

»Wenn ihr Mann Karl Arnholt in diesem Krieg gefallen ist, dann ahnte Corinthia vielleicht, was mit ihren Kindern geschehen würde. Jakob, der schon groß genug für eine lange Reise war, vertraute sie Gottlob Herder an. Jakobs kleine Schwester aber blieb in Namibia in der Obhut der Kirche.«

»Und so zerbrach die Familie und die Geschwister Jakob und Catherine haben nie etwas voneinander gehört.«

Tom meldete sich zu Wort. »Spätestens nach dem Aufstand der Herero gegen die deutsche Kolonialmacht waren Verbindungen zwischen Besatzern und Einheimischen ein absolutes No-Go. Neunzehnhundertacht wurden Ehen sogar rückwirkend annulliert. Von daher war es sehr vorausschauend von Corinthia, ihren Ältesten außer Landes zu schaffen.«

Mia schnaubte. »Als Gottlob Herders Pfandsklave. Ich frage mich sowieso, warum er ihn mitgenommen hat. War er denn so dicke mit Karl?«

Darauf konnten weder Tom noch Emily eine Antwort geben.

»Vielleicht wurde er dafür bezahlt?«

»Von was denn?« Mia wurde unruhig. So viele neue Fragen, so viele Ungereimtheiten. »Gottlob war Zuckerbäcker, bevor er sich zur sogenannten Schutztruppe aufstellen ließ. Die Herders waren weder reich noch berühmt. Da geht ein kleiner Bäcker in die Kolonien und trifft dort auf einen zweiten kleinen Bäcker. Beide kaisertreu und bereit, die Kolonie Deutsch-Südwestafrika mit der Waffe zu verteidigen. Der eine aus Lüneburg, der andere aus Sachsen. Der eine fällt, der andere kehrt mit dem Sohn des Gefallenen zurück und – bäng! eröffnet eine Fabrik. Wovon? Mit welchem Geld? War Corinthia reich?«

Emily schüttelte den Kopf. »Die Herero sind ein Volk von Rinderzüchtern. Als die Kolonialherren kamen, haben sie ihnen die Tiere und die Weiden weggenommen. Es begann ein Teufelskreis. Um nicht zu verhungern, mussten sie auf den Plantagen, auf dem Bau und in den Minen arbeiten. Doch der Lohn hat hinten und vorne nicht gereicht.«

»Und …« Mia dachte fieberhaft nach. Rudolf und Margret,

die sich bis eben miteinander unterhalten hatten, erhoben sich nun gleichfalls und räumten ihr Geschirr ab. Die Delegation wollte aufbrechen. »Gab es so was wie das Gold der Inkas? Irgendwelche kostbaren Schwerter? Könnte Corinthia ein Heiligtum zu Geld gemacht haben?«

Wieder verneinte Emily. »Alles, was wir haben, ist aus Leder und Holz. Unsere Waffen waren *kirris*, Stöcke mit einem Knauf am Ende. Zumindest so lange, bis die weißen Händler kamen und den Herero Gewehre verkauften.«

Tom sah auf seine Uhr. »Wir müssen los. Sehen wir uns heute Abend noch?«

Mia nickte. Eigentlich hatte sie die ganze Aktion schon abbrechen wollen. Aber nun schien es, dass zwei Mitstreiter aufgetaucht waren. Zumindest hatte sie mit Emily gemeinsam am Frühstückstisch in wenigen Minuten mehr erfahren, als ihre Familie je über Jakob gewusst hatte. »Ich fahre zu Herrn Kühn nach Lüneburg. Er wollte sich einen Brief an Jakob ansehen. Ich glaube, er ist von Corinthia. Vielleicht hat er schon etwas herausgefunden.«

»Und dann?«, fragte Emily. Fast schien es, als ob erneut ein herablassender Zug um ihren Mund erschien. »Was willst du dann mit deinem Wissen anfangen?«

»Eigentlich wollte ich eine Reportage schreiben«, erwiderte Mia. »Aber jetzt möchte ich mehr über meine Familie erfahren. Meine Familie in Deutschland und … meine Familie in Namibia.«

Tom stand auf. »Das ist doch mal ein Plan. Vielleicht finden wir heute Abend ja eine nette Kneipe. Lüneburg soll hübsch sein, habe ich im Internet gelesen. *See you!*«

9.

Es würde ein heißer Tag werden; eine Vorahnung von Gewitter lag in der Luft. Noch hielt sich die Kühle der Nacht in den Mauern der Häuser und den Schatten der engen Gassen. Die Umhängetasche baumelte schwer an Mias Seite. Mia war unentschlossen. Eigentlich könnte sie nach dem Besuch bei Kühn auch in den nächsten Zug Richtung Berlin und Meißen steigen.

Aber jetzt waren es ausgerechnet Emily und Tom gewesen, die diesen Entschluss ins Wanken gebracht hatten! Bleiben hieß, dass Mia mehr herausfinden konnte. Fahren hieß, das ganze Projekt aufzugeben.

Sie beschloss, die Sache von Kühn abhängig zu machen. Wenn er etwas herausgefunden hatte, das ihr weiterhalf, würde sie bleiben. Karls Postkarten waren nicht so wichtig, aber vielleicht stand etwas in dem Brief. Sollte der aber auch nur Allerweltsgeschichten beinhalten, so was wie »Mann, ist das heiß hier in den Kolonien!«, würde sie die Sache erst einmal auf Eis legen.

Sie erreichte das Haus und klingelte. Niemand rührte sich. Sie klingelte noch einmal und in diesem Moment riss ein Zeitungsbote die Tür auf und drängte sich grußlos an ihr vorbei. Mia betrat das Treppenhaus. Der Mann hatte auch Prospekte ausgeliefert, sie aber nicht in die Briefkästen gesteckt, sondern den ganzen Packen einfach auf der ersten Treppenstufe liegen gelassen. Ob Kühn sich für Baumärkte und Tierfutter-Angebote interessierte? Mia nahm zwei der Blättchen und machte sich an den Aufstieg. Seltsam, dass er nicht geöffnet hatte. Er hatte auf sie gewirkt, als ob er seine Wohnung kaum verlassen würde. Die Wärme der letzten Tage hatte sich in dem Haus gestaut, nirgendwo war ein Fenster geöffnet. Als Mia endlich den dritten Stock erreichte, fühlte sie sich schlapp und verschwitzt wie nach einem Zehn-Kilometer-Lauf.

Der Fußabtreter war verrutscht. Hatte sie das gestern verursacht? Nach der letzten Stufe blieb sie einen Moment stehen, um zu verschnaufen. Und da sah sie es: Kühns Wohnungstür war einen Spalt breit geöffnet. Wie konnte das sein? Sie versuchte, sich an den Moment ihres Abschieds zu erinnern. Sie meinte, die Tür fest hinter sich zugezogen zu haben. Sogar das Schnappen des Schlosses klang noch in ihren Ohren. Also musste Kühn Besuch gehabt haben. Oder er hatte überstürzt das Haus verlassen und dabei vergessen, hinter sich abzuschließen. Seltsam. Was sollte sie tun?

»Herr Kühn?«

Vorsichtig kam sie näher. Die Dielenbretter knarrten. Hier

oben wohnte außer dem kleinen Froschmann niemand. Ein Stockwerk hinuntergehen und bei den Nachbarn klingeln?

»Herr Kühn? Sind Sie zu Hause?«

Mit den Fingerspitzen gab sie der Tür einen Stups. Sie öffnete sich langsam, mit einem seltsam wehen Laut, den man nur in alten Häusern zu hören bekam. Und das auch nur, wenn das Holz mit der Kraft des eigenen Gewichts den Weg freigab.

Aus der Wohnung kam derselbe dumpfe Geruch, den Mia schon von ihrem letzten Besuch kannte. Doch es schwebte nun noch etwas anderes in der Luft. Etwas Metallisches, Schweres, etwas, das sie noch nie gerochen und vor dem sie Angst hatte.

»Herr Kühn … Entschuldigen Sie bitte. Ich bin es. Mia. Ich war gestern bei Ihnen. Sind Sie zu Hause?«

Keine Antwort. Schritt für Schritt tastete sie sich durch den halbdunklen Flur. Fast hätte sie einen Stapel Zeitschriften ins Wanken gebracht, als sie ein herausragendes Exemplar streifte. Sie hörte eine Uhr ticken. Von weit her den Verkehr und das Rauschen der Stadt. Eine Kirchenglocke schlug, andere fielen ein. Mittagsläuten.

Das Wohnzimmer sah so chaotisch aus, wie sie es in Erinnerung hatte. Und doch war etwas verändert. Als ob die Zeit eingefroren wäre. Mia blieb stehen.

»Herr Kühn?«, flüsterte sie. »Wo sind Sie?«

Und da sah sie ihn. Er lag auf dem Boden, mitten in einer getrockneten Blutlache, die auf dem uralten, abgetretenen Teppich einen dunklen Fleck hinterlassen hatte. Die Arme etwas verrenkt, ein Bein angezogen, reglos, leblos … tot. Mit einem entsetzten Laut ging Mia in die Knie. Sie zitterte am ganzen Körper. Was um Himmels willen war hier geschehen? Hatte Herr Kühn Einbrecher überrascht? War er mit jemandem in Streit geraten? Sie fasste all ihren Mut zusammen und tastete nach seinem Handgelenk, um ihm den Puls zu fühlen. Nichts. Die Hand war eiskalt.

Polizei. Sie musste sofort die Polizei rufen. Als sie endlich ihr Handy in den Untiefen ihrer Tasche gefunden und es eingeschaltet hatte, stiegen ihr die Tränen in die Augen. Sein letzter Anruf war um 23:42 Uhr bei ihr eingegangen. Sie hatte nicht die Kraft, die Nachricht abzurufen. Vielleicht, wenn jemand dabei war, wenn sie seine letzten Worte nicht allein anhören musste. Eins eins null. Das war doch die Nummer. Oder war es die Feuerwehr? Sie konnte kaum noch klar denken, als sich eine ruhige Stimme am anderen Ende der Leitung meldete.

»Mein Name ist Mia Arnholt. Ich wollte Herrn Kühn besuchen, in der Glockengasse. Ich fürchte, ich glaube, er ist tot.«

Es dauerte keine Viertelstunde und die Wohnung wimmelte vor Menschen. Mia saß in der Küche. Eine nette Kripobeamtin, deren Namen Mia sofort wieder vergessen hatte – Krüger? Krämer? Krause? –, nahm ihre Aussage auf.

»Und Sie sagen, Sie haben ihm Unterlagen dagelassen?«

»Kopien«, flüsterte Mia. Sie stand immer noch unter Schock. Im Flur drängten sich Gestalten in weißen Overalls, die Fotos machten und Fingerabdrücke an allen möglichen Stellen nahmen, aber Kühns Wohnung stellte wohl selbst die erfahrensten Spurensucher vor neue Herausforderungen. »Von alten Handschriften. Sie müssten hier irgendwo sein.«

Ihre Tasche hielt sie fest vor den Bauch gepresst. Die Frau stand auf und ging hinaus zu ihren Kollegen. Wenig später kehrte sie zurück.

»Könnten Sie noch einmal mit ins Wohnzimmer kommen? Schaffen Sie das? Sie sind bis jetzt die Letzte, die Herrn Kühn lebend gesehen hat.«

»Stehe ich unter Verdacht?«

»Nein. Aber vielleicht fällt Ihnen auf, ob etwas fehlt.«

Machte die Frau Witze? Ein Blick in ihr ernstes Gesicht bewies, dass ihre Aufforderung alles andere als ein Scherz gewesen war.

Zögernd erhob sich Mia und wollte der Beamtin in den Flur folgen, als zwei Männer mit einem Zinksarg erschienen.

»Oh, die Kollegen von der Rechtsmedizin. Lassen wir sie erst ihre Arbeit machen. Es ist dann vielleicht auch leichter für Sie.«

Es dauerte aber noch fast eine halbe Stunde, bis Herr Kühn in seinem Sarg den letzten Weg antrat. Mia hörte, wie der Zeitungsstapel im Flur auf den Boden krachte und die beiden Männer sich einen Fluch verkneifen mussten, denn es war wirklich sehr eng. Dann wurde er hinausgetragen und sie senkte den Kopf und murmelte ein leises Vaterunser.

»Wir können. Danke, dass Sie gewartet haben.«

Mia folgte der Kommissarin ins Wohnzimmer. Es war seltsam, auf einmal so viele Leute dort zu sehen. Noch seltsamer, dass sie alle Platz fanden, um irgendeine Arbeit zu tun. Immer wieder flammte Blitzlicht auf. Ein Mann, der sich gerade der kaum lösbaren Aufgabe widmete, Kühns Schreibtisch zu sichten, richtete sich auf.

»Hallo. Ich bin Kriminalkommissar Weigelt. Meine Kollegin sagte mir, Sie hätten Herrn Kühn gestern noch Unterlagen gebracht?«

»Ja.« Mia vermied, auf den dunklen Fleck am Boden zu star en. »Ich habe ihn gebeten, mir bei einer Recherche in einer Familienangelegenheit zu helfen. Er hat Kopien gemacht. Die müssten hier irgendwo sein.«

Sie sah sich um. Auf den ersten Blick war es aussichtslos, in diesem Durcheinander etwas zu finden. Aber Kühn war durchaus methodisch vorgegangen und die Kopien hatte er … »Hier. Hier hat er sie hingelegt.«

Sie deutete auf die Stelle – die einzige, die noch frei war.

»Und was genau hat er kopiert?«

Mia wühlte in ihrer Tasche und zog die Plastiktüte mit den Postkarten und dem Brief hervor. Der Kommissar nahm sie und betrachtete den Packen interessiert.

»Ich kann kein Sütterlin lesen. Also habe ich Herrn Kühn gebeten, mir die Schreiben quasi zu übersetzen. Er hat vor Jahren einmal eine Ausstellung über die Firmengeschichte der Herders zusammengestellt.«

»Was haben Sie mit den Herders zu tun?«

»Ich persönlich gar nichts, aber mein Urgroßvater. Er ist neunzehnhundertvier oder fünf an der Seite von Gottlob Herder nach Lüneburg gekommen. Ich recherchiere unsere Familiengeschichte.« Ein Nashorn aus Schokolade als Erklärung wäre im Moment ziemlich deplatziert.

»Aha.« Weigelt reichte Mia die Tüte zurück. Schnell ließ

sie sie wieder in ihre Tasche gleiten. Einen Moment lang hatte sie befürchtet, die Sachen würden vielleicht konfisziert werden. »Hat jemand von euch Kopien von alten Briefen hier gefunden?«

Zwei der Gestalten richteten sich auf und schüttelten unisono den Kopf. »Wie man hier überhaupt etwas finden soll ...«

»Meinen Sie, es war ein Einbruch?«, fragte Mia.

Der Kommissar schüttelte den Kopf. »Nein. Herr Kühn hat den Täter hereingelassen. Er muss ihn gekannt haben. Oder sie. Es könnte auch eine Frau gewesen sein.«

In Mias Kopf rasten die Gedanken wild durcheinander. »Vielleicht hat er ja meine Kopien gesucht?«

Weigelt verzog den Mund zu einem angedeuteten Lächeln und gab sich größte Mühe, dabei nicht überheblich zu wirken. »Schon möglich. Aber erst einmal müssen wir herausfinden, ob es noch weitere Ansätze gibt. Wohnen Sie in Lüneburg?«

»In Meißen. Ich bin nur zu Besuch hier.«

»Ich möchte Sie bitten, noch ein paar Tage zu bleiben. Eventuell müssen wir noch einmal auf Sie zurückkommen. Wo können wir Sie finden?«

»Bei ... Bei den Herders. Ich bin im Gästehaus.«

Weigelt wechselte einen schnellen Blick mit seiner Kollegin.

»Ich habe alles aufgenommen«, sagte die. Und dann, zu Mia gewandt: »Sie müssen morgen sowieso noch einmal aufs Präsidium kommen, um Ihre Aussage zu unterschreiben.«

»Dann kann ich jetzt gehen?«

Weigelt nickte ungeduldig. In seinen Augen störte sie vermutlich ohnehin nur die Ermittlungen. Und Mia wollte so schnell wie möglich diese Wohnung verlassen. Trotzdem warf sie noch einen Blick über Weigelts Schulter, der sich schon abgewandt und damit begonnen hatte, die Papier- und Zeitungsstapel auf dem Schreibtisch abzutragen.

»Er hat sie hierhin gelegt. Das weiß ich genau. Aber er hat eine Brille oder eine Lupe zum Lesen gebraucht. Vielleicht hilft das ja.«

Weigelt nickte, ohne sie anzusehen.

»Eine Lupe haben wir im Flur gefunden«, sagte seine Kollegin. »Auf dem Boden.« Als ihr Boss – das war er offensichtlich, sonst hätte er sich anders verhalten – nicht darauf reagierte, gab sie Mia mit einem aufmunternden Kopfnicken zu verstehen, dass sie jetzt gehen konnte.

Im Flur. Was zum Teufel wollte Kühn im Flur mit einer Lupe? Und warum lag sie dann dort auf dem Boden? Er hatte sie in der Hand gehalten, das musste die Lösung sein. Er war dabei gewesen, die Briefe zu lesen. Er wurde gestört – es klingelte. Kühn, zerstreut wie er war, behielt die Lupe beim Öffnen der Tür in der Hand. Doch dann musste er sie fallen gelassen haben – vor Schreck? Weil er seinem Mörder gegenüberstand?

»Ist alles in Ordnung mit Ihnen? Sie sind weiß wie ein Handtuch.«

Mia wandte sich noch einmal nach der Beamtin um. »Bitte informieren Sie mich, wenn Sie die Kopien gefunden haben. Es würde mich sehr beruhigen.«

»Warum?«

»Weil ich dann nicht das Gefühl hätte, es hätte etwas mit mir zu tun.«

»Bestimmt nicht.« Jetzt lächelte auch die Frau, als würde sie Mia nicht ganz ernst nehmen.

Glaubten die Kripobeamten wirklich, hier hätte sich ein Raubüberfall abgespielt? Kühn besaß keine Reichtümer, das konnte jeder sehen.

»Kommen Sie morgen zu uns. Vielleicht wissen wir dann schon mehr.«

Es sollte beruhigend klingen. Aber für Mia war es das ganz und gar nicht.

10.

Der Marktplatz war voller Menschen. Touristen, die unschwer an ihren Rucksäcken und Trekkingsandalen zu erkennen waren, und Einheimische, die in der Mittagspause aus ihren Büros hinaus ins Freie geflohen waren. Ein blauer Himmel, gesprenkelt mit weißen Wolken, wölbte sich über den Gildehäusern mit den vom Alter gebeugten Giebeln.

Mia stand vor dem Schaufenster der »Herder-Manufaktur« und drückte sich die Nase platt. Ein Schokobrunnen plätscherte munter, drum herum saßen und standen, grob und dilettantisch gefertigt, irgendwelche Märchenfiguren aus Schokolade. Dahinter türmten sich glitzernde bunte Pralinen-Pyramiden. Der Eintritt in den Laden wurde vom Klingeln eines Glöckchens begleitet. Hinter einem Tresen, der wie altes Holz aussehen sollte, in Wirklichkeit aber genauso neu war wie das Laminat auf dem Boden und die nostalgischen Lampen an der Decke, standen zwei Frauen mit Häubchen und Schürze. Das Geschäft war für die Vormittagsstunden ziemlich voll. Der Renner waren nach wie vor die Herder'sche Kanonenkugel, die es in Schmuckkartons und Blechdosen gab, und Bonbonnieren, auf denen historische Stadtansichten Lüneburgs abgedruckt waren.

Widerwillig musste Mia sich eingestehen, dass dieser Plan aufging. Die Leute wollten etwas zur Erinnerung mitnehmen. In Meißen war das höchstens Porzellan, das aber ziemlich teuer war, oder Wein. Es fehlten die Kleinigkeiten, und in diese Lücke könnten sie mit der Chocolaterie vorstoßen. Sie sollten mit dem Nashorn arbeiten. Es würde zwar kaum zum Wahrzeichen der Stadt taugen, aber es hatte durchaus das Zeug, zu einem echten Meißner zu werden. Dann fiel ihr ein, dass es nicht ihre Sache war, sich darüber Gedanken zu machen, sondern die ihres Bruders, und ihr Herz sank noch eine Etage tiefer.

Sie kostete ein Stück von dem Schokoladenbruch, der auf einem Tablett zur Selbstbedienung arrangiert war. Billige Massenware, die am Gaumen klebte und nichts als fettige Süße im Mund hinterließ. Als eine Verkäuferin sie ansprach, verließ sie den Laden. Ziellos irrte sie durch die Straßen. Sie wusste nicht, wohin, und das Handy lag wie ein Stein in ihrer Tasche. Schließlich setzte sie sich vor ein Café, das schon seit über fünfhundert Jahren am Marktplatz stand – vielleicht nicht immer als Gastwirtschaft, aber die Inschrift in der reich verzierten Fassade verriet, dass der Grundstein *anno domini* 1509 gelegt worden war. Doch im Gegensatz zu den vielen Städtereisenden, die mit Baedeker, Handy oder Stadtplan immer wieder stehen blieben und interessiert die Einzelheiten an der Fassade betrachteten, hatte Mia nicht wirklich einen Blick für das Gebäude.

Erst als der junge Mann mit dem Tablett einen Cappuccino vor sie hinstellte, spürte sie, was Kühns Tod in ihr ausgelöst hatte. Mehr noch: was vielleicht der Grund für seinen Tod gewesen sein könnte. War es nicht möglich, dass sie, Mia, mit ihren dummen Nachforschungen und ihrem hirnlosen Geplapper daran schuld sein könnte? Jeder, absolut jeder, der gestern Abend bei den Herders und nicht bei drei auf den Bäumen gewesen war, hatte von ihr erfahren, dass Kühn sich *das Zeug*, wie Frau Herder es genannt hatte, ansehen wollte. Natürlich gingen alle davon aus, dass sie ihm nicht nur ein paar Kopien, sondern gleich die Original-Dokumente und das *kidani* dagelassen hatte. Das machte die Reihe der Verdächtigen groß, aber überschaubar. Die Delegation. Die Herders. Die Rotary-Lions-Opus-Dei-Leute. Die Renneroths. Aber … Das war doch absurd! Wer von ihnen sollte einen Mord begehen, nur weil Jakobs Nachlass angeblich bei Kühn gelandet war?

Sie nahm etwas Milchschaum mit dem Kaffeelöffel, konnte ihn aber nicht zum Mund führen, weil ihre Hand zitterte. Die Kopien waren verschwunden, daran gab es keinen Zweifel. Sie hatten Kühn interessiert, so sehr, dass er Mia schon fast vergessen hatte, kaum dass sie zur Tür gegangen war. Einen kleinen Stein aus Jakobs Lederkette hatte er gewollt, mehr nicht. Hatte der Mörder vielleicht gedacht, mehr zu finden? War das *kidani*, dieses Geflecht aus Leder, Metall- und Glasperlen, doch viel mehr wert? Nein. Kühn hatte es kaum angesehen. Für ihn waren nur die Briefe wichtig gewesen. In ihnen musste es einen Hinweis darauf geben, wie

Jakobs Reise ins Kaiserreich zustande gekommen war und, vielleicht, ob sie in einem Zusammenhang mit Gottlob Herders plötzlichem Reichtum stand.

Mit größter Überwindung holte sie ihr Handy heraus. Sie sah sich um. Die Sonne erwärmte das Kopfsteinpflaster, am Nebentisch lachten drei Frauen über einen Witz, den eine von ihnen gerade gemacht hatte. Ein Ehepaar, erhitzt und müde vom Laufen, ließ sich auf die Caféhausstühle fallen. Busse fuhren ächzend auf den unteren Teil des Platzes und entließen ihre Fahrgäste, die eilig nach oben und in die kleinen Gassen strebten. Um Mia herum zeigte sich das Leben an diesem Ort und zu dieser Stunde fröhlich und belanglos. Vielleicht war es richtig, wenn sie die Nachricht jetzt abhörte? Besser als allein in ihrem Zimmer?

»Guten Abend, oder besser gesagt, gute Nacht. Hier ist Gerald Kühn.«

Das Handy fiel hinunter auf das Steinpflaster. Es war Mia einfach aus den Händen gerutscht. Die Nerven. Erleichtert stellte sie fest, dass nichts kaputt gegangen war. Ruhig, Mia, ganz ruhig. Du bist es ihm schuldig, seine letzte Nachricht zu hören. Egal, was kommt, egal, was er dir zu sagen hatte, du musst es dir jetzt anhören.

Also noch mal von vorne.

»Guten Abend, oder besser gesagt, gute Nacht. Hier ist Gerald Kühn. Ich glaube, ich habe etwas gefunden, was durchaus von Interesse sein könnte. Ich vermisse in Ihren Unterlagen eine Seite des Briefes. Haben Sie mir auch alles gegeben, was sich in Ihrem Besitz befand? Wenn nicht, gäbe es noch die Möglichkeit, eventuell einmal auf dem Dachboden der Herders nachzusehen.

Dort soll sich eine sogenannte afrikanische Abteilung befinden. In Ihrem eigenen Interesse wäre die Sache …«

Driiiiieng! Mia fuhr zusammen. Das Klingeln schien Kühn ebenso erschreckt zu haben wie sie. Sie hörte sein Schnaufen und dann die Ratlosigkeit in seiner Stimme.

»Also … ja. Wäre die Sache von hoher Dringlichkeit. Rufen Sie mich bitte zurück.«

Zack, aufgelegt. Polizei, schoss es ihr durch den Kopf. Du musst damit zur Polizei. Kühn hatte von seinem Festnetzanschluss aus angerufen. Es war offenbar ein Leichtes, sich den Verbindungsnachweis zu besorgen. Und dann wäre Mia nicht nur die Letzte, die Kühn lebend gesehen hatte, sondern auch die letzte Nummer, die er angerufen hatte. Kurz vor Mitternacht. Ein eisiger Schauer rieselte über Mias Rücken. Das Klingeln … Er hatte seinem Mörder geöffnet.

Wenn der Mord an Kühn im Zusammenhang mit Jakobs Brief stand, war klar, dass sie der Polizei alles aushändigen musste. Ob sie die Sachen dann jemals wiederbekam? Und was bedeutete es, wenn sie es nicht gleich tat? Eigentlich musste sie auch Kühns Nachricht melden.

Ich soll morgen sowieso aufs Präsidium, beschwichtigte sie sich. Und vielleicht hat Kühns Tod ja auch gar nichts mit mir zu tun. Er könnte jemanden übers Ohr gehauen haben, schließlich hat er ja seinen Doktortitel verloren. Und der wird wohl nicht wegen irgendwelcher Lappalien aberkannt. Wissenschaftlich gearbeitet hat er auch schon lange nicht mehr. Und dann Renneroths Andeutung, dass Mia Kühn doch hoffentlich nichts Wertvolles dagelassen hätte … sogar Frau Herder hatte sie gewarnt …

Doch richtig wohl war ihr nicht bei dem Gedanken, Kühn illegale, kriminelle Machenschaften zu unterstellen.

»Alles in Ordnung?«

Mia schreckte hoch. Der junge Mann mit dem Tablett stand vor ihr. Gerade hatte er einen der Tische in ihrer Nähe abgeräumt und dabei wohl bemerkt, dass Mia ihren Cappuccino kaum angerührt hatte.

»Doch, doch. Alles ganz wunderbar!« Sie zwang sich zu einem Lächeln und wartete, bis er wieder im Café verschwand und alle um sie herum sich mit sich selbst beschäftigten. Dann hörte sie die Nachricht noch einmal an. Und jetzt erst verstand sie, was Kühn überhaupt gesagt hatte.

Es fehlte eine Seite von einem Brief. Und die musste wohl sehr wichtig sein. Und er vermutete sie ausgerechnet auf dem Dachboden der Herders. Wo da genau? Das hatte sie nicht richtig verstanden. Noch einmal spielte sie die Aufnahme ab. In einer sogenannten afrikanischen Abteilung. Was es bei anderen Leuten alles so gab … Die Sache war von höchster Dringlichkeit. Tatsächlich hörte sich seine Stimme zum Schluss aufgeregt und fast ein bisschen gehetzt an. Das konnte aber auch daran liegen, dass ihn das Türklingeln aus der Fassung gebracht hatte.

Sie sah auf ihre Armbanduhr – gleich zwei Uhr mittags. Bis Emily und Tom zurückkamen, bis überhaupt irgendjemand von den Herders wieder zu Hause war, würde es Abend werden. Und sie saß hier in Lüneburg fest und konnte nichts, aber auch gar nichts tun.

Der Dachboden … Eine eigene afrikanische Abteilung … Sie müsste eigentlich nur Carolina aus dem Weg gehen. Ihr

Mann arbeitete wahrscheinlich im Garten oder im Keller oder sonst wo, aber bestimmt nicht im Haus.

Du musst die Herders um Erlaubnis fragen, flüsterte ihr anständiges, moralisches Ich.

Die werden sie dir nicht geben, konterte die Rebellin in Mia. Du hast nur diese eine Chance. Wenn sie erst wieder mehr oder weniger frustriert von ihren Verhandlungen zurück sind, ist es zu spät.

Du könntest vielleicht Will fragen, gab das Moralische in ihr zu bedenken.

Will?, prustete die Rebellin, ausgerechnet Will?

Wie ein glühender Pfeil schoss die Erinnerung an ihre letzte Begegnung in ihr Herz. Dieser Moment da draußen auf der Treppe, als er sie in seinen Armen gehalten hatte …

… und die Mama aus dem Fenster dabei zusah. Was war das für eine rätselhafte Nummer, die die Herders mit ihr durchzogen? Erst wollten sie überhaupt nichts mit ihr zu tun haben. Und dann nutzte Will die erstbeste Gelegenheit …

Du tust ihm unrecht, flüsterte es in ihr.

Halt die Klappe, antwortete sie sich selbst, bezahlte und verließ das Café.

Ein Wagen stand in der Auffahrt. Mercedes Cabrio. Frauenauto, zitierte Mia innerlich ihren Bruder Jandrik. Der hatte für solche »Schmusekarren« nicht das Mindeste übrig. Weinrot mit cremeweißen Ledersitzen. Trotzdem ein Schätzchen, das erkannte sie auf den ersten Blick. Vermutlich Gabriele Herders Wagen. Kam sie oder ging sie?

Daran hatte Mia natürlich nicht gedacht: dass im Hause

Herder die klare Rollenverteilung noch funktionierte. Der Mann arbeitet und drinnen waltet die Hausfrau ... Was sollte sie tun? Auf einen der uralten Bäume klettern und von dort aus beobachten, ob die Dame des Hauses vorhatte, es irgendwann zu verlassen?

»Und sagen Sie Ihrem Mann, dass hinten auf der Terrasse schon wieder das Moos durch die Fugen kommt!«

Die helle Stimme bohrte sich in Mias Ohren. Hastig sah Mia sich um. Es gab keinen Sichtschutz, es sei denn, sie würde sich hinter einem der Hortensienbüsche verstecken, die die Auffahrt bis hinunter in den Park säumten. Wenn sie dabei einer sah ... Egal, sie musste es riskieren.

»Er kümmert sich noch heute darum.«

Mia warf sich auf den Boden. Über ihr hörte sie das Klackern von hohen Absätzen auf dem Pflaster. Das Klirren von Schlüsseln. Das kurze Piepen, als die Wagentüren per Fernbedienung entriegelt wurden.

»Und für heute Abend decken Sie bitte nur für mich. Mein Mann lädt die Leute aus Namibia zum Abendessen ein, aushäusig. Ist die junge Dame aus Meißen eigentlich noch da? Frau Arnholt?«

»Ich habe sie seit heute Morgen nicht mehr gesehen.«

»Wenn sie noch bleibt, dann müssen wir wohl oder übel auch für sie ein Gedeck auflegen, am besten drüben in der Manufaktur. Es gibt keinen Grund, warum sie mit auf die Einladungsliste sollte. Klären Sie das bitte. Ich schlage drei Kreuze, wenn wir das Haus wieder für uns haben.«

Die Schritte kamen näher. Mia zog einen Hortensienzweig heran, der allerhöchstens dazu geeignet war, ihr schamrotes

Gesicht zu verbergen, falls Frau Herder auch nur einen Blick die Böschung hinunterwarf. Doch dann hörte sie, wie die Wagentür geöffnet und geschlossen wurde. Der Motor sprang an, leise und knirschend rollte das Cabrio die Auffahrt hinunter. Mia blieb mit klopfendem Herzen in ihrem Versteck.

»Albrecht?« Carolina war Frau Herder gefolgt und telefonierte mit ihrem Mann, während sie wohl dem Cabrio hinterhersah. »Ich kümmere mich jetzt um das Gästehaus. Ich soll dich noch mal an die Terrasse erinnern.«

Sie schwieg, denn Albrecht antwortete offenbar nicht allzu freundlich, wie Carolinas leiser Seufzer verriet. »Ja, ich weiß. Das hast du schon vor zwei Wochen gemacht. Wahrscheinlich sucht sie mit der Lupe nach dem Moos! Egal.«

Kleine Zuhör-Pause. Mia spürte, wie eine Ameise oder ein ähnlich sympathisches kleines Tier gerade über ihren Knöchel ins Hosenbein ihrer Jeans kroch.

»Dann musst du eben einen neuen Druckluftreiniger kaufen, wenn der alte kaputt ist. Du kannst ja nicht wie vor hundert Jahren arbeiten. – Okay, du kannst. Ich gehe dann mal rüber. Wir sehen uns heute Abend!«

Zum zweiten Mal hörte Mia Schritte, aber in diesem Fall klangen sie nach leisen Turnschuhsohlen, mit denen Carolina sich entfernte. Eine Minute gab sie ihr Zeit, dann kroch sie aus ihrem Versteck und schüttelte als Erstes das Insekt aus ihrem Hosenbein. Sie legte ihre Umhängetasche ab und versteckte sie, so gut es ging, unter dem Hortensienbusch. Bei dem, was sie vorhatte, würde sie das Ding nur behindern. Vorsichtig sah sie sich um. Die Hauswirtschafterin war auf dem Weg in die alte Manufaktur. Ihr Mann arbeitete irgendwo auf dem Gelände und würde sich dann mit dem Moos auf der Terrasse, die auf der anderen Seite des Hauses lag, beschäftigen. Sturmfreie Bude also. Da der Wagen des Kochs auch nicht – oder noch nicht – zu sehen war, drohte aus dieser Richtung ebenfalls keine Gefahr.

Sie ging ins Haus.

»Hallo? Ist jemand da?«

Das Echo ihrer Stimme schlug an die hohen Wände der Eingangshalle.

»Die Tür war offen«, setzte sie hinzu. Vor allem, um den Moralapostel in sich zu beruhigen. »Ich müsste mal was nachsehen. Darf ich?«

Damit kommst du vor keinem Gericht dieser Welt durch!, empörte sich die ehrliche, aufrichtige Mia. Das ist Hausfriedensbruch! Du kannst auch schon heute auf dem Präsidium landen, wenn dich jemand erwischt!

Doch da war auch noch die andere Seele in ihr. Die, die Regeln und Anstand respektierte, sie aber von Fall zu Fall lediglich als vage Gebrauchsanweisung für das Leben betrachtete. Ich muss da hoch. Ich tue es für Jakob. Und für Gerald Kühn, der gestorben ist, weil er mir helfen wollte. Und jetzt hör endlich mal auf zu übertreiben.

Natürlich war noch überhaupt nicht klar, was zu dem schrecklichen Mord geführt hatte. Vielleicht reimte sie sich auch nur etwas zusammen? Doch dann berührte ihre Hand das dunkle Holz des Treppenlaufes, und sie erinnerte sich an den zweiten Toten: Wilhelm Herder. Hier sollte er hinuntergestürzt sein. Kurz nachdem er Mia gebeten hatte zu kommen.

Sie ließ das Geländer los. Ein schrecklicher Gedanke streifte sie. War sie etwa so eine Art Todesengel geworden? Man rief sie und schon war man tot. Sie betrachtete ihre Hand, die immer noch ausgestreckt in der Luft schwebte. Sie zitterte. Immer noch oder schon wieder. Hatte das überhaupt mal aufgehört, seit sie Kühns Wohnung betreten hatte? Im Haus war es dunkel und still. Totenstill. Zwei Mal war das Unfassbare geschehen, das war ein Mal zu viel, um an einen Zufall zu glauben.

Mach, dass du hier rauskommst!

Geh weiter! Sonst wirst du nie die Gründe erfahren!

Mia holte tief Luft. Dann setzte sie den Fuß auf die erste Treppenstufe, die leise knarrte. Auch dieses Geräusch erinnerte sie wieder an Kühns Haus. Die nächste Stufe. Und noch eine. Sie glaubte, dass das Knarren bis in den Keller zu hören sein musste. Schließlich riss sie sich zusammen. Am besten brachte sie die Suche so schnell wie möglich hinter sich. Dann würde sie mit viel Glück die verlorene Seite des Briefes entdecken und der Polizei damit helfen können. Und vielleicht herausfinden, warum es Wilhelm Herder und Gerald Kühn so wichtig gewesen war, mit ihr zu reden.

Sie erreichte die Galerie und wäre fast auf einem Teppichläufer ausgerutscht. Hätte Albrecht sich nicht viel lieber darum kümmern sollen? Vor ihr befand sich die Tür zum Salon. Weiter rechts waren noch zwei Türen, vermutlich die Privatgemächer der Herders. Wo wohl Wills Zimmer war? Etwa direkt neben den Eltern? Wohl kaum. Wahrscheinlich irgendwo im Erdgeschoss. Am liebsten hätte sie gleich dort nach den Kartons gesucht, aber die waren nicht der Grund, weshalb sie ungebeten im Heiligsten der Herders stand. Die Tür zur Linken führte in Wilhelms Zimmer. Sie musste schlucken, als sie an den alten Mann dachte, den sie nie kennengelernt hatte.

Dahinter eine schmale, steile Treppe. Der Dachboden.

Noch einmal sah sie nach unten: Das Haus wirkte wie ausgestorben. Dann nahm sie all ihren Mut zusammen und stieg hinauf.

Draußen schien die Sonne. Aber in diesem hohen, düsteren Raum kam kaum etwas davon an. Die winzigen Fenster waren fast blind geworden. Mia tastete nach einem Lichtschalter, fand ihn, legte ihn um – und eine einzige Glühbirne, die an ihrer Zuleitung vom First baumelte, verbreitete mehr Schatten als Licht.

Vor ihr lag ein riesiger Raum mit einer gewaltigen, hölzernen Deckenkonstruktion. Und doch war er fast zu klein für das, was hier oben abgestellt und vergessen worden war. Übereinandergestapelte Kisten. Alte Gartenmöbel. Einzelne Holzverschläge, in denen Säcke und rätselhafte, zerbrochene Gegenstände übereinandergeworfen lagen. Waren das alte chinesische Sonnenschirme? Brüchige, mürbe Samtvorhänge, zu Ballen geschichtet? Ein Porzellanbidet, bemalt mit altertümlicher Blumenbordüre? Mia fühlte sich wie ein Eindringling in das vergessene Reich eines verrückten Sammlers. Ein bisschen wie in Kühns Wohnung, nur dass sich hier hundert Jahre Wohn-, Deko- und Sanitärgeschichte versammelt hatten.

In der Mitte war noch Platz für eine Art Gang geblieben,

den sie jetzt Schritt für Schritt, langsam und vorsichtig, ablief. Noch ein Verschlag: Ein sogenanntes »Herrenzimmer« stand darin. Schreibtisch, gedrechselte Stühle, eine riesige Anrichte, alles in dunkler Eiche und bedeckt von einer zentimeterdicken Staubschicht. Mia trat einen Schritt zurück – jemand berührte sie zwischen den Schulterblättern. Mit einem unterdrückten Schrei fuhr sie herum und sah in die gläsernen Augen eines ausgestopften Zebras.

Herr im Himmel! Ein Zebra! Es roch etwas in die Jahre gekommen. Mit schwarzen Glasmurmelaugen sah es stoisch zur Anrichte. Sein Fell war mottenzerfressen, vom Schweif standen nur noch ein paar kümmerliche Haare ab. Es war so groß wie Mia, sie hatte es beinahe umgeworfen.

Wenn die chinesischen Sonnenschirme Asien gewesen waren, dann könnte das Zebra zu Afrika gehören. Ob Kühn mit den Abteilungen diese Holzverschläge gemeint hatte? Mia ging ein paar Schritte weiter in den Gang, auch wenn ihr aus irgendeinem Grund nicht wohl dabei war, ein ausgestopftes Zebra im Rücken zu haben.

Fast wäre sie über einen geflochtenen Korb gestolpert, in dem es verdächtig schepperte. Irgendjemand hatte darin sein altes Messing entsorgt. In diesem Haus wurde wohl nichts weggeworfen, aber auch nichts wiederverwendet. Irgendwo fiel etwas um – ein Holzstock vielleicht. Mia blieb wie angewurzelt stehen. War ihr Eindringen entdeckt worden? Nein. Wahrscheinlich knarrte nur eine Diele, die sich unter Mias Schritten verzogen hatte.

Ihr Herz machte einen kleinen Hüpfer, als sie ein Stück Papier auf dem Boden sah. Doch dann war es nicht der gesuchte Brief, sondern – zu ihrer Überraschung – ein Zwanzig-Euro-Schein. Mias Finger glitten in dem Dämmerdunkel über das gefaltete Papier. Der Schein war niegelnagelneu. Seltsam. Hier oben sollte doch seit Jahrzehnten niemand mehr gewesen sein? Und dann lag da einfach mal ein druckfrischer Geldschein. Etwa eine Opfergabe? Oder hatte ihn jemand verloren? Ratlos, was sie damit anfangen sollte, faltete sie ihn wieder zusammen und steckte ihn in ihre Hosentasche. Sie würde ihn Will geben oder Frau Herder. Oder einfach unten irgendwo deponieren, denn dann müsste sie niemandem erklären, was sie auf dem Dachboden gesucht hatte.

Und plötzlich machte es klack!, und die Glühbirne ging aus.

Mias Herz begann wie verrückt zu schlagen. Sie musste sich zwingen, ruhig zu bleiben. Eine Zeitschaltuhr? Oder war jemandem das Licht aufgefallen? Stromverschwendung, ausmachen, runtergehen. Genau das würde ein normaler Mensch jetzt tun. Aber nichts geschah. Es blieb still. Nur das Holz der Dachsparren knackte ein wenig, so als ob die alten Balken sich gegenseitig etwas zuflüsterten. Irgendwo musste ein Vogel nisten, oder sie hatte Mäuse aufgeschreckt, denn jetzt raschelte es aus einer ganz anderen Richtung.

Langsam gewöhnten sich Mias Augen an die Dunkelheit. Und aus ihr trat der Schatten eines Kriegers hervor. Mias Herz flatterte, ihr Atem stockte. Doch es war nur … Was war es? Ein bemalter Schild, Stöcke, eine schwarze Maske, nicht mehr. Und dennoch erinnerte alles auf den ersten Blick an die Silhouette eines Mannes. Sie war richtig. Sie war in Afrika.

Leise wie ein Lufthauch, der durch ein geöffnetes Fenster

streicht, schlich sie in den Verschlag. Nachlässig aufeinandergestapelte, geflochtene Körbe lagen in den Ecken. Vollgestopft mit zusammengelegten bedruckten Stoffen, die vielleicht einmal bunt gewesen waren. Merkwürdige Lederteile hingen an den Bretterwänden, auf die sich Mia keinen Reim machen konnte. Ein Stapel uralter Bücher. Kürbisförmige Flaschen und Behälter, einige zerbrochen. Holzfiguren – kleine Männer mit seltsamen runden Hüten, die Gesichter grob gekerbt. Köcher aus zersplittertem Horn. Alles in einem Zustand von Vergehen, Zerbröseln, Auflösung. Wie von einem Tuch bedeckt, das aus pulverisiertem Stroh, Staub und kleinen Putzkörnchen bestand. Doch es gab Fußspuren. Verwischte Handabdrücke, Stellen, von denen Gegenstände verrückt worden waren. Obwohl es fast dunkel war, konnte Mia erkennen, dass jemand den Verschlag durchsucht haben musste. Einer der Körbe war umgefallen, die anderen sahen ebenfalls aus, als wären sie durchwühlt worden. An der aus groben Holzbohlen gefertigten, schiefen Wand, unter den rätselhaften Lederteilen, stand ein Reisekoffer: riesengroß mit einem gewölbten Deckel. Auch daran hatte sich jemand zu schaffen gemacht. Der Dreck und die millimeterhohe Staubschicht waren verwischt, die Lederriemen, mit denen der Koffer verschlossen gewesen sein musste, hingen herab.

Mia streckte die Hand aus, um den Deckel zu öffnen, als sie es hörte. Es knirschte leise. Jemand näherte sich über den sandigen Staub. Aber von woher kam das Geräusch? Sie hatte die Tür offen gelassen, das musste sie verraten haben. Und nun sah man nach, wer sich eingeschlichen hatte. Das wäre eine normale Erklärung. Doch etwas stimmte nicht.

Jeder normale Mensch würde rufen. Sich irgendwie bemerkbar machen.

Klock.

Mia fuhr zusammen. Holz auf Holz.

Klock.

Es kam näher. Er wusste genau, wo er suchen musste.

Klock.

Von Panik getrieben, suchte sie nach einem Versteck oder einem Ausweg, aber sie saß in der Falle. Es half nichts – sie musste den Verschlag so schnell wie möglich verlassen.

Klock.

Nur noch ein paar Meter ... Was um Himmels willen ging hier vor? Sollte sie rufen? Sich zu erkennen geben? Warum sagte dieser Unbekannte nichts, sondern schlug nur mit seinem Stock immer wieder auf den Boden oder an die Wände der Verschläge?

Klock.

Mia hatte keine Wahl. In zwei Schritten war sie am Eingang zu dem Kabuff und hatte schon den Mund geöffnet, um sich zu erkennen zu geben, aber dann sah sie etwas, das ihr das Blut in den Adern gefrieren ließ. Im diffusen Licht, das die kleinen Dachlukenfenster von ganz weit oben noch durchließen, kam ein Ungeheuer auf sie zu. Groß. Mächtig, mit einem riesigen ebenholzschwarzen Kopf, aus dem Federn wuchsen. Es trug einen länglichen Schild, der fast bis zum Boden reichte. Und auf diesen Schild klopfte das Ungeheuer mit etwas, das wie ein Stock mit einem verdickten Ende aussah.

Klock.

Ihr erster Gedanke: ein Geist. Ihr zweiter: Es gibt keine Geister.

Mit weit aufgerissenen Augen starrte sie das Fabelwesen an. Es blieb kurz stehen, als es sein Gegenüber sah, doch statt die Waffe und die Maske fallen zu lassen, klopfte es wieder auf den Schild.

Klock.

Und kam näher.

»Ich glaube, das ist ein Irrtum«, stammelte Mia. »Ich bin nur durch reinen Zufall hier oben.«

Sie wich in den Gang zurück, der immer schmaler wurde.

»Hören Sie, kein Grund, jetzt einen Aufstand zu machen. Ich geh ja schon. Okay? Würden ... Würden Sie mich bitte durchlassen?«

Statt einer Antwort hob dieser maskierte Vollidiot jetzt den Stock. Wollte er ihr drohen? Wenn ja, dann gelang ihm das hervorragend. In diesem Dämmerdunkel wirkte er mit seiner Verkleidung wie ein Wesen aus einer anderen Welt. Unter den Federn glänzte ein hölzernes Gesicht, übersät mit Punkten und Strichen, die eine Kriegsbemalung oder Tätowierung darstellten. Die Augen der Maske waren halb geschlossen, der Mund leicht geöffnet, seltsam ruhig in seiner geschnitzten Starre und deshalb umso verstörender.

Panisch sah sie sich um. Der Gang hinter ihr wurde enger und enger. Regale standen ineinander verkeilt, ein paar Meter weiter war Schluss. Dort erhob sich ein Stapel Rattan-Gartenstühle und dann kam schon die Wand. Die Verschläge links und rechts waren Fallen, in die würde sie nicht tappen. Was jetzt? Direkt auf diesen Irren zugehen?

Der Stock knallte an eine Bretterwand. Mia zuckte zusammen. Dreck und Staub rieselten herab.

»Lassen Sie mich durch.«

Klock.

Er kam wieder einen Schritt näher. Vielleicht trennten sie noch zwei Meter. Der Trampelpfad durch dieses Dickicht aus Erinnerungen war so schmal, dass er zur Seite treten musste, und das würde er nicht tun. Sie wollte ihr Handy herausholen, doch …

Klock.

Noch näher. Jetzt erkannte Mia, dass das Ding in seiner Hand keine Dachlatte und auch kein Besenstiel war. Es war eine Waffe. Eine tödliche, hölzerne Waffe. Ein … *kirri*? Hatte Emily das nicht gesagt? Unsere Waffen waren *kirris*, zumindest so lange, bis die weißen Händler den Herero Gewehre verkauften.

Das Ungeheuer hob den Arm. Noch zwei Schritte und es würde ihr den Kopf spalten. Das war Ernst. Das war tödlich. Das war … Nein, nicht aussichtslos! Mit einem Schrei sprang Mia auf den Angreifer zu. Alle Wucht, alle Kraft konzentrierte sich in dem Aufprall. Der Schild war zu groß, um damit flink zu hantieren. Der Maskenmann verlor das Gleichgewicht und geriet ins Taumeln. Er war nicht schnell genug, um sie zu fassen – er hätte den Schild oder den Stock fallen lassen müssen. Sie drängte sich an ihm vorbei und rannte in den Gang. Hinter sich hörte sie ein wütendes Keuchen, als ob sie ihm gleichzeitig die Luft abgedreht hätte. In zwanzig Metern Entfernung war die Tür. Mia rannte darauf zu, achtete eine Sekunde lang nicht darauf, wohin sie trat, und schoss statt nach vorne voll auf den Boden. Ihr Knöchel jagte einen wütenden Schmerz in ihr Gehirn. Sie war über eine zerbrochene Holzbohle gestolpert. Die Angst trieb sie hoch. Mit Tränen der Wut schleppte sie sich weiter. Das Ungeheuer war wieder auf den Beinen und folgte ihr.

»Lassen Sie mich in Ruhe!«, schrie sie.

Klock.

Mia wusste, dass sie viel zu langsam war.

Klock.

Die Tür. Nur noch zehn Meter. Acht.

Klock.

Ganz nah. Ein Windhauch streifte ihren Nacken. Sein Atem? Die Federn?

»Hilfe!«

Ein furchtbarer Schlag erwischte ihre Schulter. Mia fiel auf die Knie. Ihr Verstand weigerte sich zu begreifen. Sie wimmerte vor Schmerzen und Angst, hob die Arme, um den nächsten Schlag abzuwehren. Und sah aus den Augenwinkeln, wie die Maske näher und näher kam, wie die Augen hinter den schmalen Schlitzen glitzerten, wie die wilden Muster zu tanzen begannen, wie der hölzerne, strenge Mund mit einem Mal zu grinsen schien, erbarmungslos, ungerührt, wie eine ferne Gottheit, die auf ihr Opfer wartet. Dann wurde es schwarz. Einfach nur schwarz, schwarz, schwarz.

II.

»Mia? Mia!«

So weit weg alles, so dunkel, so tief. Wie auf dem Grund eines schlammigen Sees, in dem sie ertrunken war.

»Mia! Wach auf!«

Wellen kamen, hoben sie hoch, ließen sie wieder sinken. Unruhiges, kabbeliges Wasser, trübe und dunkel wie Melasse. Lasst mich schlafen, klang es irgendwo tief in ihrem Inneren. Lasst mich doch einfach in Ruhe.

»Mia!«

Böses Wasser, böse Wetter. Strudel schlugen sie an Felsen, warfen sie hin und her. Sie wollte Nein!, sagen und Aufhören! Aber das ging nicht. Wie zum Teufel redete man noch mal? Rums! Noch ein Schlag. Das hatte wehgetan!

»Lass mich!« Sie hob müde die Arme und bekam jetzt erst mit, dass sie auf dem Trockenen war. Irgendjemand schüttelte sie und das gefiel ihr gar nicht.

»Ich bin's. Kannst du mich hören?«

Sie sammelte alles, was ihr in diesem Moment an Wortschatz zur Verfügung stand. »Ich kann dich sogar spüren. Hör auf, mich zu schlagen!«

Sie musste irgendwo auf halber Höhe hochgehoben worden sein, denn sie spürte, wie sie sanft zurück auf den Boden glitt. Und dann kam der Schmerz. Wie eine glühende Schlange kroch er durch ihren Körper und kringelte sich nicht nur um ihren Knöchel, sondern nistete sich auch auf übelste Weise in ihrer Schulter ein. Sie stöhnte, und wieder begann dieser Vollidiot, sie zu schütteln.

»Mia, wach auf. Was ist denn passiert?«

Der Schmerz wirkte wie ein Skalpell. Er schnitt sie heraus aus der Dunkelheit, fuhr mit seiner Klinge durch ihren Körper und ließ sie glasklar erkennen, was geschehen war. Sie schlug die Augen auf. Weit oben am Dachfirst brannte die Glühlampe. Über sie gebeugt hockte Will auf dem Boden. In seinem Gesicht spiegelten sich Erschrecken und Ratlosigkeit. Hinter seiner Schulter tauchte das dämlich glotzende Zebra auf.

»Ich weiß nicht.« Im Moment war das wohl die beste Antwort. Sollte sie ihm gestehen, dass sie hier oben von einem Ungeheuer überfallen worden war?

»Wie zum Teufel kommst du hierher?«

»Über die Treppe.«

Sein Gesicht fuhr zurück. Aus dem Erschrecken wurde Ärger. »Verarschen kann ich mich selbst. Was machst du hier oben? Und wie hast du es geschafft, dich selbst k. o. zu schlagen?«

»Das war ich nicht.«

Sie stützte sich mit den Händen auf, um langsam, ganz langsam wenigstens von der liegenden Position ins Sitzen zu kommen. Vorsichtig betastete sie ihre Schulter. Offenbar war nichts gebrochen, höchstens geprellt. Dann zog sie das verletzte Bein an. Das tat weh. Höllisch.

»Wer dann?«

Sie sah den Gang hinunter. Natürlich stand da niemand mit einer afrikanischen Federmaske, mannshohem Schild und einem Mörderstecken. Nur der verwischte Staub auf dem Boden, von dem sich mittlerweile ein großer Teil auf ihrer Kleidung und in ihrem Gesicht befinden dürfte, verriet, was sich abgespielt hatte.

»Irgendein Irrer.« Sie stöhnte, weil sie blöderweise versucht hatte, alleine auf die Beine zu kommen. Unmöglich. Der Knöchel war gezerrt, die Schwellung puckerte schon. »Ein Irrer, der sich als afrikanischer Rachegott oder sonst was verkleidet hat.«

»Ein Rachegott.« Er musterte sie mit einem merkwürdigen Blick, machte aber keine Anstalten, ihr beim Aufstehen zu helfen. »Und warum?«

»Warum was? Keine Ahnung. Er hat mich fast erschlagen. Vielleicht fällt dir auf, dass ich mich nicht in der allerbesten Verfassung befinde.«

»Das ist nicht zu übersehen. Warum bist du hier oben?«

»Weil …« Sie sah sich um. Wo war er? Wo zum Teufel war dieses fürchterliche Monster geblieben? »Wie hast du mich gefunden?«

»Ich wollte was in Wilhelms Zimmer nachsehen. Und da

hörte ich das Gepolter. Ich bin die Treppe rauf, hab dich schreien gehört – und dann lagst du da.«

»Dir ist niemand entgegengekommen?«

»Nein.«

»Kein … Kein Maskenmann mit Federn am Kopf?«

»Mia.« Er musterte sie, wie man wohl Menschen ansieht, die einem erzählen wollen, dass Staubsauger sprechen oder Gemüse eine Seele hat. »Ist alles in Ordnung mit dir?«

»Nein«, fauchte sie. »Das siehst du doch. Mich hat jemand niedergeschlagen. Ein Typ mit einem Schild und einer afrikanischen Holzmaske und einem Stecken!«

Will schielte in Richtung afrikanischer Abteilung. »Hast du dich vor irgendetwas erschreckt?«

»Nein! Ja! Nicht vor den Sachen dahinten. Es war ein Mensch. Oder ein Geist. Oder irgendwas dazwischen. Hilf mir auf.«

»Vielleicht solltest du mal zum Arzt.«

»Später. Wenn du ihn nicht gesehen hast, dann ist er noch hier!«

Die Angst war weg – und das lag eindeutig an Will. Sie hätte sich lieber die Zunge abgebissen, als das zuzugeben, aber allein seine Anwesenheit brachte vieles wieder auf den Boden der Tatsachen zurück.

»Jemand hat sich verkleidet und wollte mich umbringen.«

»Mia …«

»Hilfst du mir jetzt endlich?«

Gemeinsam kamen sie auf die Beine. Sie klopfte sich Staub und Dreck von ihren Kleidern, so gut es ging. Dann humpelte sie auf den Afrika-Verschlag zu.

»Hier! Siehst du das? Auf dem Boden? Fußspuren! Das könnten Turnschuhe sein.«

Will sah hinunter auf seine Füße, die … in Turnschuhen steckten. »Ich hab nachgesehen, ob da jemand ist, bevor ich mich um dich gekümmert habe. Ich schätze mal, die Spuren kommen von mir. Und du trampelst jetzt gerade auch noch darauf rum.«

»Er ist hier!« Mia spürte wieder, wie die Panik ihr die Kehle hinaufkroch. »Und er ist gefährlich! Er hätte mich fast umgebracht! Und du stehst da und willst mir erzählen, ich hätte mir das alles nur eingebildet? Hier!« Sie zog ihr T-Shirt zur Seite und präsentierte ihm ihre Schulter.

Langsam kam Will näher. »Autsch. Das wird ein Mörder-Bluterguss.«

»Danke.« Sie ließ den Stoff wieder zurückgleiten. »Und wie soll er dahin gekommen sein?«

Will bückte sich und kam mit einem gewaltigen Holzstock wieder hoch, den er aus einer dunklen Ecke aufgehoben haben musste. Er war kürzer als der, den der Maskenmann benutzt hatte, aber er sah genauso gefährlich aus. »Ein *kirri*. Eine Wurfkeule. Kann sein, dass das Ding mal an der Wand hing und dann auf dich draufgefallen ist.«

Mia schwieg und durchbohrte ihn mit einem Blick, der ihn auf der Stelle in einen Eisblock hätte verwandeln müssen.

»Okay. Unwahrscheinlich. Vielleicht bist du auch nur blöde gestürzt.«

»Sag es doch gleich.«

»Was?«

Er suchte nach einem Platz, wo er die tödliche Waffe so

ablegen konnte, dass sie zu keiner Gefahr für weitere *blöde stürzende* Eindringlinge werden würde. Aber es gab keinen, also stellte er das Ding einfach in die nächste Ecke.

»Dass ich mir einen Mann mit schwarzer Holzmaske, Federn und einem länglichen Schild, der von den Füßen bis zur Schulter reicht, nur eingebildet habe.«

Will sah in die Ecke. Dort stand ein Schild, darüber hing eine Maske. Es war genau die Kombination, die Mia auf den ersten Blick fast zu Tode erschreckt hatte.

»Das ist sie nicht. Außerdem fehlen die Federn. Aber sie sah so ähnlich aus. Was ist das?«

»Mein Großvater hätte dir diese Frage bestimmt beantworten können. Ich denke mal, diese Masken sind so etwas wie Kultgegenstände, mit denen Geister beschworen wurden. Nur Geheimnisträger durften sie verwenden.«

»Geheimnisträger, Geister ...« Sie sah sich um. »Das war aber ein realer Mensch, der mich angegriffen hat. Und er ist noch hier oben.«

Will verließ den Verschlag. Mia folgte ihm. Er sah in jede einzelne »Abteilung«. Es gab noch eine indische, eine chinesische und eine südamerikanische Ecke. In Letzterer lagen hauptsächlich alte Kakaosäcke. Will schaute sich den Stapel Gartenstühle an, verschwand dann hinter dem Zebra ... Mia hörte nur, wie es mit einem Mal polterte und Will einen Fluch der übleren Sorte ausstieß, aber als er zurückkam, war er lediglich genauso dreckig wie Mia.

»Hier ist niemand. Ich sage ja nicht, dass du dich getäuscht hast.«

»Aber?« Sie humpelte in Richtung Tür.

»Vielleicht ist da einfach was zusammengekommen«, sagte er. »Der *kirri* fällt runter und trifft dich am Kopf …« Mia schnaubte verächtlich. »Dann die Maske mit dem Schild …« Mia schüttelte den Kopf. »Und dann fällst du auch noch unglücklich. Kann es nicht so gewesen sein?«

Mia hatte die Tür erreicht und drehte sich zu ihm um. »Was willst du mir eigentlich einreden?«

Er warf noch einmal einen Blick zurück. Auf das ganze Sammelsurium vergangener Generationen, die aus allen Ecken der Welt ihre Schätze zusammengetragen hatten, um sie hier oben verrotten zu lassen. »Nichts. Wir schließen hinter uns ab und werden sehen, was passiert. Irgendwann wird er sich ja wohl melden, wenn es ein Wesen aus Fleisch und Blut gewesen ist.«

Wenig später lag Mia unten auf Wills Couch. Geduscht, bekleidet mit einer viel zu weiten Jeans und einem T-Shirt aus seinem Kleiderschrank. Sie schnupperte daran, während er im Bad (er hatte ein eigenes Bad!) das Chaos beseitigte, das sie dort hinterlassen hatte. Es roch gut. Nach Weichspüler und … ihm. Ihre Wut war verraucht und hatte einer Enttäuschung Platz gemacht. Er glaubte ihr nicht. Außerdem wartete sie noch auf die Standpauke. Vom Charakter her schien Will niemand zu sein, der sich die Gelegenheit für eine gepflegte Strafpredigt entgehen ließ.

Wilhelms Kisten standen auf dem Schreibtisch. Mia sah sich um. Das war ein schönes Zimmer, im Erdgeschoss gelegen, wie sie vermutet hatte. Mit Sprossenfenstern, die auf den Park hinaussahen, und einer Stuckborte unter der

Decke. Gegenüber stand ein krachend volles Bücherregal. Sie mochte es, wenn Leute lasen. Im Moment suchte sie aber mehr nach Indizien, etwas in diesem Raum nicht zu mögen. Das würde es erträglicher machen, von Will hinausgeworfen zu werden.

Die Couch zum Beispiel. Anthrazitfarbener Stoff, cleane, moderne Form. Akzeptabel. Der Teppich: Grau, irgendein Velours, das seine Farbe änderte, je nachdem ob es mit dem Strich oder gegen den Strich gesaugt wurde (was natürlich Carolina machte, deshalb: Punktabzug). Statt Couchtisch eine Holzkiste, Cacao de Brasil stand in eingebrannten Lettern darauf. Massenproduktion oder Fair Trade? Plus minus null also. Fotos über dem Schreibtisch an die Korkwand gepinnt (Korkpinnwand! Gruselig!). Will irgendwo auf einer Plantage, weite grüne Landschaften mit Kokospalmen. Schade, dass sie sich die Bilder nicht näher ansehen konnte. Er würde jeden Moment zurückkommen, und sie wollte sich nicht in einer Lage überraschen lassen, die – fälschlicherweise! – Interesse verraten könnte.

Ein Flugzeugmodell schwebte unter der Decke. Es sah ein wenig altmodisch aus. Sie mochte es. Der Kleiderschrank, weiß, ebenfalls clean und modern. Eine Tür ging nicht ganz zu. Als er ihr die Sachen herausgesucht hatte, war wohl einiges durcheinandergeraten. Chaot. Mochte sie eigentlich auch. Ein helles, modern eingerichtetes Altbauzimmer, das Pendant zum Empfangsraum auf der gegenüberliegenden Seite der Empfangshalle. Ein in die Jahre gekommener Schreibtisch mit passendem Stuhl, hohe Decken und ein leichter Leinenvorhang, der sich im Luftzug der offen stehenden

Fenster bewegte. Es war schwer, diesen Raum nicht zu mögen.

Vorsichtig setzte sie sich auf und stellte die Füße auf den Boden. Dann versuchte sie, sich hochzustemmen. Der Knöchel schmerzte, aber es ging, wenn sie ihn nicht zu sehr belastete. Sie humpelte zum Schreibtisch – egal, was er von ihr denken würde! – und holte die beiden Kisten. Sie war gerade in Richtung Couch bis zur Mitte des Zimmers geschlurft, als Will auftauchte.

Er überblickte die Situation sofort. »Du bist zu langsam.«

Mia blieb mit gefühlt knallrotem Gesicht stehen.

Er legte ihre dreckigen Klamotten auf dem Schreibtischstuhl ab – älteres Modell, Holz, zum Drehen, vermutlich Vierzigerjahre – Pluspunkt. »Warum fragst du nicht einfach?«

Sie presste die Kartons an sich, als würde sie befürchten, dass er sie ihr entreißen könnte. »Weil ich das Gefühl habe, von euch ja doch keine Hilfe zu bekommen?«

»Aha. Und was war das dann da oben?«

»Auf dem Dachboden? Gefahr in Verzug. Vielleicht.«

Er zog den Schreibtischstuhl an die Kakaokiste und bot ihr mit einer nicht sehr einladenden Handbewegung die Couch an. In einem hatte er recht: Sie war zu langsam. Er würde sie noch an der Tür, spätestens aber in der Halle einholen. Und bis sie ihre Tasche erst wieder ausgebuddelt hatte …

»Meine Tasche!« Sie stellte die Kartons auf der Kakaokiste ab. »Sie liegt noch draußen vorm Haus.«

Mit einem gottergebenen Blick zur Decke oder in Richtung einer höheren Macht, die ihn doch bitte vor weiteren

Zumutungen bewahren möge, stand er wieder auf. »Draußen vorm Haus?«

Mia schluckte. »Unter einem Hortensienbusch. Hinter der Auffahrt.«

Er hob die Augenbrauen und wartete. Aber Mia hatte nicht vor, weitere Erklärungen abzugeben. Sie schlich zur Couch und ließ sich dort mit einem schmerzerfüllten Stöhnen fallen. Will verließ das Zimmer. Was für eine absurde Vorstellung, dachte sie. Er musste ja glauben, dass sie völlig durchgedreht war!

Vorsichtig hob sie den Deckel einer Schachtel. Obenauf lag immer noch das Zebra-Foto. Sie nahm es in die Hand und betrachtete es lange. Jakobs kleines Gesicht, das verängstigt nach oben sah – sie konnte es nicht vergessen. Aber noch etwas fiel ihr auf. Der schwarze Junge trug ein viel zu großes Leinenhemd. War es etwa dasselbe, das sie zu Hause in Meißen gefunden hatten?

Sie durchwühlte den restlichen Inhalt. Weitere Fotos – einsame Landstriche in Schwarz-Weiß, ab und zu Soldaten auf Pferden. Eine Eisenbahnlinie. Herero, die Männer in abgetragener Kleidung, die aussah, als hätten sie sie aus der Rot-Kreuz-Sammlung bekommen, die Frauen in langen Röcken und hochgeschlossenen Blusen. Und dann … Ihr Herz stolperte. Das Portrait eines Paares, eines Hochzeitspaares. Das Besondere an dieser uralten, sepiableichen Aufnahme waren die Frischvermählten: ein weißer Mann und eine schwarze Frau. Aufrecht, erstarrt in der Fotografenpose, blickten sie ernst in die Kamera. Er in Uniform, ein junger Bengel von kaum zwanzig Jahren mit einem enormen

Schnurrbart im ansonsten bleichen, nichtssagenden Gesicht, sie eine etwas kleinere, schmale Person mit einem ebenmäßigen, irgendwie gütigen Gesicht, in Rüschenbluse, Korsett und langem Rock. Auf der flachen Brust hing ein Kreuz. Wenn sie nicht so ernst gewesen wäre und man den Begriff gütig einfach mal vergaß, hätte sie durchaus Ähnlichkeit mit … Emily. Hastig drehte Mia das Foto um. Die Aufschrift in verblasster Tinte war in Sütterlin, aber da es sich um bekannte Namen und Zahlen handelte, konnte Mia die Schrift mehr erraten als entziffern: Karl und Corinthia Arnholt, 27. September 1898.

»Achtzehnhundertachtundneunzig«, flüsterte Mia. Wie unendlich weit weg diese Jahreszahl doch lag, die einmal Gegenwart gewesen war für das Paar. Sie hatten an eine gemeinsame Zukunft geglaubt, sie waren so jung gewesen, so voller Hoffnung. Doch dann hatten die Weißen sich als Herrenmenschen aufgeführt, die Schwarzen hatten sich gewehrt. Und im fernen Berlin beschlossen ein wankelmütiger Reichskanzler und ein hochmütiger Kaiser den Vernichtungsschlag gegen die Herero, der so vielen Menschen auf beiden Seiten das Leben gekostet hatte und, so unglaublich das auch sein mochte, bis heute die Geschicke der Herders und der Arnholts lenkte.

Vorsichtig legte sie das Foto zurück. Dann war Jakob, als er 1906 nach Deutschland gekommen war, keine sieben Jahre alt gewesen. Sie wühlte weiter, aber es schien alles Korrespondenz von Gottlob mit seiner Familie in Lüneburg zu sein. Dazu Fotos von seiner Zeit als Soldat in Südwestafrika. Und eine Landkarte, die von Hand gezeichnet worden war und das »Lüderitzland« zeigte – ein Küstenabschnitt, der eindeutig in Namibia lag. Walfisch-Bay, Hottentotten-Bay, Bethanien, die deutschen Namen und das brüchige Papier bewiesen auch ohne ein genaues Datum, aus welcher Zeit diese Karte stammte. Ein kleiner Ort namens Kolmannskuppe war rot eingekreist. Vorsichtig fuhr Mia mit dem Zeigefinger über die Stelle. Es könnte Tinte oder Filzstift sein. Aber gab es vor hundert Jahren schon Filzstifte?

»Sorry. Ich hab nichts gefunden.«

Mia sah hoch. Will war zurück.

»Das kann nicht sein.«

»Schau selbst.«

Er wartete, bis sie auf die Beine gekommen und zu ihm gehumpelt war. »Brauchst du Hilfe?«

»Nein.« Bloß nicht. »Es geht ja. Irgendwie.«

Die Sorge um ihre Habe ließ sie den Schmerz im Knöchel etwas vergessen. Das konnte nicht sein. Will hatte einfach nicht sorgfältig genug gesucht oder an einer ganz anderen Stelle nachgesehen. Sie durchquerten die Empfangshalle, erreichten die Haustür und die Auffahrt. Glücklicherweise war von einem Mercedes Cabrio weit und breit nichts zu sehen.

»Da unten«, sagte sie und deutete auf die Stelle.

»Nichts. Bist du sicher? Und warum legst du deine Tasche ausgerechnet unter einem Busch ab?«

Sie verzichtete auf die Antwort und ging stattdessen zu ihrem Versteck. Der Busch war da, die Böschung war da, nur ihre Tasche war weg. »Hier. Hier hat sie gelegen!«

Will kam näher. War es der Schock nach dem Überfall, der einfach eine Viertelstunde zu spät eintrat? Oder die Ungeheuerlichkeit, dass sie mit einem Schlag Jakobs gesamten Nachlass verloren hatte? Ganz zu schweigen von Papieren, Geld und all den anderen überlebensnotwendigen Dingen, die man von morgens bis abends mit sich herumschleppte. Ihr wurde schwindelig. Mühsam kam sie auf der niedrigen Einfassungsmauer der Auffahrt zum Sitzen. Sie hatte das Gefühl, ihre Knie zitterten so stark, dass sie sich kaum noch auf den Beinen halten konnte.

»Das verstehe ich nicht. Jemand muss sie gefunden haben.«

Will ging zurück ins Haus. Wahrscheinlich hatte er etwas gehört, das Mia entgangen war. »Carolina?«

Die Hauswirtschafterin kam offenbar gerade aus dem Keller, denn sie trug mehrere Einmachgläser in den Armen, die sie jetzt, als sie zu ihnen kam, vorsichtig auf der Stufe zum Eingang absetzte. »Ja, Herr Herder?«

Will deutete auf Mia, die wie ein Häuflein Elend dahockte und gerade zum zehnten Mal den Hortensienzweig anhob. »Die Tasche von Frau Arnholt ist verschwunden. Sie hatte sie hier … nun, abgelegt.«

Carolina kam näher und spähte interessiert in Richtung Hortensie. »Hier?« Ein unsicherer Blick fiel auf Mia.

»Ich wollte nur kurz ins Haus und habe sie dort liegen gelassen. Eine Umhängetasche, in so einem ausgewaschenen olivgrünen Canvas.«

»Ja«, sagte Carolina und spähte zu den Hortensien. »Ich glaube, ich habe sie schon einmal an Ihnen gesehen. Heute Morgen beim Frühstück hatten Sie sie noch?«

Hatte es einen Morgen gegeben? Ein Frühstück? Einen Tag, der noch nicht überschattet war von Kühns Tod? An dem sie gelacht hatte und an dem ihre einzige Sorge gewesen war, sich vielleicht eine neue Geschichte für ihre Aufnahmeprüfung auszudenken?

»Ja«, sagte Mia. »Aber jetzt ist sie weg.«

»Das tut mir leid. Ich habe nichts gefunden. Ich war die ganze Zeit im Haus.«

Das stimmte nicht ganz, aber Mia würde den Teufel tun, die nette Frau zu verpetzen. Wahrscheinlich hatte sie Frau Herders Abwesenheit genutzt, um sich in der Küche im Gästehaus einen Tee zu machen und ein paar Minuten die Beine hochzulegen. Zudem sie sich damit auch noch selbst verraten hätte, wie sie wie ein Honk unter dem Busch gehockt und Gespräche belauscht hatte. Die Pflanze sah sowieso schon mitgenommen aus. Lauter abgeknickte Zweige und plattgelegenes Gras.

»Aber irgendjemand hat sie weggenommen!« Ihre Stimme hörte sich kippelig an. Sie merkte das, aber zu dem Verlust gesellte sich auch noch das schreckliche Erlebnis auf dem Dachboden.

»Es tut mir sehr leid.« Carolina ging ein paar Schritte zurück in Richtung Hauseingang und nahm die Gläser wieder hoch. »Wenn ich sie finde, sage ich Ihnen sofort Bescheid.«

Mia nickte. Sie stand auf und übersah dabei geflissentlich Wills ausgestreckte Hand. Es war unfair, das wusste sie. Aber *sie* war es, die angegriffen und nicht zuletzt bestohlen worden war. Alles Erfahrungen, die Will fehlten.

»Carolina«, sagte sie hastig, bevor die Wirtschafterin auf Nimmerwiedersehen verschwand. »Haben Sie im Haus schon einmal einen Maskenmann gesehen?«

Will öffnete den Mund, um etwas ziemlich Ärgerliches zu sagen. Aber dann war auch er überrascht von Carolinas Reaktion. Sie fuhr zusammen und ließ beinahe die Einmachgläser fallen. Ihr Gesicht war mit einem Mal wachsbleich.

»Einen …«, sie musste sich räuspern, »einen Maskenmann?«

Langsam kam Mia auf sie zu und beobachtete jede Regung in Carolinas Gesicht. Täuschte sie sich oder war da Angst zu erkennen? »Ein Mann, der eine riesige afrikanische Holzmaske aufhat.« Ihre Arme zeigten eine Spanne von mindestens einem halben Meter. »Oben sind Federn befestigt. Und er trägt einen Schild. Allein der ist fast so groß wie ich. Und ein *kirri*.«

»Ein was?« Die Verblüffung war echt. Carolina verschränkte die Arme, als ob sie sich vor irgendetwas beschützen wollte.

»Ein Wurf- und Kampfstock. Er hat mich damit …«, … angegriffen, wollte sie sagen. Aber Will schnitt ihr das Wort ab.

»Sie war auf dem Dachboden, in Afrika.«

Das schien eine geläufige Bezeichnung im Haus der Herders zu sein. Carolina wusste jedenfalls sofort, was damit gemeint war. Zumindest kehrte etwas Farbe in ihr Gesicht zurück.

»Oh mein Gott, ja! Ich war mal dort oben, weil ich etwas für den verstorbenen Herrn Herder suchen sollte. Ich bin zu Tode erschrocken!«

»Aber es war …«, fing Mia wieder an und wurde erneut von Will unterbrochen.

»Sehr gewöhnungsbedürftig«, sagte er in bestimmtem Ton.

Wütend drehte sie sich zu ihm um.

»Sehr«, pflichtete Carolina hinter ihrem Rücken bei. »Man sollte Warnschilder aufstellen und Leuten mit Herzschrittmacher verbieten, da raufzugehen. Steht nicht auch noch irgendwo ein Skelett? Wenn ich Ihre Tasche finde, sage ich Ihnen Bescheid.«

Mia murmelte ein »Danke«. Kaum war Carolina verschwunden, gab es keine Zurückhaltung mehr. »Warum lässt du mich nicht ausreden?«, fauchte sie.

Will sah sich um, ob sie auch wirklich unter sich waren. »Weißt du eigentlich, wie du dich anhörst? Ein Maskenmann spukt in unserem Haus herum, der dir außerdem deine Tasche geklaut hat. Geht's noch? Und zu allem Überfluss willst du uns auch noch irgendeine krumme Sache mit deinem Urgroßvater andichten. Es reicht so langsam, findest du nicht auch? Wenn ich gewusst hätte …«

Mia trat einen Schritt vor. Sie stand jetzt unmittelbar vor ihm. Aber von der Verwirrung, die sie noch am Abend zuvor fast an derselben Stelle in seinen Armen gespürt hatte, war nichts mehr übrig. Bei ihm offenbar auch nicht.

»Was?«, fragte sie. »Wenn du was gewusst hättest?«

Er biss sich auf die Unterlippe und drehte sich in Richtung Park, als ob er Ausschau nach Wildkaninchen hielte. »Die Welt ist voller Verrückter.«

»Und du denkst, ich bin verrückt?«

Er sah sie nicht an. Sie hätte einmal um ihn herumgehen und sich direkt vor seiner Nase aufbauen müssen, aber dazu hatte Mia keine Lust.

»Kühn ist tot. Das weißt du wahrscheinlich schon.«

»Nein.« Er fuhr herum.

»Er wurde ermordet. Ich war heute da. In dem Zimmer, in dem es passiert ist. Ich habe ihn gefunden.« Die Erinnerung an den kleinen Froschmann drückte ihr fast die Kehle zu. Jetzt hätte sie sich am liebsten abgewendet, wäre fortgelaufen, ganz weit fort …

»Was? Du hast ihn …? Mein Gott. Mia.«

Er wollte sie in den Arm nehmen, aber sie schüttelte sich und trat zwei Schritte zurück, heraus aus seinem Bannkreis.

»Dein Großvater stirbt, kurz nachdem er mich gerufen hat. Kühn wird umgebracht, kurz nachdem ich ihm Kopien von Jakobs Briefen gegeben habe. Ich selbst bin fast umgekommen auf eurem Dachboden. Meine Tasche ist weg, in der alles, alles war, was Jakob gehört hat. Und du glaubst, ich bin verrückt?«

Was tat so weh in ihrem Herzen? Der Verlust von zwei Menschen, die sie kaum gekannt hatte und die ihr trotzdem nahegestanden hatten? Oder dass Will ihre Ängste und Sorgen als reine Hirngespinste abtat?

»Ich fahre. Vielleicht kannst du mir was für die Rückfahrt borgen. Ich habe nämlich noch nicht mal mehr Geld.«

Ihr fiel der Zwanzig-Euro-Schein ein. Sie zog ihn aus der Tasche. »Bis auf das. Habe ich auf dem Dachboden gefunden. Es gehört euch.« Sie hielt ihm den Schein entgegen. »Er ist ziemlich neu, würde ich sagen. Zu neu dafür, dass jahrelang keiner mehr dort oben gewesen sein soll. Aber ich bin ja verrückt. Auf mein Geschwätz muss man nicht viel geben.«

Er rührte sich nicht.

Sie ließ den Schein fallen, drehte sich um und ging. Nur weg, dachte sie, nach Hause. Vielleicht konnte Mutsch sie abholen oder ihr ein Zugticket hinterlegen. Alles verloren, alles weg … Sie hörte Schritte hinter sich und dann spürte sie Wills Griff an ihrem Arm. Fest genug, um sie aufzuhalten, sanft genug, um ihr nicht wehzutun.

»Bleib«, sagte er. »Der Geldschein gehörte meinem Großvater.«

Sie blieb kurz stehen. Am liebsten hätte sie geheult, aber diese Blöße wollte sie sich nicht geben.

»Er wollte immer kleine Scheine. Ich nehme an, als Trinkgeld für Carolina, wenn sie etwas für ihn erledigt hat. Er muss ihn oben verloren haben. Am Tag seines Todes.«

»Weißt du, wie viele Zwanzig-Euro-Scheine es hierzulande gibt? Wer von uns beiden ist jetzt verrückt?«

Sie waren am Ende der Auffahrt angelangt. Fürs Bleiben hatte Will noch keinen einzigen stichhaltigen Grund genannt.

»Die Scheine, die ich vom Geldautomaten bekommen habe, waren quasi druckfrisch. So wie der hier. Er hat sie immer zwei Mal gefaltet.«

»Vielleicht war er früher oben? Letzte Woche? Vor Jahren? Und hat das Geld verloren?«

»Das wüsste ich. Er war sehr eigen in diesen Dingen. Dieser Schein ist neu. Ohne Staub oder Dreck. Wo lag er?«

»Mitten im Gang. Auf dem Boden.«

Ein Schatten glitt über Wills Gesicht. Er hatte denselben Gedanken wie Mia.

»Oh mein Gott!«, stieß sie hervor. »Er war oben! Jemand hat ihn überrascht und dann ist er die Dachbodentreppe hinuntergefallen oder gestoßen worden. Und sein Mörder hat es wie einen Unfall aussehen lassen. Es war der Maskenmann! Du musst die Polizei informieren!«

»Mach mal halblang. Ja?«

»Er war auf dem Dachboden! Er hat das Gleiche gesucht wie Kühn! Die erste Seite meines Briefes. Sie muss irgendwann verloren gegangen sein, und beide, Kühn und dein Großvater, waren der Meinung, dass sie nur in der Afrika-Abteilung sein kann. Standen dort früher einmal die Kartons?«

Will sah verzweifelt aus. Das mussten ziemlich viele neue Informationen für ihn sein! Fast hätte er ihr leidgetan, wenn er nicht vor zwei Minuten noch ungeheuerliche Dinge über sie behauptet hätte. »Ich weiß es nicht. Mia, das wirft ein ganz neues Licht auf alles.«

»Aha.« Ein leiser Anflug von Spott war leider nicht zu unterdrücken. »Du meinst, es könnte doch etwas dran sein an dem, was ich gesagt habe?«

»Ich meine, dass Ruhe immer noch die bessere Lösung ist als Hysterie.«

Das wurde ja immer besser. Jetzt war sie auch noch hysterisch!

»Und ich meine«, sagte sie so ruhig es ging und wies auf den Schein, den Will immer noch in der Hand hielt, »dass du damit irgendetwas anfangen musst. Er war dein Großvater!«

»Das weiß ich!«

»Dann handle auch danach!«

Sie sahen sich wütend an.

Schließlich holte Will ein flaches, abgewetztes Lederportemonnaie aus seiner Hosentasche und verstaute das Geld darin. »Ich muss erst mehr wissen. Du kannst jetzt nicht abreisen. Das ist alles zu durcheinander. Wir müssen das ordnen. Sonst glaubt uns die Polizei auch kein Wort.«

»Uns?«

Will warf einen Blick über die Schulter zum Haus. »Na ja, bis jetzt haben wir als Verdächtigen nur deinen Maskenmann.«

»Aber es gibt ein Motiv. Und das befindet sich in Jakobs Nachlass. Irgendwohin muss uns das führen!« Sie könnte sich ohrfeigen, dass sie ihn nicht gesichert, kopiert und gesichtet hatte. Stattdessen war sie Hals über Kopf in Meißen aufgebrochen, und das alles nur, weil Wilhelm sie so dringend darum gebeten hatte.

»Vielleicht nach Namibia«, sagte Will.

12.

Die Firma der Herders lag außerhalb von Lüneburg in einem Industriegebiet, in dem sich einige große Lebensmitteldiscounter, ein Möbelmarkt, Drogerieketten, Tankstellen und mittelständisches Gewerbe angesiedelt hatten. Die *Herder Schokoladen* lagen etwas abseits, Richtung Grüne Wiese, denn das Gelände war größer und musste Platz bieten für Herstellung, Lagerung und Transport. Ein Metallzaun riegelte es ab. Der einzige Zugang wurde von einem Rolltor versperrt, hinter dem das Pförtnerhäuschen stand. Will wurde von dem Mitarbeiter sofort erkannt und mit einem freundlichen Gruß hereingelassen.

Er fuhr einen uralten Citröen (Mia mochte das Auto), und am Rückspiegel baumelte eine kleine Kette mit einem Herzanhänger (Mia mochte das Herz nicht, wollte aber auch nicht fragen, wie so ein Kitsch in dieses Auto kam, denn sie war sicher, dass in der Antwort Begriffe wie *meine Freun-*

din, *Rückbank* und *beim Sex verloren* eine Rolle spielen würden).

»Und du glaubst wirklich, sie helfen uns?«

Der Gedanke, ausgerechnet Emily einzuweihen, gefiel ihr nicht. Sie war beim Frühstück zwar umgänglicher als sonst gewesen, was ohne Zweifel an Toms Einfluss lag, aber Mia kannte auch ihr Temperament. Alles, was die Kolonialgeschichte betraf, löste bei Emily, völlig zu Recht, Ärger aus.

Will lenkte den Wagen auf den Firmenparkplatz. »Ich habe Tom gestern Nacht vom Flughafen abgeholt. Auf der Fahrt haben wir uns unterhalten. Er ist okay. Emily ... Na ja, gib ihr ein wenig Zeit. Sie muss den Schock erst mal verdauen, dass ausgerechnet eine Weiße zu ihrer Familie gehört.«

»Seltsam. Wenn es mich schockieren würde, dass ich mit einer Schwarzen verwandt bin, wäre ich gleich in der rechten Ecke«, sagte sie, ohne nachzudenken.

»Zu Recht. Vergleich doch einfach mal, wer was im Lauf der Geschichte erdulden musste.«

Verblüfft stimmte sie zu. Daran hatte sie im Eifer des Gefechtes gar nicht gedacht. Der Wagen hielt, Mia stieg aus. Die Fabrik war ebenerdig angelegt. Die Büros und der Empfang lagen nach vorne hinaus, Jalousien hielten die Sonnenstrahlen ab. Dahinter breiteten sich die Werkhalle und das Lager aus, ebenfalls ziemlich flach und eingeschossig. Am Ende des Parkplatzes reihten sich 3,5-Tonner-Lkws auf, kleine, recht wendige Gefährte, allesamt mit dem Firmennamen verziert.

Will öffnete den Kofferraum und sah auf seine Uhr. »Sie müssten jetzt langsam fertig sein.«

»Warum bist du eigentlich nicht dabei?«

»Bin ich doch.« Er holte eine schmale Aktenmappe aus dem Kofferraum, dann schloss er den Wagen ab, der zu alt war, um eine Zentralverriegelung zu haben. »Ich musste nur etwas für meinen Vater holen. Wir hatten vor einiger Zeit mal einen Wirtschaftsprüfer zum Thema Expansion da. Er hat unter anderem auch eine Einschätzung der Erfolgsaussichten in Bezug auf Afrika gegeben.«

»Ihr wollt in Afrika expandieren? Schokolade für Somalia?«

Sie gingen auf den Eingang des flachen Gebäudes zu.

»Nein, eher Kakaoanbau. Fair Trade und Bio. Zumindest in einer kleinen Linie, als Anfang. Es war meine Idee.«

Will hielt ihr die Tür auf. Pluspunkt.

»Ich möchte in nachhaltige Landwirtschaft investieren. Deshalb habe ich mich auch dafür eingesetzt, dass Tom sein Bewässerungskonzept vorstellt. Damit könnte es durchaus möglich sein, in Gegenden, die zu trocken für Kakao sind, trotzdem einen wirtschaftlichen Ertrag zu erzielen.«

Sie durchquerten einen hellen, kühlen Raum. Ein paar Pflanzen standen herum, eine Sitzgruppe für Besucher wartete verwaist zur Linken.

»Ich dachte, unterhalb des Äquators klappt das nicht«, sagte Mia, die heilfroh war, dass sie in einem Fachmagazin einmal einen Artikel darüber gelesen hatte. Fair Trade und biologischer Anbau waren ihr sehr wichtig, wenn es um die Rohstoffe für die Chocolaterie ging. Doch mit dem landwirtschaftlichen Aspekt hatte sie sich bisher noch nicht eingehend beschäftigt. Ihr gefiel, dass Will das tat. Pluspunkt.

»Hier entlang.«

Sie kamen in einen Flur, der nach Teppichbodenkleber roch und von dem links und rechts die Büros abgingen. Am Ende war eine Glastür, die in einen Konferenzraum führte. Noch bevor Will auch diese Tür öffnete, war klar, dass es drinnen hoch herging. Stimmen, ärgerlich bis beschwichtigend, klangen durcheinander.

Emily war aufgesprungen und gestikulierte in Richtung Tom. »Wir sind extra deshalb nach Deutschland gekommen! Wilhelm Herder hatte es uns versprochen! Gilt ein Wort in diesem Land denn nichts?«

Margret hatte die Augen vor Schreck weit aufgerissen. Rudolf Mwedihanga hob gerade die Hände. Tom wich Emilys Blick aus. Mia sah zu Will, der stehen geblieben war, während hinter ihrem Rücken die Glastür mit einem leisen Klack zufiel.

»Was ist denn hier los?«, flüsterte sie.

Will kam nicht zum Antworten, denn Emily hatte die Neuankömmlinge entdeckt.

»Vielleicht hat Wilhelm Herders Enkel bei dieser Entscheidung ja auch ein Wort mitzureden. Will?«

Am Kopfende des Tisches, flankiert von zwei grauen Herren, von denen einer der Rotary-Lions-Opus-Dei-Typ vom vergangenen Abend war und der andere Herr Renneroth, saß Wolfgang Herder. Und er war *not amused*. Von links und rechts drangen geflüsterte Kommentare an sein Ohr, die er aber, kaum dass er seinen Sohn entdeckt hatte, mit einer abrupten Handbewegung abschnitt. »Frau Shipanga, ich verstehe Ihren Ärger. Aber wir haben uns anders entschieden.«

Will trat langsam an den Konferenztisch und legte die

Mappe vor sich ab, bevor er Platz nahm. Mia [illegible] Was sollte sie auch anderes tun? An der Tür steh[illegible] Es war nur noch ein Platz frei, der am Tischende [illegible]ber von Wolfgang Herder. Mia hatte das Gefühl, dass alle Augen jeder einzelnen ihrer Bewegungen folgten.

»Guten Tag«, flüsterte sie.

Emily schoss einen schwer zu deutenden Blick auf sie ab. Die Unterbrechung hatte ihr den Wind aus den Segeln genommen. Will öffnete die Mappe, zog einen Stapel Papiere heraus und legte sie vor sich hin.

»Vielleicht lassen Sie Ihren Sohn auch noch ein Wort dazu sagen?«, wiederholte sie und ignorierte die kleine Falte zwischen seinen Augenbrauen. Will hielt sich durchaus dazu in der Lage, sich auch ohne Aufforderung zu äußern.

»Nun?« Der Boss sah zu seinem Sohn. Alles andere als wohlwollend.

»Es ist richtig, dass viele Faktoren darauf hinweisen, dass ein agrarökonomisches Engagement in Namibia risikoreich ist.«

»Meine Rede«, brummte sein Vater.

»Aber ich habe mir auch das Bewässerungskonzept von Herrn Zimmermann angesehen. Für mich erfüllt es nicht nur die Bedingungen, die an ökologischen Landbau auch in Schwellenländern anzulegen sind, es greift viel weiter. Unsere Firma, unser Leben, unser Engagement – alles dreht sich um Kakao. Der Weltmarkt wird immer mehr in die Enge getrieben. Einige wenige Trader diktieren die Preise – uns, die wir auf Rohstoffe angewiesen sind, aber auch den Farmern, die diese produzieren. Langfristig wären eigene Plantagen eine gute Investition in die Zukunft. Die großen Produktionsflächen in Südamerika, Äquatorialafrika und Indonesien sind aufgeteilt. Aber wenn wir dazu beitragen könnten, dass neue Flächen entstehen, in Wüsten und unwirtlichen Landschaften, in denen dies bisher unmöglich war, könnten wir direkt mit den Farmern verhandeln und ihnen faire Preise garantieren. Und wir würden endlich ökologischer produzieren. Das ist die Zukunft, zumindest in unserer Sparte.«

»Und wer zahlt das?«, kam es vom Kopfende des Tisches zurück.

»Zunächst wir. Die Investition muss sich amortisieren. Mit diesem Konzept sehe ich allerdings sehr gute Chancen, dass dies in absehbarer Zeit auch passiert.«

Pluspunkt. Pluspunkt. Pluspunkt. Will sprach ruhig, mit sparsamen Gesten und absolut von dem überzeugt, was er präsentierte. Mia hätte sofort ihr Sparschwein geschlachtet und es ihm anvertraut. Emily hatte sich schon zu Beginn des Vortrags gesetzt und jedes Wort von Will geradezu verschlungen. Ja, er machte Eindruck. Leider nicht bei seinem Vater.

»Es sind zu hohe Unwägbarkeiten und Risiken. Wir haben das Kapital nicht.«

Tom, der seit Mias Eintritt nichts gesagt hatte, holte tief Luft. »Deshalb bieten wir Ihnen ein Joint Venture an. Emilys Familie hat das Land, ich besitze das Know-how. Es gibt einen Business-Plan, Anträge für Erzeugersubventionen, es ist also kein Risikokapital, das Sie investieren.«

Renneroth rechts von Wolfgang Herder flüsterte ihm wieder etwas zu.

Der Firmenchef nickte knapp. »Meine Damen und Herren, ich danke Ihnen für die Zeit, die Sie uns geopfert haben. Nach sorgfältiger Prüfung müssen wir aber Abstand nehmen. Es ist bedauerlich, dass mein gerade verstorbener Vater vielleicht falsche Hoffnungen bei Ihnen geweckt hat. Er war trotz seines hohen Alters sehr interessiert, was Neuerungen betraf. Dennoch hätte er mehr Zurückhaltung üben sollen, denn Besitzer der Firma bin seit fast dreißig Jahren ich. Die Verantwortung für das Unternehmen und seine Mitarbeiter verbietet mir, in unerprobte Experimente zu investieren.«

Emily gab ein leises Schnauben von sich. Toms Miene vereiste. Rund um den Tisch setzte leises Murmeln ein.

Es war Rudolf, der wieder begütigend die Hände hob. »Wir haben zu danken. Morgen reisen wir weiter nach Berlin. Das Bundesministerium für Ernährung und Landwirtschaft hat ebenfalls Interesse an unserem *unerprobten Experiment* gezeigt. Zudem stehen noch Gespräche mit weiteren potentiellen Investoren an. Insoweit war und ist unsere Reise nach Deutschland keine vertane Zeit. Im Gegenteil. Wir durften Ihre großzügige Gastfreundschaft genießen und bedanken uns dafür. Lüneburg ist eine wunderschöne Stadt.«

Er lächelte in die Runde. Die Mitglieder der Delegation schoben ihre Papiere zusammen und standen auf. Die beiden Grauen und Wolfgang Herder hatten einen leicht verkniffenen Gesichtsausdruck. Ob ihnen gerade dämmerte, dass sie eine Chance verpasst hatten? Will erhob sich und ging zu seinem Vater. Es entspann sich ein leises, wütendes Gespräch, das allerdings in der allgemeinen Aufbruchsstimmung unterging. Emily rauschte als Erste hinaus. Mit ihr zu sprechen, war im Moment vielleicht keine ganz so gute Idee. Tom blieb noch, offenbar wartete er auf Will. Mia war unschlüssig. Doch dann folgte sie Rudolf durch den Gang und das Atrium zurück nach draußen.

Ein junger Mann mit der Herder-Aufschrift auf der Arbeitskleidung fuhr den Mini-Bus vor. Die Ersten stiegen ein.

»Emily?«

Die junge Frau, auf halbem Weg zum Auto, blieb abwartend stehen. »Ja?«

»Es tut mir leid. Das ist nicht so gelaufen, wie ihr gedacht habt.«

»Das kannst du laut sagen.«

»Du hast wirklich mit Wilhelm gesprochen?«

Noch waren Tom und Will nicht nachgekommen. Emily zog Mia ein paar Schritte vom Eingang weg. »Nein. Wir haben uns geschrieben. Ich habe ihm Toms Konzept zugeschickt. Er sagte, ich müsse unbedingt kommen, das wäre so wichtig! Und dann schaffen wir es, uns an die Delegation zu hängen, machen den ganzen weiten Weg, und dann das.« Sie wies mit einer ärgerlichen Handbewegung auf das Fabrikgebäude, meinte aber eher, was sich gerade im Konferenzraum abgespielt hatte.

»Das waren Wilhelms Worte? Seltsam.« Mia zupfte ein Blatt von einem der Büsche, die den Parkplatz vom Gebäude abtrennten. »Bei mir war es ähnlich.«

»Ach ja? Hast du auch ein Bewässerungskonzept für die Kalahari?«

»Nein. Bei mir ging es ja um Jakob. Wilhelm wusste wirklich nicht, wer du bist?«

Emily seufzte ungeduldig. »Natürlich wusste er, wer ich

bin. Ich habe mich bei ihm schließlich mit meinem Namen vorgestellt und ihm geschrieben, dass einer unserer Vorfahren aus Deutschland kam. Das soll ja hierzulande immer noch Eindruck machen. Jedenfalls wollte er mehr wissen, und als der Name Arnholt fiel, war er völlig aus dem Häuschen. Ich dachte natürlich, es geht um unser Konzept. Aber er hatte wohl was anderes im Sinn.«

»Eine Familienzusammenführung«, sagte Mia leise. »Tut mir leid, dass sie unter so unglücklichen Umständen geschehen ist.«

Emily sah zu Boden. Bevor sie sich dazu gedrängt sah, ebenfalls etwas Bedauerndes von sich zu geben, sprach Mia weiter.

»Wohin fahrt ihr?«

»Ins Gästehaus. Morgen früh geht es weiter nach Berlin. Hoffentlich mit größerem Erfolg als hier. Ich habe wirklich geglaubt, den Herders wäre es ernst.«

»Wilhelm war es ernst.« Mia überlegte. »Und Will auch.«

»Ja. Glaubst du, Will heißt ebenfalls Wilhelm?«

»Das würde die Abkürzung erklären.« Mia grinste, Emily kicherte. Für einen Moment war es wirklich so, als ob zwei entfernte Kusinen hinter einem Busch miteinander giggelten.

Rudolf kam mit der Delegation, ging ein paar Schritte zur Seite und zündete sich seine heimliche Zigarette an.

»Und du? Wo wohnst du?«

»In Windhuk. Das ist die Hauptstadt.«

»Hast du …«, Mia kam einen Schritt näher an Emily heran, »hast du vielleicht noch irgendwas von Corinthia?«

»Was meinst du mit irgendwas?«

Der Fahrer hupte. Will erschien als Letzter. Sein Gesichtsausdruck verriet, dass der Abschied von seinem Vater wohl kaum versöhnlich gewesen war.

»Können wir das heute Abend besprechen?«, fragte Mia.

Gerade stieg Tom aus dem Van. »Emily? Sorry, dass ich das Silbertablett für die Einladung vergessen habe! Kommst du noch?« Auch seine Laune war auf dem Tiefpunkt.

»Es ist wichtig«, sagte Mia hastig. »Will und ich glauben, dass Corinthia Jakob etwas Wichtiges geschrieben hat.«

Will ging zu seinem Auto und warf die Mappe in den Kofferraum. Die Kraft, mit der er die Klappe schloss, ließ auf ziemlich viel verhaltene Wut schließen.

»Ich weiß nicht«, sagte Emily. »Rudolf und die anderen wollen in die Stadt, was essen gehen.«

»Dann kommen wir mit. Oder wir treffen uns später.«

Die junge Afrikanerin setzte sich in Bewegung, allerdings nicht schnell genug, um Tom davon abzuhalten, vielsagend mit den Augen zu rollen. Will kehrte noch einmal ins Haus zurück. Mia konnte erkennen, dass dort sein Vater stand. Die beiden wechselten noch ein paar Worte und Satzfetzen drangen an ihr Ohr.

Wolfgang: »Du weißt doch, wie es um uns bestellt …«

Will: »… deshalb müssen wir in neue Technologien …«

Wolfgang: »Von was denn! Wir stehen kurz vor der Pleite! Sogar das Haus ist beliehen!«

Das klang ernst. Sie stand direkt in der Sichtachse zum Van und wollte auf keinen Fall, dass die beiden mitbekamen, wie sie zuhörte. Glücklicherweise waren sie zu sehr damit beschäftigt, sich anzugiften, um nach draußen zu sehen. Mia schlich in einem Bogen nach links zu Wills Oldtimer und wartete dort auf ihn. Es dauerte ein paar Minuten und der Van der Delegation hatte das Fabrikgelände schon längst verlassen. Endlich kam Will aus dem Haus und steuerte direkt auf sie zu. Er sah beherrscht aus, wie jemand, der gerade den Sieg einem anderen überlassen musste, aber doch ein guter Verlierer sein wollte.

»Ist alles in Ordnung?«, fragte sie.

Natürlich nicht. Gerade hatte er erfahren, dass das Familienunternehmen so gut wie bankrott war. Vielleicht gehörte ihnen noch nicht einmal mehr das Auto hier.

»Ja, klar. Warum fragst du?«

Sie zuckte mit den Schultern. »Die Delegation geht was essen. Vielleicht können wir mitgehen und dann mit Emily und Tom reden. Vorausgesetzt …« Sie schwieg vielsagend, aber Will stand auf dem Schlauch. Er war mit seinen Gedanken ganz woanders.

»Vorausgesetzt was?«

Meine Güte! Musste man es ihm buchstabieren? Genervt sah sie ihn an. »Vorausgesetzt, du lädst mich ein. Ich bin ja pleite.«

Erschrocken hätte sie diesen Satz am liebsten rückgängig gemacht. Sie konnte sich vorstellen, dass jemand in Wills Situation gerne mit ihr getauscht hätte.

»Ach so, ja. Klar. Du wirst mich schon nicht arm essen. Können wir?«

Er setzte sich Richtung Citroen in Marsch und Mia trottete hinterher. Ein Dinner-Date hatte sie sich anders vorgestellt.

Am Fuße des Waterberges, 10. August 1904

Nun ist es so weit: Morgen soll der letzte Kampf beginnen. Die meisten Wasserlöcher haben wir schon besetzt. Vereint werden wir den Feind angreifen und ihm den Garaus machen. Immer weiter zurück in die Wüste zieht er sich, von Verlusten und Strapazen gezeichnet, und wir ebenso. Typhus und Durst fordern grausame Opfer von uns. Wir hungern. Selbst Karl, der sächsische Bäcker, kann aus dem fauligen Wasser und dem grauen Mehl kein Brot mehr machen. Es werden zähe Fladen, und sie schmecken nach Glaubersalz und den verwesten Tieren, die um die verseuchten Wasserlöcher verendet sind. Wir hungern und sind zerschunden am ganzen Leib.

Doch an diesem Abend kehrt eine heilige Ruhe ein, wie sie ist vor großen Schlachten. In dieser ernsten Stunde zieht ein jeder sich still zurück. Der eine betet, der andere schreibt einen letzten Gruß an die Lieben daheim. Karl ist seit Tagen bedrückt, als läge ihm eine Last auf der Seele. Schließlich fasst er sich ein Herz. So könnte es sein, dass wir morgen den Abend nicht erlebten, dass rascher Tod oder jammervolle Verwundung uns nicht mehr zurückkehren ließen in die Heimat.

»Soll ich was ausrichten, Kamerad?«, frage ich ihn. Gut Freund sind wir nicht geworden. Er hält sich von den meisten fern und gilt deshalb als Sonderling. Doch sollt ich morgen vor Gottes Angesicht treten, so tät ich das

leichteren Herzens, wenn auch jemand von mir berichte in der Heimat und den Schmerz der Verlassenen mildert. Da zieht Karl ein Foto aus dem Sack. »Das ist mein Weib Corinthia.« Und mit größtem Erschrecken sehe ich die schwarze Frau an seiner Seite im Hochzeitsstaat. »So ist es wahr?«, schwillt der Zorn in meiner Stimme. »Hast du dich mit dem Feind verbrüdert?« – »Sie ist ein Christenkind, wie es reiner nicht sein könnte. Ein feiner Pastor hat uns getraut und meinem Sohne Jakob das Sakrament der Taufe gegeben.« – »So! Einen Sohn hast du auch noch! Weißt du nicht, dass diese Schwarzen den Tod verdient haben?« Da steckt er das Foto ein. »Sagt nicht der Herr, alle Menschen seien Brüder?« Ich seh mich um, ob einer uns belauscht. »Hast du nicht gehört, was unser Leutnant gesagt hat?
Wir müssen noch lange hart sein und töten, aber wir müssen uns dabei um hohe Gedanken und edle Taten bemühen! Das waren seine Worte. Nur so kommt ein Verstand in die Sache.«[4]
Da schüttelt Karl den Kopf. »Es kommt kein Verstand in den Krieg. Schon gar nicht, stellst du des Leutnants Worte über die von Gott!«
Da kommt die Wut hoch auf Leute wie ihn, die mit dem Feinde kollaborieren, aber wenn es ernst wird nach unserem Schutze schreien. »Sag du das laut, und du

---

4 Zitat aus: Gustav Frenssen: Peter Moors Fahrt nach Südwest. Grote'sche Verlagsbuchhandlung, 1906.

hängst am nächsten Baume wie die Schwarzen gestern, für die die Kugeln zu schade waren!« Da steht er auf und will schon gehen, doch er kommt zurück und sieht mich an mit umschatteten Augen, als hätte er in die Zukunft gesehen und er läge dort bleich und tot im Sande. »Wir haben Seit an Seit gelegen und gekämpft. Ich war dem Kaiser treu und habe die Pflicht getan, zu der er mich gerufen hat. Du bist ein harter, starker Mann, dein Wort gilt etwas im Zuge. So geb ich dir meinen letzten Willen, denn ich kenne keinen, der Widerspruch wagt, wenn Gottlob Herder etwas beschlossen hat.« Das gefiel mir wohl, denn hart und stark war ich mein Leben lang für Kaiser, Vaterland und Gott. Ich dacht, er würd mir einen Brief an sein Hottentottenweib geben, und ich schwur, ihn auch zu überbringen, falls die Brut noch am Leben wäre, wenn wir glorreich zurückkehrten in die Feste und nach Swakopmund. Das hätt ich getan nicht aus Nächstenliebe für den Feind, sondern weil Karl im Gefecht einer der Treuesten und Besten gewesen war. Doch dann sagte er: »Nimm meinen Sohn mit nach Deutschland.« Da fuhr ich auf trotz meiner schweren Schmerzen im Bein, wo sich die Wunde schon entzündet hat, und packte ihn am Kragen. »Du wagst es, mir deinen Bastard anzutragen?« – »Nimm ihn als Diener, er ist gelehrig und wird dir eifrig zur Hand gehen. Es soll dein Schaden nicht sein.« – »Und dein Weib?«, fragte ich aufgebracht. »Soll ich das etwa ehelichen? Es ist eine Schande, was ihr getrieben habt!« Da sah ich eine Kälte in seinen Augen, und wahrhaftig, in diesem ganzen Kriege ist mir nichts begegnet, das mich mehr schaudern ließe. Diese Kälte, die wohl nur einer fühlen kann, der kein Vaterland kennt und der erst sein Blut und dann seine Seele befleckt hat. »Sie würde eher sterben«, kam es über seine bleichen Lippen. »Wenn du schon keine Ehre hast, mir diesen Dienst zu erweisen, dann lass dich kaufen. Sie wird dich bezahlen dafür.«

Da stieß ich ihn von mir in den Sand, und wir schlugen aufeinander ein, bis der Holsteiner und Gustav kamen und uns trennten. Doch Schlaf kannt ich nicht in dieser Nacht. Und ein ums andere Mal fragte ich mich, wie so ein armer Schlucker dazu kam, mich kaufen zu wollen, denn ich war nicht wohlfeil und um ein Linsengericht war ich nicht zu haben.

13.

Auf der Polizei gab es keine Neuigkeiten. Die nette Kommissarin, die Frau Kramer hieß, kam kurz zu ihnen und hatte sogar noch Zeit, Mias Aussage aufzunehmen und Kühns letzte Nachricht von Mias Handy zu kopieren. So musste sie nicht am nächsten Tag noch einmal kommen.

»Aber Kopien alter Briefe haben wir bis jetzt nicht gefunden.«

»Es ist eine, ähm …«, Mia suchte nach den richtigen Worten, »etwas unübersichtliche Wohnung. Vielleicht kann ich ja noch einmal nachschauen?«

»Da müssten Sie sich mit den Erben in Verbindung setzen.« Die Kommissarin seufzte. »Soweit ich weiß, hat er keine. Herr Kühn war alleinstehend.«

»Wie traurig«, sagte Mia leise.

»Zudem ist die Wohnung auch noch nicht freigegeben. Das wird wohl noch ein paar Tage dauern.«

»Haben Sie denn schon Hinweise, wer das getan haben könnte?«

»Wenn, dann dürfte ich es Ihnen nicht sagen.«

»Bitte halten Sie mich auf dem Laufenden, wenn das geht.« Mia stand auf und reichte der Kommissarin die Hand. »Ich war die Letzte, zu der er Kontakt aufgenommen hat. Und ich bin nicht ans Telefon gegangen. Ich fühle mich deshalb …« Sie brach ab.

Die Frau erhob sich nun ebenfalls und strich Mia sanft über den Arm. »Sie hätten nichts tun können.«

»Aber wenn er mit mir geredet hätte! Dann wäre er vielleicht nicht zur Tür gegangen oder er hätte mir noch sagen können, wer geklingelt hat!« Plötzlich schossen Mia die Tränen in die Augen. »Es ist nur … Erst Wilhelm Herder, jetzt Herr Kühn …«

»Was ist mit Herrn Herder?«

Mia schluckte. Will saß draußen im Flur. Die Fahrt aufs Präsidium hatten sie mehr oder weniger schweigend verbracht. An Will nagte immer noch die brutale Abfuhr, die er vor aller Augen von seinem Vater bekommen hatte. Dennoch war er bereit gewesen, sie zu begleiten.

»Haben Sie noch einen Moment?«

Die Kommissarin nickte. Mia ging hinaus, wo Will, in die neusten Nachrichten auf seinem Handy vertieft, auf sie wartete.

»Und?«, fragte er, als sie sich neben ihn setzte.

»Wir müssen es ihnen sagen.«

»Was?«

»Das mit dem Geldschein. Oben auf dem Dachboden.

Und dem Maskenmann. Und meiner verschwundenen Tasche.«

»Nein.« Er steckte sein Handy ein. »Wir waren uns doch darüber im Klaren, dass wir erst mit Emily reden wollten. Du hast einen Geldschein auf dem Dachboden gefunden. Okay. Vielleicht war mein Großvater vor seinem Tod noch mal oben. Dann ist er vielleicht danach die Treppe hinuntergestürzt?«

»Aber das sind alles Dinge, die die Polizei erfahren müsste.«

»Ich weiß nicht.« Er stand auf und ging ein paar Schritte den Gang hinunter, als ob er nachschauen wollte, wer alles unterwegs war oder sie belauschen könnte. Dann kehrte er um und kam wieder zurück. »Versteh mich bitte nicht falsch. Ich sehe selbst, dass einiges geklärt werden muss. Aber ich will nicht, dass mein Großvater nach seinem Tod vielleicht in eine Geschichte hineingezogen wird, die sich letzten Endes als Hirngespinst erweist.«

»Der Überfall auf dem Dachboden war sehr real!«

»Ich weiß. Und wir müssen herausfinden, wer es war. Aber verstehst du nicht? Wer könnte es gewesen sein? Meine Mutter? Mein Vater? Carolina? Ich? Wen willst du in den Zusammenhang mit einer Mordermittlung bringen? Wer von uns soll meinen Großvater getötet haben und anschließend auch noch Kühn?«

Mia wusste wenig von Mord. Noch weniger von dem, was Menschen bereit waren, einander anzutun. Doch sie wusste, dass es das gab – Hass, Gier, Eifersucht, rasende Wut, eiskalte Rache. Irgendetwas davon hatte zwei Menschen das Leben gekostet, und die Ursache dafür lag Generationen zurück, begründet in einer Familientragödie, die sich auf einem anderen Kontinent abgespielt und doch mit ihr zu tun hatte.

»Wir schaffen das nicht allein«, sagte sie leise.

»Lass uns erst mit Emily und Tom reden. Und vor allem: Lass uns herausfinden, was genau damals zwischen Gottlob Herder und Karl Arnholt gelaufen ist.«

Er sah sie an, und mit einem Mal hatte sie das Gefühl, sie wären Partner. Die Tragödie betraf nicht nur sie. Er meinte es ernst. Er wollte es wissen.

»Okay«, sagte Mia und stand auf.

Als die Kommissarin später in den Flur sah, war er leer.

Will setzte Mia vor dem Haus ab. So weit ging sein Vertrauen in ihre Komplizenschaft wohl auch wieder nicht, dass er ihr Wilhelms Kisten zu einer Vorab-Durchsicht zur Verfügung gestellt hätte. Er musste noch einmal in die Firma, hatte aber versprochen, am späten Nachmittag wiederzukommen.

Sie lief durch den Park bis zu der Bank, auf der sie schon einmal mit Carolina gesessen hatte. Die Sonne brach sich in den Zweigen der uralten Eichen. Die Blätter glänzten sattgrün, Hummeln und Bienen arbeiteten sich eifrig durch die blühenden Sträucher, als ob sie wüssten, dass es in ein paar Stunden zu spät sein konnte. Die kleinen weißen Wolken hatten sich aufgelöst und einen milchigen Schleier über den Himmel gezogen. Die Luft wurde drückend und schwül.

Mia holte ihr Handy aus ihrer Hosentasche – wenigstens das war ihr geblieben – und behielt es ein paar Minuten in der Hand. Sie brauchte die Stille und den Frieden dieses Verstecks hinter den Büschen, um erst einmal zu sich selbst zu kommen. Albrecht musste den Rasen vor Kurzem gemäht haben, denn der Duft von frisch geschnittenem Gras, den Mia so liebte, stieg süß und würzig in ihre Nase. Was für ein Tag. Was war alles geschehen! Und waren Will und sie nun Verbündete oder Feinde? Kaum war er um die Ecke, gruben sich die Zweifel wieder aus ihrem Loch, in das sie sie verbannt hatte. Mia konnte seinen Vorschlag nicht einordnen, so vernünftig er im Präsidium auch geklungen hatte. Es schien sinnvoll, erst einmal abzuwarten und zu hören, was Emily zu sagen hatte (wenn sie überhaupt etwas Produktives zu dieser ganzen verworrenen Angelegenheit beitragen wollte!). Außerdem hatte er ihr versprochen, gemeinsam Wilhelms Kisten durchzusehen.

Doch in der nächsten Sekunde lag ihr das Herz wieder schwer in der Brust. Lange hatte sie sich davor gescheut, doch jetzt war der Moment gekommen, in dem sie ihre Mutter anrufen musste. Sie tat es mit Bauchgrummeln, denn sie wusste nicht, was von dem, was ihr passiert war, ein geeignetes Gesprächsthema für eine Löwenmutter wie Helene sein konnte. Es war so viel seit Mias Abreise geschehen, dass es eigentlich kaum noch in einen geordneten Zusammenhang zu bringen war. Sie versuchte es, obwohl Helene ihren Rapport ständig mit entsetztem Aufstöhnen oder »Das gibt es doch nicht!« unterbrach.

»Und du hast diesen armen Mann gefunden? Das ist ja entsetzlich!«

»Es war eigentlich gar nicht so schlimm, Mutsch. Jeder Tote war doch mal ein Mensch, der gelebt und geatmet hat.« Immer noch wunderte Mia sich darüber, wie erstaunlich sie mit der Situation umgegangen war. »Natürlich war ich geschockt und furchtbar traurig. Aber doch mehr darüber, dass der Kühn, den ich gekannt habe, so einen schrecklichen Tod erleiden musste. Er selbst, wie er da lag … Ich hab mich nicht gefürchtet. Es wäre mir wie ein Verrat an ihm vorgekommen. Nur weil ein Mensch nicht mehr lebt, ist er doch nicht urplötzlich etwas Fürchterliches.«

»Ich verstehe dich, Mia. Trotzdem war die Situation schwer für dich. Und dann der Tod von Wilhelm Herder … Ich mache mir Vorwürfe. Dass ich mich nie bei ihm gemeldet habe.«

»Mutsch, nicht. Ich weiß, es geht mir genauso. Aber wir sind nicht schuld, dass diese Dinge geschehen sind.«

»Wir hätten uns früher darum kümmern müssen. Kommst du zurück nach Hause?«

»Heute noch nicht. Ich will mich noch mit Emily treffen. Emily ist, also, sie ist, was du vielleicht noch nicht weißt …«

»Ja?«, kam es alarmiert von der Meißener Seite der Telefonverbindung.

»Meine Groß-Groß-Ur-Groß-Cousine oder was auch immer. Corinthia Arnholt, Jakobs Mutter, hat nach Karls Tod und der Verschickung, Verschleppung oder Entführung ihres Sohnes nach Deutschland noch ein Kind bekommen. Sie war schwanger, als Karl gefallen ist. Das Baby war ein Mädchen. Wir haben einen Arnholt-Familienzweig in Namibia.«

Schweigen. Dann: »Wir haben Familie in Afrika? Nachfahren der Siedler etwa?«

»Nein. Der Herero.«

»Jetzt muss ich mich erst mal setzen. Mia, das ist ja unglaublich, was du da herausgefunden hast. Wie heißt das Mädchen? Also, die Cousine?«

»Emily. Emily Arnholt Shipanga. Sie trägt sogar noch Karls Namen! Ist das nicht unglaublich? Sie lebt in Windhuk und ist Agraringenieurin, eine ziemlich taffe Frau. Sie hat sich einer Wirtschaftsdelegation angeschlossen, die auf dem Weg nach Berlin einen Stopp in Lüneburg gemacht hat. Und weißt du, warum?«

»Nein.«

»Weil Wilhelm sie darum gebeten hat, genau wie mich. Und jetzt sind wir beide da und Wilhelm ist tot. Und der einzige Mann, der vielleicht etwas über Jakobs Reise wusste, ist auch tot. Und meine Tasche ...« Mia brach ab. Sie würde ihre Mutter nur beunruhigen. Von dem Maskenmann wollte sie gar nicht erst anfangen. »Jedenfalls, es war ein Schock. Für uns beide, übrigens. Emily und mich. Aber heute Abend wollen wir uns treffen und miteinander reden.«

»Sie muss nach Meißen kommen! Unbedingt! Sag ihr das, ja? Sie ist herzlich willkommen! Wenn sie schon in Deutschland ist, dann müssen wir sie doch kennenlernen!«

Mia lächelte. So war ihre Mutter: allem Unbekannten gegenüber aufgeschlossen und bereit, das Neue zu umarmen. »Ich weiß nicht, ob sie die Zeit dazu haben. Aber ich werde sie fragen. Ich denke, ich bin morgen wieder zurück.«

»Dann könnte sie auch Alex kennenlernen und Jandrik und Matthias. Es gibt übrigens auch bei uns Neuigkeiten. Dein Bruder hat ein Angebot aus Singapur bekommen. Er kann ein Hotelrestaurant übernehmen, das wohl schon in der Sterne-Liga ist.«

Mias Herz begann zu klopfen. »Matthias? In Singapur?«

»Für mindestens fünf Jahre. Mit der Option, weitere Restaurants der Hotelkette weltweit aufzubauen.«

In Helenes Stimme klangen Stolz und Freude, aber auch eine kaum spürbare Zurückhaltung. Das hieß, dass alle Pläne für die Zukunft der Chocolaterie erneut auf dem Prüfstand standen. Denn in fünf Jahren hätte der Laden schon längst in Matthias' Händen sein sollen.

»Noch hat er nicht zugesagt. Er braucht Bedenkzeit. Stell dir das mal vor, Singapur! Auf der anderen Seite der Erdhalbkugel. Ein ganz anderer Kulturkreis und so weit weg von zu Hause. Aber natürlich eine große Herausforderung.«

»Was sagst du dazu?«

»Ich? Ich freue mich für ihn. Irgendeinen von den Arnholts trägt es doch immer in die weite Welt hinaus.« Nur wer Helene wirklich gut kannte, hörte in ihrer fröhlichen Stimme noch etwas anderes: eine große Ratlosigkeit. Schnell wechselte sie das Thema. »Was ist mit dir? Kommst du bei all den schrecklichen Ereignissen überhaupt noch mit deiner Geschichte voran?«

Mia seufzte. »Nicht so, wie ich mir das vorgestellt habe. Sag mal, ist bei uns irgendwo noch ein Blatt Papier aus Jakobs Nachlass aufgetaucht? Ich glaube, es fehlt die Seite eines Briefes.«

Und zu Mias allergrößtem Erstaunen sagte Helene: »Ach ja! Die muss heruntergefallen und unter die Küchenbank gesegelt sein. Ich habe sie erst heute Morgen beim Kehren gefunden.«

»Heb sie auf! Heb sie um Himmels willen gut auf!« Mias

Stimme überschlug sich fast. »Die habe ich überall gesucht! Kannst du sie lesen?«

»Lesen? Nein. Du hast die Schrift doch gesehen. Dafür braucht man ein Mikroskop und jemanden, der das noch entziffern kann. Ich lege das Blatt in dein Zimmer, dann findest du es gleich.«

»Nein!« Mias Gedanken rasten. »Mach einen Scan davon. Bitte! Und schick ihn mir zu. Es könnte sehr wichtig sein. Und ich bin auf jeden Fall morgen wieder da. Grüß Paps von mir!«

Mia legte auf und lief durch den Park zum Gästehaus. Ihr Handy schaltete sie vorsichtshalber aus – der Akku war nur noch bei knapp dreißig Prozent, und das Ladekabel befand sich, wie alle anderen wichtigen Sachen, natürlich in der verschwundenen Tasche. Sie würde Will bitten, an seinem Laptop ihre E-Mails einsehen zu können. Der Gedanke, endlich mehr über Jakobs Geheimnis zu erfahren, beflügelte sie geradezu. Genau solche Nachrichten hatte sie gebraucht. Endlich ging es voran.

Noch bevor sie das Gästehaus erreichte, brummte von einer entfernten Ecke des Parks ein Motor auf. Albrecht thronte auf einem Automower, einem bulligen kleinen Gefährt, mit dem man große Wiesenflächen mähte. Offenbar hatte er die Schneidefunktion abgeschaltet und hoppelte nun auf dem Ding quer über den sorgsam geschorenen englischen Rasen in ihre Richtung. Dabei winkte er, sodass Mia wusste, dass er sie gesehen hatte und mit ihr sprechen und sie keinesfalls umfahren wollte.

»Frau Arnholt!«

Mia blieb stehen und wartete, bis er den kleinen Rasentraktor zum Stehen gebracht und ausgeschaltet hatte.

»Ich habe was für Sie. Kommen Sie kurz mit rein.«

Er ging voran in den Empfangsraum des Gästehauses und verschwand hinter dem Tresen. »Ich wusste nicht, ob Sie Ihr Zimmer noch mal nutzen, deshalb habe ich es hier unten verstaut.« Er verschwand hinter einer fast unsichtbar in die weiße Wand eingelassenen Tür. Dort befand sich ein Raum mit Regalen, in denen einige Koffer lagen. Wahrscheinlich wurden hier die Koffer aufbewahrt, die die Teilnehmer der Delegation nicht mit aufs Zimmer nehmen wollten.

Albrecht kam zurück und hielt Mias Tasche in der Hand. Für eine Sekunde blieb ihr buchstäblich der Mund offen stehen.

»Ist das Ihre?«

»J… ja«, stammelte sie. »Wo haben Sie sie gefunden?«

»In der Garage.«

Er reichte ihr das Fundstück über den Tresen. Mia spürte bei der ersten Berührung, dass nichts fehlte. Dennoch warf sie hastig den Überschlag zur Seite und untersuchte den Inhalt. Geldbörse, Ladekabel, Notizbuch, Zettel, Kulturbeutel, die Plastiktüten mit Jakobs Briefen, dem Hemd und dem *kidani*.

»Fehlt etwas?«

»Nein.« Der Stein, der ihr vom Herzen fiel, musste die Erde beben lassen. »Es sieht so aus, als ob alles da ist. In der Garage, sagen Sie?«

»Ja, in der Ecke. Reiner Zufall, dass ich sie gefunden habe. Aber ich wusste noch, dass Sie so eine ähnliche Tasche bei sich hatten, als Sie hier ankamen.«

Mia strahlte übers ganze Gesicht. »Wir haben sie überall gesucht. Ich habe sie unter einem der Hortensienbüsche … ähm … verloren.«

Wenn das ein etwas seltsamer Ort war, um Taschen dieser Größe einfach mal zu verlieren, so ließ Albrecht sich das nicht anmerken. Er schloss die Tür ab und kam hinter dem Tresen hervor.

»Aber wie kann sie dann in die Garage gekommen sein?«

Der Mann strich sich mit den Gärtnerpranken über die stoppelkurzen Haare. Seine Stirn war von der Arbeit im Freien braun gebrannt und in dem kantigen Gesicht mit den tiefen Falten stand pure Ratlosigkeit. »Das weiß ich nicht. Vielleicht der Postbote? Er kommt immer direkt ins Haus, wenn Carolina gerade nicht an die Tür kommen kann, und legt die Sachen dann auf die Konsole unterm Fenster. Oder Herr Herder heute Morgen? Hat sie gefunden und ist dann in die Garage zu seinem Wagen. Oder der Koch von gestern. Der ist ja auch Caterer und hat die Servierplatten und die Bain Maries wieder abgeholt. Es könnte jeder gewesen sein, der zufällig auf dem Weg ins Haus war. Oder aus dem Haus kam. Die Tür war zu und da hat er die Tasche einfach in die offene Garage gelegt. Aber jetzt ist sie ja wieder da.«

»Danke.« Am liebsten hätte sie diesen knorrigen Mann in seinem Overall umarmt. »Sie glauben gar nicht, was da alles drin ist.«

»In Damenhandtaschen? Ein halber Hausstand, nehme ich an. Wollen Sie rauf auf Ihr Zimmer? Das müsste schon fertig sein.«

»Ja«, sagte Mia hastig. Immer noch mit dem schlechten

Gewissen, Mühe zu verursachen. »Oder, vielleicht … Meinen Sie, ich kann mal in die Küche gehen?«

»Haben Sie Hunger?«

Die Idee war ganz plötzlich gekommen. »Nein. Aber Carolina hat mir erzählt, dass sie manchmal von den Mitarbeitern genutzt wird, um neue Rezepte auszuprobieren.«

»Dann passen Sie gut auf. Denn alles, was da drin entsteht, gehört rechtlich gesehen der Firma.«

»Das wusste ich gar nicht.«

Etwas lag in der Luft. Ein nicht gesagter Satz. Schwer wie ein Gedanke, der einem über lange Zeit hinweg den Schlaf raubt.

»Besser, Sie schreiben sich das hinter die Ohren«, durchbrach Albrecht das kurze Schweigen. »Es soll wohl alles da sein, was es braucht, wenn jemand eine Idee hat. Haben Sie eine?«

»Vielleicht.«

»Denn man tau. Und keine Sorge, ich verrate nichts.« Er zwinkerte ihr zu.

»Danke!«

Albrecht verließ das Haus und stieg wie ein Cowboy auf seinen Rasentraktor. Mia durchquerte den Frühstücksraum und betrat die Küche. Sie sah tatsächlich mehr wie ein Labor aus. Erstaunlich, dass Carolina es schaffte, hier so ein leckeres Frühstück für die Gäste zu zaubern. Doch als Mia die Kühlschränke öffnete und die Regale inspizierte, als sie die lautlosen, tiefen Schubladen herausschweben ließ und die Gerätschaften in die Hand nahm, wurde schnell klar: Dies war auch eine Versuchsküche. Alles war da. Kakaobutter, haltbare Sahne, jede Menge Gewürze und natürlich Herder-Schokolade, Kuvertüre in großen, schweren Blöcken.

Sie nahm einen Block heraus und wog ihn in der Hand. Zusammen mit der Sahne würde das eine wunderbare Ganache ergeben, die cremige Grundlage für Trüffel. Aber was könnte sie sonst noch damit anstellen? Sie wollte der ganzen Delegation eine Freude machen. Wenn sie bei den Herders schon abgeblitzt waren, dann sollten sie zum Abschied zumindest eine Ahnung von dem bekommen, wie die Arnholts in Meißen arbeiteten. Ganz im Geheimen aber war der eigentliche Grund, Emily zu beeindrucken. Bis jetzt hatte Mia sich ihr heillos unterlegen gefühlt. Die junge Frau aus Namibia war nur ein paar Jahre älter, aber es schienen Welten zwischen ihnen zu liegen …

Der Kräutergarten! Mal schauen, was der zu bieten hatte. Sie legte die Tafel zurück und verließ die kühle Küche. Die Tasche nahm sie mit, so unpraktisch das auch war. Aber sie würde sie nie mehr aus den Augen lassen.

Das entfernte Brummen eines Motors verriet, dass Albrecht sich wohl gerade um die Außengrenzen des Grundstücks kümmerte. Der Kräutergarten lag hinter der alten Manufaktur. Am Abend strahlte die Wärme von den Ziegelwänden ab und sorgte so wohl für genau das Klima, das die Pflanzen brauchten. Minze wucherte in kniehohen Büschen. Der Borretsch blühte gerade, und das zarte Blau der Kelche passte ganz wunderbar zu dem Lavendel, der das Gelände zum Park hin wie eine lila Mauer abschottete. Auf kleinen Kärtchen, die neben den Pflanzen in den Boden gesteckt waren, standen die Namen: Mia entdeckte das dunkelviolette Buschbasilikum, den zartblättrigen Dill, französischen Rosmarin, den Rosenduftthymian – wäre der etwas? Sie pflückte ein Blatt, zerrieb es mit den Fingerspitzen und roch daran. Ja. Süß und erdig, eine sehr eigenwillige Note, aber durchaus als Teil einer Komposition denkbar. Sie pflückte hier und dort, roch an den Blüten, probierte die Blätter … Eventuell zusammen mit Lavendel und Zitronenverbene, aber es fehlte noch etwas Sanftes, Zuckriges. Ihr Blick fiel auf ein wucherndes Gebüsch weiter hinten im Garten, wo es etwas wilder und nicht so geordnet zuging. Offenbar Carolinas Free-Style-Ecke, denn dort hatte sie Pflanzen angebaut, die Platz und Sonne brauchten. Zitronen- und Goldmelisse, Stevia und jede Menge Minzsorten. Und Waldmeister.

Waldmeister war eine heikle Sache. Sie hatte zu Hause lange mit dieser dankbaren Pflanze experimentiert, die mit jedem noch so schattigen Fensterbrett zufrieden war. Zu viel davon verwendet, und die Ganache schmeckte wie Götterspeise. Außerdem mussten die Blätter gefroren werden, um das Aroma zu entfalten. Wie viel Zeit blieb ihr noch bis zu ihrem Treffen? Es war halb vier Uhr nachmittags. Drei Stunden also. Das musste reichen.

Sie pflückte ein paar Waldmeisterblätter, dazu Lavendelblüten, Zitronenverbene und Rosenduftthymian. So beladen riss sie die Tür zur Manufaktur auf, nur um festzustellen, dass es die falsche war. Sie führte nicht zurück ins Haus, sondern über eine Treppe hinunter in den Keller, wo früher wahrscheinlich die Heizung untergebracht war. Ein Schild warnte davor weiterzugehen. Vorsicht! Einsturzgefahr! Die Wände waren aus Ziegeln, vom Alter geschwärzt, die Stufen aus bröckelndem Stein. War dies die einzige Ecke der Manufaktur, die nicht renoviert worden war? Seltsam. Der Gang verlief am Ende der Treppe auch nicht unters Haus, sondern knickte ab nach links und führte quasi unterirdisch Richtung Park. Oder was sonst so früher dort gestanden haben konnte.

Mit einem Kopfschütteln trat Mia zurück und ließ die Tür ins Schloss fallen. Die richtige befand sich ein paar Meter weiter rechter Hand. Albrechts Worte gingen ihr nicht aus dem Kopf. Stimmte es, dass alles, was sie in dieser Küche erfand, quasi zum geistigen Eigentum der Herders wurde? Sie musste Will fragen, ob das nur für Angestellte galt oder auch für sie.

Zurück in der Küche, legte sie den Waldmeister ins Tiefkühlfach, wusch die Kräuter und setzte einen halben Liter Sahne auf. Bis die Flüssigkeit ins Wallen geriet, hatte sie auch schon die Kugelformen gefunden – blitzblanke neue, aber auch ein paar alte aus Druckgussaluminium. Vermutlich noch aus der Zeit, in der Gottlob Herder sich mit den Kanonenkugeln eine goldene Nase verdient hatte und der Kellergang noch eine Daseinsberechtigung hatte. Sie ordnete alle Gerätschaften, die sie brauchte, auf der Arbeitsfläche an und warf Lavendelblüten, Thymian und Verbene in die simmernde Sahne. Nicht die feine englische Art, um die Aromen zu extrahieren, aber dafür fehlte die Zeit. Immer wieder probierte sie, und langsam legten sich auf die samtig weiche, sahnige Grundnote ein Hauch von grüner Zitrone, die leichte Bitterkeit des Lavendels und – großartig! – das Rosenaroma des Thymians.

Fast ärgerte sie sich, dass sie ihr Rezeptheft zu Hause gelassen hatte. Mutsch musste einen Kräutergarten anlegen! Und sie sollten viel mehr in diese Richtung experimentieren. Nein. Matthias sollte … Aber der ging ja nach Singapur … Sie blieb einen Moment stehen, als ob sie vergessen hätte, was sie gerade machen wollte. Wenn ihr Bruder ganz andere Pläne hatte, was dann? Irgendwie war das nie richtig besprochen worden. Matze war fünf Jahre älter als sie, Jandrik zwei. Der Altersunterschied war schuld daran, dass sie sich Jandrik näher gefühlt hatte als dem großen Bruder, der ihr immer, das ganze Leben lang, so erwachsen vorgekommen war. Was wusste sie schon von Matzes Träumen, seinen Wünschen, seinen Plänen? Er würde die Chocolaterie übernehmen, Punkt. Dass er schon seit einer Ewigkeit in Berlin lebte und vielleicht gar nicht zurückkommen wollte – das hatten sie ausgeklammert! Eine Weile waren die Pläne der Eltern für Mia quälend gewesen. Ich liebe diesen Laden, hatte sie manchmal gedacht. Ich kann Betriebswirtschaft studieren oder eine Konditorlehre anfangen und aus diesem Geschäft etwas machen. Ich habe Fantasie, Liebe und Leidenschaft für Schokolade. Ich bin genauso gut wie Matthias! Aber dann war es immer so gewesen, als ob sie ihrem Bruder mit diesen Gedanken etwas stehlen würde. Schon während der letzten Schuljahre war klar gewesen, dass sie sich etwas anderes suchen musste. Journalismus schien eine gute Wahl zu sein. Aber war es wirklich das, was sie für den Rest ihres Lebens glücklich machen würde?

Hoppla! Die Sahne war fast übergekocht. Sie zog sie in letzter Sekunde vom Herd. Der Duft schwebte durch die ganze Küche, und er rührte etwas in ihrem Herzen an, das sich ein wenig anfühlte wie … Liebe.

Du denkst mal wieder in Eiswürfeln, sagte sie zu sich selbst. Noch so ein dummer Spruch von Jandrik, wenn sie versuchte, Dinge zu beschreiben, die man nicht beschreiben konnte. Vielleicht ging es auch ganz einfach: Sie war glücklich in diesem Augenblick. Alle Sorgen, alle düsteren Gedanken, die Schmerzen, die immer noch in ihren Knöchel und ihre Schulter stachen, die Erkenntnis, dass jemand für Jakobs Nachlass morden würde, und sogar die Schuldgefühle gegenüber Wilhelm Herder und Herrn Kühn, all das trat für einen Augenblick in den Hintergrund, wenn dicke, duftende Sahne darauf wartete, mit Kakaobutter zu einer unwiderstehlichen Trüffelfüllung zu werden.

Dazu passte natürlich weiße Schokolade am besten. Sie holte die gefrorenen Waldmeisterblätter aus dem Tiefkühler, bröselte sie in die Masse und rührte ein paar Mal um. Dann goss sie die heiße Sahne durch ein Sieb in die halbrunde Schüssel der Küchenwaage und holte den passenden Kuvertürebarren heraus. Vierhundert Gramm Sahne waren nach dem Einkochen übrig geblieben, also kamen zweihundert Gramm weiße Schokolade, in kleine Stücke gebrochen, und hundert Gramm Kakaobutter dazu. Mit einem Schneebesen rührte sie, bis alles geschmolzen war. Dann entschied sie sich gegen die Kugelformen und füllte die Masse stattdessen in eine flache viereckige Metallschale und schob sie vorsichtshalber erst einmal für zehn Minuten ins Gefrierfach.

Während sie aufräumte und sauber machte, überlegte sie sich, wie sie die Trüffel verarbeiten wollte. In den Küchenschränken befand sich alles, was man für die konventionelle Herstellung brauchte: diverse gefriergetrocknete Obstpulver, Schokoladenstreusel und -borken, gemahlene Nüsse, Puderzucker, alle möglichen Aromen. Wie schade, dass sie jetzt nicht im Hinterzimmer der Chocolaterie arbeiten konnte! Sie hatte angefangen, mit ungewöhnlichen Kombinationen zu experimentieren. Und zu dieser Kräutergarten-Praline würde eine zart knusprige Hülle aus getrockneter, gemahlener Zitronenschale mit … pulverisierten Cornflakes und Hagelzucker passen! Das wäre genau das Richtige. Cornflakes gab es, aber leider keine Zitronenschale, die trocken genug gewesen wäre. Trotzdem jagte sie die Flocken durch den Mixer und verfeinerte sie mit Zucker und einem Hauch Fenchel. Nur drei Körner, das reichte für die Handvoll Cornflakes voll und ganz. Fertig.

Sie holte die Ganache aus dem Tiefkühlfach und stellte sie in den Kühlschrank. Sie fing schon an, fest zu werden. Die erste Kostprobe: ein halber Teelöffel, bestäubt mit der Cornflakesmischung. Mia schloss die Augen und ließ sich ihre Neuerfindung auf der Zunge zergehen. Sie war unwiderstehlich. Magisch. Wie ein Sommernachmittag auf einer blühenden Wiese. Die zarte Creme und der kaum wahrnehmbare Knusper vermischten sich auf ganz eigene Weise, wie ein hingehauchter Kuss im Vorübergehen, an den man noch den ganzen Tag mit einem Lächeln denkt …

Ein Lächeln am Nachmittag, so würde ich sie nennen. Meine Praline.

Sie stach die nächste kleine Kugel ab, rollte sie zwischen den Handflächen und anschließend durch den aromatisierten

Cornflakes-Puder. Sie freute sich schon auf die Gesichter von Emily, Margret und Rudolf. Auch Carolina wollte sie einen kleinen Teller hinstellen, als Dankeschön für ihre Mühe. Will? Vielleicht. Und wenn, dann hauptsächlich deshalb, um ihn zu beeindrucken. Die letzte Erfindung der Herders, die Kanonenkugel, lag ja schon eine Weile zurück. Sie musste kichern. Schokolade hatte man schon immer mit Verführung kombiniert. Wahrscheinlich würde er erst mal denken, sie wolle ihn gefügig machen und so die Geheimnisse seines Großvaters aus ihm herauslocken. Aber wenn er das Lächeln am Nachmittag erst einmal kosten würde … Sie strich sich mit dem Handrücken eine Haarsträhne aus dem Gesicht. Bis jetzt war das Pralinenmachen ein Hobby für sie gewesen. Eine schöne Beschäftigung fürs Wochenende und, positiver Nebeneffekt, man hatte immer ein ganz persönliches Geburtstagsgeschenk parat. Aber vielleicht … Matze in Singapur … Die Neuigkeit hatte sie durcheinandergebracht. Alles war durcheinander seit ein paar Tagen.

Sie spülte ab und räumte die restlichen Sachen weg. Die Trüffel verteilte sie in kleine Porzellanschälchen, die sie zu Dutzenden im Hängeregal gefunden hatte, und stellte sie in den Kühlschrank. Am Abend würde jeder der Gäste eines bekommen. Dann ging sie in den Park und setzte sich noch ein paar Minuten auf die Bank. Von hier aus konnte man die Längsseite der ehemaligen Manufaktur sehen und die schmalen Balkone aus Stahl, die nachträglich angebaut worden waren. Das Kleid hing immer noch auf dem Balkon. Es sah seltsam aus, wie es sich sachte im Wind bewegte. Ein Luftzug fuhr unter den Rock und bauschte ihn auf. Der rechte Ärmel hob sich, als ob er ihr zum Abschied zuwinken wollte. Ich werde nie wieder so etwas Umwerfendes tragen, dachte sie mit Bedauern und war fast versucht zurückzuwinken.

»Mia?«

Sie schreckte hoch. Will kam über den Weg vom Haupthaus auf sie zugelaufen.

»Die Delegation ist noch in Lüneburg. Wir sind um sieben zum Essen verabredet. Ist das okay für dich?«

»Klar.« Sie stand auf und kam ihm ein paar Schritte entgegen.

»Dann könnten wir uns jetzt die Kisten ansehen.« Er war ein wenig außer Atem. Die Krawatte hatte er abgenommen und am Hemdkragen standen zwei Knöpfe offen. Seine Haare sahen aus wie vom Wind zerzaust. Dieser Moment auf der Treppe, als er sie in den Armen gehalten hatte …

Er stoppte. »Was ist das denn?«

Mia, einen Moment abgelenkt durch seine pure physische Präsenz, wusste erst nicht, was er meinte. »Was?«

»Deine Tasche. Sie ist wieder da. Wo war sie denn?«

»In der Garage.« Gemeinsam machten sie sich auf den Weg in die Villa. »Jemand hat sie dort abgelegt und Albrecht hat sie da gefunden.«

»Merkwürdig.«

»Stimmt.« Mia schaute auf ihre Armbanduhr. »Und ich müsste eine E-Mail bekommen haben. Kann ich den Anhang bei dir ausdrucken?«

»Kein Problem. Ist es wichtig?«

»Sehr wichtig.« Sie sah ihn mit einem triumphierenden Blick an. »Wir haben die fehlende Briefseite.«

14.

Im Haus war es still und kühl. Von weit her glaubte Mia den monotonen Motor einer Waschmaschine zu hören. Tatsächlich stand die Tür zum Keller einen Spalt breit offen.

»Als ich noch klein war«, sagte sie zu Will, während sie die Halle durchquerten und auf sein Zimmer zuhielten, »bin ich mal mit meinen Eltern in einem Restaurant gewesen.«

Will warf ihr einen rätselhaften Blick zu. »Hast du Bedenken?«

»Weshalb?«

»Dass das heute Abend ein nobler Schuppen sein könnte?«

Erst verstand sie nicht, was er meinte. Dann sagte sie spitz: »Du hattest bereits Gelegenheit, dich davon zu überzeugen, dass ich mit Messer und Gabel essen kann.«

»Ach so.« Er grinste und hielt ihr die Tür auf. »Es hat sich so angehört, als ob du … na ja.«

Sie ging an ihm vorbei in den Raum, den sie schon kannte.

»Ich habe damals den Tisch abräumen wollen. Und abspülen. Weil ich das nicht kannte, dass andere für uns arbeiten.«

»Sie werden dafür bezahlt. Sie verdienen ihren Lebensunterhalt für sich und ihre Familien damit.«

»Ich weiß.«

Er schloss die Tür. Das Waschmaschinengeräusch verstummte. Sie ließ die Tasche neben die Couch fallen und setzte sich. Die Kisten standen immer noch so da, wie sie sie verlassen hatten. Oder nicht? Sie holte ihr Handy heraus, verband es mit Ladekabel und Steckdose und checkte die eingegangenen Mails, während Will noch einmal hinausging und wenig später mit zwei Flaschen Sprudelwasser und Gläsern zurückkam.

»Sie ist noch nicht da«, sagte Mia enttäuscht. Wahrscheinlich waren Kunden im Laden, oder etwas anderes hatte ihre Mutter davon abgehalten, die Briefseite zu scannen. Sie rief an, aber alles, was sie zu hören bekam, war eine Bandansage.

»Wasser?«

Sie nickte. Mit einem kaum unterdrückten Seufzer zog sie die Kartons zu sich heran. »Vielleicht sichten wir erst mal das hier?«

»Gute Idee.« Will setzte sich neben sie. Wahrscheinlich, weil es praktischer war und nicht unbedingt aus dem Grund, dass er ihre Nähe suchte. »Also. Jede Menge alte Fotos. Ich nehme mal an, das ist Gottlob Herder.«

»Als Soldat der Schutztruppe in Südwestafrika. Und das ist Jakob.« Sie deutete auf den kleinen Jungen, der den Barren hielt.

»Die sind echt auf Zebras geritten!« Will drehte das Foto.

Es war zwar etwas auf die Rückseite gekritzelt, aber nicht zu entziffern. So ging es auch mit den Briefen und den anderen Fotos. Nur die Adressen waren gut zu lesen. »Die sind alle an seine Eltern hier in Lüneburg. Und alle neunzehnhundertvier geschrieben. Länger war er wohl auch nicht da. Aber warum ist da so viel geschwärzt?«

»Zensur?«

»Wahrscheinlich.«

»Hier.« Mia hielt einen Metallanhänger an einem dünnen Kettchen hoch, in den Buchstaben und Zahlen eingeprägt waren. »Eine Krone, und darunter: Lüderitzbucht Pass 17255.«

»Eine Passmarke.« Will nahm sie ihr vorsichtig ab. Sie sah ziemlich verschrammt aus. »Ich glaube, die mussten die Herero tragen.«

»Dann hat die vielleicht Jakob gehört? Die sieht ja aus wie eine Hundemarke.« Wieder so ein Stich ins Herz. Je mehr sie erfuhr, desto größer wurde ihre Abscheu vor dem, wie die Weißen die Schwarzen behandelt hatten. Ihr Blick fiel auf ein verblichenes Foto, das ein Dutzend Soldaten zeigte. Im Hintergrund waren Palmwedel zu sehen. Die Soldaten trugen ausnahmsweise keine Uniformjacken, sondern lange Khakihosen und weiße Hemden mit Hosenträgern. Zwei der Männer waren mit einem Kreis markiert. »Sind sie das?«

Sie drehte das Foto um. Auf der Rückseite standen die Namen. Auch in Sütterlin, der damals üblichen Schreibschrift, aber gut lesbar, wenn man wusste, was man entziffern wollte. »Hier! Da steht es! Gottlob Herder, rechts hinten, und Karl Arnholt, vorne der Zweite von links!«

Jetzt erkannte sie auch die Ähnlichkeit zu dem Mann auf

dem Zebra-Foto. Karl Arnholt trug, wie alle seine Kameraden, eine weiße Tropenmütze mit rundem Deckel. Nicht nur deshalb war sein Gesicht kaum zu erkennen, es wurde zudem von einem gewaltigen Schnurrbart dominiert. Sein Alter war schwer zu schätzen, aber er wirkte jünger als Gottlob und mit Mias voreingenommenem Blick auch sympathischer.

»Ich bin … verwundet«, las Will. Er hatte einen weiteren Brief hochgenommen und angefangen, ihn mühsam zu entziffern. »Das ist ein Brief vom August neunzehnhundertvier. Und er ist nicht zensiert. Er trägt auch keine Marke. Wahrscheinlich hat er ihn gar nicht abgeschickt.«

»Versuch es weiter. Vielleicht wollte er nicht, dass das, was er geschrieben hat, durch zu viele Hände geht, und er hat den Brief dann einfach in ein Buch gelegt. Oder so. Krass.« Sie sah die vielen Stellen, die einfach mal mit schwarzer Tinte unleserlich gemacht wurden. Auf einigen Briefumschlägen war auch ein Stempel zu sehen – *opened by censor*, zum Zweck der Zensur geöffnet.

»Das Bein … will nicht … heilen, könnte das heißen. Das ist kein Brief. Das ist Teil eines Tagebuchs. Oder hast du einen Umschlag dazu?«

Mia durchwühlte die Unterlagen. »Nein.«

»Gottlob hat ein Tagebuch geführt! Und das ist alles, was davon übrig geblieben ist.« Vier eng beschriebene Seiten, aber bei Weitem nicht so unleserlich wie die Briefe und Postkarten, auf denen jeder kostbare Quadratmillimeter ausgenutzt wurde.

»Und?« Mia war neugierig und ungeduldig.

»Lass mir ein paar Minuten.«

Will stand auf, die mürben Blätter in der Hand, und ging langsam damit auf und ab, während er beim Entziffern vor sich hinmurmelte. Mia beobachtete ihn mit Argusaugen. Sie hatte Vertrauen zu ihm. Immerhin hatte er sie oben auf dem Dachboden vor einem Wahnsinnigen gerettet. Doch so richtig schien er ihr die Sache mit dem Maskenmann nicht geglaubt zu haben. Ob er ihr alles auch so vorlesen würde, wie Gottlob es vor über hundert Jahren geschrieben hatte? Das Bein will nicht heilen … Vielleicht war er als Kriegsversehrter heimgekehrt und Jakob sollte nur eine Hilfe für die Überfahrt sein. Sie trank einen Schluck Wasser und widmete sich wieder den Fotos. Soldaten vor Zelten, Soldaten mit Kamelen, Soldaten mit Pferden. Ab und zu auch Soldaten mit Einheimischen und meist sahen die ausgemergelt und zerlumpt aus in ihren abgetragenen Uniformen.

»Mein Bein will nicht heilen«, sagte Will und blieb stehen. Er sah Mia an und schwieg.

»Ja?«

Es war ein seltsamer Blick, sie konnte ihn nicht deuten. Sein Gesicht blieb verschlossen, fast so, als müsse er jemandem eine unliebsame Nachricht überbringen und hätte nicht die mindeste Lust dazu.

»Was steht da? Außer dem Bein, das wissen wir ja jetzt.«

Sie hatte erwartet, dass er sich wieder zu ihr setzen würde. Aber das tat er nicht. Er fuhr sich mit der Hand durch die Haare, und je länger er brauchte, umso unruhiger wurde Mia. »Mein Bein will nicht heilen …«, half sie ihm auf die Sprünge.

Will räusperte sich, als sei ihm die Kehle mit einem Mal

zu eng geworden. Er hatte die Blätter sinken lassen. Jetzt nahm er sie wieder hoch. »… und der Doktor sagt, wenn es … wenn es nicht besser wird, werden sie es wohl abnehmen müssen. So hat ein simpler Dornenbusch mich wahrlich in die Knie gezwungen. Was Typhus, Durst und der … warte, … der Feind nicht vermochten, das erledigen nun Wunden und Geschwüre, die unsere ausgemergelten Körper nicht mehr heilen lassen. Ob ich die Feste jemals wiedersehen werde? Die Treiber und die Proviantkolonne sind schon vorübergezogen.« Will schwieg und starrte auf die Blätter. Schließlich holte er Luft und fuhr langsam, als ob er Wort für Wort nicht nur entziffern, sondern auch begreifen musste, fort.

»Totes Vieh mit geblähten Leibern liegt am Wegesrand. Gerade sah ich … gerade sah ich eine ganze Hottentotten-Familie, sie saßen um einen Baum, die Mutter noch ihr Jüngstes an die Brust gedrückt. Alle tot. Umschwirrt von Fliegen, der Geruch unerträglich. Die Pferde können nicht weiden, so vertrocknet sind die Mäuler. Keiner vom Feind wird überleben in der Wüste, wohin wir heute die Letzten getrieben haben. Wir selbst, dieser zerlumpte, fast verdurstete Haufen, sind ja kaum mehr des Überlebens mächtig. Und dennoch hat Gott unser Schwert geführt, das aufrührerische Heidenvolk zu vernichten.«

»Oh mein Gott«, flüsterte Mia. »Was ist das? Ein Brief aus der Hölle?«

Will wollte etwas antworten. Dann aber las er weiter vor. *»Als wir schließlich den Rand der Wüste erreichten, war vom Feinde nichts zu sehen. Nur eine ungeheure schwere Staubmasse. Da war klar, dass dem stolzen Volke aller*

Mut und alle Hoffnung vergangen war; dass sie lieber den Tod in der Wüste wählten, als weiter mit uns zu kämpfen. Es kam die Meldung, dass ungefähr fünf Reitstunden weiter noch eine letzte Wasserstelle wäre, an welcher Haufen Feinde säßen. Da wurde beschlossen, dass wir sie da noch vertreiben müssten und wollten. Wenn wir sie von dort verjagt hatten, dann blieb ihnen nichts weiter als das Sandfeld.«[5]

Stille.

Langsam kam Will zu Mia und setzte sich neben sie. Ihm stand das Entsetzen ins Gesicht geschrieben, und Mia wusste, dass er das Gleiche in ihren Zügen sah.

»So haben sie es also gemacht. Sie haben sie zum Verdursten in die Wüste getrieben.«

Will faltete die Blätter sorgfältig wieder in der Mitte zusammen, so, wie sie sie vorgefunden hatten in den Kisten, die Wilhelm so lange aufbewahrt hatte. Warum? Um das Zeugnis der Schande für die Nachgeborenen zu bewahren? »Sie haben ein ganzes Volk ausgerottet.« Er sprach leise. Als ob er immer noch im Bann dieses Augenzeugenberichtes stehen würde. »Es war das Ende. Sie sind in der Wüste verdurstet. Nur wenige haben überlebt. Sie kamen in Konzentrationslager.«

»In … Du wusstest das?«

»Du nicht?«

Mia spürte, wie das Blut heiß in ihre Wangen stieg. »In der Schule gab es so gut wie nichts über die Kolonialzeit.

---

5 Zitat aus: Gustav Frenssen: Peter Moors Fahrt nach Südwest. Grote'sche Verlagsbuchhandlung Berlin, 1906.

Höchstens ein paar Zahlen und Orte. Dass die Deutschen in Samoa waren, in China und in Afrika, aber im Gegensatz zu den Briten wären wir da ein ziemliches Schlusslicht gewesen.«

»Mein Großvater wollte, dass ich mich damit beschäftige. Er hat mir ein paar Bücher gegeben. Nur deshalb weiß ich darüber Bescheid. Aber ich wusste nicht, dass Gottlob als Soldat … dass er … selbst dabei gewesen ist.«

»Soldaten tun, was man ihnen befiehlt. Gottlob war damals in Deutsch-Südwestafrika und soll sich nicht die Finger schmutzig gemacht haben?« Sie versuchte, einen ruhigen und verständnisvollen Ton anzuschlagen, aber es fiel ihr schwer.

»Es ist etwas anderes, wenn man nur die Heldensagen zu hören bekommt. Das hier … Das war Mord. Sogar die Kirche hat dabei mitgemacht.«

»Vielleicht hat er sich geschämt.«

»Vielleicht.«

Sie hob die Hand und strich ihm sanft über den Arm. Will war genauso entsetzt über das, was er gerade erfahren hatte, wie sie.

Plötzlich drehte er den Kopf und sah sie an. »Warum du?«

»Ich?«, fragte Mia verständnislos.

»Warum hat mein Großvater mit dir darüber sprechen wollen und nicht mit mir? Ich hätte ihm zugehört. Er wusste das. Ich hätte ihm zugehört!« Seine Augen glänzten. Er rieb sie sich, als ob er Angst hätte, dass eine ungeweinte Träne in ihren Winkeln säße.

Mia ließ die Hand sinken. »Ich bin mir sicher, es hat nichts mit dir zu tun.«

»Mit wem denn sonst?«

»Er wusste, dass ich vorhatte, eine Geschichte zu schreiben. Er hat damit rechnen müssen, dass ich spätestens nach diesem Tagebuch eure Firmenhistorie in der Öffentlichkeit korrigieren würde. Vielleicht wollte er, dass endlich Schluss ist mit der Geheimniskrämerei. Meine Mutter hat mir erzählt, dass Wilhelm all die Jahre über immer mal wieder versucht hat, mit uns Kontakt aufzunehmen. Sie hat es abgeblockt. Ihre Eltern wollten es so.«

»Und dann kommst du mit deinem Nashorn.« Sein Lächeln war so traurig, dass es ihr fast das Herz brach.

»Und wecke uralte Geister, die ziemlich sauer zu sein scheinen«, fuhr sie fort. »Ich glaube, Wilhelm hat genau das gewollt.«

»Dann tu, was du nicht lassen kannst. Wenn es dir Spaß macht …« Das klang bitter.

»Spaß?« Sie konnte nicht fassen, was Will von ihr dachte. Er hatte noch die Blätter in der Hand, in denen sein eigener Urgroßvater die Beteiligung an einem Völkermord beschrieb. Und glaubte allen Ernstes, sie hätte Freude daran, das ans Licht der Öffentlichkeit zu zerren. »Ich will verdammt noch mal wissen, wie Jakob diese Hölle überleben konnte. Weiter denke ich im Moment gar nicht. Aber wenn es etwas mit Wilhelms Tod und dem von Kühn zu tun hat, dann werde ich darüber schreiben. Das schwöre ich.«

Will sah zu Boden. »Ob du es glaubst oder nicht, ich liebe meine Eltern. Aber ich bin überhaupt nicht einer Meinung mit ihnen. Deshalb sehe ich meine Zukunft auch nicht in der Firma. Zumindest nicht in der, die mein Vater aufgebaut hat und die geführt wird, als gäbe es kein morgen mehr.

Meine Mutter ist unerträglich, und ich sehne den Tag herbei, an dem ich dieses Haus verlassen kann.«

»Warum gehst du dann nicht einfach?«

»Weil es nicht so einfach ist. Weil ich immer noch hoffe, dass sie mich eines Tages als Erwachsenen akzeptieren und ich etwas ändern kann. Warum lebst du noch zu Hause?«

»Tja, auch ich liebe meine Eltern. Es sind klasse Leute, die sich den Arsch abarbeiten, um etwas zu retten, das von Leuten wie euch wie mit einer Dampfwalze überfahren wird.«

Er hob den Kopf und sah sie kurz an. Ein winziges, kaum wahrnehmbares Lächeln schlüpfte in seine Mundwinkel und verschwand auch gleich wieder. »Da haben wir ja wenigstens etwas gemeinsam. Zumindest, was unsere Liebe angeht.«

Wie zum Teufel meinte er das schon wieder?

Mia deutete auf die Blätter. »Wollen wir auch beide wissen, wie es weitergeht?«

Die Sekunde dehnte sich zu einer Ewigkeit. Wollten sie das wirklich?

Es klopfte. Ihre Köpfe ruckten beide herum zur Tür, als hätte man sie bei etwas Verbotenem erwischt.

»Ja?« Will schob die zerstreuten Fotos und Briefe zusammen und warf sie zurück in die Kisten. »Wer ist da?«

»Ich bin's. Margret. Wir warten auf euch. Und wir haben Hunger!«

15.

Draußen stand schon der Van auf der Auffahrt. Albrecht warf Will die Autoschlüssel zu und verschwand wieder. Rudolf Mwedihanga war zwischen dem Wagen und den Hortensien verschwunden, telefonierte und rauchte seine Zigarette, die er sofort austrat, als Mia und Margret aus dem Haus kamen. Emily und Tom hielten sich abseits und sprachen leise miteinander. Für Will hatte Emily ein strahlendes Lächeln übrig, während Mias Gruß kaum erwidert wurde.

»Und, wohin entführt ihr uns?«, fragte Emily und hakte sich bei Will unter.

Tom schien das Verhalten seiner Freundin gar nicht zu registrieren, oder er war es schlicht und ergreifend gewohnt, die zweite Geige zu spielen, sobald ein halbwegs attraktiver Mann am Horizont auftauchte. Wobei halbwegs ziemlich untertrieben war. Mia wusste nicht, woran es lag, dass Will ihr immer besser gefiel. An seinem Aussehen konnte es nicht liegen, das veränderte sich schließlich nicht innerhalb von achtundvierzig Stunden. Es musste etwas anderes sein. Dieser Augenblick, als er Angst gehabt hatte loszuheulen. Er hatte sich ihr eingeprägt und seitdem sah sie ihn mit anderen Augen.

»Warte kurz.« Will machte sich frei, ging ein paar Schritte zur Seite und telefonierte. Mia verfrachtete ihre Tasche im Gepäckraum des Vans. Will beendete sein kurzes Telefonat. »Wir sind im *Silber und Salz*, dort ist ein Tisch für uns reserviert. Mein Vater kommt später dazu.«

»Und deine Mutter?«, fragte Mia.

»Die mag Geschäftsessen nicht. Aber ich dachte, sie würde sich noch von unseren Gästen verabschieden. Vielleicht hat sie wieder Migräne.«

Mia sah die Fassade hoch. Hinter einem der Sprossenfenster, dem zum Salon, war schemenhaft ein Gesicht zu erkennen. Es verschwand sofort.

»Alle da?«

»Ich komme nach«, sagte Rudolf. Er hielt immer noch sein Handy in der Hand und wies mit einer entschuldigenden Geste auf das Gerät. »Meine Firma in Windhuk. Ich rufe mir ein Taxi.«

Will sah auf seine Uhr, nickte und seufzte. Eine Delegation zusammenzuhalten war wohl etwas für Fortgeschrittene.

Die Truppe enterte den Wagen, Will nahm auf dem Fahrersitz Platz und drehte sich, nachdem er sich angeschnallt hatte, zu seinen Gästen um.

»Das *Silber und Salz* ist in einem der ältesten Bürgerhäuser Lüneburgs untergebracht. Wie der Name schon sagt, kamen seine Besitzer durch Bodenschätze zu Reichtum. Salz war einmal richtig kostbar und Silber sowieso.«

»Kochen sie da auch vegan?«, fragte Emily.

»Das weiß ich nicht, aber wir werden bestimmt etwas für dich auf der Karte finden.«

Er startete. Der Wagen setzte sich in Bewegung, knirschend rollten die Reifen über den Kies.

»Dabei liebt sie Steaks«, flüsterte Margret und konnte sich kaum ein Kichern verkneifen.

»Warum fragt sie dann danach?«

Margret zuckte mit den Schultern. Sie und Mia saßen nebeneinander. »Weil sie es kann?«

Mia sah aus dem Fenster, um nicht dauernd auf Wills Hinterkopf zu starren. Ihr ging das Tagebuch nicht aus dem Kopf. Wie viel wusste Emily? Sie beide waren Gast im Haus einer Familie, die um ein Haar ihre eigene vernichtet hatte. Okay, man könnte jetzt meinen, dass das über hundert Jahre her war und Gras darüber gewachsen wäre. Aber Gottlobs Tagebuch hatte Mia so unmittelbar hineinkatapultiert in die Vergangenheit, als wäre das alles erst gestern geschehen. Die Blumen im Park blühten, die Bäume standen in saftigstem Grün. Ein Gewitter braute sich zusammen und es würde regnen. Wenn sie unter die Dusche stieg, prasselte Wasser so lange auf sie hinunter, wie es ihr gefiel. Doch es gab Wüsten auf dieser Welt, wo ein Wasserloch über Leben und Tod entscheiden konnte. Das hatten die deutschen Soldaten gewusst und sie hatten die Herero grausam verdursten lassen. Gottlob war einer von ihnen gewesen. Und Karl auch. Hatte er sich entscheiden können, bei diesem Krieg mitzumachen? Wohl kaum. Ihr Herz krampfte sich zusammen. Womit hatte sie es eigentlich verdient, zu dieser Zeit in diesem Land aufzuwachsen?

Sie wünschte sich, gemeinsam mit Will in Gottlobs Vermächtnis weiterzulesen, und sie fürchtete sich auch gleichzeitig davor. Was, wenn er von Karl schrieb? Er war gefallen dort unten in einem fremden Land und hatte eine Frau, einen Sohn und ein ungeborenes Kind zurückgelassen. Wie seltsam, dass ihre Nachfahren ausgerechnet jetzt zusammen in diesem Kleinbus saßen, auf dem Weg in ein Restaurant mitten in Deutschland, wo es Essen und Wasser in Hülle und Fülle gab.

»O my god!«, stieß Margret aus.

Mia, noch ganz in ihre Gedanken vertieft, schrak hoch. »Was ist?«

»Ich habe meinen Fotoapparat vergessen.«

»Reicht dein Handy nicht aus?«

»Nein.« Margret sah entschuldigend zu Will, der sich zu ihr umgedreht hatte. »Kann ich noch mal zurück? Bitte!«

Sie hatten schon die Bushaltestelle erreicht, an der Mia bei ihrer Ankunft ausgestiegen war. Will fuhr an den rechten Straßenrand und öffnete die Tür, die langsam zur Seite glitt.

»Sorry. Es tut mir so leid! Ich beeile mich!« Margret kletterte über Mia hinaus auf den Bürgersteig. »Nur eine Minute! Ich bin gleich wieder da.«

»Keine Sorge«, sagte Will. »Wir haben reserviert, da kommt es auf ein paar Minuten nicht an. Mein Vater wird schon dort sein.«

Margret hastete über den Kiesweg, der von der Villa zur ehemaligen Manufaktur führte. Ein Windstoß fuhr in die Baumkronen. Den ganzen Tag über war es heiß gewesen, doch nun kühlte die Luft ab und die frische Brise trug die Ahnung von schwerem Regen mit sich.

Margret, den Blick auf den Weg gerichtet, der an manchen Stellen uneben war, zuckte zusammen. Aus den Augenwinkeln hatte sie eine Bewegung auf dem Balkon wahrgenommen – Mutter? Bist du das? Ein dummer Gedanke. Wie sollte ihre Mutter ausgerechnet nach Lüneburg auf ihren Balkon kommen? Doch von ihr hatte sie das Kleid bekommen, und Margrets früheste Erinnerungen waren begleitet vom Rhythmus der Trommeln und den Gesängen der Vorfahren, von Gelächter und Tanz und einer wunderschönen Frau in einem schwarz-weiß gestreiften Kleid, das bei jeder Drehung um die Knöchel schwang. Das kleine Mädchen hatte mit den anderen am Feuer gesessen und diese fabelhafte Märchenprinzessin so sehr geliebt, dass ihm fast das Herz zersprungen war. Und dann, als sie achtzehn Jahre wurde, hatte ihr die Mutter das Kleid überreicht und gesagt: Jetzt gehört es dir.

Kein Wunder, dass Emily sauer geworden war. Mochten die Kleider vielleicht keinen so großen materiellen Wert besitzen. Doch in jedem einzelnen Unikat, das von Generation zu Generation weitergegeben worden war, und auch in jedem neuen Teil, das die besten Schneiderinnen Windhuks herstellten, war auch die Geschichte Namibias eingewebt, mit der jede Familie auf tragische Weise verbunden war.

Wieder wehte das Kleid im Wind. Aus der Ferne hatte es so ausgesehen, als ob ihre Mutter ihr zugewunken hätte … Sie musste es hereinholen, damit es nicht vom Bügel auf den Boden fiel oder in den Garten geweht wurde. Mia hatte es dort wohl aufgehängt. Margret sah hinauf in den Himmel. Das strahlende Blau war schon lange einem dunklen Grauschleier gewichen. Es würde heftig regnen, spätestens heute Nacht.

Die Tür zum Gästehaus stand offen. In der Ecke der Eingangshalle stand ein Staubsauger. Wahrscheinlich war die Hauswirtschafterin noch bei der Arbeit. Eine sympathische Frau. Auch Will war nett. Sein Vater hingegen – Margret hatte schon einige dieser Typen kennengelernt. Mit Worten waren sie immer dabei: Bei Investitionen, bei Wirtschaftshilfen, bei Austauschprogrammen, doch wenn es an Taten ging, kam nichts mehr. Sie hätten sich Lüneburg sparen können und sich stattdessen auf Berlin konzentrieren sollen. Dort saßen die richtigen Leute. In Gedanken ging Margret noch einmal die Termine des nächsten Tages durch, während sie auf die Treppe zusteuerte.

Von oben kam ein Geräusch, als ob etwas umgefallen wäre. War das aus ihrem Zimmer gekommen? Wieder ein Geräusch, eine Art Knall, als ob jemand eine Schranktür zuschlagen würde. Normalerweise verursachte Emily so einen Krach, aber die saß mit den anderen im Van und wartete darauf, dass sie, Margret, endlich zurückkam. Carolina?

»Hallo?«

Sie zuckte zusammen. Ihre Stimme wurde von den kahlen Wänden zurückgeworfen und klang, als hätte sie jemand durch den Verstärker gejagt. Stille.

Der Wind, dachte Margret. Ich werde die Balkontür offen gelassen haben und jetzt schlägt sie ständig zu und klappert wie bei uns zu Hause die alten Fensterläden. Sie nahm den Rest der Treppe und stockte. Die Tür zu ihrem Zimmer stand eine Handbreit offen. Vielleicht hatte die Hauswirtschafterin noch etwas zu tun gehabt. Der Staubsauger im Erdgeschoss fiel ihr wieder ein. Das würde es sein.

»Carolina, ich bin es!« Sie wollte die Frau nicht erschrecken, die bestimmt davon ausging, allein im Haus zu sein. Vorsichtig öffnete Margret die Tür und sah – ins Chaos.

»Oh mein Gott!«, entfuhr es ihr. Jemand hatte das Zimmer durchwühlt, ihre Koffer aus dem Schrank gerissen und die Sachen wahllos auf dem Bett und dem Boden verteilt. Die Tür zum Balkon stand tatsächlich offen. Das Kleid lag auf dem Boden. Ihr Herz klopfte bis zum Hals. Wer auch immer dieses Durcheinander angerichtet hatte, es war mit einer ziemlichen Wut geschehen. Sie hielt den Atem an und lauschte. War der Einbrecher noch hier? Vielleicht draußen im Gang? Wann war das passiert? Gerade eben oder schon am Morgen? Wieder ein dumpfer Knall, als die Balkontür an den Rahmen schlug. Margret ging fast in die Knie vor Schreck. Dann war es still. Totenstill.

Begleitet von einem hohen, unheimlichen Quietschen, ging die Tür wieder auf. So würde das weitergehen, bis sie endgültig zugefallen war oder das Glas kaputtging. Margret wagte einen vorsichtigen Blick in den Flur – dort war es leer und ruhig. Vorsichtig, um nicht auf Wäsche, Schuhe, Bücher und sonstigen Kram zu treten, ging sie zum Balkon. Eben noch, auf dem Weg zur Manufaktur, hatte das Kleid auf seinem Bügel an einem Haken gehangen. Jetzt lag es zerknüllt auf dem Boden. War das wirklich nur der Wind gewesen? Die letzte Möglichkeit für eine harmlose Erklärung verpuffte, als sie es aufhob. Der Rock war einmal von oben bis unten zerrissen. Das war kein Zufall. Das war die pure Wut gewesen. Der Riss ging vom Saum bis zur Taille. Wie ein eisiger Windhauch fuhr die Erkenntnis durch Margret: Wer das getan hatte, konnte nicht weit weg sein.

Unten auf dem Rasen stand ein einsames Mähfahrzeug. Auch die Villa wirkte verlassen. Was um Himmels willen ging hier vor? Sie stand auf dem Balkon, das Kleid an sich gedrückt, und sah fassungslos auf die Verwüstung in diesem Zimmer. Als ob jemand kopflos und panisch etwas gesucht hätte und dann seinen Ärger darüber, es nicht zu finden, an diesem harmlosen Kostüm ausgelassen hätte. Aber wer? Es waren doch alle weg! Sie wollte gerade wieder zurück ins Zimmer, als sie etwas irritierte. Was zum Teufel stimmte da nicht? Was hatte sich in dem Raum verändert, genau in den paar wenigen Sekunden, in denen sie ihm den Rücken zugedreht hatte? Was war nicht mehr wie vorher?

Die Badezimmertür. Jetzt stand sie einen Spalt breit offen. Margret hätte schwören können, dass das vorher nicht so gewesen war. Sie trat einen Schritt nach hinten an die Balkonbrüstung und spähte hinab. Zu hoch. Bei einem Sprung würde sie sich die Beine brechen, mindestens. Aber der Weg durchs Zimmer war auch nicht ohne. Wenn sie nicht unter Halluzinationen litt, war da jemand. Er zeigte sich nicht. Er versteckte sich. Und wenn man das verwüstete Zimmer und das zerrissene Kleid zusammenzählte, dann hatte sich wohl der Verursacher ins Bad zurückgezogen, als er von ihr gestört worden war.

Siedend heiß fiel ihr ein, wie oft und wie laut sie gerufen hatte. Unsichtbar machen ging also nicht mehr. Er wusste, dass sie auf dem Balkon stand und quer durch dieses Zimmer musste, wenn sie hier wegwollte. Und das wollte sie, bei Gott. Das Herz schlug ihr bis zum Hals. Was, wenn der Kerl eine Waffe hatte? Wenn er wütend war, dass er kein Geld und nichts Wertvolles gefunden hatte? Überhaupt – was genau hatte er eigentlich gesucht? So leise wie möglich ging sie zurück ins Zimmer. Vielleicht hatte er sich ja in der Dusche verschanzt und bekam gar nicht mit, dass sie jetzt den Rückzug antrat. Das Kleid ließ sie sanft auf den Boden gleiten, wo es neben dem ausgeleerten Inhalt von Emilys Kulturbeutel mit einem kaum hörbaren Rascheln hinfiel. Sie musste hier raus, am besten, bevor der Einbrecher mitbekam, dass sie sich aus dem Staub machte. Sie ging zwei Schritte weiter und das Geräusch von zerbrechendem Plastik knackte in ihren Ohren. Sie war auf ein Lipgloss getreten – und bis zur rettenden Tür waren es noch drei Meter! Margret nahm all ihren Mut zusammen und lief los, und noch bevor sie den Flur erreichte, spürte sie die Bewegung hinter ihrem Rücken mehr als dass sie sie sah. Und dann packte sie jemand mit solcher Kraft, dass sie zu Boden ging.

»Was war das?«, fragte Mia. Sie war aus dem Wagen geklettert, der noch immer an der Bushaltestelle stand. Die anderen im Van hatten natürlich nichts gehört. Will sah auf seine Armbanduhr. Margret war schon fast zehn Minuten weg.

»Was?«

»Da hat jemand gerufen. Oder geschrien.«

Wie auf Kommando hielt der Linienbus der Stadt direkt hinter ihnen. Die Türen öffneten sich und ein halbes Dutzend Schulkinder sprang heraus und machte sich mit dem größtmöglichen Lärm auf den Nachhauseweg. Will zuckte vielsagend mit den Schultern. Der Bus fuhr weiter, sie warteten.

»Wie lange kann das denn dauern, einen Fotoapparat zu suchen?«, sagte sie eher zu sich selbst.

»Stunden, wenn du Margret heißt«, kam es von Emily zurück. Immerhin verließ sie jetzt auch den Van. Es war drückend schwül geworden, und da Will den Motor ausgeschaltet hatte, funktionierte auch die Klimaanlage nicht mehr. »Das war ein Scherz«, setzte sie hinzu. »Maggie ist die Ordentliche von uns.«

»Maggie«, wiederholte Mia. Das klang viel netter und gar nicht so steif wie Margret. »Ob ich mal nachsehen soll?«

»Sie wird ja wohl nicht heimlich abgehauen sein. Wahrscheinlich musste sie noch mal aufs Klo.«

Mia nickte und ging ein paar unschlüssige Schritte in Richtung Bushaltestelle, kehrte dann aber wieder um. »Ich gehe.«

»Okay. Ich komme mit.«

Warum hatte Emily das so schnell gesagt? Befürchtete sie, Mia würde in ihrem Zimmer herumschnüffeln?

»Wir schauen mal nach, wo Maggie bleibt. Wir sind gleich wieder da.«

In diesem Moment tauchte Rudolf auf. Er wirkte gestresst, aber als er den Bus sah, schien er seine geschäftlichen Sorgen zu vergessen. »Ich wollte gerade ein Taxi rufen. Ist alles in Ordnung?«

»Wir holen Margret.« Emily sah über die Schulter zu Will, der an dem Wagen lehnte und versuchte, seine Ungeduld im Zaum zu halten.

»Aber sie ist doch mit euch gemeinsam losgefahren?«

»Bis ihr der Fotoapparat einfiel.«

Rudolf nickte. »Verstehe. Soll ich mitkommen?«

Emily schüttelte den Kopf. »Das schaffen wir gerade noch allein. Komm, Mia.«

Gemeinsam betraten sie das Grundstück durch die Einfahrt, bogen dann aber nach fünfzig Metern ab auf den Weg zur alten Manufaktur. Sie schwiegen. Je näher sie dem Gästehaus kamen, desto schneller wurden sie. Schließlich kamen sie fast im Laufschritt an. Emily erreichte das Foyer als Erste. Es war leer. »Maggie?«

Keine Antwort.

Sie drehte sich zu Mia um. »Ich sehe nach.«

»Ich komme mit.«

Sie liefen die Treppen hoch. Noch bevor sie oben angekommen waren, wussten sie: Etwas war passiert. Die Tür zu ihrem Zimmer stand offen.

Und dann stieß Emily einen erschrockenen Laut aus. »Maggie!« Sie war stehen geblieben, vor Schreck wie erstarrt.

Mia drängte sich an ihr vorbei und dann stockte auch ihr der Atem. Margret lag auf dem Boden und rührte sich nicht. Die Haare waren ihr übers Gesicht gefallen. Der Anblick des leblosen Körpers war schockierend. Bitte nicht, dachte Mia, bitte bitte nicht …

Da war Emily auch schon bei ihrer Freundin und ging in die Knie. »Maggie. Margret! Wach auf!«

Doch alles Schütteln und auf die Wange klopfen half nichts. Mia fühlte den Puls – gab es ihn überhaupt noch, oder war sie einfach zu geschockt, um überhaupt irgendetwas richtig zu machen? Emily schob Margrets Haar zur Seite und stieß einen leisen Schrei aus. Die linke Schläfe war blutverkrustet. Trotz Margrets dunkler Hautfarbe wirkte das Gesicht totenbleich.

»Ich rufe den Notarzt.«

Mia stand auf und ging ein paar Schritte zur Seite, denn Emily weinte fast, als sie in ihrer Sprache versuchte, ihre Freundin zurück zu den Lebenden zu holen. Bitte, lass sie nicht tot sein. Bitte, lass sie nicht tot sein! Mia konnte kaum etwas anderes denken. Sie stotterte und musste sich zusammenreißen, der netten Frau am anderen Ende der Leitung halbwegs klar zu beschreiben, was geschehen war.

»Im … Im Gästehaus der Herders, Grüner Weg. Wir … Wir wissen nicht, ob sie noch lebt, sie reagiert nicht, und ich kann auch keinen Puls fühlen!«

»Bleiben Sie bei ihr. Wir schicken sofort einen Wagen.«

»Jemand hat sie niedergeschlagen und überfallen. Es ist wie …« Wie bei Herrn Kühn, wollte sie sagen. Sie musste sich an die Wand lehnen, um nicht zusammenzuklappen.

Emily hockte weiterhin neben Margret und streichelte sie, immer wieder und immer wieder, über die Wangen, die Arme.

»Sie kommen.«

Mia steckte das Handy weg. Margret lag so, als ob sie jemand auf der Flucht von hinten erwischt hatte. Das Zimmer sah aus, als wäre ein Tornado hindurchgerast.

»Eure Sachen«, sagte sie.

Emily ließ kurz von ihrer Freundin ab und drehte sich um. Erst jetzt bemerkte sie die Verwüstung. »Was ist das denn?«

Die Fassungslosigkeit stand ihr ins Gesicht geschrieben, als sie kurz aufstand und ins Zimmer ging. Währenddessen blieb Mia bei Margret, die immer noch regungslos in ihrem Blut lag, und hielt ihr die Hand.

»Das Kleid ...« Emily hob es auf und hielt es auf Armeslänge von sich. »Jemand hat es geradezu zerfetzt! Ich verstehe das nicht!« Verzweifelt sah sie sich um. »Was soll das? Was zum Teufel hat der Kerl denn gesucht?« Sie warf das Kleid aufs Bett, traf aber nicht richtig. Es glitt hinab auf den Boden, aber Emily interessierte das sichtlich überhaupt nicht.

Dafür begann sich hinter Mias Stirn ein Gedanke zu formen, der so ungeheuerlich war, dass sie es nicht wagte, ihn auszusprechen. »Fehlt denn was?«, fragte sie stattdessen. »Ich meine, ob du vielleicht schon eine Idee hast, was der Dreckskerl hat mitgehen lassen.«

Emily kam langsam zurück, in der Hand einen zertretenen Lipgloss. »Wir haben nichts Wertvolles bei uns. Geld und Kreditkarten lassen wir doch nicht im Zimmer, wenn wir ausgehen. Sogar Margrets Fotoapparat war nur ein billiges kleines Ding. Ich verstehe das nicht.«

Mia wollte etwas sagen, aber der schreckliche Verdacht drückte ihr fast die Kehle zu.

Emily beobachtete sie. »Ist was?«

»Ich ... Ich weiß nicht.«

Das Kleid ... Gestern Abend hatte sie es getragen. Eine Weiße in Herero-Tracht. Jeder, der sie darin gesehen hatte, musste glauben, dass es ihr Zimmer war, ihr Balkon, auf dem sie es aufgehängt hatte. Und nachdem das, was der Täter gesucht hatte, nicht bei Kühn gewesen war, musste es wohl noch bei Mia sein.

»Vielleicht war ich gemeint?«

Emily ging in die Hocke. »Du? Wer soll dich denn k. o. schlagen wollen? Ich meine, Gründe dafür gibt es sicher.« Ein schiefes Grinsen, das schnell verschwand. Die Situation war nicht für Witze geeignet, auch nicht für welche auf Mias Kosten. »Außerdem: Hier sind zwei Betten belegt.«

»Aber sie sind gemacht.« Mia wies auf die beiden Lager, die tatsächlich einmal fast unberührt ausgesehen haben mussten. »Alle Zimmer sind Doppelzimmer. Und eine oder zwei Reisetaschen im Schrank, das fällt doch nicht auf, wenn jemand in Eile ist.«

Emily zögerte, dann nickte sie. »Hast du eine Idee, wer dir an den Kragen will?«

»Es muss um Jakob gehen. Und seine Verbindung zu den Herders. Ich glaube …« Sie brach ab. Mit Will über ihren Verdacht zu reden, war eine Sache. Aber mit Emily? Einer Fremden, die sie noch nicht einmal besonders gut leiden konnte? Andererseits, sie waren Cousinen. Verschiedener konnte man wohl nicht sein, aber die Verwandtschaft war nicht zu leugnen.

»Was glaubst du?« Emily strich sanft über Margrets Hand. Lebte sie noch? Wann kam endlich der verdammte Notarzt? »Wenn du irgendetwas weißt, das mit der Sache hier zu tun hat … mit diesem … diesem …« Sie kam nicht weiter. Eine Träne rann Emilys Wange hinab und fiel auf das unnatürlich reglose Gesicht Margrets.

Mia stand auf und ging ins Bad. Auch hier musste der Einbrecher gewesen sein, denn alles, was einmal auf dem Bord und im Spiegelschrank gewesen sein musste, lag auf dem Boden. Sie kam mit einem Handtuch zurück, faltete es zusammen und wollte es Margret unter den Kopf schieben.

»Nein.«

Mia ließ es sinken.

»Wenn sie ein Schädeltrauma hat, dürfen wir sie nicht bewegen. Was für einen Verdacht hast du?«

Mia schluckte. »Ich glaube, es gibt einen Zusammenhang zwischen Wilhelms und Herrn Kühns Tod.«

»Wer ist Herr Kühn?«

Natürlich. Emily wusste ja kaum etwas von dem Wissenschaftler.

»Er hat vor zehn Jahren eine reichlich schöngefärbte Ausstellung über hundert Jahre Herder gemacht.«

Das verächtliche Schnauben aus Emilys Nase sprach Bände.

»Aber ich glaube, er hat es bereut. Er wollte mir helfen. Er war kein schlechter Mensch. Nicht zuletzt, meine ich. Ich habe ihm Kopien von Jakobs Brief und ein paar Postkarten dagelassen. Als ich heute Morgen kam, war er tot.«

»Was?«

»Ich habe ihn gefunden. Es war furchtbar. Genauso furchtbar wie das hier!«

Lebte Margret noch? Oder saßen sie schon neben einer Toten? Ein Schauer rieselte Mia den Rücken hinunter.

»Warst du bei der Polizei?«

»Ich habe sie gerufen. Aber die Kopien der Briefe waren weg. Alles, was ich habe, ist Kühns letzte Nachricht auf meinem Handy. Er sagte etwas von einer fehlenden Seite und die könnte vielleicht noch auf Herders Dachboden sein. Frag mich bitte nicht, warum. Da oben ist das reinste Gruselkabinett, mit einer eigenen afrikanischen Abteilung. Ich bin also hoch, und da … Da kam er.«

Mia brach ab und fuhr sich mit dem Handrücken über den Mund. Am liebsten hätte sie laut geschrien oder wäre aufgesprungen und davongerannt. Einzig der Gedanke an Will ließ sie nicht durchdrehen. Seltsam, aber so war es.

»Wer kam dann?«, fragte Emily. »Kannst du mal in zusammenhängenden Sätzen reden?«

»Ein Maskenmann.« Mias Stimme war nur noch ein Flüstern. Vielleicht, weil sie Angst hatte, den Geist durch seine bloße Nennung heraufzubeschwören. Wurde sie langsam verrückt?

»Ein Maskenmann? Auf dem Dachboden?«

»Ich weiß, wie das klingt. Will hat mir auch nicht geglaubt. Ein Riese war es, der eine dunkle Holzmaske mit Federn trug und einen Schild und einen Stock, einen … Ich hab den Namen vergessen.«

»Ein *kirri*?«

Sie wich Emilys Blick aus. »Ja. Ich glaube.«

»Das ist eine der gefährlichsten Waffen, wenn man weiß, wie man mit ihnen umzugehen hat. Eine Wurfkeule, mit der du ohne Probleme den Schädel deines Gegners zertrümmern kannst.«

Mia starrte auf Margret. Das Blut war in ihren Haaren versickert. Von weiter Ferne glaubte sie, die Sirene eines Notarztwagens zu hören.

»Ich glaube, sie atmet. Sie atmet!«

Beide beugten sie sich über das Mädchen.

Emily redete in ihrer Heimatsprache mit ihr, leise und beruhigend. *»Wa aluka. Wa aluka! Aaye kulala.«*

Margrets Lider flatterten. Dann schlug sie die Augen auf. »Emmy?«

Mia japste. Sie war fassungslos vor Freude.

»Bleib ganz ruhig. Bleib liegen.« Emily griff nach Margrets Händen, die begonnen hatten, unruhig hin und her zuwandern. »Gleich kommt ein Arzt.« Wieder redete sie in ihrer Sprache.

Mia war nicht klar, ob die Verletzungen es Margret überhaupt erlaubten, klar zu denken. Das Sirenengeheul kam näher. Sie sprang auf und eilte die Treppen hinunter, um dem Arzt entgegenzugehen.

Doch es preschten gleich zwei Wagen den Weg zur alten Manufaktur hinunter. Der eine mit der blauen Signallampe und dem Martinshorn fuhr voraus, dahinter folgte der Van mit Will am Steuer. Der schmale Pfad war für solche Rennen nicht geeignet. Grassoden flogen durch die Luft, mehr als einmal peitschten die tieferen Äste der Bäume über die Autos. Der Krankenwagen bremste scharf, Kies spritzte in alle Richtungen. Zwei Sanitäter sprangen heraus.

»Wo?«, rief der eine nur.

»Die Treppe rauf!«

Die beiden rannten an Mia vorbei.

Da hielt auch schon der Van und Will stieg aus. »Was zum Teufel ist hier los?«

»Margret wurde niedergeschlagen und ist schwer verletzt.«

Will fragte nicht weiter. Er lief ebenfalls hinein. Rudolf Mwedihanga verließ den Wagen, gefolgt von den anderen Mitgliedern der Delegation.

Mia ging auf ihn zu. »Es ist vielleicht besser, wenn wir hier unten warten.«

»Natürlich.« Rudolf sah genauso geschockt aus wie die anderen. »Was ist passiert?«

Mia wiederholte ihre Worte. Sie wurden übersetzt, und alle redeten durcheinander, bis Rudolf sich wieder an Mia wandte. »Wer hat das getan?«

»Ich weiß es nicht. Wir wollten sie suchen, und dann kamen wir nach oben, das ganze Zimmer war durchwühlt und verwüstet. Es muss ein Einbrecher gewesen sein.«

»Ein Einbrecher?«

»Ich weiß es nicht! Er hat Margret niedergeschlagen und schwer verletzt. Einen Moment lang dachten wir, sie wäre …«

Jetzt kamen die Tränen. Rudolf trat auf Mia zu und nahm sie in den Arm. Alles brach aus Mia heraus. Der Schock, die Trauer um Wilhelm und Herrn Kühn, die Todesangst auf dem Dachboden und die Sorge um die junge Frau oben im ersten Stock, um deren Leben die Sanitäter gerade kämpften. Sie spürte, wie andere Menschen zu ihr kamen und sie sanft berührten. Sie hörte leise gemurmelte Worte, die ganz ähnlich klangen die wie, die Emily gesagt hatte. Vom Schluchzen geschüttelt, bekam sie kaum mit, wie die Trage mit Margret an ihr vorbeigerollt und in den Krankenwagen geschoben wurde. Erst als Rudolf sie langsam wieder losließ, beruhigte sie sich etwas. Es war auch höchste Zeit, denn mittlerweile preschte ein dritter Wagen durch den Park auf die alte Manufaktur zu. In ihm saß Wolfgang Herder, begleitet von Herrn Renneroth. Und genau in diesem Moment kam auch noch Albrecht angerannt.

Der Fabrikant hielt sich gar nicht erst lange mit Fragen auf. »Hat schon jemand die Polizei alarmiert?«

Die Frage war an Mia gerichtet. Emily saß schon im Krankenwagen. Sie wollte ihrer Freundin auf gar keinen Fall von der Seite weichen.

Rudolf reichte ihr ein Taschentuch und sie wischte sich die Tränen ab. Wo war Will? Immer noch oben? »Ich habe angerufen. Irgendwo. Polizei, Feuerwehr, Notruf, ich weiß es nicht mehr.«

»Natürlich. – Albrecht? Checken Sie das mal?«

Der Gärtner nickte, holte sein Handy heraus und ging ein paar Schritte zur Seite.

Währenddessen scharte Herder die Reste der Wirtschaftsdelegation um sich. »Meine sehr geehrten Damen und Herren, mir fehlen schlichtweg die Worte. Lüneburg ist eigentlich eine sichere Stadt. Ich kann es mir nur so erklären, dass ein Einbrecher auf frischer Tat ertappt wurde.«

Die Sanitäter klappten die Türen zu, stiegen ein und fuhren davon. Ihre Sirene starteten sie erst, als sie auf die Straße hinausfuhren.

Will kam aus der Manufaktur. Er sah ernst und besorgt aus.

Herder schien froh zu sein, ihn zu sehen. »Will, was ist passiert?«, fragte er seinen Sohn.

»Das kann keiner sagen. Es besteht Verdacht auf ein Schädel-Hirn-Trauma, aber Margret war ansprechbar, was offenbar ein sehr gutes Zeichen ist.«

»Gott sei Dank«, entfuhr es Mia.

Rudolf übersetzte. Vielleicht kommentierte er auch, denn alle verstanden eigentlich recht gut deutsch.

»Emily meinte, es fehlt nichts. Aber auch, dass es durchaus eine Verwechselung hätte sein können.«

Wolfgang Herder zog ein verblüfftes Gesicht. »Eine Verwechselung?«

»Mit Mia«, antwortete Will.

Sein Vater drehte sich langsam zu ihr um und sah sie jetzt zum ersten Mal seit seinem Eintreffen richtig an.

Renneroth schob sich an ihm vorbei und wandte sich in einem Ton an Mia, als wäre sie für alles verantwortlich. »Frau Arnholt, was hat das zu bedeuten? Haben Sie irgendwelche Wertgegenstände bei sich?«

»Nein«, log sie und dachte an ihre Tasche. »Bin gleich wieder da.«

Sie ging zum Kofferraum des Vans und öffnete ihn. Die Tasche lag obenauf, offenbar unberührt, doch vorsichtshalber checkte sie noch einmal ganz genau, ob auch nichts fehlte. Ab jetzt würde sie mit dem Ding sogar ins Bett gehen, dachte sie, als sie sie herausholte. Vater und Sohn diskutierten immer noch, Renneroth telefonierte. Sie hatte keine Lust, sich dazuzugesellen. Irgendwie gefiel es ihr nicht, dass Will seinen Vater eingeweiht hatte. Aber was war ihm auch anderes übrig geblieben?

Und da preschte das nächste Auto über den Gartenweg. Albrecht, der immer noch am Handy hing, sah ziemlich entgeistert aus. Sie konnte ihn geradezu denken hören: Ein Gartenweg ist keine Rennstrecke! Am Steuer saß die Kommissarin, Frau Kramer. Ihren gereizten Chef hatte sie netterweise nicht mitgebracht. Aber die eiserne Entschlossenheit, mit der sie den Wagen abbremste und hastig ausstieg, verhieß nichts Gutes. Vor allem, weil sie direkt auf Mia zusteuerte.

»Frau Arnholt?«

»Ja?«

Will löste sich von seinem Vater und kam auf sie zu.

»Ich glaube, wir müssen dringend ein paar Worte miteinander reden.«

16.

Carolina klopfte leise an die Tür des Salons, bevor sie Wasser, Tee und Kaffee brachte. Keiner wollte etwas, aber sie hatte es sich nicht nehmen lassen, wenigstens den Anschein von Gastfreundschaft aufrechtzuerhalten. Auch einer Kripobeamtin und einer Verdächtigen gegenüber, denn so fühlte Mia sich, seit Frau Kramer sie zu einem Gespräch aufgefordert hatte, das eher einem Verhör gleichkam. Sie hatte darum gebeten, dass Will mit dabei sein durfte. Ein Anwalt sei nicht nötig, hatte die Polizistin behauptet. Es ginge ja nur um eine Zeugenbefragung. Mia glaubte ihr nicht. Alle Nettigkeit war verflogen, sie saß einer Amtsperson gegenüber, die jedes Wort und wahrscheinlich auch jede Regung in ihr Notizbuch schrieb.

»Sie stehen zum zweiten Mal mit einem Kapitaldelikt in Verbindung, also einer Straftat gegen das Leben. Ihre Aussage zur Auffindung der Leiche von Herrn Kühn haben wir bereits zu Protokoll genommen. Nun bitte ich Sie, mir genau zu sagen, was Sie mit dem Überfall auf Frau Margret Kwatesi zu tun haben.«

»Nichts! Ich habe sie gesucht, weil sie eigentlich nur ihren Fotoapparat holen wollte und dann nicht mehr wiederkam.«

»Gibt es Zeugen?«

»Ja. Emily Shipanga. Sie war dabei.« Zum Glück, dachte Mia. »Beide gehören zu einer namibischen Wirtschaftsdelegation, die genau wie ich im Gästehaus untergebracht ist.«

»Was, glauben Sie, hat der Einbrecher dort gesucht?«

Mia drückte die Umhängetasche instinktiv an sich.

Frau Kramer fiel das auf und sie gab selbst die Antwort. »Die Briefe? Die, von denen auch schon Kopien verschwunden sind?«

Mia nickte. Sie wusste, was jetzt kommen würde.

»Darf ich sie noch mal sehen?«

Nur zögernd reichte sie der Kommissarin die Plastiktüte. Die Art, wie Frau Kramer den Packen von vorne und hinten betrachtete, den Zipp-Verschluss öffnete und den Umschlag und die Postkarten herausnahm, ließ nur einen Schluss zu: Es war eine ziemlich absurde Fährte. Aber es war die einzige, die einen Sinn ergab.

»Ich glaube, der Einbrecher hat das Zimmer verwechselt.«

»Wie kommen Sie darauf?«

»Margret hat mir für gestern Abend ein Kleid geliehen. Ein ziemlich auffälliges und das hing heute auf ihrem Balkon.«

»Was war gestern Abend?«

»Ein Essen, hier im Haus.«

Schneller Blick zu Will: Er saß da mit einer Mimik wie aus Stein gemeißelt. Warum sagte er nichts? Aber dann fiel ihr ein: Das Gespräch würde auf einen Zwanzig-Euro-Schein zusteuern. Auf einen noch schlimmeren Verdacht als den, dem die Kommissarin gerade auf die Spur kam.

»Für die Delegation«, fuhr Mia fort. »Ich habe mir Margrets Kleid ausgeliehen. Und auch noch über Herrn Kühn gesprochen. Laut und deutlich habe ich gesagt, dass ich bei ihm gewesen bin. Ich fürchte, das hat jemand falsch verstanden.«

»Wie meinen Sie das?«

»Vielleicht kam es so rüber, dass das Original des Briefes bei ihm geblieben ist. Jedenfalls …« Will fixierte einen Punkt an der Wand über dem kalten Kamin. Aber es half nichts: Sie musste beichten. Die Dinge drohten aus dem Ruder zu laufen. Ein Verrückter rannte herum und brachte einen nach dem anderen um oder attackierte Unschuldige brutal, nur weil er diesen Brief suchte. Oder diese eine, verwünschte, verloren gegangene Seite. »Jedenfalls glaube ich, dass das der Grund war, weshalb Herr Kühn sterben musste. Und warum Margret überfallen wurde. Und …« Sie stockte.

Frau Kramer sah sie auffordernd an.

Nein, sie würde jetzt nichts von dem Maskenmann erzählen. Ihr Erlebnis oben auf dem Dachboden kam Mia fast schon harmlos vor im Vergleich zu dem, was sonst noch geschehen war. »Und weshalb Wilhelm Herder die Treppe hinuntergestürzt ist.«

Will zog scharf seinen Atem ein.

»Der Unfall«, hakte die Kommissarin nach. »Auf den

wollte ich sowieso noch zu sprechen kommen. Sie glauben, Wilhelm Herders Tod hat auch damit zu tun?«

»Sie haben Kühns Nachricht auf meinem Handy selbst gehört. Es fehlt eine Seite. Meine Mutter hat sie zu Hause gefunden und will sie mir zumailen.« Mia checkte hektisch ihren Maileingang – nichts. »Aber sie hat es vergessen. Ich muss sie noch mal anrufen. Das könnte die Lösung des Rätsels sein. Ich glaube, in diesem Brief steht etwas, das auf dem Dachboden verborgen ist. Wilhelm Herder wusste das und ist in der Nacht seines Todes hinaufgegangen. Und jemand ist ihm gefolgt und dann …«

»Das ist doch Blödsinn!« Will schüttelte den Kopf. »Absolut unlogisch. Der Brief liegt seit hundert Jahren bei euch in Meißen irgendwo rum. Dann nimmst du wegen eines Nashorns Kontakt zu meinem Großvater auf, und der soll ein Blatt Papier, von dem er noch gar nichts weiß, auf dem Dachboden suchen?«

Frau Kramer hob die Augenbrauen. »Ein Nashorn?«

Aber Mia hatte keine Lust, auch das noch zu erklären. »Dann hat er eben was anderes gesucht! Irgendwas! Aber er war in der Nacht seines Todes dort oben. Zeig es ihr.«

Die Polizeibeamtin beugte sich vor. »Was sollen Sie mir zeigen?«

»Das Geld«, antwortete Mia. »Ich hab es oben auf dem Dachboden gefunden, kurz bevor mich jemand niedergeschlagen hat.«

»Moment.« Die Kommissarin ließ ihren Stift sinken. »Sie auch?«

Mia seufzte. Es half nichts. Alle Karten mussten auf den

Tisch. »Ja. Will hat mich gerettet.« Das klang dramatisch. Aber war es nicht so gewesen?

Will, der bis jetzt ziemlich zurückhaltend geblieben war, beschloss nun endlich, auch einmal etwas Produktives zu diesem Verhör beizutragen. »Jemand hat da oben ziemlich rumgepoltert. Sie war ohnmächtig und hat dann etwas von einem Maskenmann erzählt. Das kann man jetzt als Hirngespinst oder Halluzination abtun.« Mia glaubte nicht, was sie da hörte, und wollte schon den Mund öffnen, um einen scharfen Protest abzusetzen, als er fortfuhr: »Aber dann hat sie das hier gefunden.«

Er holte den Schein hervor und reichte ihn der Ermittlerin.

»Zwanzig Euro, neu, direkt aus dem Bankautomaten. Ich habe meinem Großvater immer Geld in Zwanzigern geholt. Das letzte Mal am Tag vor seinem Tod. Immer zweihundert Euro. Hundertachtzig haben wir in seiner Schublade gefunden, also fehlte ein Schein, denn er kann ihn nicht ausgegeben haben. Es ist seine Art, es … war seine Art, ihn zwei Mal zu falten. Also muss er ihm gehört haben und er hat ihn am Abend seines Todes dort oben verloren.«

Aus ihrer Jackentasche zauberte Frau Kramer eine kleine Plastiktüte, in die sie den Schein fallen ließ. »Warum sagen Sie mir das erst jetzt?«

»Weil ich den Schein erst heute Nachmittag gefunden habe«, sagte Mia. Sie war froh, dass Will von alleine auf das Beweisstück zu sprechen gekommen war.

Frau Kramer nickte.

»Und weil der Überfall auf mich irgendwie in den Hintergrund getreten ist, nachdem wir Margret gefunden haben. Was werden Sie jetzt tun?«

»Ich fasse das alles erst mal zusammen.« Stirnrunzelnd sah die Beamtin auf ihre Notizen. »Wilhelm Herder war in der Nacht seines Todes auf dem Dachboden, sagen Sie. Dieser Geldschein soll das beweisen.«

»Soll?«, fragten Will und Mia wie aus einem Mund.

Die Kommissarin hob beschwichtigend die Hand. »Es hört sich vielleicht nach Beamtendeutsch an, aber ich muss das so formulieren. Sie, Frau Arnholt, kamen aus Meißen hier an, so haben Sie es zu Protokoll gegeben.«

Mia nickte. Es war gut, dass jemand mit kühlem Kopf einmal alles zusammenfasste. »Ich war geschockt, denn ich hatte kurz zuvor noch mit ihm telefoniert und er bat mich dringend herzukommen. Aber das wissen Sie ja schon alles. Ich wollte eigentlich sofort abreisen, aber dann …«, kurzer Blick zu Will, »… bin ich geblieben, weil ich gehofft habe, dass ich trotzdem noch etwas über unsere gemeinsame Familiengeschichte erfahre.«

»Deshalb haben Sie mit Herrn Kühn Kontakt aufgenommen, dem Sie Schriftstücke aus der Hinterlassenschaft Ihres Urgroßvaters Jakob Arnholt gezeigt haben.« Sie wies auf die Plastiktüte. »Herr Kühn machte dann Kopien. Sie erzählten am Abend von Ihrem Besuch bei ihm. Am nächsten Tag fanden Sie ihn.«

Mia schluckte. Das Bild des kleinen Mannes, wie er da auf dem Boden gelegen hatte, stand ihr wieder vor Augen. Zu ihrer größten Überraschung beugte Will sich vor und berührte sacht ihre Hand.

»Nachdem Sie seine Nachricht auf Ihrem Anrufbeantworter abgehört hatten, wollten Sie also auf den Dachboden. Herr Kühn hatte ja noch gesagt, dass dort etwas zu finden wäre. Aber jemand lauerte Ihnen auf und schlug Sie nieder. Korrekt?«

»Ja.« Der blaue Fleck und ihr Knöchel schmerzten immer noch.

»Sie, Herr Herder«, Frau Kramer sah kurz zu Will, »haben Frau Arnholt auf dem Dachboden gefunden. Und dann? Warum hat niemand die Polizei informiert?«

»Weil es … ähm … Weil es jemand in einer Verkleidung war, der mich angegriffen hat«, gab Mia zu Protokoll. »Ein, also, bitte lachen Sie nicht, ein Maskenmann. Also jemand, der eine afrikanische Maske getragen hat und einen Schild und einen Wurfstock, und wir dachten, wenn ich das erzähle, dass … dass mir keiner glaubt.«

»Hm. Gut. Wir müssen das sowieso alles noch einmal aufnehmen. Und dann?«

Mia sah nach unten auf ihre Hände, die sie in den Schoß gelegt hatte. »Dann hab ich Pralinen gemacht. Als Überraschung. Ich wollte sie heute Abend verteilen, an alle.«

Frau Kramer sah aus, als ob sie auch dafür gerne eine Erklärung gehabt hätte.

»Zu Hause in Meißen haben wir eine Chocolaterie. Ich denke mir manchmal ausgefallene Sachen aus. Und ich habe etwas gebraucht, um mich abzulenken.«

»Ah ja. Verstehe. Dann sind Sie also im Kleinen, was die Herders im Großen sind?«

»So könnte man das sagen, ja.«

Will rückte sich ein wenig auf seinem Stuhl zurecht. »Wir hatten in der Zwischenzeit ein Meeting mit der Delegation. Im Anschluss sollte ein Abendessen stattfinden. Wir waren schon auf dem Weg zum Restaurant, als Margret noch einmal ins Gästehaus wollte. Das war, glaube ich, der Ablauf.«

Die Kommissarin schenkte ihnen ein aufmunterndes Nicken und erhob sich dann. »Ich muss kurz telefonieren. Nicht weggehen, bitte! Und, Herr Herder, könnten Sie darauf achten, dass ab sofort niemand mehr den Dachboden betritt? Ihr Gästehaus darf auch nicht betreten werden, bis wir es freigeben. Es tut mir leid, aber wir müssen unsere Arbeit tun.«

»Selbstverständlich.« Will trat ans Fenster und sah in den Park.

Mia war noch dabei gewesen, als die Kommissarin drüben alle Leute weggeschickt hatte. Ins Gästehaus durften nur noch die Untersuchungsbeamten. Wolfgang Herder war daraufhin auf die Idee gekommen, die kostbare Reservierung doch nicht sausen zu lassen, obwohl alle so aussahen, als sei ihnen der Appetit ziemlich vergangen. Jedenfalls waren sie ins *Silber und Salz* aufgebrochen, mit Albrecht als Fahrer. Im Haus selbst durften eigentlich nur noch Carolina und Gabriele Herder sein.

»Was ist mit deiner Mutter?«, fragte Mia leise, damit die Kommissarin ihr Gespräch auch nicht mit halbem Ohr mitbekam. Sie war den beiden in die Halle gefolgt. Worte wie kriminaltechnische Untersuchung und Sondereinsatz schwirrten zu ihnen hinüber.

»Sie hat Migräne. Da verlässt sie den Rest des Tages ihr Zimmer nicht.«

»Vielleicht solltest du nach ihr sehen. Wenn sie doch rauskommt und das Haus auf einmal vor Polizei wimmelt …«

Seine Miene verfinsterte sich.

»Sorry!«, flüsterte sie. »Aber was sollte ich denn tun? Den Verdacht für mich behalten? Er war dein Großvater!«

Will nickte. Widerstrebend. Aber er nickte. »Ich hatte die ganze Zeit ein schlechtes Gefühl. Er kannte diesen verwünschten Teppich und er kannte diese verwünschte Treppe. Ich hab es mir nicht erklären können. Aber jetzt«, er sah zu der Kommissarin, die immer noch telefonierte, »wird mir so einiges klar.«

»Was?«

»Wir müssen miteinander reden. Du, ich, Emily, vielleicht auch noch Tom. Dein Brief ist futsch, erst mal wenigstens. Konfisziert von der Kriminalpolizei.«

Mia nickte. »Das Geld auch«, sagte sie und erntete ein kurzes Nicken auf ihren schwachen Witz.

»Aber wenn wir wissen, was auf dem fehlenden Blatt steht, das du Dussel in Meißen gelassen hast, kommen wir vielleicht einen Schritt weiter. Und Emily könnte in Namibia Nachforschungen anstellen.«

»Wonach?«

»Vielleicht ein Testament? Ein Kirchenbucheintrag, eine Adoption … Ich weiß es nicht. Aber es muss wichtig sein. So wichtig, dass jemand dafür tötet.«

Er hatte es ausgesprochen. Genau das waren die Gedanken, die Mia seit dem Morgen wie dunkle Schatten begleiteten.

»Wir sind ja noch nicht mit den Kisten durch«, sagte sie. »Vielleicht steht noch was in den Tagebuchblättern.«

»Die sind das einzig Interessante. Aber auch eher unter historischen Gesichtspunkten. Wir brauchen Augenzeugenberichte von damals. Die Polizei kann sich ruhig die Briefe durchlesen. Sie werden wahrscheinlich genauso wenig finden wie der Täter. Weißt du, was ich glaube?«

Er trat einen Schritt näher zu Mia. Es war irritierend, ihm plötzlich wieder so nah zu sein.

»Nein«, flüsterte sie heiser. Ihr Kopf war auf einmal wie leergefegt.

»Ich glaube …« Er sah ihr in die Augen. Für einen wahnsinnigen Moment war alles verschwunden, was zwischen ihnen stand: sein Misstrauen, ihre mehr als seltsamen Erlebnisse in diesem Haus, selbst das völlig an den Haaren herbeigezogene, aber trotzdem vorhandene Gefühl, ihn und seine Familie mit ihrem Verdacht ans Messer geliefert zu haben. Er hob die Hand, fast so, als ob er ihr Gesicht berühren wollte …

»Alles klar.«

Sie fuhren auseinander.

Frau Kramer war zurückgekommen und steckte sich noch im Laufen ihr Handy in die Hosentasche. »Drüben sind sie fast fertig und kommen dann direkt hierher.«

Mia löste sich aus Wills Bannkreis. Eins war sicher: Sie musste sich außerhalb seiner Reichweite aufhalten, sonst gab ihr Verstand im wahrsten Sinne des Wortes den Geist auf. »Gibt es schon was Neues?«

Frau Kramer zuckte mit den Schultern. »Sie wissen doch, dass ich Ihnen nichts sagen kann. Aber wir müssen Sie alle erkennungsdienstlich behandeln. Das heißt, wir nehmen Ihre Fingerabdrücke, damit wir Sie ausschließen können.«

»Kein Problem«, sagte Will.

Auch Mia nickte.

»Ich gehe kurz nach oben und sage meiner Mutter Bescheid.« Will verließ den Raum.

Die Kommissarin packte ihr Notizbuch ein und nahm die Tüte mit Jakobs Unterlagen. »Können Sie die eine Weile entbehren?«

»Natürlich. Ich bin mir aber nicht sicher, ob sie Ihnen weiterhelfen werden. Wie gesagt, Herr Kühn hat gemerkt, dass eine Seite fehlt. Meine Mutter mailt sie mir zu. Vielleicht erfahren wir dann mehr.«

»Schicken Sie sie mir bitte gleich.« Die Beamtin reichte ihr eine Visitenkarte. »Und was war das für ein Maskenmann auf dem Dachboden?«

»Jemand hat sich mit den Stammesutensilien der Herero verkleidet und mich mit einem *kirri* niedergeschlagen. Eine Art Wurfstock. Da habe ich noch gedacht, die fehlende Seite könnte vielleicht in der afrikanischen Abteilung sein.«

»Eine afrikanische Abteilung?«

»Sie werden es selbst sehen. Das Zebra ist krass.«

Die Kommissarin lächelte. »Ein Zebra auf dem Dachboden, das hat auch nicht jeder. Ich bin gespannt. Und irgendwann müssen Sie mir auch mal von dem geheimnisvollen Nashorn erzählen.«

Von draußen kamen Stimmen, die Haustür wurde geöffnet und die Kriminaltechniker kamen in die Eingangshalle. Sie wurden von Frau Kramer empfangen.

»Frau Arnholt, könnten Sie uns den Weg zum Dachboden zeigen?«

»Klar.«

Will wusste Bescheid, warum also nicht? Sie ging die Treppe voran bis in den ersten Stock.

Kaum oben angekommen, wurde im hinteren Teil der Galerie eine Tür aufgerissen. Heraus schoss ein Gespenst in wehendem Nachthemd und mit zerzausten Haaren: Gabriele Herder. Die Arme weit ausgestreckt, das Gesicht verzerrt, taumelte sie auf Mia zu.

»Raus hier!«, schrie sie. Ihre Stimme überschlug sich fast. »Das ist Hausfriedensbruch! Was bildest du dir eigentlich ein? Bringst die Polizei ins Haus?«

Mia sah hilfesuchend zu Frau Kramer.

Die zog einen Ausweis aus ihrer Jacke. »Kramer, Kripo Lüneburg. Wir ermitteln im Fall Margret Kwatesi und Gerald Kühn und haben in diesem Zusammenhang ein paar Fragen zum Tod von Wilhelm Herder.«

Hinter der gespenstischen Frau tauchte Will auf. Er legte eine Hand auf die Schulter seiner Mutter. »Das habe ich dir doch gerade versucht zu erklären.«

Sie schüttelte ihn ab. »Niemand betritt dieses Haus ohne meine Einwilligung. Oder haben Sie einen Durchsuchungsbefehl?«

»Wir können natürlich die Staatsanwaltschaft darum bitten, uns einen Beschluss auszustellen. Zunächst wäre uns jedoch allen viel mehr gedient, wenn Sie uns einen kurzen Blick auf Ihren Dachboden gestatten. Immerhin hat sich dort nach Aussage von Frau Arnholt ein Verbrechen ereignet.«

»Wie bitte?« Wills Mutter bewegte sich auf Mia zu, die am liebsten hinter den Kriminaltechnikern Schutz gesucht hätte.

Von Migräne war hier offensichtlich keine Spur. In den Augen dieser Frau glitzerte pure Wut. »Was hast du denen erzählt? Wie kommst du dazu, uns die Polizei auf den Hals zu hetzen? Mein Schwiegervater ist noch nicht einmal unter der Erde und schon willst du uns einen Mord unterschieben?«

Frau Kramer stellte sich ihr in den Weg. »Beruhigen Sie sich, Frau Herder. Niemand hat Ihnen etwas untergeschoben. Wie kommen Sie eigentlich im Zusammenhang mit dem Tod Ihres Schwiegervaters auf Mord?«

»Warum sonst tauchen Sie denn gleich mit einer ganzen Kohorte hier auf? Doch nicht etwa, weil Sie den Einbrecher vom Gästehaus hier vermuten!«

»Frau Arnholt wurde auf dem Dachboden von einem Unbekannten überfallen.«

»Was?« Gabriele drehte sich zu ihrem Sohn um.

Der hob bedauernd die Schultern. »Wenn du mich einmal ausreden lassen würdest …«

»Überfallen? Hier? Auf dem Dachboden? Was um Himmels willen wolltest du da?«

»Ich … Ich hab was gesucht.«

»Was?«

Mia sah zu Will. Hilf mir!, rief ihr Blick. Um nichts in der Welt wollte sie Gabriele Herder in die Hintergründe ihrer Aktion einweihen. Sie wusste, was sie von Will verlangte. Sich gegen seine Mutter zu stellen, ihr Dinge zu verschweigen, die sich in ihrem Haus abgespielt hatten …

»Einen Beweis dafür, dass mein Großvater keinen Unfall hatte«, sagte er.

Jetzt war es heraus. Es dauerte einen Moment, bis seine Mutter verstanden hatte, worum es eigentlich ging. »Keinen Unfall?«, wiederholte sie. »Ja, was denn dann? Einen Zusammenbruch? Ich verstehe das alles nicht!«

»Das wissen wir noch nicht, Frau Herder.« Die Kommissarin nickte ihren Kollegen zu, die sich jetzt ein paar Schritte zurückzogen. »Aber wir würden es gerne herausfinden. Es gibt Hinweise darauf, dass Herr Herder vor seinem Tod auf dem Dachboden war. Wir müssten einen Blick hineinwerfen und auch die Treppen genau untersuchen.«

Mia sah noch, wie sich Gabrieles Augen verdrehten, dann fiel Frau Herder zu Boden. Will konnte sie gerade noch so auffangen, damit sie sich nicht ernsthaft verletzte.

»Mama?«, fragte er, mehr ärgerlich als besorgt. Offenbar zog sie diese Nummer häufiger ab.

Frau Kramer war sofort bei ihr und klopfte ihr sacht auf die Wangen.

»Ich hol Wasser«, sagte Mia.

Will sah kurz hoch und nickte ihr zu.

»Wo?«

»Im Schlafzimmer ist ein Bad.« Er wies mit dem Kopf in den Raum, aus dem die beiden gerade aufgetaucht waren.

Mia drückte sich an der Ohnmächtigen vorbei. Es war eng geworden auf der Galerie, die für Versammlungen der halben Kripo Lüneburgs und eine theatralische Ohnmachtsvorstellung nicht geeignet war. Als sie das halbdunkle Schlafzimmer erreichte, versuchte Mia, keinen Blick nach links und rechts zu werfen. Trotzdem musste sie an dem breiten Bett und den zugezogenen Vorhängen vorbei. Bilder hingen an den Wänden, die Nachttischlampen waren aus Büffelhörnern geformt, und in einer Ecke stand eine deckenhohe Zimmerpalme. Kolonialzeit reloaded, dachte Mia. So richtet sich der moderne Stadtmensch ein, wenn er ein bisschen Afrika in seine Nähe lassen will.

Das Badezimmer war anders. Eine hypermoderne Regendusche, alles blitzblank gewienert. Als Waschbecken diente eine grünlich schimmernde Glasschale. Es roch nach Frau Herders Parfum. Mia fand ein Handtuch und hielt es unter fließend kaltes Wasser. Dann eilte sie ins Zimmer zurück – zu schnell, sie stolperte über einen Hocker und fiel der Länge nach hin. Mitten in der Bewegung griff sie noch reflexartig nach dem Vorhang, der ein bitterböses Ratschen von sich gab, als er zur Hälfte nach unten gerissen wurde. Mit einem unterdrückten Fluch rappelte sie sich auf. Der Knöchel schmerzte wieder höllisch, wahrscheinlich hatte sie ihn sich zum zweiten Mal verknackst.

»Mia?«, hörte sie Wills Stimme von draußen.

»Ich komme sofort!«

Hektisch versuchte sie, den Vorhang irgendwie so zu drapieren, dass das Malheur wenigstens nicht auf den ersten Blick auffiel. Sie wollte den anderen Schal einfach ein Stück in die Mitte ziehen. Sie hatte den Stoff in der Hand, spürte die gewebte, dicke Seide, und sie sah noch, wie hinter dem Vorhang etwas auftauchte, jemand, genauer gesagt, der sich dort versteckt hatte. Und als sie erkannte, wer es war, blieb ihr das Herz stehen.

Die Gestalt lauerte in der Ecke neben der Tür, gebückt, zusammengekauert, starr. Angst kroch wie Eis in Mias Adern.

Das konnte nicht sein, hämmerte es in ihrem Kopf. Das konnte doch nicht sein! Denn dort in der Ecke hockte der Maskenmann und sein furchtbares, hölzernes Gesicht spiegelte nichts als Grausamkeit.

17.

Will war zuerst bei ihr. Mia schrie, wie sie noch nie in ihrem Leben geschrien hatte. Will nahm sie in den Arm und zog sie an sich, fest, ganz fest. Dann musste Frau Kramer gekommen sein, denn Mia hörte ihre Stimme, auch wenn sie nicht verstand, was sie sagte. Irgendetwas polterte und fiel krachend zu Boden. Hatte die Polizistin das Ungeheuer überwältigt?

»Alles okay«, murmelte Will in ihre Haare. »Ganz ruhig. Da ist nichts. Gar nichts.«

Nichts? Was redete er da! Sie hatte den Maskenmann deutlich gesehen! Mit einem Ruck befreite sie sich aus seiner Umarmung (die an und für sich gar nicht so schlecht gewesen war, zog man mal die äußeren Umstände ab) und drehte sich um. Die Kriminaltechniker versperrten ihr die Sicht. Mia drängelte sich durch sie hindurch und sah auf eine Maske, einen *kirri* und einen Schild, alles malerisch auf dem

Teppichläufer drapiert, als hätte jemand diese Verkleidung auf der Flucht hastig von sich geworfen.

»Wo ist er?«, rief sie. »Er war doch gerade noch hier!«

Frau Kramer ging in die Hocke. Aus ihrer Jackentasche holte sie ein Paar hauchdünne Handschuhe hervor, die sie sich überstreifte. Einer der Kriminaltechniker machte es genauso. Gemeinsam hoben sie den Schild an.

»Hier war niemand«, sagte Will leise. »Du hast dich getäuscht.«

»Wir sollten alles auf Fingerabdrücke untersuchen. Jemand scheint das Zeug nach dem Überfall auf Frau Arnholt hier abgestellt zu haben.« Die Beamtin sah über die Schulter zu Will. »Ist Ihre Mutter wieder aufgewacht?«

»Ich sehe nach ihr.«

»Ist es das, was Sie auf dem Dachboden gesehen haben?«

Mia nickte. Ihr war immer noch flau im Magen, und sie merkte, dass ihre Glaubwürdigkeit langsam in Zweifel geriet. Aber für einen Augenblick hatte es wirklich so ausgesehen, als wäre dort jemand! Die Maske würde sie nie vergessen. Dieses ausdruckslose, grausame Gesicht mit den vielen Einkerbungen und Tätowierungen und den wippenden Federn, das näher und näher gekommen war ... Unwillkürlich verschränkte sie die Arme, als ob ihr kalt wäre. »Das hat er getragen. Ganz sicher. Ich gehe mal davon aus, dass es nicht viele dieser Stücke in der Gegend gibt.«

»Wohl kaum. Was ist das?«

»Will hat mir erklärt, dass es vielleicht so eine Art Schamanenausrüstung ist, für Menschen, die mit Göttern und Geistern reden können.«

»Götter und Geister.« Die Stimme der Kommissarin klang nachdenklich. »Ich vermute, jemand hat diese Dinge getragen, weil er Sie da oben erschrecken wollte. Außerdem verbergen sie den Träger. Oder die Trägerin. Nicht schlecht.« Sie stand auf und ging zwei Schritte in die Ecke, vor der bis vor Kurzem noch der Vorhang gewesen war. »Sehen Sie hier?« Der leitende Kriminaltechniker, ein Mann mittleren Alters mit Geheimratsecken und einer nicht sehr kleidsamen Brille, kam zu ihr. »Diese minimalen Spuren stammen vermutlich von dem Holz, das hier an die Wand gelehnt war. Bleibt die Frage: Wer hat die Sachen versteckt?«

Sie sah zur Tür. Gabriele Herder kam, gestützt auf den Arm ihres Sohnes, ins Zimmer geschlurft. Die Ohnmacht hatte sie gut überstanden, zumindest schien sie zu begreifen, dass sie sich mit weiteren Beschimpfungen etwas zurückhalten sollte.

»Frau Herder, geht es wieder?« Die Stimme der Kommissarin klang gerade genug besorgt, um nicht als eiskalt durchzugehen. »Könnten Sie sich diese, nun, Artefakte einmal ansehen und uns sagen, was das ist?«

Wills Mutter machte sich los und kam näher. Die Neugier wich einem ziemlich glaubhaften Erschrecken – oder war es nur hervorragend gespielt? »Um Himmels willen! Wie kommt denn dieses schreckliche Zeug hierher?«

Ein Glück, dass weder Emily noch Margret in der Nähe waren, dachte Mia. Sie hätten Frau Herder bestimmt über die Herkunft und die Bedeutung des »schrecklichen Zeugs« aufgeklärt. Mias Angst war daher gekommen, dass ein Mensch sich diese Rüstung angelegt und sie angegriffen hatte. Im sanften Abendlicht, das durch die Fenster fiel, verlor die Maske allerdings etwas von ihrer Bedrohlichkeit. Es musste ein strenger, ein ziemlich respekteinflößender Gott gewesen sein, für den sie einmal geschnitzt worden war. Schild und Wurfstock sahen aus, als ob mit ihnen durchaus der eine oder andere Kampf ausgefochten worden war.

Frau Herder kam näher. Etwas wackelig auf den Beinen, aber durchaus Herrin ihrer Sinne. »Das ist vom Dachboden«, sagte sie. »Und es hat vor langer Zeit einmal Karl Arnholt gehört.«

Mia traute ihren Ohren nicht. »Wem, bitte?«

»Karl Arnholt«, wiederholte Gabriele Herder und kehrte im selben Atemzug zurück zum Sie. »Eigentlich müsste Ihnen der Name geläufig sein.«

Sie fanden sich im Salon wieder. Frau Herder hatte sich das Gesicht gewaschen, die Haare gekämmt und eine Art Kimono übergeworfen. Sie sah jetzt aus wie eine verhuschte Geisha. Schild, Stock und Maske wurden gerade von der Kriminaltechnik nach unten und ins Auto gebracht. Für eine eingehende Untersuchung mussten die Sachen ins Labor, wie Frau Kramer erklärte. Die Techniker selbst waren noch auf dem Dachboden zugange. Carolina wurde gerade von Will zwischen Tür und Angel über die Vorkommnisse aufgeklärt, zumindest die, die zu einer solchen Versammlung von Kriminalpolizei im Herder'schen Schlafzimmer geführt hatten. Mia konnte die beiden am Kücheneingang stehen und miteinander reden sehen. Die Hauswirtschafterin wirkte ziemlich erschüttert.

Dann kam Will zu ihnen und sagte, die Delegation und sein Vater wären im Aufbruch und würden in weniger als einer halben Stunde eintreffen.

Carolina brachte Tee, den sie mit zitternden Händen servierte. Ein ums andere Mal murmelte sie dabei »Unfassbar!«. »Geht es Ihnen auch wirklich gut?«, fragte sie Wills Mutter. Und dann in die Runde: »Brauchen Sie etwas? Eine Kopfschmerztablette oder etwas zur Beruhigung? Kann ich noch irgendetwas für Sie tun? Möchten Sie etwas essen?«

Doch alle schüttelten nur den Kopf.

»Frau …?« Die Kriminalkommissarin sah Carolina abwartend an.

»Noswitz«, kam die Antwort. »Carolina Noswitz. Mein Mann Albrecht und ich sind die Hauswirtschafter des Anwesens.«

»Eine Frage. Haben Sie die Gegenstände, die wir in Frau Herders Zimmer gefunden haben, vorher schon einmal gesehen?«

Ein flinker Blick zu ihrer Chefin und dann zu Mia, die kaum merklich nickte. »Ja, auf dem Dachboden. Ich war ein paar Mal im Auftrag von Herrn Herder senior dort oben, der …« Sie brach ab und schluckte.

»Setzen Sie sich doch einen Moment.«

Wieder ein unsicherer Blick zu Frau Herder. Es kam wohl nicht oft vor, dass Carolina in Anwesenheit der *Herrschaft* gebeten wurde, Platz zu nehmen.

»Bitte.« Wills Mutter wies auf den leeren Platz auf der Couch gegenüber und ließ niemanden darüber im Zweifel, dass sie gerade eine große Ausnahme gestattete. »Lassen Sie erst mal alles liegen. Wir müssen die Sache aufklären. Irgendjemand hat dieses fürchterliche, mottenzerfressene Zeug in meinem Zimmer versteckt, und ich weiß noch nicht einmal, wie lange schon! Wann haben Sie denn das letzte Mal die Vorhänge abgenommen und Staub gewischt?«

Die Kommissarin beugte sich vor. »Nichts für ungut, Frau Herder, aber ich stelle hier die Fragen.«

»Ach so, ja.« Umständlich begann Wills Mutter, Zucker in ihren Tee rieseln zu lassen und dann mit einem ziemlichen Klimbim umzurühren. Es gefiel ihr nicht, dass sie in ihrem eigenen Haus in die Schranken gewiesen wurde.

Mia fragte sich, wie lange eigentlich Carolinas Arbeitstage dauerten. Es war fast neun Uhr abends, draußen wurde es, obwohl die Sonne in diesen Hochsommertagen erst spät unterging, dunkel. Die Gewitterwolken ballten sich mehr und mehr zusammen. In weiter Ferne donnerte es. Sie lächelte der Hauswirtschafterin aufmunternd zu. »Erzählen Sie doch einfach, was Sie heute Nachmittag zu mir vorm Haus gesagt haben. Als meine Tasche plötzlich spurlos verschwunden war.«

Sie konnte hören, wie Frau Kramer leise seufzte. Auch das noch, würde sie bestimmt denken. In diesem Haus schien es ja drunter und drüber zu gehen. Diebstahl, Raubüberfälle, Mord …

»Wilhelm Herder hat mich ein paar Mal hochgeschickt, als er nicht mehr so gut laufen konnte. Er wollte, dass ich etwas für ihn suche.«

»Was?«, kam es wie aus der Pistole geschossen aus dem Mund von Frau Kramer.

»Es sollte in einer Kiste in Afrika sein. In der befanden sich all die Dinge, die sein Vater damals aus der Kolonie mitgebracht hatte. Soweit ich weiß, war die Kiste tabu. Niemand durfte sie öffnen.« Ein scheuer Blick zu Frau Herder, die aufrecht wie eine straff gehaltene Marionette in ihrem Sessel saß und so tat, als ginge sie das alles nichts an. »Gottlob Herder, der Firmengründer, hatte sie aus den Kolonien mitgebracht. Er war ja kriegsversehrt. Da war was mit seinem Bein, aber genau weiß ich das auch nicht. Jedenfalls hatte diese Kiste lange Zeit ein schweres Schloss, zu dem nur noch Wilhelm den Schlüssel besaß ...« Carolinas Stimme versagte.

»Was sollten Sie suchen?«, fragte Mia leise und erntete einen bösen Blick von der Kommissarin.

»Wilhelm ... Wilhelm Herder«, kam es stockend, »hatte die Kiste geöffnet. Er fand Dinge darin, die ihn dazu brachten, mit Ihrer Familie«, sie sah kurz hoch zu Mia, »also der Familie Arnholt in Meißen Kontakt aufzunehmen. Aber leider haben Sie sich nie getroffen.«

Ach Mutsch, dachte Mia. Hättest du ihn doch einfach früher angerufen. Aber dann schob sie den Gedanken schnell wieder von sich. Was in diesem Haus geschehen war, daran trug nur einer die Schuld: der Mörder.

»So vergingen die Jahre. Und dann, vor ein paar Wochen, kam ein Schreiben aus Namibia. Wilhelm Herder war sehr aufgeregt. Er bat mich, noch einmal auf den Dachboden zu gehen. – Sie müssen wissen, Frau Kommissarin, dass ich schon sehr lange in diesem Hause arbeite. Ich darf behaupten, dass ich bei Herrn Herder eine gewisse Vertrauensstellung innehatte.« Carolina übersah geflissentlich, wie Frau Herders

Lippen sich zu einem fast gekränkt wirkenden Lächeln kräuselten.

»Das stimmt«, gab die Dame des Hauses schließlich zu. »Carolina ist uns eine große Stütze und genießt unseren höchsten Respekt.«

Carolina senkte den Kopf.

Die Kommissarin versuchte nun, etwas Zug in die zerfaserte Geschichte zu bringen. »Wonach genau sollten Sie Ausschau halten?«

»Nach einem Tagebuch.«

Stille.

»Aber es war verschwunden. Ich habe ganz Afrika danach abgesucht.«

Mia zog scharf die Luft ein. Will, der bis eben sehr überzeugend den besorgten, aber nicht involvierten Sohn gespielt hatte, sah sie an. Beide hatten den gleichen Gedanken: Das Tagebuch war Wilhelm bekannt gewesen, aber offenbar hatte es sich, bis auf die paar Seiten in den Kisten, in Luft aufgelöst.

»Ganz Afrika?«, fragte die Kommissarin.

»So wird der Bereich des Dachbodens genannt, in dem alles aus der ehemaligen Kolonie Deutsch-Südwest gestapelt ist. Ein Zebra, Waffen, Masken, Stoffe … Keiner wollte das mehr im Haus haben. Aber wegwerfen ging auch nicht, also wurde es auf den Dachboden geschafft. Zusammen mit dieser Kiste.«

»Und warum war das Tagebuch so wichtig?«

Carolina zuckte mit den Schultern und sah zu Boden. Sie saß ganz vorne auf der Kante des Sofas, wie auf dem Sprung. Sie fühlte sich nicht wohl, das war ihr anzusehen. »Ich weiß es nicht. Das muss mit seiner Korrespondenz mit Namibia zusammenhängen.«

»Haben Sie das Tagebuch gefunden?«

Mia hielt den Atem an.

»Nein. Deshalb war ich ja ein paar Mal da oben, weil Herr Herder einfach nicht glauben wollte, dass es nicht mehr da ist. Vielleicht war ich wirklich nachlässig. Es ist so unheimlich da! Immer, wenn ich in den Verschlag gegangen bin, hatte ich das Gefühl, als ob mich jemand beobachtet.«

»Ich auch!«, fuhr es Mia heraus. Alle Köpfe ruckten in ihre Richtung herum. »Sorry! Ich wollte nicht unterbrechen.«

Die Kommissarin hatte wieder ihr Notizbuch aufgeschlagen und hineingeschrieben. »Fahren Sie fort.«

»Natürlich weiß ich, dass ich mir das einbilde. Es sind ja nur Schilde und Masken. Aber sie wirken einfach unheimlich, vor allem, wenn das Licht ausgeht. Da ist nämlich eine Zeitschaltuhr, und wer das nicht weiß, erschrickt sich zu Tode.«

Mia hätte gerne eingewandt, dass sie dort oben mit einigem mehr konfrontiert gewesen war als mit ausgehendem Licht. Aber es war nicht ihr Verhör. Sie goss der Frau, der es sichtlich unangenehm war, im Mittelpunkt des Interesses zu stehen, eine Tasse Tee ein und reichte sie ihr. Wieder blickte Carolina zu Frau Herder, als ob die etwas dagegen haben könnte. Als von dieser Seite keine Reaktion kam, nahm sie die Tasse an, konnte sie aber kaum ruhig halten.

Die Kommissarin blätterte währenddessen etwas zurück in ihrem kleinen Buch. »Frau Herder, Sie haben gesagt, die afrikanische Rüstung, die wir in Ihrem Zimmer gefunden haben, hätte einem Karl Arnholt gehört.«

»Ja.« Wills Mutter setzte sich in Positur. »Soweit ich weiß, war Arnholt ein Kriegskamerad von Gottlob, der da unten gefallen ist. Vor seinem Tod hat er Gottlob einige Dinge anvertraut.«

»Dinge?«, rutschte es aus Mias Mund.

»Nun, die Masken und ein paar Familienfotos.«

Mia wollte widersprechen, doch die Kommissarin wandte sich jetzt direkt an sie. »Ist das ein Verwandter von Ihnen?«

»Mein Urgroßvater. Er war zusammen mit Gottlob Herder Soldat.« So langsam wurde das Gespräch interessant. Nicht nur wegen des Tagebuchs. Gottlob schien den ganzen Nachlass von Karl Arnholt zurück nach Deutschland gebracht zu haben. Unter anderem auch eine komplette Herero-Rüstung. Am liebsten wäre Mia gleich auf den Dachboden gegangen, um die sagenhafte Truhe zu inspizieren. Sie ahnte, dass es dort weit mehr zu entdecken gab als das, was sie bisher gesehen hatte. Und jetzt, wo der Maskenmann in seine Einzelteile zerlegt auf dem Tisch der Forensiker landen würde, hatte der Dachboden auch allen Schrecken verloren.

Wieder ein paar Notizen. Aber dann war doch wieder Carolina an der Reihe. »Erzählen Sie weiter, Frau Noswitz. Diese Rüstung soll also einem Soldaten gehört haben, der vor sehr langer Zeit gemeinsam mit einem …«, weiteres Herumblättern, »Gottlob Herder in einer deutschen Kolonie gewesen war.«

»Er war im Krieg«, gab Wills Mutter mit spitzem Mund zum Besten. »Das war keine Erholungsreise.«

»Krieg?« Der Einwurf kam von Will. »Krieg würde ich das nicht gerade nennen. Er hat geholfen, ein ganzes Volk umzubringen. Und die wenigen Überlebenden in Konzentrationslager zu stecken. Das ist unsere ruhmreiche Rolle in der Kolonialgeschichte. Das ist Gottlobs Rolle in diesem sogenannten Krieg.«

»Wie kommst du dazu, dir darüber ein Urteil zu bilden?«

»Weil ich einen Teil von seinem Tagebuch gelesen habe.«

Carolinas Tasse zerschellte auf dem Boden. Mit einer hastig gemurmelten Entschuldigung ging sie auf Tauchstation, um die Scherben aufzusammeln.

»Du hast sein Tagebuch?« Die Frage seiner Mutter klang ehrlich entsetzt.

»Nur einen Auszug. Ein paar Blätter. Aber es sind genau die Seiten, in denen von dem Völkermord die Rede ist.«

»Könnte es sein«, mischte sich jetzt Frau Kramer wieder ein, »dass Wilhelm Herder dieses Tagebuch vernichten wollte? Dass er verhindern wollte, dass es jemandem in die Hände fällt, der Sie damit eventuell erpressen wollte?«

»Mit über hundert Jahre alter Kolonialgeschichte?«, fragte Gabriele Herder spitz zurück. »Ich bitte Sie. Danach kräht heute kein Hahn mehr.«

»Doch«, sagte Mia leise. »Doch, das tut es. Und ich glaube, Wilhelm wollte, dass es bekannt wird. Sonst hätte er mich nicht so kurz vor seinem Tod kontaktiert. Und Emily auch. Emily Shipanga aus der Delegation, die hier zu Besuch ist. Emily und ich sind verwandt. Karl Arnholt ist unser Vorfahre. Es gibt zwei Zweige unserer Familie, einen in Namibia, einen in Deutschland.«

»Aha.« Frau Kramer sah zum ersten Mal so aus, als ob sie nicht mehr mitkäme.

»Ich glaube, in diesem Tagebuch steht noch mehr. Zum Beispiel, warum Gottlob Herder den kleinen Sohn seines gefallenen Kameraden Karl mit nach Deutschland genommen hat. Jakob, meinen Urgroßvater.« Sie wandte sich direkt an die Kommissarin. »Jakob Arnholt kam mit sechs, sieben Jahren nach Lüneburg. Ein schwarzer Junge im deutschen Kaiserreich. Er war Kriegswaise. Nach allem, was ich heute weiß, wäre er wahrscheinlich genau wie seine Mutter, die eine Herero war, in einem der Konzentrationslager gestorben. Gottlob hat sich seiner angenommen. Ich wüsste gerne mehr über die Gründe.«

»Nächstenliebe?«, fragte Frau Kramer.

»Als Pfandsklave?«, fragte Mia zurück. »Jakob war schwarz. Er war ein Kind und schuftete in Herders Manufaktur, bis er endlich mit vierzehn oder fünfzehn den Absprung schaffte. Er war bitterarm. Aber Herder war reich.« Sie merkte, wie Wills Mutter sich verspannte. Aber es musste heraus. Wenigstens ein Mal in Gegenwart dieser Frau. »Wie kann jemand als einfacher Soldat so reich aus den Kolonien zurückkehren? Ich glaube, das alles steht in dem Tagebuch. Es geht nicht um den Mord an den Herero, so bitter es ist. Das war Gottlob egal. Es geht um eine Bereicherung auf Kosten eines kleinen Jungen.«

Frau Herder öffnete den Mund – und schloss ihn wieder.

Mia sah unsicher zu Will. Wie würde er auf diese massive Anschuldigung reagieren? Sie würde ihm natürlich gar nicht gefallen. Finster sah er aus. Fast ein bisschen wütend. Wenn sie doch bloß früher gekommen wäre! Wenn sie doch noch mit Wilhelm hätte reden können! In was für einen Strudel aus finsteren Geheimnissen und unberechenbarer Gewalt waren sie alle hineingezogen worden?

»Und deshalb«, begann Will, und Mia zuckte zusammen, als ob ein Urteilsspruch gefällt würde, »müssen wir das Tagebuch finden.«

Meinte er das wirklich ernst? Diesen kurzen Satz, mit dem Will klarmachte, dass er Mia glaubte und dass er den letzten Willen seines Großvaters respektierte? Am liebsten hätte sie übers ganze Gesicht gestrahlt. Das ging natürlich nicht in dieser Situation. Aber Will musste es doch am Glanz ihrer Augen erkennen, wie ihr zumute war.

»Dann hätten wir das Motiv«, fuhr er fort. »Und das würde Sie, Frau Kramer, zum Täter führen.«

Die Angesprochene klappte ihr Notizbuch zu. »So ein Fall ist mir in meiner ganzen Laufbahn noch nicht untergekommen. Also, Frau Herder, Sie bleiben dabei, dass Sie die afrikanischen Gegenstände in Ihrem Zimmer noch nie gesehen haben?«

»Ich bleibe dabei, so wahr mir Gott helfe.« Theatralik pur.

»Und Sie, Frau Noswitz, haben Sie die Sachen dort schon einmal gesehen?«

»Nein, nur auf dem Dachboden.« Carolina hielt immer noch die Scherben in der Hand. »Aber einmal sind sie umgefallen und ich hab sie wieder aufgestellt. Es war, nun, ziemlich gruselig.«

»Ich habe sie noch nie berührt«, warf Wills Mutter ein. »Also werden Sie auch keine Fingerabdrücke von mir darauf finden. Falls Sie mir irgendetwas anhängen wollen.«

Damit meinte sie natürlich nicht die Kripo, sondern Mia.

»Wer könnte es dann gewesen sein? Bitte denken Sie nach.«

Stille.

Frau Kramer stand auf. »Nun gut. Wir arbeiten heutzutage auch noch mit weiteren Methoden. Sie werden erstaunt sein, was wir außer Fingerabdrücken noch alles finden können. Der Dachboden bleibt versiegelt, einen Beschluss der Staatsanwaltschaft reichen wir nach. Ich danke Ihnen. Bitte halten Sie sich alle zur Verfügung.« Sie sah auf ihre Armbanduhr. »Ich glaube, heute werden wir auch nichts mehr von der KTU erfahren. Der kriminaltechnischen Untersuchung«, setzte sie hinzu. »Ich schaue morgen wieder vorbei. Ich würde Sie bitten, solange der Täter nicht gefasst ist, nicht mehr ins Gästehaus zurückzukehren. Auch das werden wir versiegeln. Herr Herder«, sie wandte sich an Will, »wir brauchen auch die Zeugenaussagen der Delegation. Könnten Sie sich darum kümmern, dass die Herrschaften noch heute Abend kurz auf dem Präsidium vorbeischauen?«

»Selbstverständlich.«

Alle standen auf.

»Und Sie, Frau Arnholt, kann ich Sie hier erreichen, falls noch Fragen sind?«

»Ich weiß nicht.« Wenn das Gästehaus erst einmal geschlossen war, musste sie sich, wie alle anderen, nach einer neuen Bleibe umsehen. Nicht einfach um diese Uhrzeit, aber irgendwie würde es gehen.

»Du kannst in meinem Zimmer schlafen«, sagte Will. »Für eine Nacht wird es schon irgendwie gehen.«

Was bitte war die Steigerung von nicht einfach?

18.

Es war spät am Abend, als sie Emily und Tom endlich treffen konnten. Wolfgang Herder persönlich hatte es sich nicht nehmen lassen, die ganze Delegation vom Esstisch im *Silber und Salz* direkt zur Polizei zu begleiten und dann in einem Hotel unterzubringen. Es wunderte Mia nicht, dass sie dabei übergangen wurde. Vielleicht rechneten die Herders ja damit, dass die Bahnhofsmission noch ein Plätzchen frei hätte.

Sie wollte dem Firmenboss nichts unterstellen, aber die Aussicht, dass die Gruppe am nächsten Tag ranghohe Regierungsvertreter in Berlin treffen würde und es in seiner Hand lag, ob sie dort ein Klagelied vom Herder'schen Geiz oder einen Lobgesang auf seine Großzügigkeit anstimmen würde, hatte die Auswahl vermutlich entscheidend mitbestimmt. Dazu noch, dass ein Einbrecher, so die offizielle Version, Margret niedergeschlagen und lebensgefährlich verletzt hatte. Jedenfalls lag das Hotel mitten in der Altstadt von Lüneburg und war ein umgebautes, liebevoll renoviertes Gehöft, in dem sich jeder Gast sofort wohlfühlen musste. Ein Teil der Zimmer waren im Hauptgebäude, das mit seiner imposanten hölzernen Treppe, dem Kronleuchter und den uralten Butzenscheiben auf jeden Game-of-Thrones-Fan Eindruck gemacht hätte.

Mia und Will hatten in der Hotellobby auf die Rückkehr der Delegation gewartet. Er hatte sie auf dem Weg in die Stadt noch gefragt, ob sie ebenfalls etwas essen wollte. Aber sie hatte keinen Hunger und vermutete, dass es dem Rest der Delegation ebenso gegangen war. Will und sie waren aufgebrochen, nachdem Frau Kramer das Haus verlassen hatte. Ziemlich hastig, und Mia vermutete, dass Will so den Fragen seiner Mutter ausweichen wollte. Nun saßen sie im Hotel schweigend nebeneinander. Das Tagebuch, das Versteck des Maskenmannes im Elternschlafzimmer, der Überfall auf Margret und nicht zuletzt die beiden ungeklärten Todesfälle nagten an ihnen. Doch in einer Art stillschweigender Übereinkunft redeten sie nicht darüber, solange Emily und Tom nicht dabei waren.

Der Geruch von verbranntem Holz drang aus dem Kamin und verlor sich in der warmen Abendluft, die durch die geöffneten Fenster hereinströmte. Ab und an zuckte ein Blitz über den nächtlichen Himmel, gefolgt von einem dumpfen Donnergrollen. Wann kam es denn endlich, das Gewitter? Mia legte den Kopf nach hinten auf die Lehne des Sofas und sah an die Decke. Die war irrsinnig hoch, bestimmt fünf Meter. Gegenüber führte eine hölzerne, reich geschnitzte Treppe in die obersten Etagen. Das Haus bestand aus mehreren Anbauten, die wohl im Laufe der Jahrhunderte hinzugekommen waren, doch diese Halle musste der Kern des Gebäudes gewesen sein. Noch immer war das gewaltige Eingangstor zu erkennen, durch das vielleicht sogar einmal Viehwagen hineingefahren wurden. Später hatte man es verkleinert, auch wenn die Tür immer noch riesig und mittlerweile von einem gläsernen Windfang umgeben war. Mia dachte daran, wie viele Generationen unter diesem Dach schon gelebt, geliebt und gelitten hatten. Was wusste man heute noch davon? Verging nicht alles irgendwann einmal, wurde zermahlen von diesem knirschenden, unaufhaltsamen, nie endenden Sandstrom der Zeit? Der Dreißigjährige Krieg, die Pest, Revolutionen und Hungersnöte – was wusste man denn schon noch vom Schicksal des Einzelnen? Es blieben Zahlen in den Geschichtsbüchern und in manchen Fällen noch nicht einmal die. Hundert Jahre. Sie waren ein Nichts und trotzdem eine Ewigkeit.

Sie hätte sich früher um die Kolonialgeschichte ihrer Familie kümmern sollen. Gegenüber Emily, Tom und Will kam sie sich dumm vor. Warum war das Thema in ihrer Schulzeit kaum gestreift worden? Warum hatte es so elend lange gedauert, bis die Herero zum ersten Mal eine Chance auf Wiedergutmachung durch die Bundesregierung erhielten? Mia las die Presseberichte darüber auf ihrem Handy – und mit einem Mal standen Emily und Tom im Raum.

Ein Blick in Emilys Gesicht und Mia wäre am liebsten davongelaufen. Die junge Frau sah erschöpft aus und schien am Ende ihrer Kräfte.

»Sie kommt durch. Ich rufe gleich noch mal in der Klinik an.«

»Gott sei Dank«, sagte Will. »Die erste gute Nachricht dieses Tages.«

Gute Nachricht?, dachte Mia. Obwohl Emily ihr noch ein schwaches Lächeln schenkte, ließ sich die Tatsache nicht verdrängen: Margret lag schwer verletzt im Krankenhaus, weil sie ein lieber, großzügiger Mensch war, der Mia mit dem Kleid eine Freude hatte machen wollen. Immer, wenn ihre Gedanken an diesem Punkt ankamen, stiegen ihr die Tränen in die Augen.

»Hey«, sagte Will leise. Und dann legte er ihr den Arm um die Schulter.

In diesem Moment traf Herr Herder mit dem Rest der Delegation ein. Seinem dröhnenden »Gibt's was Neues?« setzte Will eine kurze Zusammenfassung entgegen. Emily klärte ihre Mitreisenden über den letzten Stand der Dinge auf und ging dann mit Tom in ihr Zimmer. Die Gruppe checkte ein, nur Rudolf Mwedihanga kam zu ihnen und bekam die letzten Worte mit.

»Das ist gut«, sagte er. »Ich habe schon mit den Eltern telefoniert. Sie kommen morgen.«

Will nickte. »Ich hole sie am Flughafen ab. Selbst wenn das Gästehaus wieder freigegeben ist, wäre es wohl besser, wir bringen sie in der Stadt unter. Ich kümmere mich darum, Sie können sich auf mich verlassen.«

Wolfgang Herder lag etwas auf der Zunge, vermutlich die Frage, wer denn auch noch für diese Kosten aufkommen sollte. Aber dann überlegte er es sich anders. »Ich sehe, Sie sind in besten Händen. Wenn es Ihnen nichts ausmacht, würde ich dann zu meiner Frau fahren.«

Niemandem machte das ernsthaft etwas aus. Trotzdem verabschiedete sich Rudolf freundlich und mit besten Grüßen an Gabriele Herder.

Emilys und Toms Zimmer lag in einem ehemaligen Nebengebäude, das früher vielleicht ein Stall oder ein Gesindehaus gewesen war. Man musste den kopfsteingepflasterten Hof überqueren, vorbei an Bänken, üppig blühenden Sträuchern und wildromantisch wucherndem Efeu, bevor man durch eine niedrige Tür eintrat. Auch hier war der Enge eine ordentliche Portion Romantik abgerungen worden: Blumentapeten, dicke Deckenbalken, Messinglampen und Holzmöbel, die aussahen, als ob sie schon seit Generationen hier stünden. Als Emily mit rotgeweinten, verschwollenen Augen öffnete, fragte Rudolf nach Margret. Sie antwortete auf Deutsch.

»Sie wird durchkommen, haben die Ärzte gesagt. Erst einmal liegt sie im künstlichen Koma, damit die Schwellung im Kopf zurückgehen kann. Es war knapp. Sehr knapp.« Tränen stiegen ihr in die Augen.

Rudolf nahm sie in die Arme. Hinter den beiden tauchte Tom auf und ließ Mia und Will mit einem Kopfnicken eintreten.

»Ihr habt es gehört«, sagte er leise. »Du hast Margret wahrscheinlich das Leben gerettet.«

»Ich weiß, aber …« Mia biss sich auf die Lippen. Sie konnte nicht froh sein. Der Anschlag hatte ihr gegolten. Ohne Margrets Kleid läge Mia jetzt im Krankenhaus, oder, noch schlimmer, in einem Sarg.

»Du kannst nichts dafür.« Will ließ sich in einen Sessel

fallen. »Also hör auf, dir Gewissensbisse einzureden. Du brauchst dein Hirn jetzt für wichtigere Dinge.«

Tom raffte ein paar Klamotten vom Bett und bot Mia den Platz an. Emily sprach immer noch mit Rudolf in ihrer Landessprache. Der nickte, hörte zu und wandte sich dann direkt an Mia, die sich vorsichtig aufs Bett setzte.

»Wir sind Ihnen zu tiefstem Dank verpflichtet.«

»Nein, wirklich nicht!«, protestierte sie schwach.

»Ich habe Nachricht von Margrets Eltern. Sie kommen morgen, um ihre Tochter zu besuchen, und wollen unbedingt mit Ihnen sprechen.«

Verstand denn keiner, dass es ihre Schuld war? Warum hatte sie nur dieses Kleid tragen müssen! Margrets totenbleiches Gesicht, das Blut, das aus ihrer Kopfwunde sickerte … Sie würde dieses Bild niemals vergessen. »Grüßen Sie sie bitte von mir.« Ihre Stimme klang tonlos.

Sie wusste, dass Will sie ansah, aber sie traute sich nicht, den Kopf zu heben. Das sagte sich so leicht: Du kannst nichts dafür. Ein Irrer lief da draußen herum und tötete jeden, der zwischen ihm und seinem Ziel stand. Was würde er jetzt tun, wenn er herausgefunden hatte, dass er im falschen Zimmer gewesen war? Vielleicht müsste sie Plakate in der ganzen Stadt aufhängen: Die Briefe sind bei der Polizei. Wenn Sie sie haben wollen, gehen Sie hin und holen Sie sie sich! Im Übrigen waren sie dem Täter um eine winzige Nasenlänge voraus. Sie wussten, dass es um ein Tagebuch ging und nicht mehr allein um die verschollene Seite eines Briefes.

Mia checkte ihr Handy, während Emily sich von Rudolf verabschiedete. »Die Mail ist da! Mit dem Scan!« Hastig öffnete sie den Anhang und stieß einen ärgerlichen Seufzer aus. »Sütterlin, und dazu noch so winzig, dass man statt einer Lupe ein Mikroskop braucht.«

»Sütterlin?«, kam es von der Tür. Rudolf, schon im Gehen, kam noch einmal zurück. »Das habe ich von meiner Mutter gelernt. Sie war Mitarbeiterin der wissenschaftlichen Gesellschaft von Swakopmund. Wenn ich also irgendwie helfen kann?«

»Oh ja!« Mia reichte ihm das Handy. »Könnten Sie uns diesen Brief vielleicht vorlesen?«

Will beugte sich interessiert vor. Tom setzte sich links neben Mia, Rudolf rechts. Emily schnappte sich ein Kissen und setzte sich einfach auf den Boden. Alle beobachteten Rudolf, der mit zusammengekniffenen Augen das Handy erst nah und dann weiter weg hielt.

»Das ist wirklich sehr klein.«

»Hat jemand ein Tablet oder einen Laptop? Dann könnten wir es auf einem größeren Bildschirm ansehen.«

»Ich«, sagte Tom. »Gib her.«

Rudolf stand auf und gab ihm das Handy. »Ich hole meine Lesebrille. Ohne geht es leider nicht mehr.« Mit einem entschuldigenden Lächeln verließ er den Raum.

Tom schickte die Nachricht von Helene Arnholt weiter.

»Ich kann kaum glauben, dass in Namibia noch Sütterlin gelesen wird.«

Emily hob die Augenbrauen. Mittlerweile kannte Mia ihre Großcousine gut genug, um zu wissen, dass jetzt gleich eine nicht sehr freundliche Antwort kommen würde. »Ich muss dich leider enttäuschen. Ganz so hinterwäldlerisch sind wir nun auch wieder nicht. Aber das Museum in Swakopmund beschäftigt sich intensiv mit der Kolonialgeschichte. Du glaubst nicht, wie viel seltsames Zeug die aus Nachlässen bekommen, nur weil irgendwelche Deutschen glauben, ihre Anwesenheit in unserem Land hätte eine Bedeutung gehabt.«

»Die kannst du aber nicht ganz abstreiten.« Tom startete seinen Laptop. »Sie hatte eine Bedeutung. Wenn auch nicht in dem Sinne, in dem die Deutschen sie gerne hätten.«

»Manche Deutschen«, widersprach Mia. »Das ist aber nicht die Mehrheit.«

Tom nickte. »Die Mehrheit interessiert sich nicht dafür. Die meisten wissen noch nicht einmal, wo Namibia liegt. Und dann immer dieses Getue – von wegen: Wir waren doch keine Kolonialmacht! Wir sind doch nur kleine Lichter gewesen! Alles Bullshit. Der Genozid an den Herero, die Rassengesetze, die Konzentrationslager, erinnert dich das an irgendwas?«

»Die Nazis«, sagte Mia.

»Genau. Lothar von Trotha hat den Vernichtungsbefehl ausgegeben. Seine Worte: *Innerhalb der deutschen Grenze wird jeder Herero, mit oder ohne Gewehr, mit oder ohne Vieh, erschossen, ich nehme keine Weiber und Kinder mehr auf, treibe sie zu ihrem Volk zurück oder lasse auf sie schießen.«*

Und Emily fuhr fort, leise und deutlich, sodass ihre Worte Mia eine Gänsehaut über die Arme schickten: *»Dies sind meine Worte an das Volk der Herero. Der große General des mächtigen deutschen Kaisers.«*

Tom sprach weiter. »Es war der Untergang der Herero. Sie

haben die Schlacht am Waterberg verloren und verdursteten jämmerlich. Die Strategie war so einfach wie perfide: Die deutschen Truppen kämpften nicht gegen ein Heer. Sie besetzten einfach die Wasserstellen und trieben die Herero gnadenlos in die Wüste. Noch ein Zitat von Trotha: *Gewalt mit krassem Terrorismus und selbst mit Grausamkeit auszuüben, ist meine Politik. Ich vernichte die aufständischen Stämme in Strömen von Blut und Strömen von Geld. Nur auf dieser Aussaat kann etwas Neues entstehen.*«

Tom war weiß, ein Nachfahre der Kolonialherren. Emily war schwarz, eine moderne, stolze junge Frau, eine Herero. Die beiden liebten sich, waren ein Paar. Der Geschichte zum Trotz. Denn war die Welt nicht ein Irrenhaus? Religion – war sie nicht immer wieder der Grund für entsetzliche Gräueltaten gewesen? Nur ein paar Kilometer von Meißen entfernt hatten Flüchtlingsunterkünfte gebrannt. Der Ruf Sachsens war durch die unsägliche Pegida-Bewegung und den Fremdenhass besudelt. Aber jetzt sah sie, dass zwei Menschen einen Weg gefunden hatten, trotz der schrecklichen Geschichte ihrer Vorväter (erstaunlich, dass es dabei immer nur um die Väter ging – hatten Mütter eigentlich nie etwas gegen Krieg, Vertreibung und Volksverhetzung unternommen?). Trotz aller Gräben, die selbst Generationen nicht völlig zuschütten konnten. Wo lag der Schlüssel? Wo das Geheimnis? Vielleicht darin, Fehler nicht zu verschweigen und Verbrechen nicht zu relativieren.

»Und deshalb«, fuhr Emily fort, »nur deshalb, um die Erinnerung an diesen vergessenen Holocaust aufrechtzuerhalten, kann Rudolf Sütterlin.«

»Es tut mir leid«, sagte Mia. »Ich habe erst vor ein paar Tagen von alldem erfahren.«

»Du wusstest doch, dass Jakob schwarz war?«

»Ja. Aber das war nie ein Thema in unserer Familie. Meine Uroma ist deshalb vor den Nazis nach Holland geflohen. Ich glaube, die Leute haben damals nicht so gerne darüber geredet, was ihnen widerfahren ist.«

Emily sah immer noch skeptisch aus. »Ich weiß genau, wie meine Vorfahren hießen, was sie gemacht haben und wie sie diese Zeit überlebt haben. Wenn man nicht weiß, woher man kommt, weiß man doch auch nicht, wohin es gehen soll.«

Jetzt mischte sich Will wieder in das Gespräch. »Aber von Jakob hast auch du nichts gewusst. Ich glaube, aus diesem Grund und um mehr zu erfahren, ist Mia zu uns gekommen.«

Das stimmt nicht, wollte sie sagen. Es ging um eine Aufnahmeprüfung und dafür habe ich eine krasse Geschichte gebraucht und mir einfach mal Jakobs Schicksal unter den Nagel gerissen. Emily hatte recht: Es gab keine edlen Beweggründe bei ihr.

Doch Will widersprach, als ob er gerade ihre Gedanken gelesen hätte. »Dabei ist es völlig nebensächlich, ob du für eine Journalistenschule recherchierst oder einfach nur mehr über deine Familie erfahren wolltest.«

»Aber …«

»Kannst du endlich mal aufhören, dich schlecht zu fühlen?«

»Ich fühle mich aber schlecht!«

Emily wechselte einen kurzen Blick mit Tom. »Warum? Wegen Jakob? Lass sie, Will. Ich kann sie gut verstehen.«

Mia traute ihren Ohren nicht. Emily verteidigte sie?

»Ehrlich gesagt, ich weiß auch nicht wirklich ALLES über Corinthia. Da muss ich mir an meine eigene Nase greifen. Und sobald ich wieder zu Hause bin, werde ich genauso über sie recherchieren wie ihr über Jakob.«

»Das ist gut. Denn es gibt Neuigkeiten«, sagte Mia, um diesen seltenen Moment von gegenseitigem Verständnis nicht überzustrapazieren. »Wir hatten ein Gespräch mit der Kommissarin, bei dem auch Carolina Noswitz dabei war, die Hauswirtschafterin der Herders. Sie hat einige sehr interessante Dinge erzählt. Deshalb glauben wir, dass der Täter die verlorene Seite von diesem Brief nur sucht, weil sie vielleicht einen Hinweis auf Gottlob Herders Kriegstagebuch liefert.«

Tom kam mit seinem Laptop zu ihnen. »Ein Kriegstagebuch?«

»Wir kennen nur ein paar Seiten davon, aber die haben es in sich.« Sie sah zu Will. Alles Weitere musste er erzählen.

Der nahm die Herausforderung an. »Ich fürchte, Gottlob war nach heutigem Verständnis ein ziemlich überzeugter Soldat des *großen Generals.* Er war bei der Schlacht am Waterberg dabei. Davon handeln die wenigen Seiten, die wir in den Kisten meines Großvaters gefunden haben. Es muss aber noch mehr geben. Dieses Tagebuch ist der Schlüssel zu allem. Es muss etwas mit Karl Arnholts letzten Tagen zu tun haben. Weißt du etwas darüber? Wurde das irgendwann einmal bei euch zur Sprache gebracht?«

»Nein.«

»Denk nach!«

Während Tom seinen Maileingang öffnete, lehnte Emily

sich mit dem Rücken an den Sessel. Es war so, als ob sie den Blick nach innen richten würde. Als ob sie noch einmal den Geschichten und Erzählungen ihrer Familie zuhörte.

»Nach allem, was ich heute weiß, war Corinthias Situation sehr kompliziert. Obwohl sie christlich getauft war und in diesem Sinne also ein sogenannter ›vollwertiger Mensch‹«, die letzten beiden Worte versah sie mit der Gänsefüßchen-Geste, »war sie doch eine Herero. Über Karl Arnholt weiß ich nicht viel. Da waren wir vielleicht ganz ähnlich wie Mias Leute: Wir hatten einen Exoten in der Familie, der für ein paar Jahre auftauchte und dann wieder verschwand. Tatsache ist, dass er in Swakopmund eine Bäckerei hatte und achtzehnhundertachtundneunzig, glaube ich, Corinthia geheiratet hat.«

»Es gibt ein Foto von den beiden«, unterbrach Mia.

»Was?«

»Ein Hochzeitsfoto. Aus irgendeinem Grund ist es in Gottlobs Hände geraten.« Mia wandte sich an Will. »Es ist in den Kisten.«

Emily beugte sich vor. »Kann ich es sehen?«

»Klar.« Will nickte. »Ich würde das alles sowieso gerne in die Hände von Leuten geben, die wirklich etwas damit anfangen können.«

»Rudolf«, kam es beinahe gleichzeitig aus Mias und Emilys Mund.

Will grinste. »Ihr seid euch wirklich ähnlicher, als ihr glaubt. Im Ernst: Es ist höchste Zeit, dass die Familiengeschichte der Herders auch noch aus einem anderen Blickwinkel erzählt wird. Das wird nicht jedem gefallen ...«

»Wie kam es, dass ein deutscher Besatzer oder Kolonist eine Herero zur Frau genommen hat?«, fragte Mia.

Emily musste nicht lange überlegen. »Das war nicht unüblich in einem Land, in dem es viele weiße Männer gab, aber kaum weiße Frauen. Es gab natürlich welche, die aus Deutschland kamen, aber bei Weitem nicht genug. Rudolf hatte mal Zahlen recherchiert. Die Deutsche Kolonialgesellschaft wollte das Land ja besiedeln. Also hat sie versucht, so viele Frauen wie möglich aus eurem Kaiserreich in das sogenannte Schutzgebiet zu locken. Mit kostenlosen Überfahrten und Jobangeboten, damit sie sich nicht gleich dem erstbesten Mann an den Hals werfen mussten. Trotzdem kamen auf eine Frau sieben Männer. Im Museum von Swakopmund kann man Fotos von ihnen sehen, als Frauen von Farmern, Streckenwärtern, Missionaren oder Handwerkern.«

»Und die Männer, die keine abgekriegt haben?«

»Die mussten nachts ins Kissen beißen.« Emily grinste und fuhr Tom durch die Haare. »Weißt du eigentlich, was du für ein Glück hast?«

»Ja«, sagte der einfach nur, beugte sich zu ihr und gab ihr einen Kuss.

Mia gab sich redlich Mühe, weder zu den beiden noch zu Will zu sehen. »Eins zu sieben«, sagte sie. »Klingt nach Auswahl.«

Emily schüttelte den Kopf.

»Leider nicht. Es kam zu Übergriffen, Vergewaltigungen. Natürlich nicht an den weißen Frauen, wie ihr euch vorstellen könnt. Es waren die schwarzen, die quasi Freiwild wurden. Um das Problem in den Griff zu bekommen, war es eine

Weile lang toleriert, dass weiße Zivilisten eine Verbindung mit einer Einheimischen eingingen. Und ich glaube sogar, dass Karl und Corinthia sich mochten.«

»Das glaube ich auch.« Mia erinnerte sich an die ernsten Gesichter der beiden auf dem Foto. »Aber wenn ihr nichts mehr habt und wir auch nicht, wie kam dann eine so persönliche Fotografie in die Hände von Gottlob?«

»Durch den Aufstand der Herero. Als die Willkür der deutschen Besatzer immer grausamer wurde, als die Herero, Nama und Himba ihre Weidegründe verloren und aufs Übelste misshandelt wurden, kam es zur Rebellion. Sie hatten keine Wahl – die Deutschen haben ihnen alles genommen und behandelten sie dafür wie den letzten Dreck. Anfangs hatten sie Erfolg. Es sah ganz so aus, als ob die deutschen Soldaten sich der Übermacht der Krieger beugen mussten. Unser Anführer war Samuel Maherero. Doch dann landeten fünfzehntausend neue Soldaten. Und jeder Deutsche im Land, der noch reiten und schießen konnte, wurde eingezogen und musste bei diesem Feldzug dabei sein.«

»So haben sich Gottlob und Karl kennengelernt«, sagte Mia. »Der eine ein überzeugter, kaisertreuer Nationalist, wenn ich es mal so wohlwollend umschreiben darf. Der andere ein Bäcker mit einer Herero als Frau und einem kleinen Sohn, der in einen tiefen Gewissenskonflikt gestürzt wurde. Konnten die beiden denn Freunde werden? Ich meine, solche Freunde, dass der eine dem anderen nicht nur sein Hochzeitsfoto, sondern auch gleich noch sein Kind anvertraut?«

Emily runzelte die Stirn. »Da wir von Jakob nichts wussten, nehme ich an, dass er tatsächlich mitgenommen worden ist.«

»In den Krieg?«, fragte Mia entsetzt.

»Natürlich. Die Soldaten brauchten doch Stiefelputzer.«

»Ich glaube nicht, dass Karl das zugelassen hätte.«

»Karl ist tot, vergiss das nicht. Überall im Land wird auf Herero Jagd gemacht. Corinthia zieht sich in die Missionsstation zurück, um dort ihr zweites Kind auf die Welt zu bringen, Catherine. Ihre Ehe und der Schutz, den ihre Kinder vielleicht dadurch noch gehabt hätten, sind wenig später nicht mehr das Papier im Kirchenbuch wert.«

»Sie schreibt noch einen Brief an ihren Jungen, Jakob, und gibt ihm das *kidani* mit. Sie legt sein Leben in Gottlobs Hände. Aber warum? Gottlob war doch wirklich kein Freund der Herero.«

Es klopfte. Rudolf kam zurück, in der Hand seine Lesebrille. Tom reichte ihm den Laptop. Im Raum war es still. Alle dachten noch über das Gespräch nach.

Schließlich räusperte sich Rudolf und blickte in die Runde. »Seid ihr so weit?«

Alle nickten.

»Mein lieber Jakob«, begann er. Und brach ab.

Er fuhr sich mit der Hand über die Augen. Mia, die am nächsten zu ihm saß, beugte sich vor. »Ist alles in Ordnung?«

»Ja.« Seine Stimme klang heiser. »Ich beschäftige mich häufig mit dieser Art von Dokumenten. Jedes Mal ist es so, als ob jemand durch die Zeiten zu mir spräche. Vielleicht klingt das etwas verrückt, aber die Briefe aus jenen Jahren gehen mir sehr nahe.«

Mia nickte. Mehr als ein Jahrhundert war vergangen, seit eine Frau in höchster Not ihr Kind in die Hände eines Fremden gegeben hatte. Wie erklärte man das seinem Sohn? Wie konnte man einem kleinen Jungen vermitteln, dass in dem fremden Land das Überleben und dort, wo die Liebe seiner Familie gewesen war, nur noch der Tod auf ihn wartete?

»Mein lieber Jakob.« Rudolf hatte den Laptop wieder hochgenommen. »Wenn du diese Zeilen lesen kannst, bist du schon im Deutschen Reich und bei lieben Leuten, die dir die Schrift und vieles mehr beigebracht haben. Du wirst dich wohl hundertmal gefragt haben, warum ich dich verstoßen habe? So bezeuge ich: Mit Gottes Hilfe befahl ich dein Leben, deine Seele und die Unversehrtheit deines Leibes an Gottlob Herder, der deinem Vater ein guter Freund und Kamerad gewesen ist. Denke nicht von deiner Mutter, sie sei grausam. Denke, dass sie dich liebt von ganzem Herzen und dir eine bessere Zukunft wünscht als die Düsternis, in die unser Volk taumelt. Habe ich mich doch wahrlich bemüht, eine gute Christin und ein braves Eheweib zu sein. Doch nun, in den Tagen des Untergangs, will ich dich retten. Gottlob ist ein guter Mann, auch wenn seine Worte hart sein mögen und sein Wesen undurchdringlich ist. Er kam zu uns, um mir die Nachricht zu bringen, dass dein Vater tapfer im Kampfe gefallen sei. Im Kampfe gegen mein, gegen dein, gegen unser Volk! Gott prüfte mich und ich schrie und weinte. Weißt du das noch, wie wütend und erschrocken du in die Stube stürmtest und dich auf Gottlob, den Soldaten dieses grausamen Kaisers, warfst? Und wie ich dich zurückhielt und dich wegschickte? Und das war gut, denn nun sprach Gottlob, dass es der letzte Wunsch deines Vaters gewesen sei, dich mitzunehmen nach Deutschland. Doch er sei kriegsversehrt und arm, doch er wisse, dass dein Vater …«

Rudolf brach ab und bat um einen Schluck Wasser. Emily sprang auf und holte eine kleine Flasche aus der Minibar. Er trank langsam und bedächtig, als ob er das Vorlesen der nächsten Zeilen noch etwas hinauszögern wollte.

»Hier ist ein Falz in der Mitte des Briefes«, sagte er und deutete auf den Monitor. Alle kamen zusammen, um es sich anzusehen. »Ein paar Zeilen sind nicht mehr zu entziffern. So geht es weiter: … doch deinen lieben Vater hat ein Krieg verschlungen, den er nicht wollte. Nun liegt er irgendwo und hat kein Grab. Auch ich werde versinken im Staub der Zeit.«

Wieder hielt Rudolf inne. Seine letzten Worte schwebten im Raum. Mia und Emily sahen sich kurz an. Nein, dachte Mia, du bist nicht versunken. Emily und ich sind der Beweis, dass es dich und deinen Kampf gegen den Untergang gegeben hat.

»Doch meine Liebe wird mich überdauern, so wie die Tränen der Sterne, und sollen dich an deine Heimat und deine Familie erinnern. So gab ich dich und alles, was ich hatte, in Gottlobs Hände, der mir versprach und schwur, dass es dir an nichts fehlen werde und er dafür sorge, dass du deinen Weg machen wirst in der kalten Heimat deines Vaters. Mit Gottes Segen wirst du …«

Rudolf sah hoch. Mia löste sich als Erste aus dem Bann seiner Worte. Auch Will und Tom sahen aus, als wären sie ganz weit weg gewesen. Sogar Emily hatte bei Corinthias Abschiedsworten zu Boden geblickt.

»Und? Was?«

»Die Seite ist zu Ende.«

»Moment. Ich hab die Fortsetzung!« Mia griff nach ihrer Tasche – und ließ die Hand sinken. »Die Briefe sind bei der Kripo. Das habe ich ganz vergessen.«

Will stand auf und bot Emily seinen Platz an, die aber mit einem Kopfschütteln ablehnte.

»Corinthias letzte Worte an ihren Sohn.« Sie hatten Mia mehr mitgenommen, als sie erwartet hätte. Meine Ur-Urgroßmutter, dachte sie. Sie war doch höchstens ein paar Jahre älter als ich, als sie diesen Abschiedsbrief schreiben musste. Erst hat sie den Mann verloren, der gegen ihre eigenen Leute in den Krieg ziehen musste, und damit jeden Schutz, den sie noch gehabt hätte. Und dann musste sie sich von Jakob trennen, um ihn vor dem Konzentrationslager und dem sicheren Tod zu bewahren, den sie für sich selbst vor Augen hatte. »Hat es so angefangen?«, fragte sie. »War das der Anfang von all dem, was im zwanzigsten Jahrhundert noch gekommen ist? Der Rassenhass? Das Herrenmenschentum? Der Faschismus? Der Holocaust?«

Rudolf reichte Tom den Laptop hinüber. »Wenn, dann begann es schon viel früher. Dreißig, vierzig Jahre früher, als die ersten Deutschen zur Kapkolonie stießen und sich dort niederließen. Sie stahlen das Vieh und die Weidegründe. Sie steckten ihre Claims ab und behaupteten, Gott hätte ihnen dieses Land geschenkt. Sie verkauften Branntwein und Waffen. Sie nahmen unsere Frauen und töteten die Männer, die das nicht zulassen wollten.«

»China, Samoa, Ostafrika«, ergänzte Will. »Lass dir nicht

erzählen, die Deutschen hätten sich bescheiden zurückgehalten. Bismarck hat sich sehr spät für den Kolonialismus entschieden, das stimmt. Aber nicht aus Menschenfreundlichkeit, sondern aus rein wirtschaftlichen Interessen.«

»Darf ich den Brief noch mal sehen?«, fragte Emily.

»Aber natürlich. Entschuldige bitte.« Tom gab ihr den Laptop.

Mias Großcousine wechselte einen Blick mit Rudolf. »Es ist schon ein einzigartiges Dokument, nicht wahr?«

Rudolf nickte. »Wenn wir Jakobs Reise und seinen Lebensweg nachverfolgen könnten, wäre das sogar eine Ausstellung wert.«

Eine, die Herr Kühn nicht mehr begleiten würde, ging es Mia durch den Kopf. Zwei Menschen hatten deshalb sterben müssen, damit genau diese Umstände niemals ans Licht der Öffentlichkeit gerieten. Und Margret kämpfte auf der Intensivstation um ihr Leben. So berührend dieser Abschiedsbrief war – er brachte sie keinen Schritt weiter.

»Wir müssen das Tagebuch finden«, sagte sie zu Will. »Vielleicht gibt uns das Aufschluss darüber, was passiert ist.«

»Das ist doch klar.« Er sah in die Runde. Emily, nur halb Ohr, überflog noch einmal Corinthias Zeilen – wahrscheinlich ließen sie sich leichter entziffern, wenn man den Inhalt schon einmal gehört hatte. »Gottlob hat sich seinem Kameraden verpflichtet gefühlt.«

Vier Augenpaare ruhten auf Will.

»Aber hier steht es doch! Er kam zu Corinthia, und die hat ihm noch den Abschiedsbrief zugesteckt, und dann ging's aufs Schiff.«

Mia schüttelte den Kopf. »Da fehlt was.«

»Was?«

»Irgendwas. Weiß der Geier. Irgendwas fehlt da! Ein Grund. Es muss einen Grund gegeben haben, warum Gottlob das getan hat!«

Will stand auf. Er sah von einem zum anderen und erkannte in allen Gesichtern das Gleiche: Die Mär vom anständigen Soldaten glaubte in diesem Raum keiner mehr.

»Ich hol die Kisten«, sagte er und ging.

19.

Es war still in dem kleinen Raum mit der niedrigen Decke. Das Bett knarrte ein wenig, als Rudolf sein Gewicht verlagerte. Emily hatte den Laptop wieder geschlossen und sah aus dem Fenster, hinter dem sich die Dunkelheit herabgesenkt hatte. Tom, der auf der Lehne ihres Sessels saß, legte seine Hand auf ihre Schulter. Sie griff nach ihr mit einer zärtlichen Selbstverständlichkeit, die Mia berührte.

»Er konnte nicht lesen.«

Alle sahen Mia an.

»Er hat diesen Brief nicht lesen können. Wahrscheinlich hat er es erst gelernt, als er Lüneburg verlassen hatte und nach Meißen gekommen ist. Ich weiß, dass es noch einmal zu einem fürchterlichen Krach gekommen sein muss zwischen Gottlob und Jakob. Viele Jahre später. Herr Kühn hat mir das erzählt. Ich ahne jetzt, worum es bei diesem Krach ging.«

Sie fuhr sich mit den Händen übers Gesicht. Es lag eine seltsame Stimmung im Raum. War sie unter Freunden? Im Kreise ihrer fremden Familie? Oder wurde sie immer noch als jemand angesehen, der nicht dazugehörte?

»Jakob wird endlich den Brief seiner Mutter entziffert haben und kehrte zurück nach Lüneburg, um von Gottlob die Wahrheit zu erfahren. Kannst du die Stelle noch mal vorlesen? Die kurz vor dem Falz, der den Satz unleserlich gemacht hat?«

Rudolf nickte. »Doch er sei kriegsversehrt und arm, doch er wisse, dass dein Vater … Und dann geht es weiter mit: … doch deinen lieben Vater hat der Krieg verschlungen.«

»Karl«, murmelte Mia. »Karl hatte was in petto, mit dem er Gottlob seine heroische Tat schmackhaft machen konnte. Ein kleiner Bäcker in Swakopmund, was kann der schon für Reichtümer anhäufen? Und trotzdem schlägt Gottlob vor seiner Abfahrt noch bei Corinthia auf und behauptet, er soll ihren Sohn mit nach Deutschland nehmen. Denn er weiß, dass Karl … dass Karl was?« Sie sah in die Runde. »Goldstücke unterm Kopfkissen hat?«

Emily zuckte ratlos mit den Schultern. »Es ist auch etwas seltsam formuliert. Das mit den Tränen der Sterne hat mich irritiert, aber es soll wohl eine Metapher für die Ewigkeit sein.«

Tom fuhr sich mit der Hand übers Kinn. »Ich denke, sie hat ihm Geld gegeben. Wahrscheinlich alles, was sie hatte. So steht es ja auch da. Noch ein paar Andenken, eine Maske, ein Halsband … Für die Bäckerei wird sie nichts mehr bekommen haben, wahrscheinlich war sie auch schon auf der

Flucht in eine Missionsstation. Das ganze Land war schließlich in Aufruhr.«

»Wo ist dieses verdammte Tagebuch?« Mia hielt es nicht mehr auf ihrem Sitz. Sie stand auf und durchquerte das kleine Zimmer hin zum Fenster. Im Hof erleuchteten Laternen die Ziegelsteinwände und üppig wuchernde blühende Pflanzen. Im Haupthaus gegenüber war der Kronleuchter gedimmt. Der warme Schein der Glühlampen spiegelte sich im blank polierten Holz der Treppe. »Und warum haben wir nur die paar Seiten in Wilhelms Kisten?«

Emily lehnte sich zurück und steckte sich mit einem leisen Seufzen. »Was sind denn diese Kisten eigentlich?«

»Wilhelm Herder hatte sie in seinem Zimmer und wollte sie mir zeigen. Hier.« Sie suchte in ihrer Tasche nach dem Zettel mit seinen letzten Worten. »Meine liebe Mia …« Sie reichte Emily das Blatt. »Er wollte, dass ich mich um Gottlobs Nachlass kümmere.«

»Ich nehme an, das Gleiche hatte er mit mir vor.« Emily gab ihr den zerknitterten Versuch eines Briefes zurück. »Also, noch mal zusammengefasst: Gottlob wird dafür bezahlt, dass er Jakob mit nach Deutschland nimmt. Der kann nicht lesen, was ihm seine Mutter zum Abschied geschrieben hat. Erst viel später, als junger Mann, kommt er dahinter.«

»Er fährt nach Lüneburg.« Mia wandte sich vom Fenster ab wieder hin zu Tom, Rudolf und Emily. »Es kommt zum Streit. Worüber streiten sie sich? Bestimmt nicht über Peanuts. Denn aus dem armen Kriegsversehrten Gottlob ist nach der Rückkehr ein reicher Mann geworden. Gottlob muss Jakob ein Vermögen gestohlen haben.«

»Das ist nicht möglich«, erwiderte Emily.

»Warum nicht?«

»Wir sind keine reiche Familie. Es gibt nichts, gar nichts zu holen bei uns. Erst recht nicht, wenn wir über hundert Jahre zurückgehen. Wir waren so arm, dass wir fast verhungert sind. Woher soll bitte ein Vermögen kommen?«

»Ich weiß es nicht.« Mutlos kehrte Mia zu Rudolf zurück und setzte sich wieder. »Aber es muss nach wie vor so groß oder so wichtig sein, dass Menschen dafür sterben müssen.«

Rudolf, der lange Zeit still gewesen war, sah auf seine Armbanduhr. »Es ist schon spät. Wenn ihr mich nicht mehr braucht, würde ich gerne auf mein Zimmer gehen. Es war ein harter Tag.«

Alle wussten, dass er damit nicht die gescheiterten Gespräche mit Wolfgang Herder meinte.

»Natürlich.« Emily sprang auf. Bevor sie ihm die Tür öffnete, wechselte sie noch ein paar Worte auf Bantu mit ihm.

»Gute Nacht.«

»Gute Nacht!«, riefen Mia und Tom ihm hinterher.

Emily kehrte zu ihnen zurück. »Ich bin auch völlig erledigt. Hat der Rest vielleicht bis morgen Zeit?«

Nein, hatte er nicht. Es war, als ob Corinthias Brief Mia elektrisiert hätte. Sie war enttäuscht, dass Emily das offenbar ganz anders sah.

»Was dagegen, wenn ich mich mal kurz hinlege? Weck mich einfach, wenn Will wiederkommt.«

»Klar.« Mia machte ihr Platz.

Tom und Emily legten sich aufs Bett, und es dauerte keine zwei Minuten, bis die beiden fest eingeschlafen waren. Mia checkte das Türschloss – der Schlüssel steckte von innen, aber sie ließ sich, wenn nicht abgeschlossen war, auch von außen öffnen. Dann ging sie hinunter in den Hof, in dem sich die Hitze des Tages gestaut hatte, und setzte sich auf eine Bank vor dem Nebeneingang des Hotels. Ein Wind kam auf. Er rüttelte an den Wipfeln der Bäume und trieb heruntergefallene, trockene Blätter über das Pflaster. Ein Pärchen in Trekking-Klamotten, das bei einer Flasche Wein vor seinem Zimmer gesessen hatte, stand auf. Der Mann sah in den Nachthimmel und sagte etwas zu der Frau, beide gingen rasch ins Haus. Und schon fielen die ersten Tropfen. Sie waren dick und schwer und klatschten auf das Kopfsteinpflaster, als würde jemand sie direkt aus den Wolken schleudern (was in gewisser Weise auch stimmte, obwohl dieser Jemand nichts anderes als Thermik war). Das Gewitter. Auch das noch.

Mia flüchtete in die Hotellobby. Sie war menschenleer, die Rezeption verwaist. Glücklicherweise, denn sie hatte kein Zimmer und wusste nicht, ob es erlaubt war, sich hier unten aufzuhalten. Die große Eingangstür war verschlossen. Sie setzte sich auf die Couch und lehnte sich zurück. Obwohl alles in ihr in Aufruhr war, fühlte sie auch die Müdigkeit. Um sich wachzuhalten, holte sie den Block hervor, auf dem sie begonnen hatte, ihre Rechercheergebnisse aufzuschreiben. *Gottlob Herder liebte es, auf Zebras zu reiten ...* Mehr hatte sie nicht zustande gebracht. Eine tolle Journalistin würde aus ihr werden! Sie legte den Block vor sich auf den Couchtisch. Kurz vor Mitternacht. Geisterstunde. Ein Glück, dass in diesem Hotel nichts aus dieser Richtung zu befürchten war.

Hoffentlich.

Sie nahm den Kugelschreiber und setzte an. Dann ließ sie ihn wieder sinken.

Es war nichts herausgekommen bei dieser Reise nach Lüneburg und in die Vergangenheit. Bis auf eines: Sie hatte Emily kennengelernt und erfahren, dass die Arnholts in Afrika überlebt hatten. War das nichts?

Die Polster der Couch waren weich und verlockend … Nur ein paar Minuten … Sie lehnte sich zurück und schloss die Augen. Zwei Atemzüge später war sie eingeschlafen.

Am Rande der Omaheke-Wüste, 14. August 1904

Es ist vollbracht, unser Werk ist getan. Der Feind ist vernichtet. Der fremde, schlaue Eroberer triumphierte über die wilde Mordlust der Einheimischen. Doch welche Verluste mussten wir hinnehmen. Karl ist tot, mit Gustav hab ich ihn begraben. Ein Flintenschuss hat ihn erwischt, aus bösem, heimtückischem Hinterhalt. Ein Dutzend Schwarze, drei Männer, die haben wir gleich gehängt. Die Frauen und Kinder, erbärmlich und verhungert, rannten in die Wüste. Ein Salut über Karls Grab im Sande, so gebe Gott, dass es der letzte war in diesem Kriege. Mir war nicht wohl, der Sippe nachzusehen, wie sie in den sicheren Tod wankte. Doch hat der General befohlen, auch gegen das kleinste Kind mit deutscher Härte vorzugehen, und jeder vierte Mann von uns lag im Typhus. Sieben Stunden von der nächsten Wasserstelle entfernt, so gaben wir die Verfolgung auf. Ich aber lag des Nachts mit schmerzendem, faulem Bein, fast am Verdursten. Da kam die Angst, dass ich in dieser schrecklich dürren, heißen Luft den Verstand verlöre und ich noch einen Tag nicht überleben dürfte. Und mir kamen im Traume Bilder und eines von denen war Karl. Und ich schwor, sollte Gott ein Einsehen haben und mich zurückkehren lassen nach Swakopmund und in die Heimat, so würd ich Karls Bastard als Bambuse mitnehmen, auf dass er gerettet werde durch meine Hand.

20.

Ein leiser Ton ließ Mia hochschrecken – es war ihr Handy. Schlaftrunken suchte sie danach und sah auf ihre Uhr: kurz nach Mitternacht. Wann war Will gegangen? Vor einer halben oder einer Stunde? Warum kam er nicht zurück? Sie konnte schlecht in der Hotellobby übernachten. Wahrscheinlich schrieb er ihr, dass er draußen auf sie warten würde. Sie war schon aufgestanden, als sie die SMS öffnete und feststellte, dass sie von einer unbekannten Nummer kam.

Sie haben etwas, ich habe etwas. Wollen wir tauschen?

Sie ließ das Handy sinken. Was hatte das zu bedeuten? Sofort war die Angst wieder da. Und mit ihr krochen die Schatten aus den Winkeln des alten Hauses. Die Wände hatten Ohren und die Türen Augen. Das Holz knarrte, der Wind schlug einen Fensterladen gegen die Wand. Das Geräusch ließ Mia zusammenzucken. Schwerer Regen klatschte an die Scheiben.

Wo blieb Will?

Ihr fiel ein, dass er ihre Nummer hatte, aber sie nicht seine. Sollte sie zurück zu Emily und Tom? Das wäre die sicherste Variante, auch wenn dort nur eine Nacht im Sessel auf sie warten würde. Immerhin wäre sie nicht allein.

Ihr Herz klopfte schnell und wild, als sie die unbekannte Nummer anrief. Niemand meldete sich. Mit zitternden Knien setzte sie sich wieder auf die Couch und tippte eine Nachricht.

Was haben Sie und was wollen Sie?

Es dauerte keine zehn Sekunden und die Antwort traf ein.

Sind Sie allein?

Natürlich nicht, tippte Mia zurück.

Die Antwort war: *Schade.*

Danach kam erst mal nichts mehr. Sie legte das Handy auf den Tisch und starrte es an wie eine Schlange, die jederzeit zubeißen konnte. Warum kam Will nicht zurück? Vielleicht dachte er, sie wäre in Sicherheit und würde sich in der Gesellschaft von Emily und Tom wohler fühlen als dabei, mit ihm ein Zimmer zu teilen. Womit er natürlich nicht ganz unrecht hatte. Obwohl …

Wieder der Ton. Mia zuckte zusammen.

Ich habe das Tagebuch.

Vorsichtig streckte sie die Hand aus und nahm den Apparat hoch.

Und was wollen Sie?, tippte sie ein.

Ich möchte mir zu rein wissenschaftlichen Zwecken das kidani *ausleihen.*

Mia starrte auf die Nachricht und verstand nicht. Er wollte Jakobs Halsband?

Niemals.

Das darauf folgende Schweigen war erheblich länger. Sie dachte schon, es käme nichts mehr, und war drauf und dran, die Polizei anzurufen (keine Ahnung, wie Frau Kramer reagieren würde, wenn sie ihr mit diesem dubiosen Tauschhandel kam, aber er hatte etwas mit den Ermittlungen zu tun, eindeutig, und vielleicht konnte man die Nummer zurückverfolgen und dann hätten sie ihn – den Maskenmann, denn das musste er sein, darüber bestand ja wohl kein Zweifel, aber noch besser wäre es, wenn Will endlich käme und sie ihm das zeigen könnte, denn sie wusste nicht, wie sie sich …) … Pling! Der nächste Ton kündigte an, dass der Unbekannte es sich anders überlegt hatte und die Unterhaltung fortsetzen wollte.

Das Tagebuch ist sehr aufschlussreich. Es wird die Firmen- und Familiengeschichte der Herders neu schreiben. Wirklich kein Interesse?

Was sollte man darauf antworten?

Schon, aber nicht so. Warum zeigen Sie sich nicht? Verstecken Sie sich immer hinter Masken und falschen Telefonnummern?

Die Antwort ließ nicht lange auf sich warten: *Nur wenn es nötig ist.*

Damit hatte er es zugegeben: Er war der Mann vom Dachboden. Und er war vielleicht noch viel mehr.

Auch bei Kühn?, fragte sie.

Ich habe nur das zurückgeholt, was er sich widerrechtlich angeeignet hat.

Kühn sollte das Tagebuch gestohlen haben? Wie das denn? Doch dann fiel Mia ein, dass er ja Zugang zu allen Unterlagen und sogar dem Dachboden gehabt hatte. Pling!

Sie bekommen das Tagebuch, wenn Sie versprechen, die Herder-Geschichte zu veröffentlichen. Das kidani *will ich mir nur ausleihen. Sie bekommen es wieder.*

Mia schrieb: *Wann?*

Und bekam die Antwort: *Jetzt.*

Ihr blieb die Luft weg. Will, dachte sie. Wo zum Teufel bist du, wenn man dich braucht? Pling!

Ich habe nichts mit den Vorfällen zu tun. Sie müssen keine Angst haben.

Habe ich aber! Sie sollte die Kriminalkommissarin anrufen.

Keine Polizei. Das Buch ist gut versteckt. Kommen Sie zum Bahnhof, das ist nicht weit. Dort befinden sich Schließfächer. Nehmen Sie das mit der Nummer 43, legen Sie das kidani *hinein und kommen Sie morgen früh wieder. Dann haben Sie das Tagebuch. Genauso machen wir es mit der Rückgabe.*

Wir. Als ob sie schon seine Komplizin wäre. Sie schrieb zurück: *Für wie dumm halten Sie mich eigentlich? Ich will Sie sehen.*

Den letzten Satz hätte sie am liebsten wieder gelöscht, aber da war ihr Daumen zu schnell gewesen. Ob er sich darauf einlassen würde? Sie konnte sich doch unmöglich mit jemandem treffen, der gerade zugegeben hatte, Herrn Kühn bestohlen zu haben! Der vielleicht auch Wilhelm auf dem Gewissen hatte! Bevor er antworten konnte, schickte sie noch eine Nachricht hinterher.

Sie sind ein Mörder. Ich übergebe unsere Konversation der Kripo.

Die nächste SMS kam umgehend. *Ich habe mit den Mor-*

den nichts zu tun. Aber ich weiß, wer es war. Ich bin mit einem persönlichen Treffen einverstanden. Kommen Sie zum Bahnhof, wenn Sie wissen wollen, wer für alles verantwortlich ist. Und falls es Sie interessiert, wie Gottlob Herder alle übers Ohr gehauen hat.

Irgendetwas sagte Mia, dass diese »Unterhaltung« damit beendet war. Natürlich würde sie nicht zum Bahnhof gehen. Wie irre war das denn! Nach Mitternacht, ganz allein, dem Mörder von Gerald Kühn und Wilhelm Herder, dem Gewalttäter gegen Margret und ihrem Verfolger auf dem Dachboden gegenübertreten. Dafür brauchte es genau die Portion Wahnsinn, über die Mia nicht verfügte.

Vielleicht vergingen zwei Minuten so. Eventuell auch drei. Dann schlichen sich die anderen Gedanken an. Die, die die Rebellin in Mia schickte. Es ist deine erste, vielleicht sogar die einzige Chance, mehr zu erfahren, flüsterte sie. Du weißt nichts. Es gibt nur Vermutungen. Was, wenn diese Person es wirklich ehrlich meint? – Dann hätte sie das Tagebuch längst abgegeben! – Bei wem denn, wisperte die Rebellin. Bei den Herders etwa? Oder ihren Geschäftspartnern? Der Delegation, die ganz andere Sorgen hat? Bei dir, die du die ganze Zeit wie ein Racheengel herumläufst und jedem, ob er es hören mag oder nicht, Wiedergutmachung und nieder mit den Herders! entgegenschleuderst?

So schlimm bin ich doch gar nicht, erwiderte die sanfte Mia. Ich will nur Klarheit, mehr nicht. Was die anderen dann damit anfangen, ist nicht mehr meine Sache.

Wirklich? Es war, als ob die Rebellin in ihr skeptisch den Kopf schüttelte. Gib es doch zu: Dir gefällt es nicht, dass die

Herders im Geld schwimmen und ihr ums Überleben kämpfen müsst. Das ist es doch, was dich in Wirklichkeit antreibt.

Mia war schockiert. Was waren das für Gedanken? Natürlich hatte es Momente gegeben, in denen sie so etwas wie Neid gespürt hatte. Oder noch nicht mal das, eher ein wütendes Unverständnis, als Will sich bei ihr ausgeheult hatte. Damals, auf der Treppe, kurz vor diesem Fast-Kuss – es schien Jahre her zu sein.

Irrtum, konterte sie. Ob du es glaubst oder nicht, Geld interessiert mich nicht. Es ist der Blick von Jakob, als er gezwungen worden war, den Barren zu halten. Damit Gottlob sein Vergnügen haben und mit dem Zebra darüberspringen kann. Es ist der Abschiedsbrief einer Mutter, den der Sohn nicht lesen konnte, weil er nie die Schule besuchen konnte. Es sind ein zerrissenes Hemd und ein brüchiger Halsschmuck, der für Jakob das Letzte gewesen ist, was ihn mit seiner Heimat verbunden hat. Er wurde betrogen. Um was, das werde ich noch herausfinden. Und dafür brauche ich das Tagebuch.

Du spinnst. Die Rebellin schmollte. Du triffst dich mitten in der Nacht mit einem Mörder.

Ich treffe mich mit jemandem, der die Wahrheit kennt!

Tu, was du nicht lassen kannst. Aber heul nicht rum, wenn es dir wieder an den Kragen geht.

Mia sah sich um. Gab es in diesem Raum etwas, das sie zur Verteidigung mitnehmen konnte? Den riesigen Standaschenbecher vielleicht? Sie würde halb Lüneburg aufwecken, wenn sie dieses Messing-Ungeheuer mit sich schleppen wollte. Einen Blumenübertopf von der Fensterbank? Mia musste grinsen, obwohl ihr gar nicht danach zumute war. Wow. Der würde jeden Angreifer aber sofort in die Flucht schlagen. Am besten noch mit der Begonie … Vielleicht einen Stein, den sie unterwegs auflesen würde? Doch dann entschied sie sich dagegen. Es war besser, unbewaffnet zu bleiben. Schon allein deswegen, um schnell die Flucht zu ergreifen, wenn es nötig sein sollte.

Zum Bahnhof also. Wie sollte sie jetzt dorthin kommen? Busse fuhren um diese Uhrzeit nicht mehr. Ein Taxi? Das wäre zu auffällig. Sie würde laufen. Länger als eine Viertelstunde konnte es nicht dauern. Sie hängte sich ihre Tasche um und verließ leise das Hotel, nicht ohne mit schlechtem Gewissen einen der Schirme mitzunehmen, die in dem Ständer am Eingang auf ihre Verwendung warteten. Ganz unbewaffnet war sie jetzt nicht mehr.

Die Stadt schlief. Aber das hieß nicht, dass es ruhig war. Wind trieb den Regen vor sich her, der in Schleiern um das Licht der Straßenlaternen tanzte. Ein Blitz zuckte über den Himmel und tauchte die mittelalterlichen Fassaden in geisterhaftes Licht. Nach wenigen Schritten waren Mias Turnschuhe nass. Sie musste aufpassen, auf dem Kopfsteinpflaster nicht auszurutschen.

Der Bahnhof lag hinter der Altstadt, leer und verlassen in diesem strömenden Regen. Mia passierte die Brücke, die über einen kleinen Fluss führte, und lief direkt auf den Eingang zu. Die große Tür war nicht verschlossen, erstaunlicherweise, aber die kleinen Geschäfte hatten natürlich alle schon längst die Rollläden heruntergelassen. In einer Ecke sah sie die Schließfächer. Langsam ging sie darauf zu. Fach 43 war nicht belegt.

Wie kam dieser Mensch dazu zu glauben, sie würde ihm Jakobs Eigentum aushändigen? Um im Gegenzug die Herder'sche Geschichte neu zu schreiben? Wer konnte daran ein Interesse haben? Jemand aus der Familie? Ganz sicher nicht. Gottlob hat alle übers Ohr gehauen … Wer konnte das sein? Renneroth? Der Rotary-Lions-Opus-Dei-Typ? Carolina? Albrecht? Der Pförtner? Der Postbote? Jetzt wurde es absurd. Trotzdem ging ihr die Unterhaltung zwischen Will und seinem Vater nicht aus dem Kopf, die sie unbeabsichtigt belauscht hatte. *Wir stehen kurz vor der Pleite! Sogar das Haus ist beliehen!* Die Herders brauchten Geld. Dringend sogar. Es gab zwei Möglichkeiten: Entweder wollte ein Mitglied dieser Familie das Tagebuch verkaufen – dann hätte es sich aber an jemanden wenden sollen, der auch bereit war, eine größere Summe dafür auszugeben. Oder es war kein Mitglied der Familie, und ihr Kontaktmann hatte lediglich vor, den Herders den Todesstoß zu versetzen.

Todesstoß. Was für ein Wort! Sie sollte ein bisschen mehr auf ihre Gedanken aufpassen. In beiden Fällen aber hatte offenbar immer noch Jakob eine Schlüsselrolle. Oder zumindest das, was von ihm geblieben war. Sie legte die Hand auf ihre Tasche. Durch den dicken Stoff konnte sie das *kidani* spüren. Für ein, zwei Augenblicke hatte sie das Gefühl, die uralten Lederbänder würden so etwas wie Zuversicht in ihr auslösen.

Sie schüttelte den Schirm aus und setzte sich auf eine Bank in der Wartehalle. Kurz vor halb eins. Draußen gurgelte das Wasser in die Abflüsse und der stürmische Wind schleuderte den Regen an die Fensterscheiben. Eine idiotische Idee, sich hier mit dem Menschen zu treffen, der sie fast umgebracht hatte …

Das Klingeln ihres Handys klang schrill und unnatürlich laut. Hastig holte sie es hervor.

»Ja?« Sie erschrak, weil ihre Stimme hallte, als wäre sie in einer Kirche.

»Mia?«

»Will?«, fragte sie erstaunt zurück.

»Wo um Himmels willen steckst du? Emily und Tom sind außer sich vor Sorge!«

Und du nicht?, lag ihr auf der Zunge, aber sie konnte die Frage gerade noch herunterschlucken. »Am Bahnhof«, sagte sie nur.

»Am … Bahnhof?«, kam es verblüfft zurück. Sie konnte hören, wie er über das Pflaster lief. Wahrscheinlich über den Hof zurück in die Lobby des Hotels. »Mitten in der Nacht?«

»Ich habe eine Nachricht bekommen. Jemand will sich mit mir treffen. Allein.« Das klang ziemlich abgefahren, und jetzt, wo das Echo ihre Stimme von den Wänden zurückwarf und gerade mal die Notbeleuchtung an war, wurde ihr immer klarer, dass ihr Ausflug vielleicht doch keine so gute Idee gewesen war.

»Wer?«

»Ich weiß es nicht. Er hat das Tagebuch. Er will dafür Jakobs Halskette haben. Ich verstehe das alles nicht.« Am allerwenigsten, was ich hier eigentlich tue. Ein nächtlicher Bahnhof hatte eigentlich nichts Unheimliches an sich. Wenn man aber vorhatte, sich mit einem Mörder zu treffen … »Er wollte mich sehen.«

»Er? Ein Mann?«

»Will, ich weiß es nicht!« Sie merkte, wie ihre Stimme sich langsam in die hysterische Oktave hochschraubte. Bis eben war noch alles gut gewesen. Doch jetzt lösten seine Sorge und – er war nicht zu überhören – auch sein Ärger in ihr etwas aus, das man vielleicht mit einem schlechten Gewissen beschreiben könnte. Dabei tat sie nichts Verbotenes. Höchstens etwas lebensgefährlich Dummes. »Er hat mich hierher bestellt und ich warte! Du bist ja für mich nicht zu erreichen.«

Ein Geräusch. Mia sprang auf und drehte sich einmal um die eigene Achse. War es aus der Unterführung gekommen, über die man zu den Gleisen gelangte? Oder doch von draußen, wo der Regen unvermindert heftig über den Vorplatz tobte und sich langsam knöcheltiefe Pfützen bildeten? Oder von Will – eine Autotür?

»Und du hast die Sachen dabei?«

»Ja.«

»Bist du wahnsinnig? Ist dir kein einziges Mal in den Sinn gekommen, dass sie es sind, wonach der Mörder sucht?«

Jetzt verstand sie gar nichts mehr. »Jakobs Hemd?«

»Das Hemd, die Kette, der Brief … alles! Deine verschwundene Tasche, die Albrecht in letzter Sekunde gefunden hat? Kühn, bei dem die Sachen angeblich sein sollten? Und Margret? Der Mörder wollte dein Zimmer durchsuchen und nicht ihres!«

Ein Schatten.

Dünn und lang gezogen von einem weit entfernten Licht. In der Unterführung.

»Er ist da!«, flüsterte sie. »Er kommt!«

Schon fiel das grotesk lange Abbild seiner Silhouette auf die ersten Stufen. Mia war wie gelähmt.

»Will?«

Doch Will war weg. Das konnte doch nicht wahr sein! Warum beendete er ausgerechnet jetzt die Verbindung, wo sie doch der einzige, kleine Schutz gewesen wäre?

Sie steckte das Handy weg. Was sollte sie tun? Die Angst schnürte ihr die Kehle zu. Wenn der Mann nicht maskiert war, würde sie ihn wiedererkennen. Ob er das einkalkuliert hatte? Oder ob er einen *kirri* unter dem Mantel trug, um das abzuschließen, wobei ihn Will auf dem Dachboden gestört hatte?

Er kam die Treppe hoch. Jetzt konnte sie die Schritte hören. Scharrend, nass und langsam. Einen Fuß nach dem anderen, in größter Ruhe, während sie oben in der Halle fast verging vor Angst. Wie hypnotisiert starrte sie auf die Unterführung. Schritt. Schritt. Schritt. Sein Schatten kam zuerst, er glitt die Stufen vor ihm herauf, noch bevor sein Herr und Meister auftauchte.

Nein, sagte etwas in ihr. Keine Geschichte dieser Welt ist so gut, dass du dafür dein Leben riskierst. Sie drehte sich um und rannte zur Tür. Die Schritte auf der Treppe wurden schneller. Sie lief auf den Vorplatz. Der Regen peitschte ihr ins Gesicht. Blinzelnd und in Panik sah sie zurück und konnte im diffusen Licht den Oberkörper eines Menschen erkennen, der die letzten Stufen noch vor sich hatte. Mann oder Frau? Groß oder klein? Dick oder dünn? Sie wusste es nicht. Er war der Tod. Er trug einen Stock in der Hand.

Sie sprang die Stufen hinunter, hechtete über den Vorplatz

und wollte auf die Brücke rennen, als ihr von der Straße ein Auto mit quietschenden Reifen und aufgeblendeten Scheinwerfern den Weg abschnitt. Keuchend blieb sie stehen, die Hände erhoben. Waren sie zu zweit? Sie sah zum Bahnhof – jede Sekunde musste der Maskenmann herauskommen.

Gerade als sie zu einem Sprung auf die Motorhaube ansetzen wollte, um doch noch über die Fußgängerbrücke zu kommen, hörte sie: »Mia!«

Die Fahrertür sprang auf, Will stieg aus und lief auf sie zu. Er musste wie der Teufel gefahren sein und genauso wütend sah er auch aus. »Mia! Wo ist er?«

»Da drin!«, schrie sie. Will wollte los, aber sie riss ihn zurück. »Er ist bewaffnet!«

Will hob sein Handy hoch. »Das bin ich auch. – Frau Kramer? Ich gehe jetzt rein.«

Keine Ahnung, was die Kommissarin ihm sagte. Wahrscheinlich riet sie ihm dringend ab, aber er ließ sich nicht darauf ein und stürmte los. Mia stand eine Sekunde wie erstarrt. So lange dauerte es, bis die Rebellin und das Schaf in ihr gemeinsam die Lage erkannt, analysiert und eine Botschaft in ihr Großhirn geschickt hatten: Will rettet dein Leben und du lässt ihn allein.

Sie rannte hinter ihm her. Er war schon im Bahnhof, als sie noch die Rampe zum Eingang hinaufhechtete. Sie riss die Tür auf – und sah ihn in der Mitte des leeren, großen Raumes.

»Da ist niemand«, hörte sie ihn sagen.

Er drehte sich zu ihr um. »Wo hast du ihn gesehen?«

»Auf der Treppe zur Unterführung.«

Gemeinsam gingen sie darauf zu. Will hatte immer noch die Kommissarin am Apparat. »Alles okay. Mia ist bei mir. Sie ist ein bisschen durch den Wind. Wir sehen jetzt nach, ob vielleicht jemand …«

Er blieb so plötzlich stehen, dass Mia es erst drei Schritte weiter bemerkte. Der Regen hatte begonnen, als der Bahnhof schon geschlossen war. Deshalb hatte sich Wasser in der Unterführung, aber nicht auf den Stufen gesammelt. Auf denen waren klar und deutlich Fußabdrücke zu erkennen.

»Er ist nicht ganz hochgekommen«, sagte sie. »Das war genau der Moment, in dem ich mit dir telefoniert habe. Das muss ihn in die Flucht geschlagen haben. Oh Mann!«

»Machst du mir etwa Vorwürfe, dass ich dein Rendezvous mit einem Mörder vereitelt habe?«

»Nein!« Verzweifelt drehte sie sich zu ihm um. »Aber wir hätten ihn fast gehabt, verstehst du? Wir hätten ihn fast gehabt!«

Will hob das Handy wieder ans Ohr, hörte kurz zu, sagte dann »Okay« und steckte es weg. »Die Polizei ist gleich hier.«

»Super.« Mia stapfte wütend zur Wartebank und setzte sich.

Will folgte ihr, blieb aber vor ihr stehen.

»Jetzt werden wir das Tagebuch nie finden.« Das klang trotzig und weinerlich, und es wäre ihr wesentlich lieber gewesen, wenn sie die Situation souveräner hätte behandeln können. So in der Art coole Journalistin, die sich mit einem Informanten treffen wollte und dabei von der Polizei und dem übereifrigen Sohn des Firmenbesitzers, um den es in der Story gehen sollte, gestört wurde.

»Das ist mir egal.« Will ging in die Hocke. Wahrscheinlich erwartete er, dass sie ihn ansehen sollte, während er ihr die Leviten las. Sie blickte weiter auf den Boden, auch wenn ihr Leistungsspektrum nach weinerlich und trotzig jetzt auch noch um kindisch erweitert wurde. »Ich will nicht, dass dir etwas passiert. Es ist schon zu viel geschehen. Willst du die Nächste sein?«

Was war das? Es klang erst in zweiter Linie nach Vorwurf. Er sorgte sich um sie. – Wirklich?, fragte die Rebellin. Oder doch eher um den Ruf seiner Familie und der Firma?

»Nein, natürlich nicht«, antwortete sie. »Hier, lies doch selbst.«

Sie reichte ihm ihr Handy, und er scrollte die Nachrichten durch, die sie sich mit dem Unbekannten geschickt hatte.

»Es klang nach einem heimlichen Treffen. Aber nicht gefährlich.«

»Nicht gefährlich? Und was will der Typ mit diesem Ding, diesem *ki…*«

»*Kidani*? Das ist Jakobs Halskette.«

Nun geruhte Will, doch neben ihr Platz zu nehmen. Es war eine seltsame Situation: sie beide in der menschenleeren Halle. Bis auf das Geräusch des Regens war es so still, dass sie glaubte, das Echo ihres eigenen Atems zu hören. Sie berührten sich nicht. Und trotzdem war es so, als ob zwischen ihnen ein elektromagnetisches Feld existierte und Funken fliegen könnten, sobald sie sich mit ihren entgegengesetzten Polen zu nahe kämen.

»Dieses *kidani*, hast du mit Kühn darüber gesprochen oder wusste er nur von den Briefen?«

»Er hat es gesehen. Seltsam, dass du fragst … Er wollte keinen Lohn dafür, dass er sich Corinthias Schreiben ansieht. Nur eine Perle aus dem Halsband.«

Sie wagte es jetzt doch, ihn anzusehen. Sein Profil sah aus wie aus Stein gemeißelt. Vielleicht lag es auch an diesem unwirklichen Licht. Gedimmte Leuchtstoffröhren, ein bisschen Straßenlaterne von draußen und ab und zu ein entfernter Blitz. Das Gewitter hatte sich entladen. Es würde eine regenreiche, aber keine gefährliche Nacht werden.

»Ich hab gedacht, kein Problem. Das Ding ist sowieso hinüber. Vielleicht kann ein ethnologisches Museum noch etwas damit anfangen, aber ich glaube, dass die dort wesentlich besser erhaltene *kidanis* haben. Es ist ein Schmuck aus Lederschnüren, in den Glas- und Metallperlen eingearbeitet sind. Eine hübsche Handarbeit, und das Wertvollste daran ist, dass Corinthia sie für ihren kleinen Sohn geflochten hat.« Je länger sie sprach, desto merkwürdiger kam ihr Kühns Ansinnen vor. »Jedenfalls, ich hatte nichts dagegen«, schloss sie ihre Erklärung ab. »Ich meine, also, dass Herr Kühn eine Perle davon kriegt.«

Seine Wangenmuskeln bewegten sich – er biss die Zähne zusammen, ohne es zu merken. Irgendetwas machte ihn wütend oder beschäftigte ihn. Er sah kurz auf seine Uhr, obwohl ein Blick auf die Anzeige über die ersten Züge, die in den Morgenstunden abfahren würden, genügt hätte.

»Wir waren es nicht«, sagte er schließlich.

Mia wartete. Vielleicht setzte er voraus, dass sie Gedanken lesen konnte? Schließlich fragte sie: »Was wart ihr nicht?«

»Wir haben ihn nicht bestochen oder von ihm verlangt,

gegen sein Ethos als Wissenschaftler zu handeln. Als er die Ausstellung betreut hat, war er schon kein Doktor mehr. Er war vorbestraft. Er hat falsche Expertisen ausgestellt, für Tinneff und nachgemachtes Zeug. Er hat das Geld für die Operation gebraucht. Seine Frau hatte Krebs.«

Das also war der Grund gewesen. Das hatte den kleinen Froschmann aus der Bahn geworfen. Sie konnte ihm nicht böse sein und war es auch nie richtig gewesen.

»Natürlich haben wir seine Lage ausgenutzt. Wir hätten einen seriösen Historiker benennen können. Dann wäre auch die Kolonialzeit zur Sprache gekommen. Und das Dritte Reich. Aber mein Vater wollte diese Themen noch nicht einmal streifen. Und er fand in Kühn jemanden, der damit schon lange keine Probleme mehr hatte.«

»Das ist falsch. Er hatte Probleme damit, er hat sie nur nicht gezeigt. Ich war in seiner Wohnung. So lebt niemand, der mit sich im Reinen ist.«

Er sah sie kurz an mit einem Blick, der alles bedeuten konnte. Am meisten wahrscheinlich: Erzähl doch keine Märchen.

»Aber er hat dir nicht die Wahrheit gesagt.«

»Woher willst du das wissen?«, fragte Mia. Kühn war tot. Damit war alles nichtig und ausgelöscht. Man nannte einen Toten nicht Lügner. »Und wenn, er wollte es vielleicht. Sein letzter Anruf beweist das doch!«

»Kannst du es eigentlich nicht begreifen oder willst du es nicht?«

»Was?«

Sie sollte die Antwort nicht erfahren, denn vom Vorplatz

kam das Geräusch eines heranfahrenden Autos. Sofort danach klappten Türen und schnelle Schritte näherten sich der Eingangstür. Will stand auf, Mia machte das Gleiche. Frau Kramer kam herein.

Sie sah aus, als hätte sie sich nur einen Trenchcoat über den Pyjama geworfen. Die halblangen Haare waren verstrubbelt und die Hose hatte tatsächlich Ähnlichkeit mit einem Schlafanzug.

»Ist alles in Ordnung?«, rief sie, noch bevor sie die beiden erreichte.

»Er ist abgehauen«, antwortete Will. »Aber auf den Stufen der Unterführung gibt es noch Fußabdrücke.«

»Okay, ich rufe die Spurensicherung.«

Sie zog ein Handy hervor und ging in Richtung Treppe. Während sie einen offenbar nicht sehr erfreuten Teamleiter aus dem Tiefschlaf riss, wandte Mia sich an Will.

»Was hast du damit gemeint? Dass Kühn mir nicht die Wahrheit gesagt hat? Du hast seine Nachricht doch gehört!«

»Ja. Die meine ich auch nicht. Ich glaube, da hat er erst kapiert, worum es geht.«

Musste er immer in Rätseln sprechen? Oder war sie wirklich so beschränkt? Sie versuchte, ruhig und keinesfalls ungeduldig zu klingen. »Und worum geht es?«

»Um dich.«

»Mich?«

»Genauer gesagt …«

Frau Kramer beendete das Gespräch zum strategisch ungünstigsten Zeitpunkt und kehrte zu ihnen zurück. Auf ihrer Stirn hatte sich eine kleine Zornesfalte gebildet. »So. Jetzt noch mal die Einzelheiten. Sie, Frau Arnholt, wollten sich hier mit dem Mörder von Herrn Kühn treffen?«

Sie sah zu Will. Hatte er diesen Blödsinn erzählt? »Jemand hat mir das Tagebuch angeboten, das von Gottlob Herder.«

»Und Sie haben keine Sekunde darüber nachgedacht, uns zu informieren?«

»Doch, das habe ich. Sogar sehr lange.« Schätzungsweise eine oder zwei Minuten. »Aber er hat mir versichert, dass er nichts mit allem zu tun hat.«

Frau Kramer verzog das Gesicht. Ungefähr so, wie man reagiert, wenn man sich so richtig auf den Arm genommen fühlt. »Sie haben telefoniert?«

»Nein, es waren SMS.«

Wieder so ein Blick, als ob sie eine einzige Enttäuschung wäre. Mia holte ihr Handy heraus, öffnete die App mit den Nachrichten und reichte es der Kommissarin. Die las alles konzentriert durch, holte dann eine kleine Plastiktüte aus ihrer Manteltasche und ließ das Handy hineinfallen.

»Ähm«, begann Mia, »… ist das jetzt …«

»Konfisziert. Ja.«

Zum ersten Mal huschte so etwas wie Zufriedenheit über Frau Kramers Gesicht. Handyentzug. Gab es etwas Schlimmeres?

Mia war darauf nicht vorbereitet gewesen. »Entschuldigung, aber da sind alle meine Kontakte drin. Und wenn meine Mutter mich anrufen will, was sie bestimmt tun wird …«

»Sie können es sich morgen auf dem Präsidium abholen. Kommen Sie bitte mit raus, Sie dürfen sich ab jetzt nicht mehr hier aufhalten.«

Sie hätten sich gar nicht erst hier aufhalten dürfen, klang durch. Die Dame war auf hundertachtzig, auch wenn sie versuchte, sich das nicht anmerken zu lassen. Warum hatte Will auch die Polizei informieren müssen? Er war doch rechtzeitig gekommen! Allein das Telefonat mit ihm hatte ausgereicht, den Unbekannten in die Flucht zu schlagen. Sie hätten das wunderbar auch ganz alleine hingekriegt. Ob er sich jemals wieder melden würde? Die Angst, die sie eben noch empfunden hatte, war verflogen. Sie machte einem wütenden Gefühl von Verlust und Ohnmacht Platz. Eine vertane Chance. Nach allem, was passiert war, hatten sie die erste Gelegenheit, Licht ins Dunkel zu bringen, souverän vermasselt. Frustriert trottete Mia Frau Kramer hinterher. Will ging voran und hielt beiden die Tür auf. Streber. Wichtigmacher. Besserwisser. Petze.

Es dauerte eine Viertelstunde, bis die Spurensicherung eintraf. Wahrscheinlich waren in dieser Zeit alle Fußabdrücke schon wieder getrocknet. Sie standen unter dem Vordach, es regnete immer noch, und der Wind trieb in seltener Hartnäckigkeit immer wieder ein paar zerstäubte Wasserschleier direkt zu ihnen. Mia hatte das Gefühl, bis auf die Knochen durchnässt zu sein. Es tropfte schon aus ihren Haaren. Nachdem sie Frau Kramer noch einmal erklärt hatte, warum sie nicht der Meinung war, es mit einem Geistesgestörten zu tun gehabt zu haben, schwiegen sie.

»Sie können gehen«, sagte die Kommissarin, als die Brigade anrückte. »Wo erreiche ich Sie?«

»Keine Ahnung«, murmelte Mia.

»Bei mir«, antwortete Will.

»Ist das Ihr Wagen? Ein alter Citroën?« Frau Kramer nickte ihren Kollegen zu und gab ihnen zu verstehen, dass die Arbeit drinnen im Bahnhof wartete und sie gleich dazukommen würde.

»Baujahr neunzehnhundertzweiundsiebzig«, sagte er stolz und folgte der Kriminalbeamtin, die nun auf sein Auto zuging. Mia spannte den Regenschirm auf und ging hinter den beiden her wie der sprichwörtlich begossene Pudel.

»Sehr schön. Allerdings stehen Sie hier im absoluten Halteverbot. Ich melde das morgen dem Ordnungsamt, Sie kriegen dann Post.«

Damit strich sie beinahe liebevoll über den Außenspiegel, nickte ihnen zu und ging in schnellen Schritten zurück in das Gebäude.

Will starrte ihr nach. Zwei begossene Pudel, dachte Mia.

21.

Fast wäre Mia im Auto eingeschlafen. Das rhythmische Geräusch der Scheibenwischer und der leise Klang eines Jazz-Senders im Radio, dazu Wills Nähe und die ruhige Art, mit der er bremste, beschleunigte und die Gänge einlegte, ließen ihr immer wieder die Augen zufallen ...

Ein Abbremsen und Holpern. Mia schreckte hoch. Vor ihnen öffnete sich das Tor zur Auffahrt. Will parkte den Wagen hinter der Garage, weil drinnen alle Plätze belegt waren. Mia erkannte das Cabrio von Frau Herder und den dunklen Geschäftswagen ihres Mannes. Dazwischen stand noch ein mächtiger Geländewagen, ohne den man im Regenwald von Lüneburg und den Tundra-Steppen Niedersachsens wohl verloren war. Will holte die Kisten aus dem Kofferraum. Sie folgte ihm ins Haus. Der Regen hatte fast ganz aufgehört. Zwei Fenster waren noch erleuchtet. Das eine musste das Schlafzimmer seiner Eltern sein, das andere war klein und befand sich direkt unterm Dach, vermutlich die Dienstwohnung des Hauswirtschaftsehepaars. Allzeit bereit, dachte sie und stellte den »ausgeliehenen« Hotelschirm in den Ständer neben dem Eingang.

Sie durchquerten die Halle schweigend. Trotzdem hatte Mia das Gefühl, dass ihr Ankommen mitten in der Nacht sehr wohl bemerkt wurde. Woran genau sie das festmachte, hätte sie nicht sagen können. Es erinnerte sie an den Dachboden, wo sie das Verhängnis geahnt hatte, noch bevor es über sie hereingebrochen war. Und nun befand sie sich wieder in diesem Haus. Es wirkte anders als bei Tag. Düsterer, ehrfurchtgebietender. Sie sah die Eingangshalle hinauf bis zur Galerie. Dort oben war es geschehen. Dort war Wilhelm …

»Kommst du?«, fragte Will leise.

Sie setzte sich wieder in Bewegung. Bevor sie sein Zimmer betraten, fragte er sie, ob sie Hunger oder Durst hätte. Mia fiel ein, dass sie seit ihrer Pralinenaktion im Gästehaus nichts mehr gegessen hatte. Der Hunger kam so plötzlich wie ein aufgestörtes, wildes Tier.

»Ein Brot wäre klasse. Und was zu trinken.« Aber lass mich nicht so lange allein, wollte sie sagen. Da hatte er ihr schon die Kisten in die Arme gedrückt und lief die Treppe zum Keller hinunter. Sie betrat sein Zimmer.

Sofort ging es ihr besser. Sein zerwühltes Bett, das leichte Chaos, die Couch, die eine geradezu magnetische Anziehungskraft ausübte. Sie stellte die Kisten ab und ließ sich in die Polster fallen. Was für ein Tag, was für eine Nacht.

Es dauerte nicht lange, bis Will mit einem Tablett wiederkam. Darauf standen ein Teller mit Käsebroten und eine Flasche Mineralwasser mit zwei Gläsern. Während er einschenkte, holte Mia die wenigen Tagebuchblätter heraus und versuchte, irgendetwas von dem Gekritzel zu entziffern.

»Warum hat Gottlob ausgerechnet die paar Seiten herausgerissen und in diesen Kisten aufbewahrt?«

Will nahm sich ein Brot und biss hinein. Mia griff ebenfalls zu. Gemeinsam aßen sie ein paar Minuten und dachten nach.

»Es ist möglich«, sagte Will schließlich, »dass das die am meisten belastenden Stellen sind. Gottlob wollte sie der Nachwelt vielleicht nicht zumuten.«

»Aus gutem Grund«, antwortete sie und dachte an das, was sie bisher über diesen Mann erfahren hatten. »Letzten Endes war er ein Arschloch. Warum sollte dann der Rest des Tagebuchs dazu geeignet sein, eure Geschichte neu zu schreiben?«

»Ich weiß es nicht.«

»Du warst ziemlich lange weg heute Abend.« Das war einfach so herausgerutscht und sollte kein Vorwurf sein, klang aber so. »Ich hab auf dich gewartet. Ich wollte nicht alleine zum Bahnhof.«

»Ich hatte eine Reifenpanne.«

»Ach so. Na ja, eine Nachricht wäre nett gewesen.«

»Ich habe wie ein Wilder geschraubt, um so schnell wie möglich wieder zurück zu sein. Was hast du eigentlich?«

Sie legte das nächste Käsebrot, das sie schon in der Hand gehabt hatte, wieder auf den Teller. »Nichts.«

»Erzähl mir keine Märchen. Bist du sauer auf mich? Hast du das Gefühl, ich würde dir nicht genug helfen? Ich glaube, ich habe dich heute zum zweiten Mal aus einer ziemlich beschissenen Situation gerettet.«

»In die ich nur durch euch geraten bin.«

»In die du dich ganz allein hineinbegeben hast. Jeder normale Mensch hätte die Polizei angerufen. Oder gewartet, bis ich wieder da bin.«

»Ich hatte das Gefühl …« Sie sah zur Decke, als ob dort die Worte erscheinen würden und sie sie einfach nur ablesen müsste. »Ich hab geglaubt, du kommst nicht mehr. Dass du mich vergessen hast. Dass das alles und mein Auftauchen für dich eine, ich weiß nicht, Belastung oder so was ist.«

»Eine Belastung.«

Sie traute sich nicht, ihn anzusehen, also nickte sie nur. Es war nie einfach für sie gewesen zu zeigen, wenn sie durch etwas verletzt worden war. Vielleicht hatte sie auch einfach nur Angst davor, dass sie bestätigt wurde. Du bist nicht cool genug, um mit uns auf dem Schulhof abzuhängen. Du bist nicht attraktiv genug, um das Lächeln dieses Typen dahinten zu erwidern. Du hast nicht das Zeug, die Chocolaterie zu übernehmen, dein Bruder ist sowieso viel besser als du. Zeig nicht, dass es dich verletzt, sonst sprechen die Leute es aus. Und solange sie es nicht aussprechen, besteht ja noch eine minimale Chance, dass es doch ganz anders sein könnte … Sie litt an einer Art vorauseilendem Beleidigtsein, ohne dass man sie beleidigt hatte. Nur weil sie es *annahm*.

»Ich bin nicht gut in so was«, sagte sie leise. »Vertrauen haben. *Normale* Menschen denken, es wird schon einen Grund haben, dass er nicht kommt. Sie würden niemals in Betracht ziehen, dass es an ihnen liegen könnte. Ich bin da anders.«

»Warum?«

Die Frage hatte interessiert geklungen. Weder ironisch noch verletzend. Sie gestattete sich einen kurzen Blick in seine Richtung – und erschrak. *Er* sah verletzt aus.

»Warum hast du kein Vertrauen zu mir?«

Und plötzlich begriff sie, dass dieser coole, reiche, erwachsene Typ heute gleich zwei Mal vor aller Augen von seinem Vater als vermessen, dumm und naiv abgekanzelt worden war.

»Das liegt an mir, nicht an dir. Vielleicht bin ich schüchtern. Vielleicht traue ich mir auch zu wenig zu. Zum Beispiel, dass jemand wegen mir bei diesem Wetter noch einmal durch die Stadt fährt und mir auch noch Leib und Leben rettet.« Sie versuchte ein Lächeln, aber so ganz gelang es nicht.

»Jemand hat den Reifen zerschnitten«, sagte er nur. Dann nahm er das nächste Käsebrot, fast wie um zu zeigen, dass sie dieses heikle Thema zumindest vorübergehend zu den Akten legen könnten.

»Bist du sicher?«

Er nickte mit vollem Mund. »In der Zeit, in der ich die Kisten geholt habe. Und frag mich jetzt nicht, wer es war, ich habe nämlich keine Ahnung.«

Das Bild von Frau Herder, die sich, stroboskopartig von Blitzen beleuchtet, mit einem Küchenmesser bewaffnet an Wills Citroën zu schaffen machte, tauchte kurz vor Mia auf. »Jemand wollte dich daran hindern, zu mir zurückzukommen.«

»Jep. Sieht ganz danach aus.«

»Wer?«

»Keine Ahnung.«

»Aber so viele können es doch nicht sein! Und woher sollte der Täter wissen, was du vorhast?«

»Wenn es der ist, der dich direkt danach zu einem Rendezvous gebeten hat, wusste er schon, wohin ich mit den Kisten wollte.«

»Dann kann es nur jemand aus diesem Haus sein.«

»Es kann auch jemand sein, der dich verfolgt hat.«

»Und der einfach hier hereinspaziert und mir bis auf euren Dachboden nachgeht? Der seine Maske anschließend im Schlafzimmer deiner Mutter abstellt? Der Zugang zum Gästehaus hat? Der nachts, nachts!, hier gewesen ist, als Wilhelm ein letztes Mal hinauf zum Dachboden wollte? Will! Hör auf zu träumen!«

»Hör du auf zu spekulieren!«

Wütend sahen sie sich an.

Mia ergriff als Erste das Wort. »Es gibt außer dir nur vier Personen, die das getan haben könnten.«

»Jeder kann nachts in den Park und an die Garagen.«

»Das meine ich nicht!«

»Du hast mich also auch im Verdacht?«

»Nein.« Ihre Stimme zitterte. Theoretisch gab es Indizien, um auch ihn in den Kreis der Täter mit einzubeziehen. Er war immer in der Nähe gewesen, er hätte sogar, wenn er ein Meister im Hundert-Meter-Sprint gewesen wäre, durchaus vom anderen Ende der Unterführung über die Gleise zurück zu seinem Auto spurten können, das er mit laufendem Motor auf dem Bahnhofsvorplatz … »Nein. Ich habe dich nicht im Verdacht. Ich war immer offen zu dir. So offen, dass du das eine oder andere Mal durchaus Grund gehabt hättest, sauer auf mich zu sein. Aber hier sitzen wir nun. Wir beide. Und wir wissen, dass es Tote gegeben hat und dass alles mit dem Tagebuch zu tun hat. Und mit mir, wie du glaubst. Ich bin dafür, dass wir weiter nach der Lösung suchen. Und …«, sie nahm all ihren Mut zusammen, »… dass wir das gemeinsam tun. Ohne Denkverbote. Wie dein Großvater es gewollt hätte.«

Will straffte die Schultern. Die Wut verging und machte Entschlossenheit Platz. »Okay.«

»Lies mir die restlichen Seiten vor«, bat sie. »Und dann erklär mir, was das alles mit mir zu tun hat.«

Will ließ sich diese Reihenfolge durch den Kopf gehen und nickte. Er wischte sich die Hände pro forma an seiner Jeans ab und nahm die Blätter, die Mia ihm reichte. Er überflog die Zeilen und sagte: »Dann blieb ihnen nichts weiter als das Sandfeld. So weit waren wir gekommen, nicht wahr?«

Mia nickte und lehnte sich zurück. Will zog die Stehlampe näher heran, um besseres Licht zu haben. Der warme Schein gab seinem Gesicht Kontur und Tiefe. Sie mochte es, wenn er sich so auf etwas konzentrierte, dass er beinahe darin versank.

»Am Abend saßen wir bei den Koch… Kochlöffeln? Nein, Löcher heißt das. Am Abend saßen wir bei den Kochlöchern und ein jeder suchte sich den Ka… Kamerad, den er gut leiden konnte. Da versprach der eine dem anderen die Taschenuhr, und der andere dem einen seinen Geldbeutel, sollte er die Schlacht nicht überleben. So mancher Schwur wurde abgelegt, das zu erledigen, was vom anderen getan werden musste, falls man in diesem fernen Lande fiele. Wir schrieben Briefe als letzten Gruß an die Lieben daheim und zeigten, wo wir sie … wo wir sie verwahrten. Ich tat mich mit Gustav zusammen und wir tauschten die Briefe, und er versprach mir lachend einen Stiefel, den zweiten würd ich nicht brauchen, wenn das Bein nicht gut würde. Als die kalte Nacht hereinbrach, kam Karl zum Lazarettwagen. Der Holsteiner redete schon wirr, und wir wussten, dass er den Morgen nicht mehr erleben würde. Da sagte Karl, wenn er …«

Mia setzte sich auf. Jetzt wurde es spannend.

»… wenn er vor das Angesicht des Herrn treten müsse, so wolle er mich doch um einen letzten Gefallen bitten. Ich sagte ihm, er solle sich zum Teufel scheren. Hat er sich doch mit dem Feind verbrüdert und einen Bastard gezeugt. Das sei seine Sache und er solle sie nicht zu meiner machen. Doch er ließ sich nicht abweisen und sagte, dass ich verwundet sei und so mit gutem Gewissen sicherlich zurück in die Heimat käme. Er aber fühle sich zerrissen und nicht bei der Sache, so wie ein guter Soldat doch sicher sein müsste, für eine gute und gerechte Sache zu kämpfen. Die aber sähe er nicht in diesem Krieg. Ich sagte, er soll verschwinden, denn solche Rede ist Hochverrat, und müsst ich sie länger anhören, müsst ich sie melden. Da sprach er von seltsamen Dingen, die in der Wüste geschähen. Wir wären Fremde in diesem Land, doch die Einheimischen wüssten schon vom Anbeginn der Zeiten, dass dieses Meer aus Sand seine Wunder gut verberge. Corinthia, sein Weib, wüsste darum, und ich solle, falls Schnitter Tod sich ihm mit seiner kalten Sense nähere, zu ihr gehen und seinen Sohn mit nach Deutschland nehmen, denn es gäbe keine Zukunft mehr, wenn wir den Krieg gewännen, und wir gewännen ihn, daran ließen der Kaiser und sein General keine Zweifel. Es solle … solle auch mein Schaden nicht sein, wenn ich Treuhänder seines Sohnes wäre. Corinthia, sein Weib, würde mich bezahlen, und auch der Junge wäre nicht arm. Ich lachte ihn aus, denn wie sollen ein Bäcker, ein Hottentottenweib und ihr Bastard zu Geld und Gold gekommen sein in diesem Lande? Da sagte er, nicht Geld und Gold seien das Geheimnis der Wüste, sondern die Tränen der Sterne. Von denen hätten sie wahrhaft genug. Da sagte ich, er solle doch in die Wüste gehen und dort mit den Sternen sprechen, ob sie ihn und seinen Wahnsinn nicht beweinen mögen. So ging Karl, und der Holsteiner packte mich mit seiner fieberheißen Hand am Arme und zog mich nah zu sich heran. Ich hab euch gehört, so kam es aus seiner trockenen Kehle, du Narr! Hast du noch nie etwas von Diamanten gehört?«

Will ließ das Blatt sinken, drehte und wendete es noch einmal, aber damit schien diese Geschichte aufzuhören.

Mia war hellwach. Das lag nicht nur an ihrer Wut auf Gottlob, der sich abgrundtief schäbig verhalten hatte, sondern auch an den letzten Worten. »Diamanten?«, fragte sie. »Karl hat Gottlob Diamanten angeboten und der Trottel hat es nicht mitbekommen?«

»Nicht ganz.« Will legte das Papier auf dem Couchtisch ab. »Er hat ihm gesagt, sein Junge besitzt ein Vermögen und er, Gottlob, soll der Treuhänder sein.«

Es dauerte einen Moment, bis Mia begriff, was er gesagt hatte. »Diamanten?«, wiederholte sie. »In der Wüste?«

»Rohdiamanten, nehme ich an.«

»Also ist es wahr. Alles, was ich vermutet habe, ist wahr.« Sie hätte Erleichterung spüren müssen. Freude. Zufriedenheit. Bestätigung. Sie hätte sich gut fühlen müssen, im Recht zu sein. Stattdessen empfand sie etwas ganz anderes: grenzenlose Trauer. »Gottlob hat dem kleinen Jungen die Diamanten gestohlen und damit seine Fabrik aufgebaut.«

»Nicht alle.«

»Wie meinst du das? Nicht alle?«

»Ich habe eine Ahnung. Erinnerst du dich noch an Corinthias Brief? Die Tränen der Sterne?«

Stand sie auf dem Schlauch? Was meinte er? »Ja«, sagte sie ungeduldig. »Emily war ein wenig irritiert deshalb.«

»Vermutlich, weil sie schon einmal davon gehört hat, aber den Zusammenhang nicht herstellen konnte. Hier steht er. Schwarz auf weiß.« Er tippte auf die herausgerissenen Tagebuchblätter.

»Ja?«

»Zeig das *kidani*. Hast du es bei dir?«

»Ich habe es immer bei mir. Ich lasse es nicht mehr aus den Augen.« Sie rührte noch immer keinen Finger, weil die Ahnung, die in ihr hochstieg, einfach zu überwältigend war.

»Hol es raus. Mia!«

Sie zuckte zusammen.

»Ist alles okay?«, fragte er. »Du bist kreidebleich.«

Sie nickte, aber nichts war in Ordnung. »Das glaube ich nicht. Das hätten wir doch gemerkt! Wir haben es uns doch angesehen. Ganz genau!«

Sie öffnete ihre Tasche und holte den Beutel heraus. Vorsichtig legte sie ihn auf den Tisch und zog den Zipper auf.

Ein kurzer Blick zu Will. Er sah aus, als wäre sein Innerstes ein Pfeil auf einer zum Zerreißen gespannten Bogensehne.

Ganz langsam, um auch nichts kaputt zu machen, befreite sie die Kette aus dem Beutel. Will schob alles, was auf dem Couchtisch lag, hastig zur Seite. Dann legte sie das uralte Gewirk ab und breitete vorsichtig die Schnüre aus.

»Das sind doch keine Diamanten, die hier eingeflochten sind. Das ist Metall, eindeutig. Und das hier Glas. Und das sind …« Kiesel, wollte sie sagen. Schmutzig graue, kleine Steine. Quarz vielleicht oder Glimmer.

»Rohdiamanten«, flüsterte Will. Er steckte die Hand aus und berührte einen der Steine. »Das sind Dutzende von Rohdiamanten, einer größer als der andere.«

Mia brachte kein Wort heraus. Sie konnte die Kette noch nicht einmal berühren.

»Verstehst du mich jetzt?« Sein Blick schien zu glühen, als er sie ansah. »Verstehst du endlich?«

22.

»Sie hat es gewusst«, flüsterte Mia. »Corinthia hat gewusst, dass Gottlob sie betrügen wird. Und so hat sie Jakob heimlich noch einen zweiten Schatz mitgegeben.«

Wieso waren ihnen diese Steine nicht aufgefallen? Weil sie so unscheinbar aussahen und sie nur den betörenden, flirrenden Glanz der Brillanten kannten. Zum Funkeln gebracht durch ihren Schliff. Diese Steine waren stumpf, schartig, manche rauchig, andere fast durchsichtig. Jeder einzelne mindestens so groß wie ein Ein-Cent-Stück. Scheinbar wahllos waren sie eingeflochten in das Halsband, Seite an Seite neben bunten Glasperlen und kleinen Metallkugeln. Niemals, im Leben nicht, wäre sie auf die Idee gekommen, dass Corinthia in diesem Schmuck die Tränen der Sterne verarbeitet hätte.

»Aber woher hat sie diese Steine?«

»Namibia ist einer der größten Diamantenexporteure der Welt.«

»Das sind doch hoffentlich keine Blutdiamanten!«

So nannte man die Steine, die illegal und oft unter entsetzlichen Bedingungen geschürft wurden. Meist in Krisen- und Konfliktgebieten, um damit Waffen zu kaufen, mit denen Warlords und Putschisten ihre Kriegszüge finanzierten.

»Nein. Sie hat sie wahrscheinlich gefunden.«

»Gefunden? Findet man in Namibia einfach so Diamanten?«

»Früher auf jeden Fall. Heute gibt es in der Namib-Wüste ein riesiges Sperrgebiet. Und es fahren immer noch Boote aufs Meer, weil vor der Küste die reinsten Diamanten der Welt zu finden sind.«

»Woher weißt du das alles?«

»Von Rudolf.«

»Rudolf? Ich dachte, er gehört zu einer Wirtschaftsdelegation.«

»Einer der stärksten Pfeiler der namibischen Wirtschaft ist der Handel mit Diamanten.«

»Davon hat er mir gar nichts gesagt ...«

»Sie sind hier nur auf der Durchreise. In Berlin treffen sie mit ihrem Wirtschaftsminister zusammen und reden dann mit den wirklich wichtigen Leuten. Jeder von ihnen ist Vertreter eines Wirtschaftszweiges. Tourismus, Berg- und Wasserbau, Landwirtschaft und eben auch Diamanten.«

Mia strich sanft über die Lederbänder. Sie sah Rudolf vor sich, wie er Corinthias Brief las und sichtlich berührt davon gewesen war. Als ob jemand durch die Zeiten zu ihm spräche ... Als ob ihm jemand nach all den Jahren verriet, wo Jakobs Schatz geblieben war ... Er hatte Zugang zu einer

Vielzahl solcher Dokumente. Im Museum musste es Zeitzeugenaussagen, Briefe, Tagebücher ohne Ende geben. Und vielleicht sogar einen Hinweis darauf, wer alles schon Diamanten gefunden hatte, bevor die Deutschen gekommen und ihren Wert erkannt hatten. Nein, so etwas durfte sie nicht denken. Und trotzdem: Rudolf hatte Zugang zum Haus. Er war immer in ihrer Nähe gewesen. Ihm hatte sie erzählt, warum sie bei Kühn gewesen war. Aber er konnte unmöglich Wilhelm zu Lebzeiten begegnet sein.

»Wann genau kamen sie eigentlich hier an?«

»Wer?«

»Die Delegation.«

»Am selben Tag wie du. Ich weiß, was dir gerade durch den Kopf gegangen ist. Aber das ist nicht möglich. Ich habe sie vom Flughafen abgeholt. Rudolf hat mir sogar geholfen, das Gepäck einzuladen.«

»Dann ist es ja gut.« Sie atmete erleichtert auf.

»Trotzdem freut es mich, wenn du den Kreis der Verdächtigen nicht nur um meine Familie ziehst.«

»Ich ziehe gar nichts. Was mache ich denn jetzt damit?«

Will beugte sich vor. »Gute Frage. Das sind gut und gerne ein paar Millionen.«

»Millionen?«, japste Mia. Und das hatte sie die ganze Zeit über in einer Umhängetasche durch die Gegend getragen! Mehr noch: Das hatte fast hundert Jahre auf dem Dachboden gelegen! »Und wem gehören die?«

»Interessante Frage. Befänden sich die Steine in Namibia, dann könntest du sie gleich bei einer der staatlichen Diamantengesellschaften abgeben. Aber sie haben das Land neunzehnhundertvier verlassen, noch bevor überhaupt irgendein Claim dort unten abgesteckt war. Ich würde sagen, sie sind Privatbesitz. Herzlichen Glückwunsch.«

»Oh mein Gott.« Das war alles zu viel. Ein Schock. Schlagartig war aus einem wertlosen Andenken ein millionenschweres Erbstück geworden. »Kein Wunder, dass es jemand so verzweifelt darauf abgesehen hat. Hast du die Tür abgeschlossen?«

»Soll ich?«

Mias Gesichtsausdruck – eine Mischung aus Ratlosigkeit und Angst – gab ihm die Antwort. Das Geräusch des Schlüssels, der sich im Schloss drehte, wirkte nur bedingt beruhigend. Wenn jemand hier eindringen wollte, dann gelang es ihm auch.

»Ich habe Angst.« Mia schlang die Arme um den Oberkörper, denn jetzt kam auch noch ein Frösteln hinzu.

Will kam zurück zu ihr und ging in die Hocke. »Leg dich hin. Du bist fix und fertig. Nimm mein Bett. Wir reden morgen weiter.«

Sie war zu müde und zu schockiert, um dagegen zu protestieren. Sein Bett war breiter als eine einzelne Liege, und als sie sich in ihren Klamotten auf die Decke legte, dachte sie daran, Helene anzurufen und ihr alles zu erzählen. Doch dann fiel ihr ein, dass ihr Handy jetzt auf dem Präsidium in Lüneburg lag und diese schrecklichen, schönen, schrecklichen Nachrichten Zeit haben mussten bis zum nächsten Tag. Sie hatten so viele Jahrzehnte auf diesen Augenblick warten müssen, da kam es auf eine Nacht mehr oder weniger auch nicht an. Das letzte Bild, das sie sah, bevor sie die Augen schloss, war Will. Er lag auf der Couch und las noch einmal die Tagebuchauszüge seines Urgroßvaters, der bereit gewesen war, sein Vaterland mit seinem Leben zu verteidigen. Aber nicht, einem Kameraden zu verzeihen, dass dieser seinem Herzen gefolgt war.

Als Mia die Augen wieder aufschlug, drang eine diffuse Helligkeit durch die zugezogenen Vorhänge. Rasch setzte sie sich auf. Niemand da. Will musste sie zugedeckt haben, aber weder von ihm noch von Jakobs Nachlass war etwas zu sehen. Sie schlug die Decke zurück und stand auf, lief zur Couch, kniete auf den Boden, suchte das ganze Zimmer ab – die Sachen waren weg.

Okay, Mia. Tief durchatmen. Dein erster Reflex ist ja wohl: Will ist mit den Sachen über alle Berge. Er versteckt sie irgendwo, und es wird Aussage gegen Aussage stehen, denn er wird behaupten, dass du sie bei Kühn gelassen hast, wo sie spurlos samt der Kopie verschwunden sind …

Zweite Möglichkeit: Will ist vor dir aufgestanden, macht gerade Frühstück und hat die Sachen hinter seinem ungewaschenen Sportzeug versteckt oder im Bauch des Flugzeugmodells, um nicht Rohdiamanten im Wert von ein paar Millionen auf dem Couchtisch herumliegen zu lassen, während du schläfst wie eine Tote.

Welche Lösung ist wahrscheinlicher? Ihr Magen knurrte. Der Teller mit den Käsebroten war weg. Kombiniere, Watson, da ist jemand Richtung Küche gegangen.

Sie verschwand im Bad, stellte sich unter die Dusche und roch, nachdem sie sein Duschgel und sein Deo benutzt hatte, wie der Aufzug in die Vorstandsetage eines männerdominierten Dax-Konzerns. Oder wie sie sich den vorstellte. Egal. Sie kämmte sich die zerzausten Haare und wandte sich dann mit dem Gefühl von ihrem Spiegelbild ab, alles getan und nicht viel erreicht zu haben.

Die Tür war nicht mehr abgeschlossen. Logo, Watson, sonst hätte Will ja nicht rausgehen können. Sie hatte die Empfangshalle schon zur Hälfte Richtung Küchentreppe durchquert, als sie oben auf der Galerie Schritte hörte. Und dann ihren Namen. Ausgesprochen in einer Art, wie man Bankräuber stellt oder paarungsbereite Rassehunde von Streunern zurückpfeift.

»Frau Arnholt?« Gabriele Herder hätte nicht erstaunter sein können, wenn das ausgestopfte Zebra an Mias Stelle dort unten gestanden hätte. »Was machen Sie denn hier?«

Ratternd setzten sich die Zahnräder in Mias Gehirn in Bewegung und rekapitulierten den vergangenen Tag. »Das Gästehaus ist noch nicht freigegeben.«

»Ich weiß.« Frau Herder kam die Treppe herunter. »Sind Sie nicht in einem Hotel in der Innenstadt untergebracht?«

»Nein. Nur die Delegation.« Durch die einen Spalt breit geöffnete Tür zum Küchenkeller drang ein sanfter Duft nach kross gebratenem Speck. »Will wollte mich nicht am Bahnhof übernachten lassen.«

»Haben Sie Ihren Zug verpasst?«

»Nein. Ich soll mich doch der Kripo zur Verfügung halten. Deshalb kann ich im Moment noch nicht weg.«

Gabriele Herder hatte den Fuß der Treppe erreicht. »Was wollten Sie dann am Bahnhof?«

Mia beschloss, die Frau auf die Probe zu stellen. »Ich hatte dort eine Verabredung. Mit jemandem, der mir Gottlobs Tagebuch geben wollte.«

»Interessant.« Sie kam näher. Ihre Augen glitten über Mias zerknittertes Outfit, und ein winziges Blähen der Nasenflügel verriet, dass ihr Wills Duschgel bekannt vorkommen musste. Bestimmt glaubt sie, wir hätten …

Mia rang sich ein zuckersüßes Lächeln ab. »Aber Will kam dazu und die Verabredung ist leider geplatzt.«

Frau Herder blieb nur eine Armlänge von Mia entfernt, stehen. »Aha. Frau Arnholt, als wir uns das erste Mal begegnet sind, hatte ich das Gefühl, dass Sie etwas Positives, etwas Belebendes zu unserer Familiengeschichte beitragen könnten. Aber mittlerweile bin ich nicht mehr davon überzeugt.«

»Das ist schade.« Mia sah zur Kellertür. Ein Zeichen, dass sie diese Unterhaltung gerne abbrechen würde. »Denn im Gegensatz zu Ihnen bin ich nach wie vor der Meinung, dass mein Beitrag zu Ihrer Familiengeschichte sehr interessant sein könnte. Entschuldigen Sie mich bitte, Will macht mir gerade Frühstück.«

Seine Mutter hob die Augenbrauen. »Will kann einen Teller nicht von einer Schöpfkelle unterscheiden.«

»Muss er auch nicht. Ich helfe ihm gerne.«

Sie nickte der Frau noch einmal höflich zu und ließ sie stehen. Den ganzen Weg zum Küchenkeller fühlte sie ihren Blick zwischen den Schulterblättern, scharf wie ein schmales Stilett. Das Gefühl verschwand erst, als sie die Stufen hinuntergegangen war und den Keller erreicht hatte.

Keller war … untertrieben. Seit Downton Abbey und

einem Schulausflug nach London wusste Mia, dass früher in vielen Häusern das Untergeschoss eine andere Rolle spielte als in heutiger Zeit. Und dass man mit Küchen ein Vermögen verdienen oder verlieren konnte, je nachdem, ob man sie ver- oder gekauft hatte. Hier hatten die Herders den Gewinn von Millionen Kanonenkugeln versenkt, das war sicher. Modernster Landhausstil gepaart mit High-End-Geräten, von denen Mia gerade mal einen Herd und eine Mikrowelle zweifelsfrei identifizieren konnte. Und das auch nur deshalb, weil Will auf Ersterem gerade Speck ausbriet und in Zweiterer Milch überkochte. Mit einem unterdrückten Fluch sprintete er zu dem Gerät und versuchte, das Schlimmste zu verhindern.

»Guten Morgen!« Mia reichte ihm einen Spüllappen und schnupperte dann an dem Speck. »Ist das für mich?« Dabei sah sie sich, obwohl sie es nicht wollte, nach Jakobs Sachen um. Hier unten waren sie jedenfalls nicht. Es sei denn, Will betrachtete den Mülleimer, der aussah wie ein Teil einer Apollo-11-Rakete, als sicheres Versteck.

»Für uns«, korrigierte er. »Hast du gut geschlafen?«

»Wie ein Stein.«

Hinter den Glasfenstern der Hängeschränke stand Geschirr. Sie holte Teller und Kaffeebecher heraus und begann, den riesigen Landhaustisch zu decken. Die Fenster an beiden gegenüberliegenden Seiten des Raumes waren etwas schmaler als oben und mit Gittern versehen. Wenn sie sich auf die Zehenspitzen stellte, war ihre Nasenspitze in einer Linie mit dem Rasen. Draußen stiefelte gerade Albrecht vorbei, in der Hand ein Gerät, das man zum Zusammenharken von Laub benutzte.

»Und du?«

Er schichtete den knusprigen Speck auf einen Teller und holte dann Eier aus einem Kühlschrank. Das Gerät musste den Gegenwert eines Kleinwagens haben und verfügte über Eigenschaften wie Eiswürfel bereiten, die aus einem Fach direkt ins Glas fielen, oder Null-Grad-Zonen, Internetanschluss, LED-Display, einen Monitor … Nur fahren konnte es wohl nicht. Bedauerlicherweise.

»Schlecht. Ein paar Millionen in direkter Nähe halten eher wach.«

»Und wo sind sie jetzt?«, fragte sie so leichthin, wie es ihr möglich war.

»An einem sicheren Ort.«

Mia suchte das Besteck zusammen. Es widerstrebte ihr nachzufragen. Andererseits wäre es vielleicht ganz gut zu wissen, wo Will ihr Erbe gebunkert hatte. Er zerschlug Eier am Rand einer Schüssel und verquirlte sie dann mit einem Schneebesen.

»Wie sicher?«

Er sah kurz hoch. »In meinem Auto. Im Handschuhfach. Kein normaler Mensch bricht das auf. Du kannst es jederzeit rausholen. Ich geb dir die Schlüssel.«

»Ist schon okay«, sagte sie schnell. Tatsächlich war sie etwas überfordert bei dem Gedanken, wohin mit ein paar Dutzend Rohdiamanten im Wert von mehreren Millionen.

Das Fett in der Pfanne zischte, als Will die Eimasse dazugab und nach ein paar Sekunden begann, vorsichtig umzurühren. »Kaffee?«

»Gerne.«

In der Ecke stand eine beeindruckende Maschine, die auf Knopfdruck genau das ausspuckte, was man wollte.

Mia entschied sich für Cappuccino. »Und du?«

»Schwarz wie die Nacht, heiß wie ein Kuss und süß wie die Liebe.« Er grinste. Noch bevor Mias Cappuccino durchgelaufen war, verteilte er auch schon das Rührei auf die Teller. »Speck?«

»Kross?«

»Natürlich.«

»Dann immer.«

Sie unterhielten sich wie ein altes Ehepaar. Und das blieb auch so, als sie sich gemeinsam an den Tisch setzten und Will aus einem Gerät, das erst beim zweiten Hinsehen sein wahres Ich als Toaster entpuppte (es hätte auch die Ladestation einer Drohne oder ein Schredder sein können), vier Scheiben Brot hervorzauberte, duftend und goldgelb geröstet.

»Drüben im Gästehaus stehen noch meine Pralinen. Ich habe sie als Abschiedsgeschenk für euch gemacht. Meinst du, wir können heute schon wieder rein?«

»Keine Ahnung. Das muss die Kripo entscheiden.« Er warf einen schnellen Blick auf sein Handy, das er neben seinem Teller abgelegt hatte. »Sie haben sich noch nicht gemeldet.«

Es war kurz nach neun.

»Ich muss heute fahren«, sagte sie. Er antwortete nicht, sondern schaufelte nur eine weitere Portion Rührei in seinen Mund. »Meine Leute warten schon auf mich.«

»Was wirst du ihnen erzählen?«

Sie wollte gerade »Die Wahrheit natürlich« sagen, als sie

Carolina in der Kellertür stehen sah. Wie lange war sie schon dort? Hatte sie das Gespräch von Anfang an mitbekommen?

»Guten Morgen!« Die Hauswirtschafterin kam zu ihnen. »Wie ich sehe, sind Sie bestens versorgt. Wenn Sie so weitermachen, bin ich bald überflüssig.«

Will grinste sie an. »Keine Sorge. Es werden Ihnen noch genug Herausforderungen bleiben.«

»Mit Ihrem Zimmer bestimmt.« Carolina füllte lächelnd den Wasserkocher und wandte sich dann an Mia. »Sie bekommen selbstverständlich sofort Ihr Zimmer zurück, sobald ich das Gästehaus wieder betreten darf. – Das ist Ihnen doch recht?« Die Frage war an Will gerichtet.

»Weiß nicht«, murmelte der zwischen zwei Bissen. »Ich fand es heute Nacht auch nicht schlecht.«

Carolina wandte sich diskret ab.

Mia wurde knallrot. Sie stieß mit ihrer Schuhspitze an sein Schienbein. »Das klang zweideutig.«

»Sollte es auch«, gab er zurück. »Ich habe immerhin einen Ruf zu verteidigen.«

»Ich auch«, gab sie zurück und fühlte sich grenzenlos schlagfertig.

Carolina suchte währenddessen nach Tee und einem Tablett. »Manchmal denke ich, es wäre günstiger, wenn wir noch ein Gästezimmer direkt im Haus hätten. Die alte Manufaktur ist doch recht weit weg. Vor allem im Winter oder wenn es spät wird, wie bei dem Herrn aus der Delegation. Verstehen Sie mich bitte nicht falsch!« Wie um Entschuldigung bittend, wandte sie sich direkt an Will. »Es geht mir nicht um die Arbeit oder den Weg. Aber ich könnte mir vorstellen, dass es gerade für ältere Personen etwas umständlich ist, so spät am Abend noch allein durch den Park zu gehen.«

Will war fertig und schob seinen Teller zurück. »Von wem reden Sie?«, fragte er. »Wer ist wann allein durch den Park?«

»Na, dieser nette ältere Herr. Ich kann mir seinen Nachnamen nicht merken. Rudolf.«

Mia runzelte die Stirn. »Rudolf Mwedihanga? Der ist doch mit uns gemeinsam ins Gästehaus gegangen.«

»Ja. Aber nicht am Abend vorher.«

Carolina hatte endlich den passenden Tee gefunden. Auch im Wasserkocher sprudelte es mittlerweile.

»Sie meinen …«, begann Will. Seiner und Mias Blick kreuzten sich. »Rudolf Mwedihanga war schon früher bei uns?«

»Ach du liebe Zeit. Ich dachte, Sie wüssten das! Aber woher denn? Am nächsten Morgen habe ich Ihren Großvater gefunden, und, bitte verzeihen Sie, der Schock …«

»Schon gut«, sagte Will schnell. »Wann genau hat Herr Mwedihanga uns besucht? Er hat mir gegenüber nämlich nichts davon erwähnt.«

»Wahrscheinlich, weil es ihn ebenso aus der Bahn geworfen hat wie uns alle. Es war ja am Vorabend des Unfalls. Er war bei Herrn Wilhelm. Er kam sehr spät, Ihre Eltern und Sie waren außer Haus. Ich habe ihn hereingelassen. Er war direkt vom Flughafen gekommen und hatte auch kein Hotel. Und da er offenbar von Ihrem Großvater erwartet wurde, bot ich ihm an, ihm eines der Gästezimmer fertig zu machen. Sie waren ja sowieso schon für den nächsten Tag vorbereitet. Ich habe nur schnell den Schlüssel geholt und ihn im Salon deponiert. Danach ging ich ins Bett. Ich weiß also nicht, wann er wieder gegangen ist.«

Tränen traten ihr in die Augen. Als sie versuchte, das Wasser in die Teekanne zu gießen, verschüttete sie fast die Häfte.

Mia sprang auf. »Ich helfe Ihnen.«

Carolina zögerte.

Will wies auf Mias leeren Stuhl. »Setzen Sie sich, erzählen Sie uns alles. Rudolf Mwedihanga kam einen Tag früher? Am Todestag meines Großvaters? Ich habe ihn doch gemeinsam mit den anderen am Flughafen abgeholt!«

Die Hauswirtschafterin zuckte ratlos mit den Schultern. Aus einer Tasche ihres Rocks zog sie ein kleines Tuch und tupfte sich damit über die Augen. »Jetzt, wo Sie es sagen, klingt es auch für mich etwas seltsam. Es war am späten Abend. Er klopfte. Ihre Eltern waren ausgegangen und Sie waren auch nicht da.«

Ein tränenverhangener Blick streifte ihn. »Ihr Großvater war schon im Hausmantel und er hat etwas geschrieben. Daran erinnere ich mich noch, als ich den Herrn zu ihm gebracht habe. Im Hinausgehen hörte ich, wie er sich kurz vorstellte und sich für den Überfall, wie er ihn nannte, entschuldigte. Er sagte, es ginge um eine Angelegenheit von höchster Wichtigkeit, die etwas mit einer Schuld zu tun habe. Mehr weiß ich nicht. Ich wollte nicht indiskret sein und bin so schnell wie möglich gegangen. Dann habe ich den Schlüssel geholt und deponiert, damit der Herr nicht nachts noch ein Hotelzimmer suchen musste. Das habe ich mit Ihrem Großvater so vereinbart«, setzte sie schnell hinzu.

»Ich hätte mich sonst niemals in so eigenmächtiger Weise verhalten! Bitte entschuldigen Sie. Ich habe es einfach vergessen. Der Tod von Herrn Wilhelm ist mir so nahegegangen.«

Sie unterdrückte ein Schluchzen. Mia hatte die Teekanne gefüllt und legte ihre Hand auf Carolinas Schulter.

»Hat er im Gästehaus geschlafen?«, fragte Will.

»Ja. Aber am nächsten Morgen hing der Schlüssel schon am Brett. Und ich richte jedes Zimmer nach jeder Nacht wieder her.«

»Und das, obwohl es gar nicht nötig ist«, sagte Mia und setzte sich neben Carolina. Sah Will nicht, wie nahe ihr das alles ging? Wie sie von morgens bis abends schuftete, nur damit er und seine Familie sich täglich ins gemachte Bett legen konnten? »Sie machen sich viel zu viel Arbeit.«

Ein kurzes, freudloses Lächeln war die Antwort. »Aber das ist doch meine Aufgabe. Herr Herder, darf ich Sie etwas fragen?«

Will griff nach seiner Kaffeetasse. »Klar.«

»Stimmt es, was man in Lüneburg erzählt? Dass es den Herder-Werken nicht gut geht? Mein Mann und ich, wir arbeiten seit fast dreißig Jahren für Sie, in der dritten Generation mittlerweile. Es gibt für uns nichts anderes als dieses Haus und diese Familie. Wir machen uns Sorgen.«

Wieder dieser Blick, dieses undurchschaubare Mienenspiel. Merkte Will denn nicht, dass Carolinas Nerven blank lagen? Er kam ihr mit einem Mal arrogant und mitleidlos vor.

»Wir denken tatsächlich über Umstrukturierungen nach«, sagte er schließlich. »Allerdings betrifft das ausschließlich die Firma.«

Wir denken über Umstrukturierungen nach … Wie geschraubt das klang, wie unaufrichtig. Etwas in Mia verschloss sich. So wie ein Fensterladen, den man gerade eine Handbreit aufgestoßen hatte. Das war nicht der Will, den sie kennengelernt hatte.

»Ich würde jetzt gerne gehen«, sagte sie kühl. »Kannst du mir meine Sachen geben?«

»Klar.«

Carolina sah auf ihre Armbanduhr. »Oh du liebe Zeit. Der Tee für Ihre Mutter.« Sie sprang auf und machte sich daran, ein Tablett mit einem Gedeck zu beladen.

Will war schon an der Kellertür, als er sich nach Mia umdrehte. Die wollte den Tisch abräumen, wurde aber von Carolina energisch daran gehindert.

»Gehen Sie schon. Das ist meine Aufgabe.«

Mit schlechtem Gewissen folgte Mia Will in die Empfangshalle. Schweigend verließen sie das Haus und gingen zur Garage, neben der der Wagen noch genau so stand, wie sie ihn gestern zurückgelassen hatten.

Er schloss auf und holte Jakobs Nachlass aus dem Handschuhfach.

Bevor sie die Plastiktüten entgegennahm, fragte sie: »Warum bist du so?«

»Wie, so?«

»So … kalt. Ungerührt. Sie arbeiten für dich. Fast rund um die Uhr. Da könnte man ein bisschen freundlicher sein.«

Er schlug die Wagentür zu. »Es gefällt mir nicht, was sie mir erzählt hat.«

»Mir auch nicht«, konterte Mia. »Rudolf war in Wilhelms

Todesnacht in eurem Haus. Das muss er uns erst einmal erklären. Aber deshalb behandelt man den Überbringer der Nachricht nicht wie … Ich weiß nicht.«

»Carolina ist der pflichtbewussteste Mensch, den ich kenne. Deshalb frage ich mich, warum sie uns das verheimlicht hat.«

»Verheimlicht?« Mia warf einen Blick auf das Haus und senkte die Stimme. »Sie stand unter Schock! Sie hat einen Toten gefunden! Zu dem sie offenbar ein gutes, wenn nicht ein besonderes Verhältnis hatte. Und da soll sie in so einem Moment rapportieren, dass er Besuch gehabt hat?«

Will nickte. Nicht bejahend, sondern trotzig. »Spätestens, als die Polizei im Haus war und es den Hinweis auf einen Eindringling gegeben hat. Das erwarte ich nicht nur als Arbeitgeber.«

»Sondern?«, fragte sie spitz.

Er sah sich um. Niemand war in der Nähe. Aber dieses Haus schien sie zu beobachten. »So etwas vergisst man doch nicht! Das ist eine Information, die man auf keinen Fall der Polizei hätte vorenthalten dürfen. Ich weiß, dass du bei manchen Sachen Probleme hast, sie zu verstehen.«

»Ach.« Noch spitzer.

»Sie ist fleißig, lieb und zuverlässig. Aber auch gnadenlos neugierig. Denkst du im Ernst, sie ist gegangen? Da kommt mitten in der Nacht ein Afrikaner in dieses Haus, will meinen Großvater sprechen und redet von Schuld. Also, wenn ich hier arbeiten würde, hätte ich jetzt noch platte Ohren vom Lauschen.«

»Du siehst Gespenster.« Mia war immer noch wütend.

Aber ganz von der Hand zu weisen war sein Verdacht nicht. »Warum sollte sie so etwas tun?«

»Weil sie ein gutes Gespür für Timing hat? Und die zweite, noch wichtigere Frage ist: Warum hat Rudolf uns nichts erzählt?«

»Das verstehe ich auch nicht.«

»Ich hole ihn noch am Flughafen ab! Er steht da mit einem Koffer – aber das hätte natürlich auch der von Emily oder Margret sein können. Es gab jede Menge Gelegenheiten, darüber zu sprechen. Vor allem, als er die Todesnachricht erfahren hat.«

»Wer hat es ihm gesagt?«

»Ich.«

»Na ja.« Sie scharrte ein wenig mit den Fußspitzen über den Kies. »Nicht gerade der Moment, in dem ich mein Herz ausschütten würde. Ihr wart alle ziemlich durch den Wind, glaube ich.«

»Aber warum so lange warten? Das kann doch kein Zufall sein. Wenn ich an gestern Abend denke, nein, nicht der Moment, in dem du mir schlaftrunken um den Hals gefallen bist …«

»Was?«

Er duckte sich weg, als ob er von ihr eine Backpfeife erwarten würde. »Schon gut, schon gut. Also gestern Abend wäre zum Beispiel eine großartige Gelegenheit gewesen, uns von der Begegnung zu erzählen. Der Umstand, dass Rudolf seinen Besuch hat unter den Tisch fallen lassen, kann zwei Gründe haben.«

»Welche?«

»Entweder er hat geglaubt, dass Carolina das schon erzählt hat.«

»Oder?«

Er schwieg. Das Grinsen, mit dem er sie eben noch auf den Arm genommen hatte, verschwand.

»Du glaubst doch nicht im Ernst …« Mia blieb die Luft weg. »Du kannst doch nicht annehmen, dass es Rudolf war?«

»Er dürfte einer der wenigen sein, die wissen, wie man solche Masken anlegt.«

»Aber dann hätte er auch deinen Großvater auf dem Gewissen. Und Herrn Kühn!«

»Haben wir nicht beschlossen, offen miteinander umzugehen? Ich sehe klare und deutliche Indizien, dass Rudolf uns einen sehr wichtigen Besuch verheimlicht hat. Mehr nicht. Die Schlussfolgerungen daraus sollten andere ziehen.«

»Ich fasse es nicht.« Instinktiv trat sie einen Schritt zurück. »Du würdest alles tun, um den Verdacht von deiner Familie fernzuhalten. Stimmt's?«

»Also verdächtigst du uns? Sag es doch einfach.«

Sie stopfte die Tüten in ihre Tasche. Den Teufel würde sie tun und ihm auch noch Wasser auf die Mühlen geben. Wie sie solche Situationen hasste! Egal, was sie jetzt erwidern würde, es wäre das Falsche.

»Irgendjemand wusste von Anfang an, was das *kidani* wert ist. Das könnten alle gewesen sein. Alle außer mir«, setzte sie bitter hinzu. »Will …«

»Sag es.«

»Es tut mir leid, aber …«

»Okay.« Er umrundete das Auto. Doch statt ins Haus

zurückzukehren, wie sie es erwartet hatte, öffnete er die Fahrertür.

»Steig ein.«

»Was hast du vor?«

»Wir müssen mit Rudolf reden, bevor die Delegation abreist.«

23.

Der Frühstücksraum des Hotels war leer bis auf ein Ehepaar, das schweigend hinter seinen Zeitungen verschanzt war und bei Mias und Wills Eintritt nur kurz hochsah.

Sie machten auf dem Absatz kehrt und gingen zur Rezeption, wo mehrere Gäste noch darauf warteten auszuchecken. Will blieb, Mia rannte über den Hof zu Emilys und Toms Zimmer. Sie waren nicht mehr da.

»Sie sind weg«, sagte sie, als sie zurückkam.

Will war endlich an der Reihe und bekam die gleiche Auskunft. Die gesamte Delegation war abgereist, vor einer knappen halben Stunde.

Mia dachte an die Pralinen, ein Lächeln am Nachmittag. Und wunderte sich, dass sich bei all den ungelösten Fragen ausgerechnet dieser Gedanke in den Vordergrund schob. Kein Abschiedsgruß, kein Zettel, nichts. Hatte sie etwas anderes von Emily erwartet? Sicher nicht. Aber vielleicht von Rudolf…

»Wir fahren zum Bahnhof«, sagte Will. »Vielleicht erwischen wir sie noch. Der Zug geht in genau …«, er sah auf die Uhr an der Rezeption, die hinter dem hilfsbereiten Portier hing, »… acht Minuten.«

»Sportlich«, erwiderte Mia.

Aber da war Will schon auf dem Weg nach draußen.

Sie erreichten den Vorplatz eine Minute vor Abfahrt des Zuges, und Mia war froh, die Fahrt überlebt zu haben.

»Warst du in deinem früheren Leben mal Rennfahrer?«, fauchte sie, als er erneut quer im Halteverbot anhielt.

»Kann mich nicht erinnern. Aber vielleicht im nächsten?«

Er stieg aus und sprintete los, Mia keuchte hinterher. Bei Tag wirkte die Unterführung bei Weitem nicht so Angst einflößend wie nachts. Trotzdem war ihr nicht wohl dabei, die Stufen hinunterzurennen.

»Gleis 4!«, rief Will ihr zu und war schon verschwunden.

Sie sah sich gehetzt um. Reisende drängten sich an ihr vorüber. Es war viel los, Pendler, Touristen, Schulklassen waren unterwegs. Jemand rempelte gegen ihre Schulter, sodass sie fast gestolpert wäre. Ein Mann mit Hut und stechendem Blick kam direkt auf sie zu. Die Panik stieg in ihr hoch. Der Mann kam näher. Noch näher. Jemand ergriff ihren Arm.

»Wo bleibst du denn? Der Zug hat Verspätung. Sie sind noch oben auf dem Bahnsteig.«

Der Mann ging an ihr vorüber und eilte zum nächsten Aufgang. Sie sah ihm hinterher und spürte, wie ihre Knie wieder weich wurden. Nichts ist vorbei, dachte sie. Wir müssen ihn kriegen, sonst traue ich mich den Rest meines Lebens nicht mehr in einen Bahnhof.

Will schien zu dämmern, dass in diesem Gewimmel von Leuten, die aus den ankommenden Zügen strömten und zu den abfahrenden eilten, etwas mit ihr nicht stimmte.

»Komm.« Er legte seinen Arm um sie und bahnte sich den Weg durch eine Traube kreischender Teenager auf Klassenfahrt.

Als sie den Tunnel verließen und die letzten Stufen des Aufgangs erreichten, konnte Mia schon wieder durchatmen. Auf dem Bahnsteig herrschte dichtes Gedrängel. Es war der Zug nach Hamburg. Von dort gelangte man in knapp eineinhalb Stunden nach Berlin.

»Mia!« Emily kam auf sie zu. »Wie schön, dass du uns noch Adieu sagst. Ich hatte gestern ganz vergessen, dass wir heute ja weitermüssen.«

»Wo ist Rudolf?«

»Dahinten. Er passt auf unsere Koffer auf. Die anderen sind noch mal kurz Reiseproviant holen.«

Emily hakte sich bei ihr unter. Sofort ging es Mia besser. »Ich dachte, ich verschiebe meinen Rückflug und treffe dich noch mal. Was meinst du?«

Mia zwang sich zu einem Lächeln. »Das wäre großartig. Meine Mutter will dich so gerne kennenlernen. Vielleicht reicht deine Zeit ja noch zu einem Abstecher nach Meißen.«

»Mal sehen. Rudolf! Schau mal, wer gekommen ist!«

Rudolf stand im Raucherbereich. Ob die Zigarette oder die Überraschung der Grund war, dass er sich erst einmal hastig wegdrehte? Er löschte die Glut, warf seinen Glimmstängel in den Aschenbecher und streckte ihnen dann die Hand entgegen. Dabei ließ er den Kofferberg nicht aus den Augen.

»Wir wollten euch nicht wecken«, sagte er. »Sonst hätten wir natürlich noch einmal angerufen.«

Auch Will drückte seine Hand und sagte: »Können wir kurz reden?«

Rudolf nickte. »Natürlich. Emily, übernimmst du die Stallwache?«

Emily sah ihnen neugierig hinterher, behielt aber die Frage, die ihr offensichtlich auf der Zunge brannte, für sich.

Dafür stellte sie Rudolf, nachdem sie ein paar Schritte weiter zum Ende des Gleises hin gelaufen waren, wo weniger Leute standen. »Worum geht es?«

Will und Mia sahen sich an. Dann übernahm Will es, das heikle Gespräch zu beginnen. »Warst du am Vorabend von Wilhelm Herders Tod bei ihm?«

Ein Schatten glitt über Rudolfs dunkles Gesicht. Das Lächeln verschwand. »Ja«, sagte er.

»Warum?«

In seinen dunklen Augen erkannte Mia, dass er auf diesen Überfall nicht vorbereitet gewesen war. Er suchte ganz offenbar nach einer Ausrede, aber es fiel ihm keine ein.

»Wegen Emily«, sagte er schließlich.

»Könntest du uns das etwas genauer erklären? Ich habe gehört, es wäre um eine Schuld gegangen.« Will blieb freundlich, aber es war klar, dass er sich nicht abwimmeln lassen würde.

»Es war meine Idee«, sagte Rudolf schließlich. »Ich habe

im Museum durch einige Querverweise den Verdacht bekommen, dass es damals einen Kindesentzug gegeben haben könnte. Eine Entführung. Ich habe geglaubt, Jakob Arnholt wäre widerrechtlich außer Landes geschafft worden, von Gottlob Herder. Ich wollte mehr darüber erfahren, also habe ich mich mit Ihrem Großvater in Verbindung gesetzt und ihm geschrieben, dass es Nachfahren der Arnholts in Namibia gibt. Wir haben daraufhin ein langes Telefonat geführt, und er bat mich, die Verbindung zu Emily herzustellen. Das alles dauerte Wochen, wenn nicht gar Monate. Vor allem war es schwer, Emily in die Wirtschaftsdelegation zu integrieren. Sonst hätte sie sich die Reise niemals leisten können.«

Eine Durchsage schepperte aus den Lautsprechern. »Einfahrt des Regionalexpress 31 nach Hamburg. Bitte Vorsicht bei der Einfahrt des Zuges.«

»Emily war sehr aufgeregt. Sie hatte einen tiefen Groll gegen die Herders aufgebaut. Ich sagte ihr, dass sie sich zusammenreißen müsse, denn wir wären Gäste im Haus der Kinder und Enkel jenes Gottlob Herder, und dass es sich keinesfalls um eine Entführung, sondern eher um eine Art Hilfe gehandelt haben musste.«

»Hilfe«, murmelte Mia.

Will sah sie scharf von der Seite an. Keinen Ton über die Diamanten, sollte das heißen.

»Sie hat sich ziemlich hineingesteigert, und da ich sowieso drei Tage früher abgeflogen bin, weil ich noch mehrere Termine in Antwerpen und Brüssel hatte, kam ich am Vorabend der Ankunft der Delegation in Lüneburg an. Ich wollte mit Wilhelm sprechen und ihn darauf vorbereiten, dass er es nicht mit einer sanftmütigen Besucherin zu tun hat, sondern mit …«

»Emily«, beendete Mia seinen Satz. Der Zug tauchte in der Ferne auf. Ihnen blieb nicht mehr viel Zeit.

»Warum hast du uns das nicht gesagt?«, fragte Will.

Rudolf hob in einer Geste der Entschuldigung die Hände. »Wann denn? Am Flughafen war einfach zu viel los, und dann bekamen wir die Nachricht, dass Wilhelm Herder in der Nacht verstorben ist. Ich konnte es nicht glauben. Ich hatte ihn noch bei völliger geistiger und körperlicher Gesundheit erlebt. Sie sagten, es wäre ein Unfall gewesen?«

»Das klärt die Polizei gerade.« Wills Stimme klang kühl und unbeteiligt. Mittlerweile kannte Mia ihn schon ein wenig. Unter der Maske der Beherrschung brodelte es. »Für mich ist das ein eklatanter Vertrauensbruch.«

»Es tut mir leid. Wirklich.« Rudolf sah hastig über die Schulter, weil der Zug einfuhr. »Hört mal. Ich cancele das Essen im Bundeswirtschaftsministerium heute Abend und komme zurück. Dann klären wir das.«

»Wie du meinst. Gute Fahrt.«

Will trat zur Seite. Rudolf wollte ihm zum Abschied die Hand reichen, aber auf halbem Wege bekam er mit, dass seine Geste wohl nicht erwidert werden dürfte.

»Rudolf«, sagte Mia, aber es war zu leise und der bremsende Zug zu laut. Sie blieb stehen und sah ihm hinterher, diesem großen, aufrechten, Mann, der sie mit solchen Zweifeln zurückließ. »Glaubst du ihm?«, fragte sie, als die Räder endlich zum Stillstand gekommen waren.

»Schwer zu sagen. Du meinst, diese Kontaktanbahnung im

Vorfeld? Das lässt sich nachprüfen. Wahrscheinlich stimmt sie, sonst hätte mein Großvater ihn nie ins Haus gelassen. Aber er weiß mehr, als er sagt. Und er muss verdammt noch mal verstanden haben, worum es eigentlich geht, als er uns gestern Abend Corinthias Brief vorgelesen hat.«

»Die Sache mit den Sternen?«

Sie hatten beide nebeneinander gestanden und den Bahnsteig hinuntergesehen. Jetzt wandte er sich ihr zu. »Exakt. Die Sache mit den Sternen. Mia, wir müssen zur Polizei. Und du solltest dir Gedanken darüber machen, was du mit den Millionen in deiner abgewetzten Umhängetasche anfangen willst.«

»Eins nach dem anderen.« Die Reisenden waren eingestiegen. Der Schaffner, der ihnen am nächsten stand, hob die Kelle und stieß mit seiner Trillerpfeife einen hohen Pfiff aus, der in den Ohren gellte. »Erst muss ich mein Handy wiederbekommen.«

Frau Kramer war nicht im Präsidium. Stattdessen wurden sie zu ihrem arroganten Kollegen geführt, den Mia in Kühns Wohnung kennengelernt hatte. Kriminalkommissar Weigelt. Der kaum unterdrückte Seufzer, mit dem er sie empfing, sprach schon Bände.

»Ihr Handy können Sie sich unten am Empfang abholen.«

Er saß an seinem Computer und hatte kaum hochgeschaut, als sie in Begleitung einer uniformierten Polizistin hereinbegleitet worden waren.

»Und das Gästehaus ist auch von der KTU freigegeben.«

»Ich habe noch eine Frage.«

Weigelt sah aus, als hätten sie ihn beim Lösen eines Kreuzworträtsels gestört, bei dem es mindestens einen Farbfernseher zu gewinnen gab. »Ja?«

Mia nahm Platz, Will blieb stehen. »Ich …« Sie sah hilflos zu ihrem Begleiter. Aber von dieser Seite kam keine Hilfe. »Wann kommt denn Frau Kramer wieder?«

»Keine Ahnung. Polizeiarbeit ist in den seltensten Fällen vorhersehbar. Also, worum geht es?«

Sie legte die Hand auf ihre Tasche, als ob Jakobs Steine ihr Kraft geben könnten. »Wenn ich nach Hause fahren will, steht dem irgendetwas im Wege?«

Weigelt tippte endlos auf seinem Computer herum, wahrscheinlich, um den Vorgang »Mordfall Kühn, rätselhafter Unfall Wilhelm Herder, Maskenmann auf Dachboden und Schatten in der Bahnhofsunterführung« aufzurufen. Dann las er mit zusammengekniffenen Augen.

»Wir haben Ihre Personalien und Ihre Fingerabdrücke, also von meiner Seite steht dem nichts entgegen. Meißen?«

Mia nickte. Da er sie nicht anschaute, sagte sie: »Ja.«

»Gut. Frau Kramer wird sich bestimmt noch einmal bei Ihnen melden. Warten Sie so lange. Ich denke, spätestens heute Abend gibt es grünes Licht für Sie.«

»Heute Abend?« Sie hatte eigentlich gehofft, im Laufe des Tages nach Hause zurückzukehren. Dies war der dritte Tag ihrer sogenannten Recherchen, die sich zu Ermittlungen zu einem versuchten Millionenraub, mehreren Attentaten und zwei Morden entwickelt hatten.

»Frau Arnholt. Sie stehen im Mittelpunkt der Fälle, die allein durch Sie in einen Zusammenhang gesetzt werden. Ich glaube nicht, dass es zu viel verlangt ist, noch ein paar Stunden unsere wunderschöne Stadt zu genießen. Vergleichen Sie Ihre Situation einfach mit der eines Untersuchungshäftlings.«

Will stieß einen Seufzer aus. Wahrscheinlich bekam er gerade erst mit, dass sie ihm auch an diesem Tag noch nicht von der Seite weichen würde. »Gibt es schon was Neues?«

Weigelt geruhte, sie wieder mit seinem genervten Blick zu streifen. »In Bezug auf Herrn Kühn laufen die Ermittlungen auf Hochtouren. Deshalb ist Frau Kramer auch nicht da. Und was diese andere Sache betrifft, Ihre Begegnung auf dem Dachboden mit …«, er sah auf seinen Monitor, »… mit einer Auswahl exotischer Museumsstücke, nein. Aber auch da ist Frau Kramer dran, gemeinsam mit der KTU, aber ich darf Ihnen dazu keine Auskunft geben.«

»Danke.«

Herr Weigelt wartete darauf, dass sie endlich gingen. Mia wartete darauf, dass Will vielleicht mit den neusten Erkenntnissen aus dem Hause Herder herausrückte. Sie fand, dass die Sache mit Rudolf ganz allein sein Ding war. Als er es nicht tat, sondern vor ihr zur Tür ging, war sie trotz allem erleichtert, auch wenn ihre Tasche mit jedem Schritt schwerer zu werden schien.

Draußen wehte ein frischer Wind. Der Himmel war nach dem Gewitter wie blankgeputzt. Mia fröstelte. Wills Wagen kam ihr warm und gemütlich vor, fast schon ein Zuhause.

»Du hast Rudolf nicht verpfiffen«, sagte sie, als er den Motor anließ.

»Nein. Ich warte ab, ob er heute Abend kommt und die Sache so erklären kann, dass ich sie ihm glaube. Bis dahin gilt die Unschuldsvermutung. Aber ich bin sauer auf ihn.«

»Ich auch. Wohin fährst du?«

»Nach Hause. Dort setze ich dich ab. Ich muss in die Firma.«

»Kann ich nicht mitkommen?«

Ein ganzer Tag in Gesellschaft von Frau Herder konnte ein langer Tag werden. Obwohl davon auszugehen war, dass Wills Mutter dem Gästehaus selten einen Besuch abstattete.

»Ich muss arbeiten. Das mache ich immer in den Semesterferien.«

»Was studierst du eigentlich?« Ihr wurde gerade klar, wie wenig sie über ihn wusste.

»BWL, das Übliche, wenn man mal eine Firma übernehmen will.«

Sie sah ihm gerne zu, wenn er schaltete. Seine Bewegungen waren schnell und präzise. Er hatte die Ärmel seines Hemdes hochgekrempelt. Und er roch wie sie.

»Ich habe ja einiges vor«, fuhr er fort und warf netterweise auch mal einen Blick auf den Verkehr. »Aber bis mein Vater mir freie Hand lässt, dauert es wohl noch Jahre.«

»Was ist dran an den Gerüchten?«

Schulterblick, Kupplung, Gang. »Leider ziemlich viel. Es rechnet sich nicht auf Dauer, wenn man den Markt mit Billigschokolade überschwemmt. Wusstest du, dass ein einziger Trader in London achtzig Prozent des Kakao-Welthandels kontrolliert?«

»Nein.« Das kam ihr unglaublich viel vor.

»Man nennt es *cornering*. Einen Markt, einen Rohstoff, ein Produkt so lange einkreisen, bis es einem gehört. Fast zumindest. Dann kann man die Preise diktieren. Bei den Erzeugern nach unten, bei den Käufern nach oben. Das Einzige, was man gegen diese Spirale tun kann, ist, auf unabhängige Erzeuger zu setzen. Neue Märkte, neue Anbauflächen erschließen. Deshalb war Toms Idee für mich nicht ganz so utopisch wie für meinen Vater und seine Geschäftsfreunde. Unterm Strich kommen wir auf dieselben Ausgaben. Allerdings amortisieren sie sich in Toms Fall nach einigen Jahren. Bleiben wir bei dem alten Geschäftsmodell, machen wir eigentlich nur einen Londoner Trader immer reicher. Ganz zu schweigen von der Qualität.«

»Und …«, Mia dachte nach, »wie willst du das umsetzen?«

»Mit Wilhelms Hilfe, hoffe ich.«

»Wilhelm Herder? Dein verstorbener Großvater?«

Will nickte. »Er hat mal etwas von einem Testament erwähnt, in dem ich auch bedacht werden sollte, was die Anteile angeht. Wir haben oft über die Zukunft der Firma gesprochen. Er hat mich immer bestärkt.«

»Das Testament«, sagte sie. »Ist das schon aufgetaucht?«

Ein leises Schnauben. »So was taucht nicht auf oder ab. Das sind Märchen aus schlechten Filmen. Das liegt beim Notar im Tresor und ist von Zeugen beglaubigt.«

»Sorry.« Ob Will manchmal mitbekam, wie überheblich er klingen konnte? »Unsereins kennt sich damit nicht so gut aus.«

»Euereins?«

Sie wandte sich ihm wieder zu. Der kleine Anfall von Rührung war vorbei, er hatte schon wieder sein spöttisches Grinsen aufgesetzt.

»Komm, das weiß doch jeder. Auch deine Eltern werden so was aufgesetzt haben. Wie viele Kinder seid ihr?«

»Drei.«

»Und ein Haus, ein Geschäft. Das muss geregelt werden. Frag mal nach.«

Das würde sie niemals tun. Testament. Das klang doch, als wenn man mit dem Tod der liebsten Menschen auf Erden rechnen würde. Ihr war klar, wie unlogisch sie dachte. Trotzdem: Ihre Eltern nach einem Letzten Willen, der Verteilung des Nachlasses zu fragen, wäre ihr wie die Verletzung eines Tabus vorgekommen.

»Es ist geregelt«, sagte sie.

»Stimmt. Einer deiner Brüder, du hast es mir mal gesagt.«

»Matthias.«

»Obwohl ...« Er sah sie kurz und prüfend an, bevor er sich glücklicherweise wieder auf das Stop-and-go vor ihnen konzentrierte, mit dem sie sich durch die Innenstadt bewegten. »Ich dachte ... Ich habe völlig vergessen, dass du Journalistin werden willst. Hast du eigentlich schon genug Material für deine Geschichte?« Beim letzten Satz war seine Stimme merklich kühler geworden.

»Was dachtest du?«, hakte sie nach.

»Nichts.«

Er tat so, als ob der Verkehr all seine Aufmerksamkeit verlangen würde. Dabei verließen sie gerade die Altstadt und die Lage entspannte sich merklich. Noch fünf Minuten und sie würde wieder in der alten Manufaktur sitzen. Was sollte sie mit dem Rest des Tages anfangen? Vielleicht tatsächlich einmal das »Material« auflisten, die Erkenntnisse ordnen, die

Ereignisse aufschreiben. Noch einmal die Kisten durchsehen, sich fragen, warum das Tagebuch noch wichtig sein sollte, jetzt, wo sie doch schon alles wussten über Jakobs Fahrt nach Deutschland und Gottlobs Raub.

Und ihre Mutter anrufen. Es gab viel zu besprechen. Nein, kein Testament und keine Nachfolge. Aber wie würden sie mit Matthias' Entscheidung umgehen? Als Familie, nicht als Einzelpersonen. Jandrik würde mit Sicherheit keine Schokolade mit seinen Mechanikerpranken rühren. Und Matthias, ob der nach fünf Jahren Singapur, Sterneküche und große weite Welt Lust auf eine Rückkehr ins kleine Meißen hatte? Es hängt an mir, dachte sie. Wir können es drehen und wenden, aber es hängt an mir.

»Da sind wir.« Will hielt vor dem Tor und sah sie aufmunternd an. »Ich gewöhne mich langsam daran, dich zu uns nach Hause zu bringen.«

Wie das klang! Schon merkte sie, wie die Röte ihr ins Gesicht stieg. »Danke«, brachte sie schnell heraus und fummelte am Türöffner herum. »Sehen wir uns heute noch?«

»Warum nicht?«

»Weil …« Sie ließ die Hand sinken. »Wenn ich die Erlaubnis von Frau Kramer habe, fahre ich nach Meißen. Emily wollte vielleicht nachkommen. Mal sehen. Man weiß ja nie, ob sie etwas ernst meint. Aber möglich wäre es schon.«

»Ruf einfach an, wenn es was Neues gibt.«

»Okay.« Sie stieg aus und ging zum Tor. Hinter ihrem Rücken hörte sie, wie er Gas gab und davonfuhr. Was hast du denn erwartet?, fragte sie sich. Dass er so was sagt wie: Mein Haus ist dein Haus?

Es war seltsam, in die alte Manufaktur zurückzukehren. Das Haus war menschenleer, und es war ein beinahe körperliches Gefühl von Verlassenheit, das ihr entgegenschlug. Die Schlüssel hingen alle wieder am Brett, kein Staubsauger, keine Carolina in der Nähe. Die Getränke im Kühlschrank aufgefüllt und in Reih und Glied, die Zeitschriften und Bücher auf dem Loungetisch ordentlich gestapelt. Ein leichter Duft nach Zitrone und Bohnerwachs oder Teppichshampoo lag in der Luft. Die schwere Glastür hinter ihr fiel ins Schloss und sie zuckte zusammen. Doch da war niemand außer ihr. Wenn es noch Hinweise darauf gegeben hatte, dass die Spurensicherung da gewesen war, so hatte Carolina bereits alles beseitigt.

Als Erstes ging Mia in die Küche und sah nach, wie es dem Lächeln am Nachmittag ging. Die Trüffel lagen noch gut gekühlt da und würden sich eine Weile halten. Doch da die Menschen, denen sie sie schenken wollte, fort waren, verstärkte ihr Anblick nur noch Mias Gefühl von Verlassenheit. Sie ging zurück durch den Frühstücksraum und erinnerte sich daran, wer wo gesessen und mit wem gesprochen und gelacht hatte. Hier hatte sie Tom, Emilys Freund, kennengelernt und von ihm erfahren, dass es durchaus Möglichkeiten gab, die Wüste zum Leben zu erwecken. Hier hatten sie und Emily zum ersten Mal nach ihrem »Outing« als entfernte Verwandte richtig miteinander gesprochen. Hier hatte Will sich auf ihre Seite gestellt und ihr das Gefühl gegeben, gemeinsam an einem Strang zu ziehen. War das noch so? Konnte sie ihm weiterhin vertrauen?

Sie füllte einen kleinen Unterteller mit Lächeln, holte den

Schlüssel vom Brett und stieg hinauf in den ersten Stock. Das Bett war frisch gemacht, im Badezimmer hingen fluffige schneeweiße Handtücher. Doch das Haus war still. Seltsam, dass sie die Ruhe als so einen Verlust empfand. Sie holte ihr Handy heraus und rief ihre Mutter an. Die meldete sich erst nach dem fünften Mal – Kundschaft war im Laden –, und so klang ihr »Ich ruf gleich zurück!« auch etwas gehetzt.

Mia dachte nicht daran auszupacken. Noch eine Nacht auf diesem Anwesen kam nicht infrage. Aber sie zog die Schuhe aus und legte sich aufs Bett. Die Versuchung, die Augen zu schließen und sich in die Decke einzumummeln, war übermächtig. Sie musste sich bemühen, die Augen offen zu halten; der kurze Schlaf dieser Nacht und all die schrecklichen Ereignisse forderten ihren Tribut.

Plötzlich war sie weg. Sie träumte. Es war ein breiter Fluss, an dessen Ufer sie stand. Das Wasser floss wild und ungezähmt an ihr vorüber. Auf der anderen Seite bewegte sich etwas. Die Zweige des Gebüschs wurden auseinandergebogen und heraus trat ein schwarzer Junge. Jakob. Sie wusste, dass es Jakob war! Er trug das Leinenhemd, das ihm bis zu den Knien reichte, und die Kette, die ihm Corinthia geflochten hatte. »Jakob!«, rief sie und winkte ihm zu. Sah er sie nicht? Er musste sie doch bemerken! »Jakob, ich bin es!« Sie schrie sich die Kehle heiser, aber der Junge schien nur in das gischtige Wasser zu starren. Schließlich trat er zurück und wurde augenblicklich vom Urwald (gab es Urwald in Namibia?) verschluckt. Mia ließ die Arme sinken. Dieselbe Traurigkeit, die sie vorm Einschlafen gespürt hatte, packte sie wieder. Sie sah in den Fluss, doch das Wasser war verschwunden.

Nur Wellen im Sand waren geblieben. Auch der Urwald war weg und stattdessen breitete sich eine endlose Wüste aus. Die Sonne stach vom Himmel. Die Hitze ließ den Sand flimmern wie flüssiges Blei. Ein Geräusch bohrte sich in ihren Kopf, es klang schrill und bekannt, doch sie konnte es nicht einordnen. Ein Flugzeugmotor mit Kolbenfresser. Eine Kreissäge in einem viel zu dicken Baumstamm. Ihr Handy. Klar. Das Handy!

Schlaftrunken und verschwitzt richtete Mia sich auf. Im Zimmer war es warm und ihre Kehle war völlig ausgedörrt. Entweder sie bekam eine Erkältung oder ihre Träume hatten eine fatale physische Wirkung. *Helene Arnholt* stand auf dem Display.

»Mutsch?«

»Mia, es tut mir leid. Im Laden stand eine ganze Busladung Tagestouristen, es war der Wahnsinn. Und weißt du, was weggegangen ist wie geschnitten Brot?«

»Nein.«

»Dein Matcha-Marzipan! Alles verkauft! Die Leute sind verrückt danach. Wie geht es dir? Bist du schon vorangekommen? Erzähl. Gerade ist nichts los und ich habe mir einen Tee gemacht und sitze draußen vorm Laden.«

Mia konnte hören, wie ihre Mutter einen Schluck trank. Womit sollte sie beginnen?

»Ich komme heute zurück, hoffentlich. Die Polizei hat vielleicht noch ein paar Fragen an mich, aber …«

»Ich verstehe. Das muss schlimm sein. Gibt es denn schon etwas Neues zum Tod dieses armen Historikers?«

»Kühn? Nein. Vielleicht im Lauf des Tages.«

»Meine Mail hast du aber bekommen.«

»Ja. Danke.«

»Mia? Ist alles in Ordnung?«

»Nein, Mutsch.« Sie riss sich zusammen, um vernünftig und erwachsen zu klingen. »Leider nicht. Es hat sich was mit Jakobs Nachlass ergeben. Wir müssen dringend miteinander reden. Sobald ich wieder in Meißen bin.«

»Was hat sich denn ergeben?«

»Das kann ich am Telefon nicht sagen. Es ist nur … überwältigend. Einzigartig. Etwas Umwerfendes.«

Sie konnte hören, wie ihre Mutter in den heißen Tee blies. »Soso. Ist er in Wirklichkeit ein Prinz gewesen? Das kommt ja vor. Die gibt es in Afrika viel häufiger als bei uns.«

»Nein, kein Prinz. Du hast vielleicht Ideen …« Sie musste lächeln und war plötzlich heilfroh, Helene an der Strippe zu haben. Die düstere Stimmung in ihr war schon fast verflogen.

»Was dann?«

»Es hat was mit der Halskette zu tun. Wir haben sie ziemlich unterschätzt, um einfach mal grenzenlos zu untertreiben.«

»Dieses Ledermakramee? Was sollten wir denn da unterschätzt haben?«

»Ich sag es euch, wenn ich wieder da bin.« Und dann reden wir auch, über Matthias und euch und mich und alles. »Ich habe eine neue Praline erfunden. Ein Lächeln am Nachmittag habe ich sie genannt.«

Ihre Mutter schwieg. Das tat sie manchmal, wenn sie über das nachdachte, was Mia gesagt hatte. Weniger, weil der Inhalt sie beschäftigte. Mehr, weil sie davon überrascht worden war und es das Bild, das sie von ihrer Tochter hatte, um eine Facette bereicherte. So hatte sie das einmal erklärt.

»Das klingt schön«, sagte sie schließlich. »Wir haben uns vielleicht zu wenig um das gekümmert, was du wirklich willst. Das tut mir leid.«

»Nicht, Mutsch«, sagte Mia schnell. Sie kam sich albern vor. So als ob sie bei der ersten sich bietenden Gelegenheit nach dem Totalausfall von Matthias laut Hier! geschrien hätte. Ihr Handy schien zu glühen. So viel Ungesagtes lag in der Luft.

»Sag Bescheid, wenn wir dich vom Bahnhof abholen sollen.«

»Mach ich. Meine Freilassung von der Anwesenheitspflicht muss spätestens um fünf Uhr erfolgen, sonst komme ich nicht mehr an und muss noch eine Nacht bei den Herders bleiben.«

»Das musst du nicht.« Die Stimme ihrer Mutter klang wieder zuversichtlich. »Wenn es dir unangenehm ist, dann nimm dir ein Hotel. Wir zahlen das schon irgendwie. Immerhin hast du mir heute ein Umsatzplus von sagenhaften vierundsechzig Euro beschert!«

Das reichte hinten und vorne nicht, aber es war trotzdem schön zu hören. Und sie saß in Lüneburg mit mehreren Millionen Euro in der Tasche. »Ich melde mich.«

»Tu das. Unbedingt!«

Mia legte auf und warf das Handy neben sich. Sie verließ das Bett, öffnete die Balkontür und ging hinaus. Es war schon kurz nach zwei, ihr Magen meldete sich und verlangte nach herzhafteren Dingen. Eine Megaportion Pommes mit

Mayo beispielsweise. Ein Schinkenbrot. Pizza. Spaghetti. Sie war versucht, im Präsidium anzurufen und nach Frau Kramer zu fragen, aber ihr Kollege hatte klar und deutlich gesagt, dass die Kommissarin sich im Laufe des Tages melden würde.

Pling!

Sie hechtete mit einem Bauchsprung aufs Bett und fand ihr Handy unter dem Kopfkissen.

Dumm gelaufen gestern.

Sie starrte die Buchstaben an. Sie erkannte die Nummer. Sie hätte das Gerät am liebsten an die Wand geschleudert.

Nur für Sie, schrieb sie mit fliegenden Fingern zurück. Die Antwort kam sofort.

Neues Spiel, neues Glück?

Spinner war das einzige Wort, das ihr dazu einfiel. Was sollte sie tun? Sie wählte Wills Nummer. Nach dem dritten Klingeln ging er endlich an den Apparat.

»Mia?«

»Er hat sich wieder gemeldet! Der Typ, der sich am Bahnhof mit mir treffen wollte!«

»Ruf die Polizei an.«

Pling!

Wollen Sie wirklich nicht erfahren, was damals geschehen ist?

»Er bietet mir wieder das Tagebuch. Was soll ich denn machen?«

»Du musst zur Polizei!«

»Etwa zu Weigelt? Du hast doch gesehen, wie er mich behandelt hat. Kannst du versuchen, Frau Kramer zu erreichen?«

Pling!

Sie haben nur noch diese eine Chance.

Er dachte kurz nach, höchstens drei Sekunden. Für Mia dehnten sie sich zu einer Ewigkeit. »Okay. Aber du tust nichts ohne mich. Du verlässt nicht das Haus, verstanden?«

»Ja.«

»Ich melde mich.«

Pling!

Na, was?

Mia schrieb zurück. *Die Halskette können Sie vergessen. Ich hab sie nicht mehr.*

Und dann – nichts. Wahrscheinlich musste der Typ diese Nachricht erst mal verdauen. Mias Nerven vibrierten, als säße sie direkt unter einer Starkstromleitung. Ein Mensch verbreitete Angst und Schrecken, mordete und stahl und stand in direktem Kontakt mit ihr. Woher hatte er ihre Nummer? War es doch Rudolf? Nie im Leben! Seine Bereitschaft, ihnen zu helfen und alles zu erklären, hatte einfach zu echt geklungen. Und Telefongespräche konnte man doch nachverfolgen.

Pling!

Es geht um mehr. Ich will Ihnen das Tagebuch geben. Wenn Sie mir versprechen, die einzig wahre Geschichte der Herders zu veröffentlichen.

Die einzig wahre Geschichte der Herders … *Die kenne ich bereits.*

Pling!

Die können Sie gar nicht kennen. Es steht alles in dem Tagebuch. Wilhelm Herder wollte es verschwinden lassen. Und wenn es in die falschen Hände kommt, wird es nicht mehr existieren. Ich habe es gerettet.

Die Buchstaben flimmerten vor Mias Augen. Sie musste sie zusammenkneifen, um den Text lesen zu können. Was sollte das heißen? Wilhelm Herder war vielleicht der einzig aufrichtige Mann in dieser verkorksten Familie gewesen!

Wer sind Sie?, schrieb sie zurück.

Das tut nichts zur Sache. Sie können mich treffen. Um acht auf dem Dachboden. Oder haben Sie Angst?

Ihre Hände begannen wieder zu zittern. Klar habe ich Angst! Du hast mich beim letzten Mal fast umgebracht. Sie warf das Handy aufs Bett und ging hinaus auf den Balkon. Ging auf und ab, auf und ab. Blieb stehen, starrte in die Tiefe, sah hinüber zum Haupthaus. Um acht auf dem Dachboden. Das war krank.

Pling!

Sie rannte zurück und las die Nachricht.

Keine Polizei. Kein süßer Will. Kein Wort zu niemandem, sonst brennt nicht nur das Tagebuch.

Und wieder ahnte Mia, dass damit die Unterhaltung beendet war. Was hatte dieser letzte Satz zu bedeuten? Sie rief Will an und hatte ihn sofort am Apparat.

»Er will mich sehen. Um acht auf dem Dachboden. Das ist doch Irrsinn! Deine Eltern sind da, du, Carolina und Albrecht …«

»Nein.«

»Was soll das heißen, nein?«

»Meine Eltern sind auf einer Benefizveranstaltung. Und es ist der erste Dienstag im Monat.«

»Ja?«, fragte sie besorgt.

»Da haben Carolina und Albrecht einen zusätzlichen freien Abend und gehen meistens kegeln, soweit ich weiß.«

»Und du?«

»Ich wäre eigentlich bei einer Freundin.«

Zischschsch. Wie ein glühender Pfeil in eiskaltes Wasser.

»Eine Geburtstagsparty. Nichts Ernstes.«

Sie schnappte nach Luft und konnte gerade noch herausbringen: »Das ist im Moment ja wohl zweitrangig.«

»Stimmt. Hör zu – bleib, wo du bist. Ich rufe diesen Kasper bei der Kripo an. Dann komme ich zu dir. Okay? Schließ die Tür ab und mach niemandem auf außer mir. Verstanden?«

»Verstanden.«

»Bis gleich.«

Er beendete das Gespräch und ließ Mia in einem seltsamen Zustand zurück, der zwischen absoluter Panik und ziemlicher Sicherheit angesiedelt war. Panik, weil die alte Manufaktur alles andere als ein sicherer Ort war. Und Sicherheit, weil es Will mit ein paar Worten gelungen war, ihr klare Anweisungen zu geben und eine noch deutlichere Ansage: Dir wird nichts passieren, weil ich mich jetzt darum kümmere.

Wenn du dich da mal nicht täuschst, zischelte die Rebellin in ihr.

Schnauze, gab Mia zurück. Wir fangen einen Mörder. Und wir werden endlich erfahren, was mit Gottlob und Jakob wirklich geschah.

Vor Madeira, 14. Dezember 1904

Das wird ein herrliches Weihnachten! Wie freu ich mich auf die lieben Zuhaus! Hab ich doch ein ganz besonderes Geschenk unter Deck. Da werden sie Augen machen und Maulaffen feilhalten! Aber der Reihe nach. Mussten die Kameraden auch aufbrechen zu einem zweiten Feldzug – haben sich nun auch die Hottentotten im Süden erhoben gegen ihre rechtmäßigen Herrn!, so kam ich nach zehn Tagen auf dem Krankenkarren in der Hauptstadt an. »Abmarsch nach Hause!«, kommandierte der Stabsarzt. Das Bein wird steif bleiben, doch klein ist dieser Verlust, denk ich an die vielen Gräber in der Wüste. Doch bevor es an die Küste und auf den Wörmanndampfer ging, hielt ich als guter Deutscher mein Versprechen. Karls Witwe hab ich gefunden, in einem Lager, wo man die Letzten zusammengetrieben hat und sie bei Wasser, Peitsche und Gebet Buße tun lässt für die Verwerflichkeit ihres Volkes. Sie bat mich flehentlich, sich Jakobs anzunehmen. Ein flinker, dürrer Bursche, harte Arbeit gewohnt. Und sie gab mir ein Säckchen Steine mit, die ich zu seinem Wohlergehen verwenden sollte. Ein Blick darauf und ich zuckte zusammen. Hab ich doch Flüstern und Gerüchte gehört, dass beim Streckenziehen für die Wüstenbahn so manch glitzernder Stein am Wegesrand gelegen hätte … Wohlan, versprach ich, ich werd's zu seinem Segen gebrauchen!
Und dann ging's aufs Schiff, und trotz unserer Gebrechen und Verluste war es eine fröhliche Fahrt. Hab ich

den Gustav wiedergetroffen! Stückmeister ist er geworden, doch den Arm hat's ihm zerrissen auf dem Panzerturm. Doch einmal traf ich ihn weinend allein in einer Ecke, und er klagte, sei er doch jetzt ein Krüppel und könne nicht mehr Kanonenkugeln gießen. Ei wie?, fragte ich verdutzt. Da verriet er mir, dass er ein Rezept habe, das zu allen Zeiten, auch in denen des Krieges, einen Zuckerbäcker über Wasser hielte und er ein Patent anmelden will. Da überlegt ich und sprach: Ich werd schon einen Platz bei mir finden! Hab ich den Hottentottenbastard schon am Hals, so soll es auf einen Krüppel auch nicht ankommen. Die ganze Fahrt ging mir das Patent nicht aus dem Kopfe, denn ich suchte noch etwas, mit dem ich in Lüneburg mit einem Paukenschlage neu beginnen könnte. Und siehe, was der Herr mir schenkte: ein Säckchen Diamanten, einen fleißigen schwarzen Diener und ein Patent, es zum Wohle der Heimat, der Familie und Gottes einzusetzen und mein Pfund Silber zu mehren.

24.

Die Minuten rannen zäh wie Rübensirup. Mia versuchte sich abzulenken, ging durch ihre Mails und Nachrichten, fing ein paar Runden Candy Crush zu spielen an, doch sie konnte sich nicht richtig konzentrieren. Endlich hörte sie Schritte auf dem Kies vor dem Haus und wenig später klopfte es an ihre Tür.

»Mia?«

Sie schloss auf.

Hinter Will tauchte das besorgte Gesicht von Frau Kramer auf. »Guten Tag, Frau Arnholt«, sagte die Kommissarin. »Können wir reinkommen?«

»Klar.« Mia trat zur Seite.

»Herr Herder sagte, Sie hätten wieder Kontakt?«

Wieder Kontakt, wie das klang. Mia nickte.

»Würden Sie mir die Nachrichten zeigen?«

»Moment.« Sie holte das Handy. Frau Kramer las den kurzen Dialog mit gerunzelter Stirn durch, dann reichte sie ihr das Gerät zurück.

»Wir haben den Anschluss überwachen lassen. Der Sender dieser Nachrichten befindet sich im Umkreis von fünfhundert Metern.«

Mia und Will sahen sich an.

»Er ist hier«, sagte sie. »Ich habe es immer gewusst.«

Will fuhr sich ratlos durch die Haare und ging ein paar Schritte auf und ab. Er war nervös wie ein Rennpferd in einem zu kleinen Stall. »Aber das macht doch alles keinen Sinn«, brach es aus ihm heraus. »Es ist niemand von uns! Wir arbeiten doch nicht auf diese Weise daran, unseren Ruf zu schädigen!«

»Es geht nicht nur um euren Ruf«, unterbrach Mia seine Überlegungen. »Dieser Mensch weiß, was passiert ist. Wenn er nicht sogar Wilhelms und Kühns Mörder ist.« Sie dachte an Margret. Sollten ihre Eltern heute nicht kommen?

Bevor sie danach fragen konnte, hatte Frau Kramer sich eingeschaltet. »Das Handy wurde gestern als gestohlen gemeldet. Wir haben es noch nicht sperren lassen, um bei dem Sender der Nachrichten keinen Verdacht auszulösen. Mein Vorschlag: Wir werden Beamte im Haus positionieren und sehen, wer sich um acht auf den Dachboden schleicht.«

»Das geht nicht. Egal, wer dieser Irre ist – er wird es mitbekommen.«

»Lassen Sie das mal unsere Sorge sein. Jetzt ist es fünf Uhr. Wer ist jetzt noch im Haus?«

Will überlegte. »Nur Carolina und Albrecht. Sie werden gegen sieben losfahren. Meine Eltern sind schon in der Stadt.

Und ich erwarte jeden Moment einen Anruf von Margret Kwatesis Eltern, dass sie angekommen sind. Sie werden aber aller Voraussicht nach direkt ins Krankenhaus fahren und ich treffe sie dort.«

»Gibt es schon etwas Neues?«, fragte Mia.

»Nein. Sie ist noch nicht aufgewacht. Aber die Ärzte sind verhalten optimistisch.« Er wandte sich an die Polizeibeamtin. »Was soll ich ihnen sagen?«

Frau Kramer stellte ihre Aktentasche neben dem kleinen Sessel ab. »Es tut mir sehr leid, aber wir haben noch keine heiße Spur. Wir müssen warten, was die KTU nach Abschluss der Untersuchungen für Erkenntnisse hat.«

Will war anzusehen, dass er mit dieser Antwort nicht einverstanden war. »Margret Kwatesi befand sich in unserer Obhut. Ein junges Mädchen, zum ersten Mal so weit von zu Hause weg. Ich fühle mich persönlich dafür verantwortlich. Was also soll ich den Eltern sagen?«

»Dass wir Geduld brauchen. Wir alle. Wir haben es mit einem sehr außergewöhnlichen Täter zu tun. Nicht nur, was die Wahl der Mittel betrifft. Er hinterlässt so gut wie keine Spuren. Vielleicht bringt uns Frau Kwatesis Zeugenaussage weiter. Aber dafür muss sie erst einmal aufwachen, das ist das Wichtigste. Und dann ist die Frage, an wen oder was sie sich erinnert.«

»Vielleicht«, sagte Mia leise, »wissen wir schon heute Abend mehr.«

Die Kommissarin nickte. »Ich bin dafür, dass wir den Kreis der Eingeweihten so klein wie möglich halten. Wären Sie damit einverstanden, Herr Herder?«

Will nickte, wenn auch nicht sehr überzeugt.

Mia stand an der Balkontür. Gerade kam ein Postbote die Auffahrt hinauf und klingelte. Er trug ein Paket unterm Arm. Carolina öffnete ihm. Der Bote ging hinein.

»Und dann?«, fragte sie.

»Das Haus steht jetzt schon unter Beobachtung. Niemand wird es betreten können, ohne dass wir es nicht mitbekommen.«

»Und ich?«

Sie drehte sich nur kurz zu der Kommissarin um, weil sie die Villa nicht aus den Augen lassen wollte.

»Sie bleiben natürlich hier.«

Mia schüttelte den Kopf. »Das geht nicht. Wir müssen ihm schon was bieten. Er ist doch nicht so doof und geht als Erster rauf. Er wird schön warten, bis ich mich in Bewegung gesetzt habe.«

Frau Kramer seufzte. »Es tut mir leid, aber der Aufwand ist zu groß. Wir sind für Ihre Sicherheit verantwortlich.«

»Dann lassen Sie mich wenigstens ins Haus. Dort haben Sie mich im Blick. Ich glaube, ohne mich als Lockvogel wird er sich nicht aus der Deckung trauen.«

Der Paketbote hatte das Haus noch nicht verlassen.

»Frau Arnholt, Sie wissen doch gar nicht, auf was Sie sich da einlassen. Dieser Mensch ist vielleicht gefährlich.«

»Vielleicht will er auch einfach nur Gerechtigkeit?«

Die Frage war eine Provokation, das wusste sie. Will sprang auch sofort darauf an. »Gerechtigkeit? Hast du sie noch alle?«

»Jeder von uns geht doch erst mal davon aus, dass der Absender dieser Nachrichten auch in die anderen Fälle verwickelt ist. Was, wenn nicht? Was, wenn es ein Zeuge und kein Täter ist?«

Frau Kramer schüttelte den Kopf und nahm in dem kleinen Sessel neben dem Fenster Platz. »Dafür verabredet man sich nicht in einem nächtlichen Bahnhof. Was ich erst recht nicht verstehe: Warum wollte er dieses afrikanische Halsband sehen?«

»Keine Ahnung«, log Mia. »Jetzt will er es ja nicht mehr.«

Will fragte: »Bist du dir da so sicher?«

»Er hat es geschluckt, dass ich es nicht mehr habe.« Sie wandte sich an die Polizistin. »Frau Kramer, wenn wir den Kerl schnappen wollen, dann müssen Sie mir schon die Gelegenheit geben, ihn zu stellen.« Keine Ahnung, woher diese plötzliche Anwandlung von Mut kam. Aber die Vorschläge von der Kripo waren Unsinn: das Haus umstellen und abwarten, wer kurz vor acht auf den Dachboden schlich. So würden sie diesen Typen nie erwischen, und Mia hatte keine Lust, bis ans Ende ihres Lebens bei jedem Pling! zusammenzuzucken.

»Ich gehe hoch. Sie positionieren Ihre Leute derweil in unmittelbarer Nähe. Ich bin verkabelt. Sobald er hat, was er will, können Sie ihn schnappen.«

»Und was will er?«, fragte die Kommissarin. Sie war nicht überzeugt. »Ich glaube nicht an die Version, dass er Ihnen nur ein Tagebuch geben wird.«

»Es kommt drauf an, was drinsteht. Er möchte, dass ich die Geschichte des Hauses Herder umschreibe, was auch immer das zu bedeuten hat.«

Will vergrub seine Hände in den Hosentaschen seiner

Jeans. Es war eine Haltung, die nichts anderes ausstrahlte als Trotz, Verweigerung und Unwillen. »Ich mach da nicht mit. Du bringst dich in Gefahr für nichts und wieder nichts. Wenn das wirklich die knallharte Story sein soll, warum wendet er sich nicht an einen echten Journalisten?«

Autsch, das saß. Mia presste die Lippen aufeinander. »Ich mag vielleicht in deinen Augen keine echte Journalistin sein«, sagte sie schließlich, »aber jemand glaubt, dass ich es durchaus sein könnte.«

Wieder dieses kaum unterdrückte Schnauben. »Geh doch diesem Quatsch nicht auf den Leim! Siehst du denn nicht, was er mit dir macht? Er spielt mit dir! Erst erpresst er dich, und dann, als er merkt, dass er so nicht weiterkommt, schmeichelt er dir.«

»Glaubst du wirklich, ich habe das nötig?«

»Nein. Das ist das Letzte, auf das du hereinfallen darfst. Deshalb verstehe ich nicht, warum du dich in eine solche Gefahr begeben willst.«

Frau Kramer sah von einem zum anderen. »Immer mit der Ruhe. Ich werde Frau Arnholts Vorschlag mit der Staatsanwaltschaft erörtern. Bleiben Sie bitte noch einen Moment.«

Sie stand auf. Mia wies mit einer Kopfbewegung zur Balkontür. »Und sagen Sie Ihrem Paketboten, dass seine Tarnung aufgeflogen ist.«

»Paketbote?« Die Kommissarin trat auf den Balkon und sah hinüber zum Herrenhaus. Genau in diesem Moment öffnete sich dort die Tür, und Carolina verabschiedete sich von dem Mann, den sie erst vor ein paar Minuten hineingelassen hatte. Er tippte sich an die Mütze und lief die Auffahrt hinunter. Was war das denn für eine Nummer? Sollte er sich nicht im Haus als verdeckter Ermittler unsichtbar machen?

»Der gehört nicht zu uns. Und der Fahrer dieser Firma auch nicht.«

Gerade fuhr nämlich ein Lieferdienst vor, der Tiefkühlkost in die Haushalte brachte. Carolina, die das mitbekommen hatte, blieb gleich draußen auf der Auffahrt stehen und begrüßte den Mann wie einen alten Bekannten. Seit wann ging es da drüben zu wie in einem Taubenschlag?

»Ich dachte … War so eine Idee …«, murmelte sie.

Die Kripobeamtin schenkte ihr zum Trost ein kleines Lächeln. »Unsere Leute würden Sie nicht bemerken. Vielleicht sind sie ja schon längst da?«

Mit dieser rätselhaften Bemerkung ging sie hinaus in den Flur, um zu telefonieren. Mia suchte mit Blicken das gesamte Gelände ab. Will folgte ihr auf den Balkon. Er stand hinter ihr. Wieder merkte sie, dass seine Gegenwart etwas in ihr auslöste, das gegensätzlicher nicht sein konnte: Ruhe und Unruhe. Ärger und Freude. Vertrauen und Misstrauen. Ein Spannungsfeld, in dem sie sich nicht lange aufhalten konnte. Sie trat ein paar Schritte zur Seite und beugte sich über die Brüstung, um einen Blick auf den Kräutergarten zu erhaschen.

»Glaubst du ihr?«, fragte Will. Er hatte die Hände aufs Geländer gelegt und stand da wie der Kapitän eines auf Grund gelaufenen Schiffes, der keine Ahnung hat, welches Riff für diese Malaise verantwortlich ist. Auch sein Blick wanderte über Bäume und Büsche, Rasen, schattige Laubengänge und dunkle Winkel. Davon gab es eine ganze Menge in diesem Park.

Mia, die festgestellt hatte, dass zumindest zwischen Rosmarin und Borretsch kein getarnter Polizist lag, drehte sich zu Will um. »Dass sie schon hier sind? Wenn ja, dann sind sie verdammt gut.«

»Mia, es geht nicht nur um mich oder meine Familie. Ich will verdammt noch mal nicht, dass dir was passiert. Lass mich an deiner Stelle raufgehen.«

»Das wird er merken.«

Er nahm die Hände herunter, und eine Sekunde lang glaubte sie, er wolle sie umarmen. Doch dann nickte er nur. Sie hatte ihn zurückgewiesen, das war ihr schon klar. Er wollte so gerne der Held sein, aber diese Rolle war schon seit Generationen in dieser Familie unbesetzt geblieben. Um nicht ganz so schroff zu wirken, sagte sie: »Aber es würde mir helfen, wenn du in der Nähe wärst.« Und meinte es auch so.

Wieder dieses Nicken. Es signalisierte Einverständnis, hinter dem aber etwas anderes brodelte: Er würde, wenn es hart auf hart kam, sein eigenes Ding durchziehen. »Mia, um wen oder was geht es dir eigentlich?«

»Um Jakob«, antwortete sie. »Einzig und allein um Jakob.«

Die Kommissarin kam zurück. Sie hielt noch ihr Handy in der Hand, und der besorgte Blick, den sie Mia zuwarf, sprach Bände. Sie kam zu ihnen auf den Balkon.

»Abgesegnet. Sie kommen mit zu uns aufs Revier, dort werden Sie verkabelt und wir besprechen Ihr Vorgehen. In der Zwischenzeit positionieren wir unsere SEK-Beamten.

Keine Sorge, niemand wird etwas bemerken. Wie vertrauenswürdig sind Ihre Angestellten?«

»Hundertprozent«, antwortete Will.

»Wir können leider niemanden ausschließen. Auch Sie nicht, Herr Herder.«

Entsetzt zog Mia die Luft ein. Schon das Wort SEK-Beamte hatte sie irritiert. Und jetzt stand auch noch Will unter Verdacht? »Er war doch bei mir! Am Bahnhof!«

»Wenn der Ablauf minutiös so gewesen ist, wie Sie ihn mir geschildert haben, könnte es auch Herr Herder gewesen sein.«

»Kein Problem.« Will hatte sich wieder die Maske des kooperativen Juniorchefs aufgesetzt. »Sie tun ja nur Ihre Pflicht. Wo soll ich warten?«

»Am besten ebenfalls auf dem Präsidium. Ich kann Sie aber nicht dazu zwingen. Es ist Ihr Haus. Aber es würde der Operation erheblich helfen, wenn Sie kooperieren.«

»Sie haben mein Wort. Aber ich würde, sobald ich Margrets Eltern zu ihrer Tochter gebracht habe, trotzdem gerne hierher zurückkommen. Ich will Mia nicht allein lassen.« Die Kommissarin wollte etwas erwidern, aber er schnitt ihr das Wort ab. »Sie können mich auch gerne verkabeln. Oder mir Handschellen anlegen und mich ans Heizungsrohr fesseln.«

»Das ist weder witzig noch produktiv.« Frau Kramer zeigte jetzt, dass mit ihr nicht zu spaßen war. »Sie glauben nicht, was ich mir unter dem Stichwort Gefahr im Verzug alles einfallen lassen kann.«

Mia sagte: »Bitte, lassen Sie Herrn Herder im Haus.« Ohne zu überlegen, griff sie nach seiner Hand. »Ich würde mich besser fühlen.«

Sie sah ihn an. Er erwiderte ihren Händedruck. Rein freundschaftlich. Juniorchefmäßig.

Frau Kramer seufzte. »Wenn es Ihr ausdrücklicher Wunsch ist … Gut. Wir haben jetzt kurz vor siebzehn Uhr. Sie beide werden mich aufs Präsidium begleiten. Gibt es außer der Treppe zum Dachboden, die ich schon kenne, noch einen weiteren Zugang?«

Will schüttelte den Kopf. »Nicht dass ich wüsste.«

»Denken Sie bitte genau nach.«

»Der Schornstein vielleicht. Aber dann müsste unser Unbekannter die Größe eines Erstklässlers haben.«

»Wir checken das. Um neunzehn Uhr setzen wir Sie in der Nähe des Hauses ab. Und dann warten wir auf unseren geheimnisvollen Informanten. Sind Sie damit einverstanden?«

Mia und Will nickten. Langsam löste sie ihre Hand aus der seinen. Es war ein Gefühl wie ein Abschied.

Der Plan wurde nur minimal geändert. Gerade, als sie das Präsidium betreten wollten, bekam Will einen Anruf von Margrets Eltern. Sie waren in Hamburg gelandet und saßen schon im Zug nach Lüneburg.

»Ich bin auf jeden Fall rechtzeitig zurück«, versprach er. »Du wirst die Sache nicht allein durchstehen.«

»Grüß sie bitte von mir. Unbekannterweise.«

Er stieg in seinen Citroën, sie winkte ihm kurz zu und folgte dann Frau Kramer ins Haus. Es gab noch eine kurze Besprechung, bei der Mia nicht dabei sein durfte. Sie saß im Flur und betrachtete die Fahndungsplakate. Ein Bankräuber hatte eine fatale Ähnlichkeit mit ihrem ehemaligen Mathelehrer, hieß aber anders und kam aus Hannover. Sie war nervös, aber nicht aufgeregt. Es war mehr ein Grundsummen in der Elektrizität ihrer Nervenbahnen. Kurz vor sechs. Was hatten die da drinnen noch so Wichtiges zu besprechen? Ab und zu eilten uniformierte Beamte vorbei, mit schweren Waffen in den Holstern und Funksprechgeräten. Das SEK war bestimmt noch besser ausgerüstet. Was, wenn dieser Abend anders verlaufen würde, als sie sich das so optimistisch vorstellte? Hallo, Unbekannter! Schön, dass wir uns endlich mal treffen. Unten wartet die Polizei und hätte gerne ein Wort mit dir geredet … Wenn er sich wirklich auf das Treffen einließ, dann musste er mächtig etwas gegen die Herders in der Hand haben.

»Frau Arnholt?« Eine Polizistin in Uniform stand vor ihr und schenkte ihr ein nettes Lächeln. »Wenn Sie bitte mitkommen würden?«

Ein Gefühl wie beim Zahnarzt vor einer Wurzelbehandlung. Sie folgte der jungen Frau, die nicht wesentlich älter als sie selbst sein durfte, durch einen langen Flur, bis sie vor der Tür zu einem Besprechungszimmer standen.

Drinnen war ein Dutzend Leute versammelt, darunter auch die Kriminalkommissare Weigelt und Kramer. Wortführer schien aber ein Mann in mittleren Jahren zu sein, der sich als Sven Lippolt vorstellte, »Leiter des Spezial-Einsatzkommandos«. An der Fensterfront lehnten zwei Männer in voller Kampfmontur. »Wir sind für Zugriffs- und Schutzmaßnahmen zuständig. Keine Sorge, das ist alles nur zur Einschüchterung.« Die Männer an der Fensterfront grinsten, was dazu beitrug, dass Mias Sorge stieg. Sie setzte sich auf einen freien Stuhl. Insgesamt waren rund ein Dutzend Personen anwesend.

»Ich kann mir vorstellen, dass ein Einsatz wie der, den wir vor uns haben, auf einen Laien erst mal nicht sehr beruhigend wirkt.«

Wie wahr.

»Tatsache ist, dass wir das viel öfter machen, als allgemein angenommen wird. Allein im letzten Jahr über achthundert Mal. Die wenigen Gelegenheiten, zu denen Zivilpersonen uns überhaupt zu Gesicht bekommen, meist auch nur über die Medien, sind so spektakulär, dass sie unser langweiliges Alltagsgeschäft völlig in den Schatten stellen.«

Langweiliges Alltagsgeschäft. Die Kerle trugen schusssichere Westen, waren ganz in Schwarz gekleidet und führten Gewehre, Pistolen und Schlagstöcke mit sich. Ganz zu schweigen von dem, was wohl noch in ihren Transportern untergebracht war.

»Meine Kollegin, Frau Kriminalkommissarin Kramer, hat mir gesagt, dass Sie sich als Lockvogel zur Verfügung stellen. Ist das richtig?«

Mia wollte etwas sagen, aber es kam nur ein Krächzen heraus. Sie räusperte sich. »Ja.«

Lockvogel. Ein Wort wie Verrat, Hinterhalt, List und Tücke. Sie fühlte sich nicht wohl. Ganz und gar nicht. Aber natürlich ging es hier um etwas ganz anderes als ihre eigenen Gefühle. Sie wollten einen Unbekannten stellen, der sich mehr als verdächtig gemacht hatte. Sie erinnerte sich an Wilhelm Herders Stimme, die alt, aber auch freundlich geklungen hatte. An Herrn Kühn, der ihr unmittelbar vor seinem

Tod noch die Wahrheit sagen wollte. Und an Margret, die immer noch im Koma lag und von der niemand mit Sicherheit sagen konnte, ob sie jemals wieder aufstehen, lachen und tanzen konnte.

»Ob Sie sich über die Tragweite im Klaren sind? Wir können Ihre Sicherheit nicht zu hundert Prozent garantieren. Das kann keiner. Noch nicht mal, wenn Sie nur auf die andere Straßenseite zum Bus wollen. Aber wir tun alles, damit Sie genauso gesund und munter zu uns zurückkehren, wie Sie gegangen sind.«

Mia nickte und warf noch einen verstohlenen Blick zu den Waffen der SEK-ler. »Das hoffe ich.«

»Hoffnung ist gut, Vertrauen ist besser.« Lippolt grinste und präsentierte zwei Zahnreihen, mit denen er Nüsse knacken konnte. »Wir werden Sie mit einem kabellosen tragbaren Mikrofon versehen. Das macht die Kollegin Schuster.«

Die junge Polizistin, die Mia in das Zimmer begleitet hatte, nickte.

»Sie gehen ins Haus der Familie Herder. Ist der Zugang gewährleistet?«

Frau Kramer nickte. »Von Herrn Wilhelm Herder persönlich.«

Mia zuckte zusammen, als sie diesen Namen hörte. Dann fiel ihr ein, dass die Kommissarin Will gemeint hatte. Er hieß also tatsächlich wie sein Großvater. Das mussten harte Jahre im Kindergarten und der Schule gewesen sein …

»Wer ist sonst noch im Haus?«

»Niemand. Herr Herder möchte aber während der Aktion anwesend sein. Ich habe es ihm gestattet, unter der Voraussetzung, dass er im Erdgeschoss bleibt, während Frau Arnholt auf den Dachboden geht.«

»Der Dachboden.«

Lippolt nahm einen dicken Filzstift, der vor ihm gelegen hatte und der in seiner Hand wirkte wie ein Streichholz. Damit ging er zu einer weißen Tafel, die hinter dem u-förmigen Besprechungstisch aufgebaut war, und malte ein großes, quer liegendes Rechteck darauf.

»Das ist ungefähr die Ausgangslage. Vom ersten Stock führt eine schmale Treppe hinauf.« Er skizzierte sie mit wenigen Strichen. »Der Dachboden selbst hat keine Trennwände, nur zwei Stützbalken. Er ist unterteilt in mehrere … nun, Kabinette wäre vielleicht der passende Ausdruck. Jedes einzelne repräsentiert einen Kontinent.«

Woher er das wusste? Wahrscheinlich von der Spurensicherung, die oben gewesen war. Mia beobachtete Frau Kramer, die im Moment voll auf Lippolts Zeichenkünste fokussiert war. Sie wirkte aufmerksam, aber nicht besorgt. Ab und zu notierte sie sich etwas.

»Der Überfall auf Frau Arnholt erfolgte in Afrika.« Lippolt malte ein dickes Kreuz und wandte sich direkt an Mia. »Das ist zu weit drinnen. Bleiben Sie bitte so nahe wie möglich am Ausgang. Das gewährleistet einen schnellen Zugriff. Sobald dort oben eine zweite Person auftaucht, sind wir zur Stelle.«

»Wo sind Sie denn?«

Frau Kramer sah von ihren Notizen hoch. »Wenn das Haus leer ist, was in einer halben Stunde der Fall sein sollte, werden wir eine Einsatzkraft in Afrika haben und eine in

Frau Herders Schlafzimmer. Das Haus ist umstellt. Es dürfte kein Problem sein, eine Einzelperson festzunehmen.«

»Und Sie lassen jeden durch, der reinwill?«

Kramer und Lippolt wechselten einen schnellen Blick. »Ja. Die Zielperson wäre mit Sicherheit irritiert, wenn am Eingang zum Haus mehrere schwer bewaffnete Einsatzkräfte den Ausweis sehen wollen.«

Ein leichtes Lachen geisterte durch den Raum. Für alle hier war es ein Routineeinsatz. Nur für Mia nicht.

»Haben Sie Fragen?« Lippolt wurde wieder ernst.

»Was ist, wenn der Typ ebenfalls bewaffnet ist?«

»Wir haben ihn, noch bevor er überhaupt einen Ton sagen kann. Jeder außer Ihnen und uns, der sich um acht Uhr auf dem Dachboden befindet, wird festgenommen. Und glauben Sie mir, darin sind meine Jungens richtig gut.«

Die beiden Kerle, breit und muskelbepackt, nickten ihr zu. Dann war es still und alle sahen Mia an.

»Oh. Keine weiteren Fragen.«

Die Polizistin ging als Erste zur Tür und öffnete sie.

Mia erhob sich. Unsicher blickte sie noch einmal in die Runde. »Danke. Ich bin Ihnen sehr dankbar.«

»Keine Ursache«, antwortete Lippolt.

Und Frau Kramer sagte: »Ich komme gleich noch einmal zu Ihnen.«

Dann verließ Mia den Raum. Es war, als ob sich dort etwas entschieden hätte.

25.

Halb acht. Die Zeit verging auch nicht schneller, wenn Mia alle zwei Minuten auf die Uhr sah. Irgendwo da draußen schickte sich die Sonne gerade an unterzugehen. Der Himmel war wieder weit und blau, als ob er die Erde mit all seiner Schönheit noch einmal umarmen wollte. Mia stand am offenen Fenster des Salons und atmete den Geruch des Parks ein, der sich mit den Tageszeiten veränderte. Morgens war er frisch und holzig, zum Mittag und Nachmittag kam eine süße, träge Note von Blüten dazu, und am Abend schien sich alles mit dem feuchten Duft von Nebel zu mischen, wurde stärker, intensiver, bevor die Nacht kam mit Baumharz, Farn und Moos. Das letzte goldene Licht tanzte über den Wipfeln der Bäume und hinterließ einen fast überirdischen Schein, in dem der Park wie verzaubert aussah.

Das Haus war leer, genau, wie Will vorhergesagt hatte. Eine kurze Nachricht von ihm war eingegangen: *Bin jetzt mit*

Margrets Eltern im Krankenhaus. Wahrscheinlich schaffte er es nicht mehr rechtzeitig herzukommen. Die Stille um sie herum beruhigte sie, mehr als wenn Will jetzt nervös auf und ab getigert wäre. Sie spürte das Kabel des Mikrofons auf ihrer Haut unter dem T-Shirt und hoffte, dass sich nichts abzeichnete. Die klitzekleine Batterie steckte in der Hintertasche ihrer Jeans. Frau Kramer hatte gesagt, sie könnte sie jederzeit anrufen, aber diese Minuten in der Ruhe vor dem Sturm taten Mia gut. Einfach zusehen, wie das Licht an Wärme und Intensität verlor, den Vögeln des Abends zuhören, den fernen Geräuschen der Stadt. Neunzehn Uhr zweiunddreißig.

Sie wandte sich ab und ging zurück zu dem Sessel, in dem sie bis eben gesessen hatte. Wer würde sie dort oben erwarten? Wie würde es ihm gelingen, ein Dutzend mit allen Wassern gewaschene SEK-Beamte zu überlisten? Ihr Handy lag auf dem Couchtisch. Sie checkte zum gefühlt hundertsten Mal, ob die Lautstärke auf dem höchsten Level eingestellt war. Neunzehn Uhr vierunddreißig.

Ein Geräusch näherte sich, schwere Autoreifen auf Kies. Dann fuhr ein Wagen die Auffahrt hinauf und bremste vor der Eingangstür. Eine Tür schlug, Schritte näherten sich. Stimmen. Mias Puls flatterte. Es waren … Wolfgang und Gabriele Herder.

»Geht es?«

»Danke, ja. Kannst du mir das Buscopan aus dem Bad holen?«

Die Tür wurde geöffnet, Mia sprang auf, Frau Herder fuhr mit einem erschrockenen Schrei zurück, und ihr Mann fragte gereizt: »Was machen Sie denn hier?«

»Ich warte auf Will.« Nicht direkt die Wahrheit, aber auch keine Lüge.

Herr Herder runzelte die Stirn. »Ah ja. So.« Dann wandte er sich an seine Frau. »Eine Minute, Liebes.«

Das Liebe löste sich von seinem Gatten und tastete sich langsam in den Salon vor.

»Kann ich irgendwie helfen?«

»Nein. Eine leichte Gallenkolik, das habe ich öfter.«

»Wollen Sie sich setzen?«

Frau Herder griff nun doch nach Mias Handgelenk und packte dabei ziemlich zu. »Ich denke, in meinem eigenen Haus erübrigt sich die Frage. Aber ja, das hatte ich vor.«

Mia presste die Lippen zusammen. Nicht nur, weil Frau Herder keine Gelegenheit ausließ, ihr verbal ans Schienbein zu treten. Auch deshalb, weil ihr Griff ziemlich wehtat. Als sie sich endlich mit Ächzen und Stöhnen auf einem Sessel platziert hatte, rieb Mia sich das Handgelenk. Himmel!

»Es ist ausgesprochen schmerzhaft, geht aber nach einiger Zeit wieder vorüber. Keiner weiß, wie lange diese Krämpfe andauern. Könnten Sie Carolina bitten, mir einen Tee zu machen?«

»Ich fürchte …«

»Ach ja, der zusätzliche freie Abend.«

Neunzehn Uhr siebenunddreißig. »Ich kann das gerne tun.«

Wills Mutter strich sich eine Haarsträhne hinter die Ohren, die sich aus der sorgfältig hochgesteckten Frisur gelöst hatte. »Wirklich? Das wäre ganz reizend von Ihnen. Wo ist denn mein Sohn?«

»Im Krankenhaus. Bei Margret Kwatesi. Ihre Eltern sind heute gekommen.«

»Ach ja, das arme Mädchen. Wie geht es ihr?«

»Sie liegt immer noch im Koma.« Mia nahm ihr Handy und schlich langsam Richtung Tür. Sie wollte von Frau Herder nicht in eine ihrer zähen Unterhaltungen verwickelt werden, die Worte, Phrasen und desinteressierte Fragen wie Tentakeln um sie herumschlangen.

»Wie furchtbar! Ich dachte, wir schicken ihr vielleicht einen Obstkorb oder so etwas Ähnliches.«

»Wenn sie aufwacht, wird sie das sicher sehr freuen. Ich bin gleich wieder da.«

Damit verließ Mia den Salon. Das Zubereiten des Tees würde die Zeit schneller vergehen lassen und sie wäre immer noch rechtzeitig auf dem Dachboden. Ein Blick durch die schmalen, mit Schmiedeeisen verzierten Fenster in der Eingangstür – draußen im Park regte sich nichts. Als sie die Eingangshalle durchquerte, hörte sie ein seltsames, dumpfes Geräusch. Als ob etwas umgefallen wäre. Sie sah hoch zur Galerie.

»Herr Herder?«

Keine Antwort. Unschlüssig blieb sie stehen. Tee oder nachsehen? Noch zwanzig Minuten. Wenn die Kripo recht hatte, musste es im Haus vor unsichtbaren Einsatzkräften nur so wimmeln. Aber wo waren sie? Mia sah sich um. Die Tür zu Wills Zimmer war geschlossen, die zum Speisezimmer stand weit auf. Dort war niemand.

»Herr Herder? Ist alles in Ordnung?«

»Ja!«, kam es von oben.

Beruhigt setzte Mia ihren Weg fort.

In der Küche kannte sie sich mittlerweile gut aus. Sie fand sofort den Wasserkocher und erinnerte sich daran, wo der Tee gestanden hatte. Wieder ein Geräusch. Als ob eine Tür im Luftzug zugeknallt wäre. Mia ließ Tee Tee sein und stieg die Treppe ins Erdgeschoss hinauf.

Der Salon war leer. Offenbar hatte Frau Herder es sich anders überlegt und war nach oben ins Schlafzimmer gegangen. Ihre Abendtasche lag noch auf dem Tisch. Bei jedem anderen Menschen hätte Mia sie hinaufgebracht und sich nach dem Befinden erkundigt. Das Mikrofon, mit Tape auf ihre Haut geklebt, juckte.

»Können Sie mich hören?«

Draußen, im Wagen der Polizei, der als Lieferfahrzeug getarnt kurz vor der Bushaltestelle stand, hatte alles funktioniert. Ihr Handy vibrierte.

Es war Frau Kramer. »Ist alles in Ordnung?«

»Ja«, sagte Mia leise und schlich zurück Richtung Eingangshalle. Niemand war zu sehen. Im Haus herrschte eine leblose, geisterhafte Stille. »Herr und Frau Herder sind gerade gekommen.«

»Das haben wir bemerkt. Ihr Mikrofon funktioniert einwandfrei. Ist der Tee schon fertig?«

»Sie ist hochgegangen. Wahrscheinlich hat sie sich hingelegt.« Es war beruhigend, dass jedes gesprochene Wort draußen ankam. So musste sie gar nicht erst mit Erklärungen anfangen. »Gleich ist es so weit.«

»Sie machen das großartig. Nicht vergessen: Wir brechen sofort ab, wenn Sie nicht mehr wollen.«

Das kam gar nicht infrage. Der halbe Lüneburger Polizeiapparat stand hinter ihr. Dieses Mal würden sie den Täter erwischen.

»Wo ist denn das SEK? Ich habe das Gefühl, dass keiner außer den Herders und mir im Haus ist.«

»Gehen Sie mal ans Fenster.« Mia tat, wie ihr gesagt worden war. Sie blickte hinaus in den Park. »Der Ginsterbusch rechts neben der Auffahrt. Sehen Sie ihn?«

»Ja.«

»Dort ist zum Beispiel ein Beamter positioniert.«

Mia strengte sich an, aber sie konnte auf die Entfernung nichts erkennen. »Trägt er einen Tarnanzug?« Rund um den Busch wuchsen Sträucher und Bodendecker.

»Wir sind an Ihrer Seite.«

»Auch im Haus?«

»Auch im Haus. Wir sollten jetzt nicht mehr telefonieren, sondern in Ruhe abwarten.«

»Okay.«

Mia beendete das Gespräch. Neunzehn Uhr siebenundvierzig. Noch dreizehn Minuten. Sie ging hinunter in den Keller, holte das Teesieb aus der Kanne, goss sich eine Tasse ein und trank einen Schluck. Leider beruhigte sie das auch nicht. Sie setzte sich an den Tisch, auf den Stuhl, auf dem Will gesessen hatte. Wo er jetzt war? Wollte er nicht schon längst zurück sein? Es kribbelte in ihren Fingerspitzen, ihn anzurufen. Doch dann hatte sie Angst, den Unbekannten zu verpassen. Was, wenn er sich genau in diesem Moment meldete und es war besetzt?

»Guten Abend.«

Mia fuhr herum. Hinter der Küchenzeile war noch eine

Tür verborgen gewesen, die ihr bis jetzt nicht aufgefallen war. Eine Art Vorratskeller. Aus dem kam …

»Carolina?«

Die Hauswirtschafterin war kaum wiederzuerkennen. Sie sah hübsch aus. Statt der Arbeitskleidung trug sie einen Hosenanzug aus dunklem Stoff mit beiger Seidenbluse. Die Haare waren frisiert, sie hatte sogar etwas Make-up aufgelegt. »Ich wollte Sie nicht erschrecken. Ich wollte nur noch einmal etwas nachsehen.«

Carolina kam zu Mia. Die setzte langsam die Tasse ab. Etwas stimmte nicht. »Ich dachte, Sie sind zum Kino oder zum Kegeln.«

»Das sind wir auch gleich. Ich muss nur noch kurz abschließen.«

Damit ging Carolina an Mia vorbei zur Treppe und stieg hinauf. Das Nächste, was Mia hörte, war das Klirren von Schlüsseln.

Sie stand auf. »Was machen Sie da?«

»Das gehört zu meinen Aufgaben, wenn Fremde im Haus sind. Hier unten ist auch der Weinkeller. Wollen Sie ihn mal sehen?«

»Nein. Ich kann nicht. Ich muss hoch.«

Sie wollte an Carolina vorbei, doch die blieb auf der letzten Stufe stehen. Ihr Lächeln wirkte freundlich, aber auch etwas angespannt. »Es sind aber ganz besondere Raritäten darunter. Ich weiß, jemand in Ihrem Alter interessiert sich nicht für das, was wirklich kostbar ist.«

»Wie meinen Sie das?«

Mia tastete nach ihrem Handy. Frau Kramer hörte alles,

sie würde jede Sekunde anrufen und fragen, ob alles in Ordnung wäre.

»So wie ich es sage. Da vergehen die Jahrzehnte, und niemand kümmert sich mehr, und dann ist es irgendwann vergessen …« Carolina kam die letzte Stufe hinunter. Den Schlüsselbund hielt sie in der Hand und steckte ihn dann in die Tasche ihrer Kostümjacke. »Der Letzte, der Ahnung von gutem Wein hatte, war der alte Herr Herder. Als er noch ein wenig besser beieinander war, sind wir manchmal abends, wenn alles schlief, hier hinuntergegangen. Kommen Sie.«

Mias Handy rührte sich nicht, also schien alles in Ordnung zu sein.

»Ich habe leider wenig Zeit. In ein paar Minuten erwarte ich einen dringenden Anruf.«

»Keine Sorge. Nur einen schnellen Blick.«

Neunzehn Uhr achtundvierzig. Carolina war wieder im Vorratskeller. Jetzt sprangen auch die Leuchtstoffröhren an. Hatte sie vorher etwa im Dunkeln gewartet?

»Schauen Sie!« Die Stimme klang etwas dumpf.

Hinter der hochmodernen Küche gingen die Kellergewölbe ab und die sahen aus wie vor hundert Jahren. Mia lief schnell die Treppe hinauf bis zur Kellertür, aber sie hatte keinen Empfang. Mit einem ärgerlichen Seufzen kehrte sie um. Das war doch lächerlich, was Carolina hier veranstaltete. Sie sollte aufschließen, Mia rauslassen und dann am besten aus der Schusslinie verschwinden. Es gab verdammt noch mal Wichtigeres in diesem Moment, als sich ihre Erinnerungen anzuhören.

Der Vorratsraum war mit Kacheln ausgekleidet. An den

Wänden reihten sich Regale mit Dosen, Kanistern und Einmachgläsern. An der Stirnseite Hunderte von Weinflaschen. Carolina war schon drinnen. Mit prüfendem Blick wanderte sie die Regale ab und zog schließlich eine Flasche heraus, pustete das Etikett ab und las mit halb zusammengekniffenen Augen, was darauf stand.

»Ein Gran Paulet Riserva, halbtrocken, neunzehnhundertfünfzig … Er schmeckt ein bisschen wie Sherry. Letztes Jahr haben wir hier unten eine davon geleert. Wilhelm Herder war ein großzügiger Mensch. Er hat gesagt: Ins Grab kann ich sie doch nicht mitnehmen, oder?«

Sie stellte die Flasche zurück und rieb sich dann schnell über die Augen. »Oder die beiden hier. Die Letzten aus einer Lage Prieur de Monastir aus den Sechzigerjahren. Schon ein klein wenig über die Lagerzeit hinaus, aber trotzdem ein einzigartiges Erlebnis.«

Während Carolina die Flaschen abging, checkte Mia ihr Handy. Mit eisigem Erschrecken las sie »Kein Netz«. Das war kein Zufall. Alles sah nach einem Plan aus. »Ich muss hoch. Wirklich.«

Wahrscheinlich hörte auch Frau Kramer sie nicht mehr. Sie saß in der Falle!

»Carolina?«

»Ja?« Die Angesprochene drehte sich langsam zu ihr um. »Ach ja, Sie hatten ja noch etwas vor. Entschuldigen Sie bitte. Da halte ich Sie auf mit meinem sentimentalen Geschwätz …«

»Nein, nein! Ich finde das spannend und es interessiert mich sehr. Aber bitte lassen Sie mich jetzt wieder nach oben. Es ist wichtig.«

»Eine Verabredung? Etwa ein Date? Mit Will?«

Carolina lächelte. Sie verließ den Vorratskeller und verschloss sorgfältig die Tür. Dann entdeckte sie Staub auf dem Ärmel ihrer Kostümjacke und klopfte ihn vorsichtig ab. Als sie wieder aufsah, musterte sie die Küche und den langen Tisch mit einem rätselhaften Blick.

»Er hat mir viel erzählt, der alte Herr Herder. All das, was er seinen eigenen Kindern nicht erzählen konnte, weil es sie nicht interessierte. Für mich war es einerlei. Ich wurde für die Zeit bezahlt. Warum also nicht hier unten sitzen, guten Wein trinken und zuhören? Was ist so schlimm daran, dass es die eigenen Kinder und Enkel nicht können?«

»Ich weiß es nicht.« Mia folgte Carolina, die gedankenverloren über die Lehne von einem der Küchenstühle strich. »Bitte, schließen Sie auf.«

»Später.«

»Nicht später! Carolina!«

Die Frau fuhr herum. Das freundliche Lächeln war verschwunden. In ihren Augen glitzerte Wut. »Haben Sie es immer noch nicht verstanden?«

»Was?«

»Ich bin Ihr Date.«

Mia schluckte. Es war, als ob eine eisige Hand sie im Nacken gepackt hätte. »Sie? Das … Das kann nicht sein. Carolina, doch nicht Sie!«

»Warum nicht?«

»Weil …« Wo waren die Worte, wenn man sie brauchte? »Weil ich Sie mag.«

Die Hauswirtschafterin lachte. Es klang bitter. »Sie mögen

auch kleine Katzen. Heißen Kakao. Schokolade. Wollen Sie eine Tasse? Ich mache die beste heiße Schokolade von ganz Lüneburg. Das hat Wilhelm immer gesagt. Er war der Einzige.«

»Der Einzige was?«

»Der mich wie ein Mensch behandelt hat.«

Mias Hirn war immer noch schockgefroren. Sie merkte, wie ihre Knie anfingen zu zittern. Das war schon einmal passiert. Seltsam, wenn man sich noch nicht einmal mehr auf seinen eigenen Körper verlassen konnte. »Das ist doch nicht wahr«, widersprach sie. »Jeder in diesem Haus schätzt Sie.«

»Ach ja? Gut, dass wir auf das Haus zu sprechen kommen. Wollen Sie sich nicht setzen?«

»Nein. Ich will hier raus.«

»Das wird noch ein wenig dauern.« Carolina sah auf die Küchenuhr, fünf vor acht. »Morgen früh um diese Zeit sind wir so weit weg, dass wir Sie freilassen können.«

Wir. Albrecht gehörte also auch dazu. Fast glaubte Mia, das Knirschen zu hören, mit dem die Zahnräder in ihrem Kopf sich wieder in Gang setzten.

»Sie wollen abhauen? Warum? Was soll das eigentlich? Wenn Sie die Unbekannte sind, mit der ich mich auf dem Dachboden treffen sollte, dann hätten wir das einfacher haben können. Was wollen Sie?«

Carolina zog den Küchenstuhl zu sich heran und setzte sich, als ob sie alle Zeit dieser Welt hätte. Mia fragte sich, wann die Kommissarin merken würde, dass etwas nicht stimmte. Jetzt vielleicht? In diesen Minuten? Ihr Blick flitzte zur Kellertreppe.

»Das ist aussichtslos. Wie Sie wahrscheinlich schon bemerkt haben, ist die Kellertür aus massivem Holz mit einer Stahlverstärkung. Sie kommen hier nicht raus.«

»Aber vielleicht kommt jemand rein.« Mia musste Zeit schinden. Je mehr Minuten verstrichen, desto wahrscheinlicher war es, dass das Haus gestürmt wurde. Sie würden wissen, dass sie im Keller war, und nach ihr suchen.

»Nicht so schnell. Erst mal gibt es etwas Krach oben auf dem Dachboden. Albrecht müsste gleich fertig sein.«

»Abrecht.« Jetzt musste Mia sich doch setzen. »Er steckt mit Ihnen unter einer Decke.«

»Erst seit heute. Was glauben Sie, wie ich ihm den Kopf gewaschen habe, dass er Ihnen die Tasche zurückgegeben hat. Bitte geben Sie sie mir.«

Mias Hand schnellte an den Tragegurt. »Nein.«

»Sie wissen doch gar nicht, was Sie da mit sich herumtragen. Es hat für Sie doch nur symbolischen Wert.«

»Ich gebe Ihnen die Tasche nicht.«

Carolina seufzte. »Gut. Wir erledigen das später. Warum ich mich mit Ihnen treffen wollte, hat einen Grund.«

»Die Wahrheit über Gottlob Herder. Es tut mir leid, Carolina, aber die kennen wir längst.«

Für einen Moment wirkte Carolina überrascht. »Das glaube ich nicht.«

»Gottlob Herder hat Jakob Arnholt bestohlen. Wir brauchen das Tagebuch nicht, wir können eins und eins zusammenzählen. Und wir werden die Sache in Ordnung bringen, Will und ich. Dafür brauchen wir keine geheimen Treffen in Bahnhofsunterführungen und versuchtes Kidnapping. Wenn

Sie mich jetzt gehen lassen, kann ich versuchen, Ihren Hals noch irgendwie zu retten.«

»Meinen Hals retten? Liebes Kind, das ist wahrhaftig nicht nötig.«

»Das Haus ist umstellt. Die Kripo weiß Bescheid. Haben Sie wirklich geglaubt, Sie können mich einfach in die Falle locken? Noch ein paar Minuten, dann wimmelt es hier von bewaffneten SEK-Beamten.«

Carolina lehnte sich zurück und verschränkte die Arme. Sie überlegte.

»Es ist aus. Ihr Geheimnis ist schon längst keines mehr. Alles, was ich noch wissen will: Haben Sie Wilhelm Herder umgebracht?«

»Nein.«

»Was ist dann passiert?«

Carolina zog etwas aus der Tasche ihres Kostüms. Leider nicht den Schlüsselbund. Es war ein zusammengefaltetes Stück Papier. Sie schob es über den Tisch.

Mia griff danach. »Was ist das?«

»Wilhelms Testament. Das, das er in der Nacht seines Todes geschrieben hat.«

»Sie haben es gestohlen!«

»In Sicherheit gebracht, würde ich sagen. Was denken Sie, was damit geschehen wäre, wenn es einer von den Herders in die Hand bekommen hätte?«

»Warum zeigen Sie es mir?«

»Lesen Sie.«

Mia zog die Hand zurück. »Nein!«

Ungeduldig nahm Carolina das Papier wieder an sich und

faltete es auseinander. »*Meine liebe Mia, im Vollbesitz meiner geistigen Kräfte vermache ich dir, meinem Enkelsohn Wilhelm Herder und Emily Shipanga zu je einem Drittel meine Anteile in Höhe von 49% an der Firma Herder Schokoladen. Ich möchte wenigstens finanziell die Wiedergutmachung leisten, zu der sich weder meine Familie noch die Regierung dieses Landes seit Generationen durchgerungen hat.* – Es steht noch ein bisschen mehr da, dass er Ihnen das alles gerne noch persönlich erklären wollte und er auf Ihr Zusammentreffen in diesem Haus gehofft hat. Das ist natürlich nur das Begleitschreiben. Das echte Testament befindet sich an einem sicheren Ort.«

Mia fühlte sich, als hätte sie giftige Dämpfe eingeatmet. Alles drehte sich.

»Geht es Ihnen nicht gut?«

»Leider hat Wilhelm Herder das nicht mehr erlebt.«

Carolina nickte. Das Blatt blieb auf dem Tisch liegen. »Er wollte das Tagebuch holen. Für ihn war es ein Beweis der Schuld, die die Herders auf sich geladen haben. Er wollte es Ihnen aushändigen.«

»Bei allem Respekt …« Mia suchte nach den richtigen Worten. Es war acht Uhr. Jeden Moment würde das SEK durch die Kellertür brechen. Sie musste diese Frau nur noch so lange bei Laune halten. »Ihre Loyalität zu den Herders ging so weit, dass Sie das verhindern wollten? Musste der alte Mann deshalb sterben?«

»Es war ein Unfall.«

Mia musste sich vorbeugen, um besser zu verstehen, denn Carolinas Worte waren sehr leise. »Ich wollte nicht, dass er mich da oben erwischt. Ich wusste nicht, was er vorhatte. Ich habe gedacht, er wollte das Tagebuch verschwinden lassen. Und damit den Beweis, was die Herders uns angetan haben. Da wusste ich noch nichts von dem neuen Testament. Alles, was ich mitbekommen habe, war, dass Sie und eine Delegation aus Namibia erwartet wurden und Herr Herder deshalb sehr aufgeregt schien.«

»Ein Unfall?«

Plötzlich standen Carolina die Tränen in den Augen. »Wenn er mich gesehen hätte … Ich hätte meinen Job verloren!«

»Und deshalb haben Sie ihn die Treppe hinuntergestoßen!«

»Ich wollte das nicht! Er ist zu schnell gelaufen, er ist gestolpert … Und dann … Es war nur ein kleiner Schubs. Ich wusste nicht, was in mich gefahren war.« Sie schlug die Hände vors Gesicht. Ihre Schultern zuckten. Doch weder das trockene Schluchzen noch das Geständnis riefen in Mia Mitgefühl hervor. Nur eine unendliche Traurigkeit. Und Zorn.

»Ich verstehe es immer noch nicht. Warum wollten Sie das Tagebuch? Um die Herders vor Schadensersatzforderungen zu schützen? Das glaube ich nicht.«

Die Hände sanken herab. »Dieses Haus … Der Park … Die Manufaktur … All das hätte uns gehört.«

Mia traute ihren Ohren nicht. »Wem?«

»Uns! Albrecht und mir! Den Nachfahren von Gustav Noswitz! Gottlob Herder hat uns genauso betrogen wie euch.«

Mia verstand nicht. Wer zum Teufel war Gustav Noswitz? Sie öffnete den Mund, um zu fragen, doch es war zu spät. Es gab keine Vorwarnung. Die Detonation erschütterte das

Haus mit einer Wucht, die sogar im Keller zu spüren war. Es klang, als wäre irgendwo eine Bombe explodiert. Mia stieß einen Schrei aus und sprang auf. Sie rannte die Treppe hoch und erreichte die Kellertür.

»Hilfe!«, schrie sie. »Hilfe! Holt mich hier raus!«

Da war Carolina schon bei ihr und zerrte sie wieder hinunter. »Halten Sie den Mund!«

»Was war das? Lassen Sie mich los! Was geht hier vor?« Gedämpft durch die dicken Wände und die schwere Tür, hörte sie, wie oben im Erdgeschoss Rufe und Stiefelschritte durcheinanderklangen. »Hilf …«

Mia spürte etwas Kaltes an ihrer Kehle. Ein Messer.

»Still.« Etwas in Carolinas Augen befahl Mia, genau zu tun, was die Frau verlangte. »Sie sind jetzt alle erst mal auf dem Weg zum Dachboden. Hier unten wird niemand suchen.«

Doch, dachte Mia. Frau Kramer. Sie ist die Einzige, die vermuten wird, dass ich zurück in den Keller gegangen und nicht wieder aufgetaucht bin. »Und …«, flüsterte sie, »wie lange wollen Sie durchhalten? Das Spiel ist aus, Carolina. Sie werden dieses Haus nicht mehr als freie Frau verlassen. Was war das da oben? Eine Bombe? Das sind doch keine Vollidioten, mit denen Sie es zu tun haben. Das ist die Kripo zusammen mit dem SEK!«

Im gleichen Moment hätte Mia sich am liebsten auf die Zunge gebissen.

Carolinas Gesicht veränderte sich. Der Ausdruck wechselte nach einem Wimpernschlag von Überraschung zu Zorn. Sie packte Mia am Nacken und schob sie vor sich her in Richtung Weinkeller. »Warum haben Sie das getan? Konnten Sie nicht einmal Ihren Mund halten? Ich hätte Sie gehen lassen. Irgendwann wären Sie hier wieder rausgekommen. Aber jetzt …«

Mia versuchte, sich aus dem eisenharten Griff zu befreien. Sich irgendwo festzuhalten. Widerstand zu leisten. Aber Carolina schleifte sie immer weiter in die dunkle Seite des Kellers.

»Geben Sie auf!«

Sie erreichten die Tür.

Carolina stieß sie in den finsteren Raum. »Niemals.« In ihren Augen glühte etwas, und Mia erkannte, dass es nicht Angst und Panik waren, sondern … tiefe Genugtuung. Dies war der Moment, in dem Carolina Noswitz über sich hinauswuchs. Leider nicht in Richtung charakterliche Größe, eher ins Gegenteil. Es musste sich unendlich viel Demütigung in ihr zusammengeballt haben. Jahre, in denen sie sich aus irgendeinem Grund um das betrogen gefühlt hatte, was sie jeden Tag umgab und in Ordnung halten musste: das Haus, der Park, die alte Manufaktur … Wie kam sie auf die absurde Idee, dies alles würde ihr gehören?

Plötzlich wurde sie losgelassen. Sie spürte noch etwas in ihrem Rücken, ein Schaben, dann riss der Riemen ihrer Tasche. Carolina hatte ihn mit dem Messer durchgeschnitten.

»Nein! Geben Sie das wieder her!« Mia wollte sich auf die Frau stürzen, doch das erhobene Messer hielt sie in letzter Sekunde davon ab.

Carolina hielt es in der rechten Hand. Mit der linken hob sie die Tasche hoch. »Das ist die Entschädigung.«

»Wofür?«

»Schauen Sie, dahinten im Regal. Das Tagebuch.«

Mia schüttelte den Kopf. Keinen Schritt würde sie tun. Die Tür stand noch immer offen. Sie ahnte, was Carolina vorhatte. »Sagen Sie es mir. Was haben die Herders Ihnen angetan? Wofür muss Jakob selbst jetzt noch herhalten?«

»Es geht mir nicht um Jakob. Ich habe wirklich geglaubt, Wilhelm Herder würde an uns etwas gutmachen. Er hat immer wieder davon geredet, dass die alten Wunden geschlossen werden müssen. Ich war so dumm. Ich habe wirklich geglaubt, er hätte etwas für die *Diener* übrig. Aber dann … Dann tauchten Sie auf. Und es war klar: Niemals würden wir in seinem Testament bedacht werden. Und alles, was damals geschehen ist, ist schon längst verjährt.«

»Was?«, schrie Mia. »Was ist verjährt?«

»Finden Sie es selbst heraus.« Carolina presste Mias Tasche an sich. »Das hier ist jetzt meine Entschädigung.«

Und da auf einmal fügte sich alles zu einem Bild. Es war, als ob eine Unmenge von Puzzleteilen wie von selbst an ihren Platz sausten.

»Sie haben Kühn getötet«, sagte Mia. »Weil Sie von den Diamanten wussten. Woher? Aus dem Tagebuch?«

»Man musste nur die Fotos ansehen und eins und eins zusammenzählen. Beim Abendessen hatten Sie erzählt, alle Sachen von Jakob wären bei ihm. Also auch die Halskette mit den Rohdiamanten …«

»Und Margret?«

»Eine Verwechselung. Ich dachte, es wäre Ihr Zimmer, weil das Kleid auf dem Balkon hing. Dass ausgerechnet mir das passiert! Plötzlich stand diese Schwarze im Zimmer und fing an zu schreien. Hätte Albrecht Ihre Tasche nicht gefunden und Ihnen zurückgegeben, wäre das nicht passiert!«

Mia schüttelte den Kopf. »Gottlob ist schuld. Albrecht ist schuld. Ich bin schuld. Aber Sie sind eine Mörderin, Carolina. Sie haben sich dazu entschieden.«

»Nein!« Alle Freundlichkeit und alle Güte waren aus diesem Gesicht verschwunden. Immer noch hielt Carolina das Messer in der Hand. »Die Herders haben uns damals das Patent für die Kanonenkugeln geklaut.«

»Carolina!«

Entsetzt fuhr die Hauswirtschafterin herum. Wie aus dem Nichts war Albrecht aufgetaucht. »Was um Himmels willen tust du da?«

Auch er sah anders aus in seinem Anzug und mit schief gebundener Krawatte. In der Hand den Autoschlüssel, im Gesicht einen Ausdruck von Schock, Ratlosigkeit und Unverständnis. »Wir wollten schon längst im Kino sein!«

»Albrecht!«, stieß Mia hervor. Die Erleichterung durchflutete ihren Körper wie eine warme Welle. »Helfen Sie mir!«

Sie spürte einen Schlag, taumelte, verlor das Gleichgewicht und landete auf dem Küchenboden. Mit einem entsetzten Laut wollte Albrecht ihr aufhelfen, aber Carolina, die diesen Stoß ausgeteilt hatte, stellte sich ihm in den Weg.

»Ich rette unsere Zukunft«, zischte sie und hielt ihrem Mann Mias Tasche mit den durchtrennten Trägern entgegen. »Sie kommt in den Vorratskeller, und wir machen, dass wir wegkommen.«

Mia schüttelte benommen den Kopf. »Nein, rufen Sie die

Polizei! Carolina hat Herrn Kühn umgebracht. Sie war das mit Margret. Und Wilhelm …«

Albrecht, das personifizierte Entsetzen, wich zurück. Carolina folgte ihm einen Schritt. Immer noch hielt sie die Tasche in der einen und das Messer in der anderen Hand. »Ich habe es für uns getan. Für dich. Dafür, wie wir in diesem Haus gehalten werden, das eigentlich uns gehören sollte.«

»Aber … Das haben wir doch schon hundertmal durchgekaut!«

Mias Blick flitzte in alle Ecken der Küche. Nichts war in Reichweite, mit dem man diese Frau ausschalten konnte. Eine der gusseisernen Bratpfannen, aber die hingen unerreichbar an einer Reling über dem Herd. Sie versuchte, hinter Carolinas Rücken wieder auf die Beine zu kommen.

»Und hundertmal habe ich dir gesagt, es hätte alles uns gehören sollen! All die Jahre, Albrecht. All die Jahre, in denen Wilhelm Herder uns hat glauben lassen, dass er uns wenigstens im Testament bedenkt!« Sie legte das Messer auf dem Tisch ab und suchte nach etwas in der Tasche ihres Kostüms. »Hier, siehst du? Er vermacht sein Erbe zu gleichen Teilen seinem Enkel und den Nachfahren dieses schwarzen Jungen, Jakob.«

Sie drehte sich zu Mia um, die sich an der Tischkante hochzog. Das Messer lag einen Meter weit von ihr entfernt. Mit einem gut kalkulierten Sprung könnte sie es sich schnappen. Und dann? War sie so kalt wie Carolina, es auch zu benutzen? Ihr war schlecht. Der Würgereiz saß in ihrer Kehle.

»Jakob Arnholt«, fuhr Carolina zu Mia gewandt fort. »Ihr Urgroßvater, nicht wahr?«

Mia nickte mühsam. »Ich weiß immer noch nicht …«

»Carolina«, sagte Albrecht mit seiner überzeugendsten Stimme. Er war auf Mias Seite, oder? Zumindest auf der, die das wenigste Blutvergießen versprach. »Komm doch zur Vernunft! All das ist Schnee von gestern. Wenn ich gewusst hätte, was du mit den alten Dynamitstangen vorgehabt hast, ich hätte sie dir nie gezeigt!«

»Nein!«, schrie sie zurück. »Wir reden von heute! Von jetzt! Gottlob hat uns alle betrogen. Und seine Kindes- und Kindeskinder machen es genauso. Das hier ist unsere Entschädigung.«

»Was ist das?«

Carolina warf die Tasche neben das Messer auf den Tisch. »Das sind Rohdiamanten. Eingeflochten ins Halsband dieses kleinen Jungen aus Afrika, den Gottlob aus den Kolonien hierher verschleppt hat.«

»Dann gehören sie ihr.« Albrecht wies auf Mia, die leicht vornübergebeugt die Hand auf den Magen presste.

»Sie hatte ihre Chance. Jetzt sind wir an der Reihe.«

»Wo wollen Sie denn hin?«, stöhnte Mia. »Sie kommen hier nicht raus!«

Mit einem rätselhaften Lächeln nahm Carolina das Messer wieder hoch. »Auf demselben Wege, wie wir hier hineingekommen sind. Der alte Gang aus Kriegszeiten vom Haus in die Manufaktur. Es lagen sogar noch ein paar Stangen Dynamit herum. Alle hatten Angst vor den Russen und hätten die Manufaktur lieber in die Luft gejagt, als sie demontiert in Sibirien zu wissen. Durch den gehen wir manchmal, wenn das Wetter zu schlecht ist. Keiner von den Herders kennt ihn mehr. Das hier unten ist wie ein fremdes Land für sie. In die Küche kommen sie doch nur, um Anweisungen zu geben. Denken Sie, einer von denen ist schon mal über diesen Radius hinausgekommen?« Sie zeichnete mit der Messerspitze einen Halbkreis vor den letzten Treppenabsatz. »Bis auf Wilhelm, der wenigstens ab und zu noch seine Nase in den Vorratskeller gesteckt hat. Aber keinen Meter weiter. Kommen Sie. Ich zeige Ihnen den Weg.«

»Albrecht!«, schrie Mia und wich zurück. »Tun Sie etwas! Rufen Sie die Polizei! Carolina hat zwei Menschenleben auf dem Gewissen! Soll ich ihr nächstes Opfer sein?«

»Du tust gar nichts!« Blitzschnell hatte die Frau das Messer auf ihren Mann gerichtet. »Das hier sind Millionen. Ich lasse mir so was nicht noch einmal vor der Nase wegschnappen!«

Albrecht sah mit einem Mal unschlüssig aus. Da hielt ihm seine Frau Diamanten unter die Nase und er musste nur zuschnappen. Doch die Sekunden, die er überlegte, dehnten sich für Mia zu einer Ewigkeit.

»Rufen Sie die Polizei!«, bat sie flehentlich. »Sie kommen nicht weit. Das Haus ist umstellt …«

»Das Haus, ja«, wurde sie von Carolina unterbrochen. »Aber nicht die Manufaktur. Und hinter der steht unser Wagen. Ich habe noch eine zweite Stange deponiert.«

Mia hatte das Gefühl, sie bekäme einen Schlag in die Kniekehlen. Die Beine knickten ihr weg. Sie stützte sich auf die Tischplatte. »Wo?«, keuchte sie.

»Geheimnis, Geheimnis. Komm, Albrecht, lass uns die Sache hinter uns bringen. Ich bin froh, dass du da bist. Sie kommt in den Vorratskeller.«

»Ich gehe nirgendwohin. Geben Sie mir den Schlüssel. Ich werde jetzt diese Treppe hinaufgehen. Und wenn Sie noch einen Funken Verstand haben, dann folgen Sie mir und ergeben sich!« Mia wunderte sich, woher dieser plötzliche Mut kam. Wahrscheinlich war er die einzige Alternative zu dem, was ihr bevorstand.

»Pack sie!«, befahl Carolina.

Albrecht rührte sich nicht.

»Los! Steh nicht herum wie ein Ölgötze! Tu, was ich dir sage!«

Ihr Mann hob die Hände. Weichei. Statt sich dieser Verrückten in den Weg zu stellen, tat er lieber gar nichts.

»Albrecht!«, schrie Carolina.

Und dann ging alles ganz schnell. Die Hauswirtschafterin wollte sich Mias Arm schnappen. Mia wich aus und lief um den Tisch herum. Wie zwei Raubtiere, bereit zum Sprung, belauerten sie sich.

»Geh voraus«, befahl Carolina. »Und starte schon mal den Wagen. Ich komme gleich.«

Albrecht verschwand im Dunkel des Ganges. Und mit ihm Mias Hoffnung, hier noch mit heiler Haut herauszukommen.

»Was haben Sie vor?«, keuchte sie und tänzelte um die Ecke der Tischplatte herum, weil Carolina ihr schon wieder gefährlich nahe gekommen war. Glücklicherweise war es ein schweres Möbel aus massivem Holz, nicht so leicht zu verschieben.

»Ich will mir nur den Rücken freihalten. Lassen Sie doch die Spielchen.« Carolina war schon leicht außer Atem. Die hohen Schuhe, die sie trug, machten sie langsam. Ihre Absätze scharrten über den Fliesenboden, fast knickte sie um. »Sie bleiben hier und morgen früh werden Sie gefunden und alles ist gut.«

»Haben Sie das auch Kühn gesagt?« Mia erblickte aus den Augenwinkeln die Pfannen. Noch einmal um die Längsseite des Tisches und sie wären in Reichweite. Hingen da an Fleischerhaken. Waren hoffentlich mit einem Griff abzunehmen … »Bevor Sie ihn erschlagen haben?«

»Das war Notwehr! Genau wie bei Ihnen!«

»Oh nein.« Wieder raste sie um die Tischecke, weil Carolina einen neuen Angriff gestartet hatte. »Das war Mord. Warum, Carolina?«

»Wie soll ich denn jetzt aufhören?«, schrie die Frau und stieß das Messer in Mias Richtung. Es fehlte ein halber Meter, aber es zerschnitt die Luft mit einem bösen Sirren. »Sie sind Zeuge. Sie werden mich verraten.«

»Natürlich.« Mia merkte, wie ihr Gegenüber langsamer wurde und außer Atem geriet. Carolina war zäh und schnell, aber sie wollte endlich angreifen. Dass es ihr nicht gelang, weil dieser Tisch zwischen ihnen stand, machte sie wütend und raubte ihr Energie. »Ich habe nie etwas von Wilhelm Herder erwartet, im Gegensatz zu Ihnen. Ich war nicht enttäuscht. Ich habe in diese Familie nichts hineininterpretiert.«

»Aber Sie wurden doch genauso hintergangen!«, schrie Carolina.

»Von wem? Von Gottlob? Seit wann liegt er unter der Erde?« Noch eine Ecke und sie wäre in Reichweite der Pfannen. »Ich wollte nur herausfinden, wie Jakob nach Deutschland gekommen ist, und darüber eine Geschichte schreiben.«

»Dann schreiben Sie sie so, wie sie wirklich passiert ist!«

»Was ist denn passiert?« Mia legte bewusst einen provozierenden Ton in ihre Stimme. Carolina rutschte und schlitterte um die Ecke, Mia sprang noch einmal um die Tischecke herum und befand sich in der Nähe der Pfannen. »Gottlob hat ein Pralinenrezept geklaut. Das ist nicht schön, aber wie wollen Sie daraus einen Anspruch herleiten?«

Carolina blieb schwankend stehen. Ihre Frisur hatte sich aufgelöst. Weit entfernt hörte Mia ein Poltern und laute Stimmen. Offenbar wurde gerade das Haus gestürmt, doch leider befand sie sich in einer ungünstigen Position: Carolina war direkt vor der Treppe. Mia würde im wahrsten Sinne des Wortes ins offene Messer laufen, wenn sie jetzt versuchen würde, nach oben zu gelangen und um Hilfe zu rufen.

»Das sagt sich so leicht mit Millionen in der Tasche.« Carolina strich sich mit dem Handrücken eine Strähne aus der Stirn. Die Messerklinge blitzte kurz auf. »Aber was haben wir? Immer wieder habe ich Albrecht in den Ohren gelegen, endlich seine Ansprüche durchzusetzen. Wissen Sie, in der wievielten Generation seine Familie schon in diesem Haus als Stiefelputzer schuftet?«

»Keiner hat ihn dazu gezwungen.« Mia machte einen Schritt nach hinten in Richtung Herd. Sie konnte schon die Knöpfe in ihrem Rücken spüren. Nur ein einziger Griff, noch eine Sekunde Ablenkung … »Sie kommen hier nicht mehr raus. Geben Sie auf.«

»Niemals!« Mit erhobenem Messer stürzte Carolina auf sie zu. Zu spät, schrillte es in Mias Hirn. Zu spät! Ich schaffe es nicht! Sie warf sich zu Boden, die Klinge verfehlte sie um

Haaresbreite. Sie sah, wie Carolina über ihr stand und ausholte. »Nein!«, schrie sie. »Carolina! Nein!«

Ein heftiges Klopfen und Poltern rollte die Treppe hinunter. Carolina hielt mitten in der Bewegung inne. Sie kommen, schoss es durch Mias Kopf. Sie kommen!

»Machen Sie auf!«, dröhnte es durch die geschlossene Kellertür nach unten. Wieder ein Schlag. Mia glaubte, das Zittern der Wände in ihrem Körper zu spüren. Es war nur der Bruchteil einer Sekunde, aber in der war Carolina abgelenkt. Mia rollte sich unter den Tisch und kam auf der anderen Seite in Windeseile wieder hoch. Oben splitterte Holz. Wieder ein Schlag. Jemand versuchte, die Tür gewaltsam zu öffnen. Das Letzte, was sie von Carolina sah, war, wie die Frau auf dem Absatz kehrtmachte und im Keller verschwand.

»Hilfe!«, schrie sie. »Ich bin hier unten!«

Sie musste die Arme vors Gesicht legen, um sich vor den Holzsplittern zu schützen. Endlich, nach dem dritten oder vierten Schlag, gab es einen Knall, und die Tür flog aus den Angeln. Dahinter tauchten zwei komplett vermummte, schwer bewaffnete Polizisten auf, wahrscheinlich das SEK. Und dahinter …

»Mia!«

Die beiden Polizisten stürmten an ihr vorbei in den Keller hinunter. Mit letzter Kraft schaffte Mia die Stufen nach oben und wurde von Will eher aufgefangen als umarmt.

»Es ist Carolina«, stieß sie hervor. »Sie hat ein Messer. Es gibt einen Gang zur Manufaktur, durch den sind sie geflohen.«

»Wer?«

»Carolina und Albrecht. Sie hauen ab. Jetzt! Ihr müsst sie …«

Ihre Augen weiteten sich, weil sie kaum glauben konnte, wer da langsam durch die Tür der Eingangshalle trat, zusammen mit Kriminalkommissarin Kramer und zwei Polizisten in »normaler« Uniform. Es war Albrecht. Er sah grauenhaft aus. Bleich, mit roten Augen und einem fast irrlichternden Blick, der endlich auf Mia zur Ruhe kam.

»Was macht er hier?«, flüsterte sie.

In diesem Moment erschütterte ein zweiter Knall das Haus. Dieses Mal kam er von unten. Will riss sie mit einer einzigen Bewegung von der Kellertür weg. Putz und Sand rieselten herab. Knirschend spannte sich das Mauerwerk und Risse zogen wie Spinnweben über den Verputz der Kellertreppe. Frau Kramer ließ Albrecht los und eilte mit den beiden Polizisten auf sie zu. Sie zerrte ihr Funkgerät heraus und sprach atemlos und gehetzt hinein.

»Zweite Explosion im Kellerraum. Team Bravo, bitte melden. Hallo?«

Es knackte und knisterte. Mia starrte Will entsetzt an, der sie noch näher an sich heranzog. Albrecht ging mit einem wimmernden Laut in die Knie und presste sich die Hände auf die Ohren, als ob er nie, nie wieder etwas hören wollte.

Und endlich kam eine Antwort. »Bravo an Alpha, wir sind okay. Es gibt einen Gang, durch den die Zielperson vermutlich geflüchtet ist. Dort hat sich die Explosion ereignet. Komplett verschüttet, kein Durchkommen von dieser Seite. Zielperson müsste am Ausgang eigentlich auftauchen.«

Frau Kramer hob das Gerät wieder an den Mund. »Delta, bitte kommen. Was ist bei euch?«

Knacken und Rauschen.

»Delta?«

»Delta an Alpha. Wir haben den Ausgang des Tunnels im Auge. Zielperson nicht gesichtet.«

»Und die Explosion?«

»Wir dringen gerade in den vorderen Teil des Ganges ein. Tut mir leid. Hier sind die Wände eingestürzt, wir kommen nicht weiter.«

»Und die Zielperson?«

Ein Stöhnen und Keuchen, vermutlich war es eng, staubig und gefährlich da unten.

»Nicht gesichtet.«

Mia sah, wie Albrecht die Hände sinken ließ. Vielleicht hatte er die letzten Worte gehört. Vielleicht ahnte er auch nur, dass Carolina weder am einen noch am anderen Ende des Tunnels jemals wieder herauskommen würde. Es dauerte ein paar Sekunden, bis auch Mia das begriff. Langsam, ganz langsam löste sie sich von Will. Sie sah, wie seine Eltern draußen vor dem Haus standen, gemeinsam in eine Decke gehüllt. Wie Feuerwehrleute nach oben und unten rannten und die beiden SEK-Beamten staubverkrustet aus dem Keller wieder hochkamen. Wie Sanitäter ins Haus rannten und es mit einem resignierten Kopfschütteln wieder verließen. Wie Albrecht von den Polizisten zu einem Wagen geführt wurde, der mit knirschenden Reifen über den Kies fuhr und verschwand.

Später, viel später saß sie im Salon, nachdem sie Frau Kramer alles erzählt hatte, was unten vorgefallen war. Dass Albrecht nichts von Carolinas Taten gewusst hatte, dass seine Frau die Morde gestanden und um ein Haar noch einen letzten an Mia begangen hätte. Immer wieder kamen Polizisten herein und flüsterten ihr etwas zu. Will saß neben ihr und hatte den Arm um sie gelegt. Irgendwann kurz vor Mitternacht hielt ein Wagen der Rechtsmedizin vorm Haus und zwei Männer entluden einen Zinksarg.

»Sie haben sie gefunden«, flüsterte Will.

Mia nickte. Carolina hatte keinen anderen Ausweg gesehen, als das Dynamit mitten im Gang zu sprengen. Sie musste sofort tot gewesen sein.

»Ich will nach Hause«, sagte Mia.

Frau Kramer nickte. »Aber natürlich. Wenn wir noch Fragen haben, werden sich die Kollegen in Meißen mit Ihnen in Verbindung setzen.« Sie stand auf und verließ den Raum.

Will ließ Mia los, und es war, als habe ihr jemand eine warme Decke von den Schultern gezogen und sie im eiskalten Wind stehen gelassen. »Soll ich dich fahren?«

»Ich kann auch den Zug nehmen.«

»Es fährt keiner mehr.«

»Dann …« Sie sah ihn an. Er war verzweifelt und ratlos gewesen, aber auch mutig und aufmerksam. Carolinas schrecklicher Weg in den Abgrund war auch an ihm nicht spurlos vorübergegangen. »Dann fahr mich.«

Er reichte ihr die Hand und zog sie hoch. Wieder standen sie ganz nah beieinander. Er hatte alles mit angehört. Carolinas ganze Beichte, zusammengefasst in Mias Worten, und als sie bei Wilhelms Testament angelangt war, hatte sie vermieden, ihn anzusehen.

»Ich weiß nicht, ob man deine Tasche da unten noch finden wird …«, fing er an.

Mia unterbrach ihn. »Es ist egal. Ich muss erst mal trauern, verstehst du? Um Wilhelm, um Herrn Kühn, auch um Carolina. Und um Jakob.«

»Ich auch«, sagte er leise.

Sie lächelte ihn an. Es war kein strahlendes Lächeln, sondern eines, in dem sich die schrecklichen Ereignisse der letzten Tage spiegelten, vermischt mit der Erleichterung, irgendwie davongekommen zu sein.

»Dann lass uns fahren«, sagte sie.

26.

»Nimm die Pfoten aus der Schüssel!« Mia drohte Jandrik mit erhobenem Holzlöffel.

Ihr Bruder hatte gerade zum wiederholten Mal ihre Ganache aus gebrannten Mandeln mit weißer Zatar-Sahne probiert. »Das Zeug ist ja der Hammer!«

»Wäre es, wenn du was übrig lassen würdest!«

Sie setzte die Schüssel wieder in die Küchenmaschine ein und arretierte die Schneebesen. Die ganze Masse musste jetzt aufgeschlagen werden, um als fluffige, zart schmelzende Füllung in die Pralinenkugeln zu kommen.

Durch die geöffnete Tür konnte Mia in den Ladenraum der Chocolaterie sehen. Ein Ehepaar, unschwer daran zu erkennen, dass beide dieselben Rucksäcke und Winterjacken im gleichen dunklen Blau trugen, probierte gerade ein Stück Nougat-Nashorn. Mias neuste Kreation, die reißenden Absatz fand. Dazu gab es nämlich einen kleinen Zettel, auf dem in wenigen Sätzen stand, was die Arnholts mit diesen Wildtieren zu tun hatten und dass der Reinerlös komplett an den namibischen Heritage Trust ging, der sich mit der Aufarbeitung der Kolonialgeschichte des Landes beschäftigte. Nicht auf dem Zettel stand, dass Mia gerade dabei war, gemeinsam mit Emily Shipanga und Tom Zimmermann ein Unternehmen zu gründen, das Bewässerungssysteme entwickeln würde, mit denen die Ressourcen in trockenen Gebieten besser genutzt werden konnten. In zwei Wochen würde sie sich auf die Reise nach Namibia machen und alle wiedersehen, auch Rudolf und Margret.

Beim Gedanken, was der jungen Frau durch Carolinas Wahnsinn um ein Haar zugestoßen wäre, zog sich Mias Herz jedes Mal zusammen. Langsam, ganz langsam war Margret wieder auf die Beine gekommen und – Hallelujah! – wieder ganz gesund geworden. Kaum zu glauben, dass die Ereignisse in Lüneburg schon fast ein halbes Jahr zurücklagen. Sie hatte Will seitdem nicht gesehen, aber sie telefonierten häufiger. Die Gespräche wurden von Mal zu Mal länger, und sie drehten sich irgendwann auch nicht mehr um das, was geschehen war, sondern um Mias Zukunftspläne und dass der Arnholt'sche Familienrat einstimmig beschlossen hatte, Mia an Matthias' statt zur Mit-Geschäftsführerin zu machen. Will erzählte von den Aufräumungs- und Renovierungsarbeiten, ab und zu auch davon, wie er das Unternehmen Herder-Schokolade umstrukturieren würde, wenn sein Vater ihn nur ließe, und Mia ahnte, dass es im Hintergrund wohl mehr Probleme gab, als Will zugeben mochte. Es war klar, dass sie nicht mehr nach Lüneburg kommen würde. Aber es machte sie traurig, dass Will kein einziges Mal anbot, sie in Meißen zu besuchen. Gut, er hatte genug um die Ohren, aber sie lagen schließlich nicht am Ende der Welt …

Was in den Telefonaten nie erwähnt wurde, war Wilhelms Testament. Sie hatten es in der staubigen Tasche vor dem gesprengten Kellergang gefunden. Carolina musste die Tasche dort abgelegt und die Papiere zu Jakobs Nachlass hinzugefügt haben, bevor sie in den Gang gelaufen war und sich selbst in die Luft gejagt hatte. Was sie dazu bewogen hatte, würden sie nie erfahren. Wolfgang Herder hatte natürlich nichts Besseres zu tun gehabt, als das Testament anzufechten und eine Armada von Anwälten einzusetzen, deren einziges Ziel darin bestand, Emily und Mia aus der Firma herauszuhalten.

»Alles okay?«

Jandrik sah sie besorgt an, denn Mia musste irgendwie abwesend wirken. Das passierte ab und zu noch, wenn die Erinnerungen hochkamen.

»Ja. Alles in Ordnung.«

So ganz war es noch nicht bei den Arnholts angekommen, dass Jakob sie reich gemacht hatte. Die Diamanten gehörten ihnen. Sie waren zu einer Zeit außer Landes gebracht worden, zu der es noch keine Einfuhrbeschränkungen gab, noch nicht einmal Eigentumsrechte für die Fundstellen. Obwohl Jandrik von Oldtimern träumte und Matthias von einem eigenen Restaurant – es war ihnen allen klar, dass sie nur einen Bruchteil ihres Erbes behalten würden. Genug, um den Laden auf Vordermann zu bringen und die Küche zu modernisieren, damit Mia richtig loslegen konnte. Das wäre etwas, womit Jakob einverstanden gewesen wäre, darüber waren sich alle einig. Und den Rest investierten sie in Emilys und Toms Start-up.

Dass Mia auch noch in Wilhelm Herders Testament erwähnt war, wurde kaum noch thematisiert. Die Anwälte dieser Familie waren zu gewieft, um einer Arnholt ein Drittel des Unternehmens zu überlassen. Zudem es auch um Pflichtteile und Erbschaftsfolgen und weiß der Geier noch alles ging. Mia hatte das Testament in die Hände eines netten Meißner Anwalts gegeben, der nun sein Bestes gab, um eine Einigung zu erzielen, die die Anwälte der Herders gerne auf den Sankt-Nimmerleinstag verlegt hätten. Bis zu diesem Tag stand das Thema wie ein geschlossener Schlagbaum zwischen Will und Mia. Irgendwann würden sie es ansprechen müssen, und vielleicht war das der Grund, warum Will sich bisher nicht nach Meißen getraut hatte.

Die Ladenglocke schellte, ein halbes Dutzend Kunden kam auf einen Schlag und ging gleich nach nebenan in den kleinen Caféraum.

»Kannst du das nach fünf Minuten ausstellen und dann in den Kühlschrank tun?«

Jandrik starrte verständnislos von seinen Schrauberpranken auf die Küchenmaschine. »Und wie mach ich das?«

»Indem du es lernst«, erwiderte Mia mit einem ungeduldigen Seufzer.

Wer Oldtimer reparierte, kam doch auch mit einer Küchenmaschine zurecht. Männer … Sie verließ die Küche, streifte die Schürze ab und kam genau richtig, um den Gästen die Karte zu überreichen und die eine oder andere Empfehlung auszusprechen. Draußen war es kalt, die ersten Geschäfte hatten schon ihren Weihnachtsschmuck angebracht. Mia wollte noch warten. Obwohl sie schon seit November angefangen hatten, Nikoläuse und Adventskalender zu verkaufen, sollte die richtige, echte Weihnachtsatmosphäre in diese vier Wochen vor dem Fest fallen und die Freude nicht schon vorher verderben.

»Kardamom-Schokolade«, antwortete sie einer jungen Frau, die mit ihrer Freundin zusammen ins Café der Chocolaterie gekommen war und nach einer Empfehlung für die zwölf verschiedenen heißen Schokoladen gefragt hatte, die sie mittlerweile anboten und die so etwas wie ein Geheimtipp in Meißen geworden waren. »Kardamom gibt einen Hauch Würze, aber ist lange nicht so scharf wie Chili. Wenn Sie es gerne süßer mögen, würde ich einen Hauch Zimt empfehlen und unsere handgeschlagene Sahne.«

Die beiden Damen nickten und orderten auch gleich noch ein Stück Schokoladenkuchen. Die Ladenglocke klingelte. Mia schrieb die Bestellung auf den Block und war, ohne hochzusehen, auf dem Weg in die Küche, als sie direkt in jemanden hineinlief.

»Entschuldigung!«

Sie sah hoch und direkt in Wills Augen. Rummms. Boden, tu dich auf.

»Hallo.«

»Hallo …«

Sie ließ den Block sinken. Helene sah kurz zu ihnen, kümmerte sich aber erst noch um die Kunden im Laden.

»Ist ganz schön was los hier.« Er zog seine Strickmütze

vom Kopf. Seine Haare waren kürzer und sein Gesicht hatte mehr Kanten und Tiefe bekommen. Es sah erwachsener aus. Als ob das vergangene halbe Jahr auch an ihm nicht spurlos vorübergegangen wäre.

»Ja. Ähm … Weihnachtszeit. Also, Vorweihnachtszeit. Erster Advent ist ja erst nächste Woche.«

Sie spürte, wie ihre Wangen heiß wurden. Hätte er nicht anrufen und sie vorwarnen können? Die beiden jungen Frauen mit dem Schokoladenkuchen betrachteten Will, als wären sie auf Vogeljagd und hätten gerade ein ausnehmend prachtvolles Wiedehopf-Exemplar erspäht.

»Können wir irgendwo reden?« Er rollte die Mütze zusammen und steckte sie in die Hosentasche.

Mia ging zu Helene. »Zwei Mal Schokoladenkuchen an Tisch vier.«

»Wer ist das?«, fragte Helene leise. Mutterinstinkt. Sie spürte etwas, wusste aber nicht, was.

»Wilhelm Herder junior.«

»Ein Herder?« Helenes Zornesfalte zwischen ihren Augenbrauen zeigte sich wieder. Sie legte das Tortenmesser ab und wollte sich gerade zu Will wenden, als der vortrat und ihr die Hand entgegenstreckte, die sie wohl oder übel ergreifen musste.

»Will Herder«, sagte er. »Und Sie müssen Mias Mutter sein. Sie hat mir viel von diesem Geschäft erzählt. Und dem Nashorn …« Er deutete in die Auslage.

»Ja.« Die kleine Zornesfalte verschwand. »Eine Erinnerung an Jakob.«

Helene wusste, was in Lüneburg vorgefallen war. Mia

hatte versucht, die Rolle der Herders in dieser ganzen Angelegenheit so wahrheitsgetreu wie möglich zu beschreiben. Viel genutzt hatte es offenbar nicht, denn die Stimme ihrer Mutter klang immer noch sehr reserviert.

»Deshalb bin ich hier«, sagte Will und wandte sich wieder an Mia. »Hast du eine Minute? Ich will auch nicht lange stören, aber ich wollte die Sache gerne persönlich erledigen.«

Helenes untrüglicher Mutterinstinkt flüsterte ihr wohl gerade ein, dass ihre Tochter auch sehr gerne ungestört mit diesem jungen Mann reden würde. »Gib her. Ich mach das.« Sie nahm Mia den Block ab. »Aber denk dran, der Laden ist voll. Und wir sind jetzt Partner.«

»Klar.« Mia lief voran in die Küche, wo sie Jandrik schon wieder mit dem Finger in der Rührschüssel erwischte. »Ich glaub es nicht! Will, das ist mein gefräßiger Bruder Jandrik. Jandrik, das ist Will Herder.«

»Ein Herder in unserer Hütte?«

»Yep«, antwortete sie knapp. Ihre Brüder kannten nur eine gekürzte Version der Ereignisse. Aber auch die reichte, dass Wills Besuch großes Erstaunen auslöste. »Kannst du uns einen Moment allein lassen?«

»Das wäre sehr freundlich«, ergänzte Will. Er wartete, bis sie alleine waren, dann holte er ein kleines Päckchen aus den Taschen seines Mantels und reichte es ihr.

»Was ist das?«, fragte Mia, obwohl sie es bei der ersten Berührung schon wusste. »Gottlobs Tagebuch?«

Sie wickelte es hastig aus dem Papier und hielt ein dünnes, kleines Buch mit abgegriffenem Ledereinband in den Händen. Mia zog es heraus. Die brüchigen, braunfleckigen Seiten waren eng mit blasser Tinte beschrieben. Im Einband standen Namen und Adresse: Gottlob Herder, Lüneburg. Mia schlug es auf – natürlich, Sütterlin. Und dann auch noch diese winzig kleine Schrift! Kaum zu entziffern.

»Bremer… Bremerhaven, Januar neunzehnhundertvier«, stotterte sie. Es war mehr ein Raten denn ein Lesen. Mühsam, Buchstabe um Buchstabe setzte sie die Worte zusammen. »End… Loch … Endlich hieß es Leinen los. Mit vollen Ka… Kamelen? Kapellen … ging es durch die Stadt. Hunderte, Tausende standen am Kai und warfen ihre Mützen hoch …«

27.

Die Stunden vergingen. Längst saßen sie oben in Mias Zimmer. Mal las sie vor, mal Will. Sie hörten einer Stimme aus einer anderen Welt zu, die kalt und verabscheuenswürdig klang. Obwohl sie versuchten, die Aufzeichnungen im Zusammenhang mit der Zeit zu sehen, in der sie entstanden waren, gab es doch zu viele Stellen, in denen Gottlob sich anhörte wie ein … Nazi. Dabei war es in den ersten Jahren des zwanzigsten Jahrhunderts geschrieben worden, zu einer Zeit, in der man noch nicht ahnen konnte, wohin Nationalismus und Rassismus einmal führen würden.

Die Texte strotzten nur so vor Gottlobs »tapferen« Taten. Und wenn die Einheimischen einmal vorkamen, so waren sie hässlich, feindselig und hinterhältig. Am schlimmsten fand Mia die Stellen, in denen Gottlob versuchte, seine Teilnahme an dem Vernichtungsfeldzug mit einer Art göttlicher Mission zu rechtfertigen. Der Text war mühselig zu lesen, obwohl sie

Seite für Seite mehr Übung bekamen. Eine endlose Litanei über die tapferen Soldaten, die sich den heimtückischen Überfällen der Herero entgegenstellten. Übers Kämpfen, Sterben und Verdursten fürs Vaterland. Gerade las sie eine Stelle vor, in der Gottlob von einem Gespräch mit einem Kameraden erzählte, Karl Arnholt. Als Mia den Namen zum ersten Mal las, war es wie ein kleiner elektrischer Schlag. Sie hoffte, mehr zu erfahren. Wie hatte Karl ausgesehen? In welcher Verfassung war er? Er musste sich sehr um seine Familie gesorgt haben, aber das konnte Mia nur zwischen den Zeilen herauslesen. Gottlobs Schilderung war die eines hartherzigen, bigotten Menschen, der seinem Kameraden den letzten Wunsch verweigerte. Am Vorabend einer Schlacht – der großen, der letzten, der entscheidenden, hatten die Soldaten miteinander geredet und sich gegenseitig ihre letzten Wünsche anvertraut, sollten sie den kommenden Tag nicht überleben. Kaltblütig hatte Gottlob Karl abblitzen lassen, nicht ohne mit Worten wie »Bastard« und »Hottentottenbalg« um sich zu werfen. Dieses Buch war das reinste Gift. Es tröpfelte aus den Zeilen und verätzte die Seiten. Menschenverachtung und Selbstgerechtigkeit waren die Geister, die zwischen den Buchdeckeln schwebten und nur darauf gewartet zu haben schienen, endlich befreit zu werden. Jedes Mal, wenn Mia es nach ein paar Seiten an Will weiterreichte, war ihr leicht übel. Doch sie zwangen sich dazu weiterzulesen. Satz um Satz, Seite um Seite. Gemeinsam kamen sie dem großen, unheilvollen Bogen näher, den die Geschichte spannte: Ein treuer Soldat des Kaisers war ausgezogen, um ein Heidenvolk zu vernichten. Und alle, die »fraternisierten«. Also auch Karl, seine Frau Corinthia und ihren kleinen Sohn Jakob …

Überwog am Anfang noch eine schreckliche Hau-drauf-Mentalität, so veränderte sich Gottlob, je länger er in diesem Krieg war. Er wurde härter, egoistischer. Hielt sich für schlauer als die anderen. Entwickelte irgendwann so etwas wie einen rüpelhaften Überlebensinstinkt. Trickste. Log. Stahl. Wurde zynischer mit jeder Schlacht, die geschlagen wurde. Zu Beginn hatte Mia noch das Gefühl gehabt, Gottlob würde ab und zu tatsächlich einmal infrage stellen, was die Schutztruppe da unten in diesem fremden Land eigentlich tat. Er fühlte sich fehl am Platz, hasste die Wüste, die Hitze, die staubigen Ebenen, fand alle Afrikaner hässlich und bekam jedes Mal einen Wutausbruch, wenn er von »Übergriffen« der Herero auf deutsche Siedler hörte. Zweihundert Tote unter den Deutschen hatte es gegeben: Soldaten, Matrosen der Kriegsschiffe, Farmer, Eisenbahner, Missionare. Am Ende dieses Krieges, der zu einem Völkermord wurde, standen 40.000 getötete Herero.

Draußen war es längst dunkel geworden. Helene hatte zwei Mal geklopft und gefragt, ob sie etwas zu essen haben wollten, beide Male hatten sie abgelehnt. Schließlich waren sie auf den letzten Seiten angekommen: Gottlobs Verrat an Jakob und Gustav. Will hatte das Buch als Letzter gehabt, er ließ es sinken. Sie saßen nebeneinander auf Mias Bett. Zwischen ihnen herrschte die Vertrautheit von Menschen, die sich vielleicht nicht allzu gut kannten, die aber eine Menge gemeinsam durchgestanden hatten. Das war ein gutes Gefühl, das Mia bisher noch nicht erfahren hatte.

Sie schwiegen.

»Du hast vorher nicht reingeschaut?«, fragte sie.

»Es lag lange bei der Polizei. Frau Kramer hat es erst letzte Woche vorbeigebracht. Die Ermittlungen sind abgeschlossen. Es gibt keinen Beweis, dass Carolina meinen Großvater und Herrn Kühn umgebracht hat. Keinen stichhaltigen, zumindest. Nur deine Aussage. Aber sie haben ihre Fingerabdrücke an der Maske und dem Schild gefunden, die sie im Schlafzimmer meiner Eltern versteckt hat. Ich kann es immer noch nicht glauben.«

»Ich weiß. Das macht es für mich nicht gerade leichter.«

»Aber Margret hat sich gewehrt. Man konnte DNA-Spuren feststellen und zweifelsfrei Carolina zuordnen. Das, zusammen mit den vorherigen Taten und deiner Aussage, ergibt ein ziemlich klares Bild.«

Mia nickte. »Wie geht es Albrecht? Was macht er?«

»Er hat Lüneburg verlassen. Ich weiß nicht, wo er jetzt ist. Er hat seit diesem Abend keinen Fuß mehr ins Haus gesetzt. Ich habe ihn noch angerufen und eine Nachricht hinterlassen, dass er jederzeit mit mir reden kann, wenn er das will. Aber er möchte das wohl nicht, denn er hat sich nicht mehr gemeldet.«

»Kann ich verstehen.« Mia zog ein Kissen heran und stopfte es zwischen sich und die Wand, um es etwas bequemer zu haben. »Ich glaube ihm, dass er nichts gewusst hat. Er war so schockiert gewesen …«

»Ich vermute eher, er hat die Augen verschlossen vor dem, was sich in Carolina zusammengeballt hat.«

Mia schauderte. »Sie hätte mich schon auf dem Dachboden

fast umgebracht, erinnerst du dich? Sie hat sich an Wilhelm gerächt, und dann wollte sie Jakobs Diamanten und dachte, sie lägen bei Kühn irgendwo in der Ecke herum. Und dann, unten im Keller … Es war so furchtbar! Ich will eigentlich nur noch mit allem abschließen.«

Will wies auf das Buch. »Was machst du damit?«

»Erst einmal zu Ende lesen«, sagte sie. »Komm, es ist noch eine Seite. Die schaffen wir auch noch.«

»Okay. Aber ich übernehme das jetzt bis zum Ende.«

Sie reichte ihm das dünne Bändchen.

Hamburg, im Juni 1905

So beschließe ich nun meine Geschichte, nachdem der Wörmanndampfer an Heiligabend Hamburg erreichte. Lange stand ich an der Reling, bis der Heimathafen auftauchte. Ein grauer, trüber Morgen war's, kalt stand der Atem vorm Munde. Hundertzwanzig Mark Kriegslöhnung hatte ich gespart, und als der Arzt mich besehen hatte, ging ich mit meiner Beute von Bord. Ich hatte gehört, dass Hagenbecks Zoo Wilde suchte, um sie in Gehegen neben Löwen und Nashörnern im Krale auszustellen, und nahm mir vor, noch vor der An- und Abmeldung in Kiel den kleinen Bastard dort abzugeben und so den lästigen Esser loszuwerden. War meine Pflicht doch erfüllt, ihn mit aufs Schiff zu nehmen und zu retten. Doch Hagenbecks hatten genug Wilde und sagten auch, der Junge sei zu mager, um die Zoobesucher zu erfreuen. Ich solle ihn ein wenig mästen und dann nochmals fragen.

Gustav traf ich im Seemannsheim wieder. Ei Kamerad, was machst du nun?, fragt ich ihn und hatte auch schon eine Idee. Das Säckchen mit den Steinen, die mir die Hottentottin für ihren Sohn mitgegeben hatte, würde wohl reichen für eine kleine Fabrikation in Lüneburg. Doch was darin herstellen? Potzblitz! Kanonenkugeln! So fragt ich Gustav, ob er mir das Patent gäbe, ich würd es redlich nutzen und ihm Lohn und Brot dafür geben. Der arme Krüppel küsste mir die Hand vor Dankbarkeit! Dabei hätt ich sie ihm küssen müssen, denn kaum hatten wir angefangen mit der Produktion, wurde sie uns aus den Händen gerissen. Und warum nicht den Bastard arbeiten lassen für sein großes Glück, nun sicher und beschützt durch des Kaisers Hand leben zu dürfen? Es war, als hätte Fortuna ihr Füllhorn über mir ausgeschüttet. Der kleine Bengel wich nicht von meiner Seite, und mancher Fußtritt musste ihn davor bewahren, mich an Vaters statt anzunehmen. Als ich dann bei Sophies Eltern um ihre Hand bat, war meine Reise endlich beendet. Gustav aber verwand es nicht, dass die Kanonenkugeln nun durch meine Hand rollten, und hat seinem Leben durch Branntwein ein frühes Ende gesetzt. Der Bastard aber wuchs und wurde frech, so jagte ich ihn eines Tages aus dem Haus, und er hat wohl in Meißen sein Glück gefunden.

Will gab Mia das Buch zurück, aber sie nahm es nicht an. Ihre Augen hatte sie geschlossen. Gottlobs Worte taten weh.

»Das hat er«, sagte sie leise. »Jakob hat hier ein kleines Glück und eine Familie gefunden.« Sie schlug die Augen auf und merkte, dass Will sie die ganze Zeit beobachtet hatte. »Das also ist seine Geschichte. Ich bin froh, dass ich sie jetzt kenne.«

»Wirst du darüber schreiben?«

»Ich weiß es nicht. Eigentlich ist sie kein Zeitungsartikel. Eigentlich ist sie ein Buch.«

»Dann schreib ein Buch.«

Sie richtete sich halb auf den Ellenbogen auf. »Und du hättest nichts dagegen?«

»Was sollte ich gegen die Wahrheit haben? Wir haben viel zu lange geschwiegen.«

»Behalte es«, sagte sie.

Er klappte das Tagebuch zu. »Ich will es nicht.«

»Aber Gottlob ist Teil eurer Geschichte, genau wie Jakob ein Teil von meiner ist.«

»Vielleicht hast du recht.«

»Vielleicht machst du eines fernen Tages eine Ausstellung zum Thema hundertfünfzig Jahre Herder. Dann wäre das ein sehr aufschlussreicher Bestandteil.«

Er dachte kurz nach und warf das Bändchen dann auf seinen zusammengerollten Mantel am Fußende des Bettes. »Das wird wohl noch eine Weile dauern. Ich bin ausgestiegen.«

Mia, immer noch in Gedanken bei dem Tagebuch, hatte erst gar nicht richtig verstanden. »Wie … Wo bist du ausgestiegen?«

»Aus der Firma meines Vaters. Ich möchte was anderes machen. Etwas, das nachhaltiger ist als eine Tafel Schokolade.«

Mia musste lächeln, ob sie wollte oder nicht. »Vielleicht irgendwas in Richtung Rohstoffe? Kakao? Nüsse? Mandeln?«

Er verlagerte sein Gewicht und kam ihr dabei näher, als es eigentlich sein durfte. »Möglich. Ich könnte mir auch vorstellen, mal eine Zeit ganz weg aus Deutschland zu gehen.«

»Namibia?«, fragte sie.

Er grinste. Das sah so vielsagend aus, dass die Rädchen in Mias Kopf zu rattern begannen und in einer ganz bestimmten Kombination einrasteten. »Du hast … Du hast mit Tom und Emily gesprochen?«

»Sie sagten, wenn du einverstanden bist, wuppen wir das Ding zu viert.« Das Ding, damit meinte er doch nicht ihre gemeinsame Firma?

»Und dein Vater? Lüneburg? Die Fabrik?«

Er verschränkte die Arme hinter dem Kopf und sah hinauf zu den Dachbalken, die die Decke stützten. »Ich will keine Fabrik. Ich will nichts, das der Welt mehr raubt, als es ihr gibt. Am liebsten würde ich in eine Manufaktur einsteigen, mit all dem Know-how, das ich habe. Aber ich fürchte, da sind alle relevanten Posten schon besetzt.«

Er drehte den Kopf zu ihr und war ihr nah, so nah. Sie spürte seinen Atem auf ihrer Wange. Sie konnte die goldenen Pünktchen in seinen Augen sehen, und als er seine Arme löste und sie sanft berührte, wusste sie, dass es das war, was sie immer gewollt hatte.

»Es kommt auf den Bewerber an«, flüsterte sie und küsste ihn.

Nachtrag

Einen Krimi über die Kolonialzeit schreiben? Über eines ihrer dunkelsten Kapitel? Am Anfang stand ja die Schokolade, und meine wunderbare Lektorin und Verlagsleiterin Susanne Krebs und ich saßen mit leuchtenden Augen und durchaus der einen oder anderen Tafel zusammen, um Mias Geschichte zu entwickeln. Zunächst war sie wie immer nur eine Idee. Woher kommt Schokolade eigentlich? Warum haben wir immer so einen Tick schlechtes Gewissen, wenn wir sie essen? Die Antwort gab ein Blick in die Geschichte. Und wenn man es so will, auch in die Gegenwart. Noch immer ist Kakao ein Rohstoff, an dem viele Leute verdienen, aber in den wenigsten Fällen auch die Erzeuger. Die Preise werden von einigen wenigen Tradern diktiert, und jede Tafel Schokolade, die wir in der Hand halten, ist das Produkt von schwerster Arbeit unter oft erbärmlichen Umständen. Bio und Fair Trade fallen immer noch kaum ins Gewicht.

Aber – jede Veränderung beginnt ja mit einem kleinen Schritt. Deshalb gleich zu Anfang mein leidenschaftlicher Appell an euch: Kümmert euch! Seht hin! Fragt nach! Woher kommt euer Essen, woher kommt eure Kleidung? Können Menschen davon leben oder werden sie wie Sklaven gehalten? Wenn ihr keine oder nur ausweichende Antworten bekommt, Finger weg. Je mehr Leute das tun, desto größer ist die Chance, dass wir andere Produktionsbedingungen bekommen. Für die Menschen und für die Umwelt.

Eigentlich bin ich ja gar nicht so moralisch, aber dieses Buch ist etwas anders. Es hat auch in mir viel ausgelöst. Ich würde mir wünschen, dass unsere Schulen sich mehr mit der Kolonialzeit und der Rolle Deutschlands darin beschäftigen. Totschweigen ist keine Lösung. Der »Krieg« gegen die Herero war Völkermord, die Bundesregierung hat das bestätigt. Man sollte es wenigstens in anständiger Weise zur Kenntnis nehmen und nicht unter den Teppich kehren. Gerade als ich anfing, mich mit »Zartbittertod« zu beschäftigen, fiel mir das Buch »Peter Moors Fahrt nach Südwest« von Gustav Frenssen in die Hand. Es ist mit äußerster Vorsicht zu lesen, denn, obwohl 1906 erschienen, sind in ihm bereits die Denkmuster des Nationalsozialismus überdeutlich zu erkennen. Einige Zitate in diesem Buch stammen daraus. Der Rest der fiktiven Erzählung von Gottlieb Herder ist im Ton ebenfalls an dieses Buch angelehnt. Ich erwähne es, weil ich es aus urheberrechtlichen Gründen muss.

Und jetzt, endlich, der schöne Teil! Mein Dank an alle, die mir bei diesem Buch geholfen haben. Und dabei gleich an erster Stelle: Christian Jarling, wissenschaftlicher Mitarbeiter der Universität Hamburg, Arbeitsbereich Globalgeschichte, und beteiligt an dem Projekt »Koloniale Spuren im Übersee-Museum Bremen«. Daselbst sind wir uns nämlich zum ersten Mal begegnet und er hat mir wertvolle Informationen und viel Hintergrundwissen vermittelt.

Von den diversen Schokoladenfirmen, die ich um Recherchehilfe in ihren Archiven gebeten habe, hat sich nur die Firma Erich Hamann in Berlin bereit erklärt, mir für einen Besuch und einen ganzen Kakaosack voller Fragen zur Verfügung zu stehen. Ein großes Dankeschön an den Enkel des Firmengründers, Andreas Hamann! Wenn ihr einmal in Berlin seid, versäumt nicht, das Hamann-Haus zu besuchen (Erich Hamann Schokoladenmanufaktur, Brandenburgische Straße 17, 10707 Berlin). Der Laden ist orginalgetreu aus den Zwanzigerjahren erhalten geblieben, das ganze Haus ist denkmalgeschützt und unter Architekten weltweit berühmt. Die Schokolade natürlich auch …

Mein größter Dank geht an Susanne Krebs und die Mitarbeiter vom cbj Verlag. Ihre Begeisterung und Motivation sind mein Ansporn. Mit Susanne arbeite ich schon seit »Lilienblut« zusammen. Jedes Buch mit dir ist eine Freude!

Und: Danke an die allerwichtigsten Menschen im Leben einer Schriftstellerin – das seid ihr. Es war mir eine Ehre, diese Geschichte für euch aufzuschreiben, denn ihr seid unbestechlich und leidenschaftlich, knallhart und romantisch, fordernd und begeisterungsfähig – kurz: Ihr seid großartig! Ich freue mich auf euch bei meinen Lesungen, auf facebook (Elisabeth Herrmann und ihre Bücher) und auf Instagram (@elisabethherrmannautorin).

Herzlich,
Elisabeth Herrmann *Berlin, im Januar 2018*

Der letzte Dank geht an meinen wunderbaren Kollegen Yassin Musharbash und seinen Aufruf, unseren Büchern zwei Worte hinzuzufügen, die in diesen Tagen dringender denn je an die Freiheit des Wortes und die Unversehrtheit von Journalisten und Schriftstellern in der ganzen Welt appellieren:
#freeDeniz

Elisabeth Herrmann

Lilienblut

448 Seiten, ISBN 978-3-570-30762-5

Sabrina und ihre beste Freundin Amelie können stundenlang am Rhein sitzen, voller Fernweh und Hunger auf das, was Amelie »das Leben« nennt. Aber während Amelie vom Abhauen und der großen Freiheit träumt, scheint Sabrinas Zukunft festgelegt zu sein – soll sie doch den Weinberg ihrer Mutter übernehmen. Alles in Sabrina wehrt sich gegen dieses vorbestimmte Leben ... Und dann lernen die beiden Mädchen einen Jungen kennen, der so ganz anders ist. Von dem 19-jährigen Kilian, der mit seinem Schiff einsam am geheimnisvollen »toten Fluss« ankert, geht eine verstörende Anziehungskraft aus. Amelie verfällt ihm sofort – und will über Nacht mit ihm abhauen. Am nächsten Morgen findet man ihre Leiche. Und Kilians Schiff ist verschwunden ... Nur Sabrina weiß, dass Kilian Amelies Mörder sein könnte.

6485

www.cbj-verlag.de

Elisabeth Herrmann

Seefeuer

ca. 416 Seiten, ISBN 978-3-570-31063-2

Marie kann nicht fassen, welchen Freund sich ihre Mutter nach dem Tod ihres Vaters zugelegt hat! Kein Stück traut sie Magnus, der ihre Mutter auch noch heiraten will! Marie haut ab, um endlich ihre Träume zu verwirklichen, an die Nordsee, wo sie mit einem begehrten Praktikum ihrem Wunsch, Meeresbiologin zu werden, ein bisschen näher kommt. Dort lernt sie auch den attraktiven Vince kennen, der sich als Schatzsucher für das Schiffswrack der Trinity interessiert, das vor der Küste aufgetaucht ist. Mit der Trinity, die in den 50er Jahren in einem schrecklichen Unglück gesunken ist, heben sich dunkle Geheimnisse, die viel mehr mit Marie zu tun haben, als sie sich je hätte vorstellen können ...

30244

www.cbt-buecher.de

Elisabeth Herrmann

Schattengrund

ca. 416 Seiten
ISBN 978-3-570-30917-9

Als die 17-jährige Nicola das Haus ihrer verstorbenen Tante erbt, ahnt sie nicht, wie bedeutsam dieser Name für sie wird. Es ist ein einsames Haus in einem abgelegenen Dorf, in dem sie als Kind oft zu Besuch war. Und kaum hat sie die Schwelle übertreten, da scheint eine lange verdrängte Wahrheit nach ihr zu greifen. Wie konnte sie das alles vergessen? Die knarrenden Treppen, den staubigen Dachboden – und Fili, ihre allerbeste Freundin. Ihre Seelenschwester. Ihre tote Freundin. Ein grauenhaftes Verbrechen hat die Mädchen damals auseinander gerissen. Und der Täter ist noch immer im Dorf.

30117

www.cbt-buecher.de